〈하렘의 남자들〉
재미있게 봐주세요!
알파타르트 드림

알파타르트 장편소설

하렘의 남자들

1

해피북스
투유

차
례

1

후궁부터 들이겠다

"경들의 말을 곰곰이 생각했다."

라틸이 입을 열자 주위가 쥐 죽은 듯 조용해졌다. 라틸은 사람들의 시선이 어디에 닿는지 또렷하게 느꼈다. 머리에 쓴 황금의 관, 어깨에 걸친 붉은색의 웅장한 망토, 손에 쥔 호화로운 왕홀……. 이제 그녀는 황제였다. 그녀를 손가락질하던 그 누구도 정면에서 반항할 수 없는 황제.

라틸은 가장 높은 곳에 서서 쾌감을 느꼈다. 하이신스…… 이 개자식. 그래. 이 느낌 때문에 너는 날 버렸을까?

"경들의 말이 옳아. 황가의 안정은 탄탄한 후계자들에게서 오는 법. 빨리 국서를 맞이하라는 경들의 말, 충분히 이해해."

아트락시 공작의 입가에 희미한 미소가 어렸다. 그는 일찍이 라틸을 지지하면서 공신으로 자리매김했기에 확신했다. 라틸의 입에서 곧 자신의 아들인 라나문의 이름이 나올 거라고. 자신의 아들이라서가 아니라, 객관적으로 보아도 라나문은 가문, 얼굴, 능력 등 거의 모든 게 완벽했다. 심지어 부친인 자신이 공신이 되기까지 했으니, 감히 라나문 외에 누가 이 젊은 황제의 배우자가 될 수 있단 말인가.

아트락시 공작은 승리에 찬 미소를, 공작파들은 기쁘지만 조금 아쉬운 얼굴을, 공작의 적대 세력과 중간파들은 씁쓸한 얼굴을 하던 그 순간.

"그래서, 우선 후궁들을 들이기로 하였다."

황제의 입에서 그들의 기대를 한순간에 박살내는 말이 튀어나왔다. 웃고 있던 공작도, 다양한 표정이던 기타 대신들도 다들 똑같이 황당한 얼굴로 라틸을 올려다보았다. 후궁? 게다가 한 명이 아니라 들? 다들 그녀의 말을 바로 이해하지 못했다.

라틸은 그들을 위해 친절하게 풀어서 다시 한번 말해주었다.

"우선은…… 한 다섯 명 정도만 들이지."

쥐 죽은 듯 조용하던 홀이 그 말 한마디에 시끄러워졌다. 다들 이 신황이 내뱉은 뜻밖의 언사에 놀라서 웅성거렸다. 후궁을 다섯 명 들인다고? 말도 안 될 일이었다. 특히 조금 전까지만 해도 아들을 국서로 만들 생각에 잔뜩 희망이 부풀었던 아트락시 공작은 가장 흥분해서 바로 반대했다.

"지금까지 여자 황제도 몇 있으셨지만 다들 국서 한 분만을 두셨습니다. 암암리에 정부라 소문난 남자는 많았지만 대놓고 후궁을 들인 분은 아무도 없으셨는데, 어찌하여⋯⋯."

"지고지순한 순정파라 이름난 5대 황제 트라시슈는 후궁이 다섯 명 있었고, 11대 황제 아인트라는 후궁이 여섯 명 있었소, 아트락시 공작. 기타 등등은 평균 열다섯 명의 후궁을 두었지. 좀 바람기 있다 싶은 역대 황제들은 스무 명 이상의 후궁을 두었네만."

"하지만⋯⋯!"

"다들 두는 후궁을 왜 나는 못 둔단 말이오. 나도 역대 황제였던 분들처럼 최소 다섯 명 이상은 후궁으로 두어야겠소."

대신들의 입이 주먹만큼 벌어졌다. 그들은 당당하게 하렘을 차리겠노라 선언하는 황제를 패닉에 빠져 바라보았다.

라틸은 눈 속에 경악을 박아 넣은 귀족들을 한 번 주르륵 훑어보고서, 비웃듯 입꼬리를 살짝 말아 올렸다.

"황제가 황후 하나만 두면 외척 세력이 지나치게 힘을 키우니, 힘의 균형을 위해서라도 후궁을 다양하게, 많이 받아야 한다 주장한 건 늘 대신들이 아니었소?"

다들 입을 다물었다. 맞는 말이었다. 그들뿐만이 아니라, 역대 모든 대신이 그런 주장을 펼쳤다.

라틸은 장난치듯 눈웃음을 지으며 덧붙였다.

"경들 역시 내가 후궁을 여럿 두는 편이 좋을 텐데? 그래야 황제 며느리를 둘 경쟁이라도 해볼 수 있지 않겠소?"

그 말에 이번에는 반응이 다시 나뉘어졌다. 아트락시 공작은 더욱 얼굴을 구긴 반면, 반대파들은 구겼던 얼굴이 약간 펴졌다.

확실히. 황제가 이대로 정실남편을 한 명만 둔다면 국서는 100퍼센트 아트락시 공작의 아들이었다. 하지만 황제가 후궁을 여럿 들인다면…… 어쩌면 그들에게도 권력의 끈을 잡을 기회가 올지 몰랐다. 그러다 황제와의 사이에 후계자라도 태어나는 날에는……!

대신들의 눈빛이 탐욕에 빛나기 시작하자 라틸은 속으로 만족스럽게 웃었다.

'하이신스. 네 나라에도 내 후궁을 뽑을 사자를 보내지. 이번엔 네 손으로 내 남자가 될 이들을 골라봐. 내가 느낀 비참함을 똑같이 느껴볼 차례야, 너도.'

화이력 517년, 황제 라트라실 타리움 치세 1년.

하렘을 선포하다.

화이력 511년.

어떤 나라들은 후계자 자리를 두고 황족들 간에 치열한 다툼이 벌어진다지만, 타리움 제국에서는 그런 일이 없었다. 레안은 대귀족 출신의 황후 소생이었고, 첫째였으며, 현명하고 어질어 국민에게도 인기가 많았다. 많은 귀족과 지식인도 그를 추종했다. 그는 황태자 자리를 공고히 할 모든 조건을 갖추고 있었다.

"황제가 된다면 지고의 현군이 될 것이요, 학자가 된다면 내 뒤를 이을 인재로다!"

대현자가 레안과 대담을 나눈 후 제자들에게 감탄한 이야기는 이미 모르는 이가 없었다. 반대로, 대현자가 이런저런 당돌한 질문을 던져대는 라틸에게 '패왕의 재목'이라며 한탄한 이야기에 대해선 아는 이가 거의 없었다. 사람들에게 라틸은 그저 레안의 동생이자 많은 황녀 중 하나일 뿐이기에.

라틸 역시도 대현자가 자신에게 남긴 말에 대해 신경 쓰지 않았다. 그녀는 오빠를 존경했고 사랑했고, 오빠가 만들어갈 세상을 기대했다. 오빠와 황위 다툼이라니. 생각만 해도 끔찍한 일 아닌가. 게다가 라틸이 꿈꾸는 미래는 황제가 되어서는 절대 이룰 수 없는 꿈이었다. 바로, 연인인 하이신스와 결혼해 이웃나라 카리센의 황후가 되는 것.

"이게 뭐야?"

"반지."

"풀인데?"

"직접 만들어봤어. 백성들은 이렇게 논다길래."

"너희 나라 백성들은 돈 없구나……."

"아니야. 운치라고. 손 줘봐."

라틸이 눈을 깜빡일 뿐 손을 내밀지 않자 하이신스는 라틸의 손을 잡아끌어서 손가락에 풀로 만든 반지를 직접 끼워주었다.

"의외로 예쁘다……."

"그렇지?"

"응."

라틸이 손가락 위에 피어난 하얀 꽃을 보며 생글생글 웃자, 하이신스는 그녀의 이마에 가볍게 입을 맞췄다.

"사랑해, 라틸."

"······나도."

라틸은 하이신스를 보며 활짝 웃었다. 성품만큼 부드러운 갈색 머리와 단정한 이목구비, 오묘한 회색 눈동자를 가진 이 아름다운 연인이, 그녀는 너무나 좋았다.

유학을 온 하이신스가 알현장에서 아버지에게 인사를 하던 날. 라틸은 아직도 그날이 또렷하게 기억났다. 하이신스는 라틸과 눈이 마주치자 사르르 웃었고, 라틸은 그 미소를 보자마자 첫눈에 반해버렸다. 그의 고백을 받았을 때는 심장이 미쳐 날뛰는 기분이었다.

연인이 된 후로는 더욱 행복했다. 두 사람은 말다툼조차 한 적이 없었다. 하이신스는 하늘이 자신을 위해 마련해준 영혼의 반쪽이라고, 그녀는 확신했다. 그렇게 2년 동안 둘은 서로를 향한 마음을 굳건하게 다졌다. 그러나 5년을 예정했던 하이신스의 유학은 예상 외로 빨리 끝났다. 그의 이복동생인 헤윰 황자가, 하이신스가 자리를 비운 틈을 타 반란을 꾸민 것이다.

하인신스는 카리센으로 돌아가기 전, 라틸에게 약속했다.

"떨어져 있어도 내 마음은 변하지 않아. 내 마음속에 여자는 평생 너 하나뿐이야."

"하이신스······ 나도 같이 가면 안 돼? 널 돕고 싶어!"

"안 돼, 라틸. 나도 너와 헤어지는 건 싫어. 하지만 너무 위험해."

라틸의 눈물을 닦아주며, 하이신스는 몇 번이고 반복해 속삭였다.

"꼭 황위에 올라 세상에서 가장 화려한 사신단을 보낼게. 널 아내로 맞이하게 해달라고 네 아버님께 정식으로 요청할 거야. 기다려줘."

라틸은 하이신스가 탄 마차가 보이지 않을 때까지 손을 흔들었다.

그날 이후 라틸은 하루에 두 시간씩 꼭꼭 신전으로 가서 기도했다. 제발 하이신스가 무사하기를. 반란을 일으킨 이들에게 죽거나 다치지 않기를. 그의 마음이 변하지 않기를 기도하진 않았다. 하이신스를 믿으니까. 그의 사랑을 신뢰하기에 그가 변절할 거란 상상조차 하지 않았다.

라틸은 카리센에서 어떤 소식이 들려올까, 늘 귀를 기울였다. 외교를 담당하는 대신들을 만나면 카리센의 소식을 꼭꼭 물었다.

"아직도 전쟁 중이에요? 언제 끝난대요? 하이신스는 지금 유리한 위치에 있어요?"

그 갸륵한 정성이 통해서일까. 2년 후, 타리움 제국에는 카리센에 새로운 황제가 즉위했단 소식이 전해졌다. 새로운 황제의 이름은 하이신스 카리센. 젊은 황제의 탄생이었다.

"그렇게 좋으세요?"

유모가 놀리는 투로 물었으나 라틸은 그저 좋아서 배시시 웃었다.

"응. 안 좋겠어?"

하이신스가 무사히 황제 자리에 올랐으니 이제는 두 사람이 결혼할 일만 남아 있었다.

하이신스가 즉위한 지 두 달이 지나도록 청혼 사절단이 오지 않았지만, 라틸은 이 부분에 대해서도 걱정하지 않았다. 새로 황제 자리에 올랐으니 정국을 안정시키는 게 당연히 우선이지. 청혼 사절단이 당장 오지 못하더라도 서운해할 일이 아니다. 미래의 카리센 황후로서 라틸은 의젓하게 생각했다.

"하긴. 두 분이 함께 서 계시면 정말 보기 좋았지요."

"정말? 그랬어?"

"예. 그야말로 선남선녀였습니다."

유모가 치켜세워주는 소리에 라틸은 화사하게 웃고서 제왕학 책을 펼쳤다.

"하이신스가 자리를 잡을 동안 나는 더 많이 공부해둘래. 황후가되면 내가 복지나 문화 같은 걸 맡게 되잖아. 황궁도 꾸려가야 하고. 많이 알아둬야 해."

"기특하셔라."

"그렇지?"

"우리 제국에도 황녀님 같은 분이 황후로 오셔야 할 텐데, 황태자님께선 여자엔 관심이 없고 책만 읽으시니."

"뭐 어때. 나도 그런걸."

"황녀님께선 연애도 하시고 무술도 익히시면서 책을 읽으시지만, 황태자님은 그야말로 주야장천 책만 읽으시니까요."

"그건 그래."

라틸은 킬킬 웃으면서 책을 한 장 넘겼다. 그러면서도 눈은 빼곡한 글자를 빠르게 훑었다. 마음이 조급했다. 하이신스가 보고 깜짝놀랄 정도로 공부해두고 싶어서, 오히려 시간이 촉박하게 여겨졌다.

그러던 어느 날. 드디어 카리센에서 기다리고 기다리던 사절단이 찾아왔다. 라틸은 소식을 듣자마자 황급히 자신의 방에서 나와 알현실로 달려갔다. 타리움 제국의 알현실은 옥좌가 있는 곳을 제외한 삼면이 탁 트여 있기에 문에 귀를 대지 않아도 사신이 보고하는 걸 엿들을 수 있었다.

"황녀님?"

"쉬잇."

갑작스럽게 황녀가 다가오자 당황한 근위병에게, 라틸은 조용히 하라는 신호를 보내고서 대화가 들릴 만한 거리에 있는 커다란 기둥 뒤로 다가갔다. 몸을 숨기고서 소리에 집중하자 사절단과 부황이 의례적으로 주고받는 인사말이 들려왔다. 새 황제가 즉위했으니 잘 부탁드립니다, 선대 황제가 그러셨듯 앞으로도 두 나라가 무궁한 영광을 함께하기를 빈다 등등.

'서두가 왜 이렇게 길어?'

그러던 중 드디어 황제의 결혼 이야기가 나왔다.

'내 얘기야! 날 신부로 달라고 할 거야!'

라틸은 비명이 터질 뻔한 입을 두 손으로 막고서 귀를 기울였다.

"그러니 트리움 제국의 황제 폐하께서도 카리센에 축하 사절을 보내시어 새로운 황제 부부의 앞날을 축복해주시기를 바라옵니다."

그러나 사신의 입에서 나온 결혼 이야기는 라틸이 기대해온 그런 이야기가 아니었다. 라틸은 눈을 커다랗게 떴다. 새로운 황제 부부? 축복해달라고?

"……결혼을 하는가. 신부는 누구지?"

"다가 공작의 영애이신 레이디 아이니입니다."

레이디 아이니라니? 그건 또 누구야? 신부가…… 내가 아니야? 뒤통수가 얼얼하다. 라틸은 넋이 나가 허공을 쳐다보았다.

'내 이름이 아이니였던가?'

순간 미친 생각까지 들었다. 라틸은 입술을 깨물었다. 믿을 수가 없었다. 분명 이 귀로 똑똑히 들었는데도.

'사절단이 중간에 바뀐 건 아닐까?'

라틸과 하이신스의 관계를 아는지 모르는지, 부황은 축하한단 인사만 건네고 있었다. 라틸은 결국 그 자리를 박차고 뛰어가 그대로 자신의 방 침대에 얼굴을 묻고 울었다.

"황녀님? 세상에! 황녀님. 왜 그러세요?"

유모가 놀라서 불러댔지만 대답할 기운도 없었다. 라틸은 한참을 끅끅거린 후에야 눈물을 닦으며 털어놓았다.

"유모! 하이신스가…… 하이신스가 딴 여자랑 결혼한대!"

"네? 그럴 리가요! 황녀님께서 뭘 잘못 아셨겠지요!"

유모는 말도 안 된다며 손사래를 쳤다.

"그분이 황녀님을 얼마나 따라다녔는지 모두가 다 아는데, 무슨. 황녀님에게 청혼하는 사절을 보냈단 이야기를 잘못 들으신 게 아니에요?"

"아니야. 신부 이름까지 들었는걸. 아이니라고 했어."

그제야 유모도 눈을 커다랗게 떴다. 라틸은 다시 침대에 얼굴을 파묻었다.

'충격……. 배신자. 나쁜 놈. 썩을 놈. 쓰레기.'

라틸은 창가에 위태롭게 앉아 파란 하늘을 멍하니 올려다보았다. 어떻게 이럴 수 있지? 저 하늘 아래에서 영원한 사랑을 맹세한 게 바로 2년 전인데.

바람이 불어서 하이신스의 머리카락을 흐트러트리면, 라틸은 웃음을 터트렸다. 손을 뻗어서 그의 머리카락을 뒤로 쓸어 넘겨주었다. 잠시 머리카락에 덮였던 하이신스의 오묘한 회색 눈동자가 드러나면 라틸은 그 안에서 충만한 애정을 느끼고 벅차올랐다.

'하이신스…….'

하지만 이젠 다 끝나버렸다. 외국에 사절단을 보내 결혼 소식을 전할 정도면 아이니란 사람과 하이신스의 결혼은 이미 기정사실이나 다름없었다. 하이신스와 라틸이 나눈 풀 향 나던 사랑은 끝난 거였다.

'마음이 변한 걸까. 이젠 날 사랑하지 않게 되었나.'

라틸은 눈을 감고 창틀에 이마를 쾅쾅 찍었다.

'이럴 줄 알았으면 하이신스의 마음이 변하지 않게 해달라고도 빌걸.'

너무 승전보만 빌었나 봐. 생각하니 열이 받는다. 부작용인가? 라틸은 훌쩍거렸다. 하이신스가 황위 쟁탈전에서 다쳤단 소식과 승리한 후 배신했단 소식. 지금 심정으로는 그 두 가지 중 어떤 게 더 마음 아플지조차 비교하기 힘들었다.

라틸이 다시 이마를 쾅쾅 창문에 찍어대자 유모가 황급히 달려와 무릎을 잡아당겼다.

"세상에! 황녀님! 위험하게 이게 무슨 짓이세요!"

"위험하지 않아, 유모. 부실 공사를 한 게 아니라면."

"바람이 세게 불면 어쩌려구요."

"난 바람에 휩쓸릴 무게가 아니야."

"황녀님은 그렇게 무겁지 않아요."

"내 고민도 무겁지 않았으면 좋겠어."

라틸은 울적하게 중얼거리며 다시 창틀에 머리를 기댔다.

"그리고 하이신스는 개자식이야⋯⋯."

그때였다. 유모가 갑자기 주위를 획획 살폈다. 아무도 없는 방 안인데도.

"뭐 해?"

이상해서 묻자, 유모는 품 안에서 슬쩍 편지 하나를 꺼내 내밀었다.

"자요, 황녀님."

연한 푸른색을 띤, 고급지로 싼 편지였다.

"뭐야?"

라틸은 힘없이 편지를 받아 살폈으나, 거기엔 보내는 사람 이름이 없었다.

"익명이잖아. 이걸 왜 나한테 줘?"

"아까 사절단 사람 중 하나가, 황녀님께 몰래 전달해달라고 하였습니다. 하이신스 님이 보낸 편지 같아요."

"사절단이?"

하이신스다. 분명 하이신스의 편지야! 라틸은 기대감으로 심장이 뛰었다. 하지만 곧 불안한 마음이 기대감을 덮어버렸다. 작별 편지면 어쩌지?

라틸은 마른침을 삼키고서 편지 겉봉을 뜯었다. 편지지를 꺼내는 시간이 너무나 길게 느껴졌다. 그사이 글자가 달아나버릴까 두려울 정도로.

라틸은 간질거리는 혓바닥을 씹으며 편지를 읽었다.

"뭐라고 쓰여 있나요?"

그 시간이 점점 길어지자, 처음에는 가만히 옆에 서 있던 유모는 호기심을 참지 못하고서 어깨 너머로 고개를 들이밀었다.

"변명인가요?"

"아니."

"아니라고요?"

유모는 도끼눈을 떴다. 약속을 깬 주제에 싹싹 빌지 않고 변명도 안 하냐는 듯.

그러나 라틸은 오히려 아무런 감정을 드러내지 않았다. 그저 편지지만 가만히 내려다보고 있을 뿐. 그러다가 한숨을 내쉬고서 종이를 박박 찢어 내던졌다.

"황녀님?"

"카리센으로 와달래."

"예?"

"편지로는 자세한 이야기를 할 수 없대."

"뭔 개, 헛소리랍니까? 팔이라도 다쳤답니까? 몇 자 이상은 쓸 수 없게 다쳤대요? 아니, 팔을 다쳐도 대신 써줄 사람이 하나둘이 아닐 텐데?"

유모는 얼굴이 점점 붉어지면서 목소리가 높아졌으나, 라틸은 슬픈 표정으로 고개를 저었다.

"모르겠어. 유모, 나 어떻게 해야 해?"

"어쩌긴 뭘 어쩝니까. 황녀님도 편지를 쓰셔야지요."

"뭐라고? 뭐라고 써?"

"지조 없는 자식아, 너 같은 게 황제가 되다니 너네 나라 국민들이 불쌍하다."

유모가 내는 거친 목소리에 라틸은 웃음을 터트렸다. 하지만 그 웃음소리는 점차 말라가다가 얼마 지나지도 않아 완전히 멈추었다. 라틸이 무표정하게 변하자 유모는 더욱 걱정이 되어 물었다.

"답장을 안 쓰실 건가요?"

"모르겠어. 생각 중이야. 결정이 어렵네."

라틸이 결정을 내린 건 그로부터 세 시간이 더 지나서였다.

"아바마마. 저 카리센에 다녀오겠습니다."

저녁 식사 시간. 라틸이 식사를 하다 말고서 갑자기 심각하게 던진 말에 황제는 눈을 휘둥그렇게 떴다.

"어딜 다녀와?"

"카리센에 다녀올래요."

딸의 말은 거의 통보에 가까웠다. 황제는 당황해서 시종장을 쳐다보았다. 쟤가 뭐라는 거지?

하지만 시종장이라고 해서 라틸의 마음을 알 리가 없었다. 시종장이 '저도 모릅니다'라는 얼굴로 어깨를 으쓱하자, 황제는 침착하게 딸에게 물었다.

"갑자기 카리센엔 왜 가려는 게냐?"

"……."

라틸은 대답을 바로 하지 못하고 머뭇거렸다. 남자 때문에 간다는 말을 하기가 쉽지 않았다. 하이신스가 독신이라면 얼마든지 그런 이유를 댈 수 있다. 하지만 오늘 낮에 하이신스의 결혼 사절단이 다녀가지 않았던가.

"혹시 하이신스를 만나러 가는 거니?"

그러나 뜻밖에도 황제가 먼저 어두운 목소리로 물었다.

라틸은 놀라 부황을 쳐다보았다. 아버지도 나와 하이신스의 사이를 아시나? 레안은 확실하게 하이신스와 라틸의 사이를 알고 있다. 하지만 라틸은 아버지에겐 그런 이야기를 한 적이 없었다.

딸과 눈이 마주치자 황제는 쓸쓸하게 웃었다.

"하이신스는 좋은 청년이지. 하지만 너와 어울리는 청년은 아닌 것 같구나."

이미 알고 있는 모양이었다.

"아바마마……."

"끊어질 인연, 굳이 미련 둘 필요 없다."

"전……."

"아비는 차라리 잘되었다 생각한단다."

라틸이 무어라 반박하려 하자 황제는 홀짝이던 차를 내려놓더니 자리에서 일어나 다가왔다. 아버지가 두 팔로 자신을 꼭 끌어안아 주자 라틸은 괜히 눈시울이 더 뜨끈해졌다.

"그자와 결혼한다면 먼 타국으로 가야겠지. 아버지는 내 딸이 곁에 오래도록 있었으면 좋겠다. 내 눈에 보이는 곳에서, 내 권력과 힘이 닿는 곳에서 사랑만 받으며 살았으면 좋겠어."

"저는……."

"후궁이 되어서라도 하이신스와 결혼하겠단 말은 하지 마라."

라틸은 고개를 저었다.

"그런 생각은 해보지도 않았어요."

"그래."

"하지만 카리센에는 다녀올래요."

황제는 미간을 찡그리고서 딸을 보았다. 라틸은 이미 단단히 결심한 바가 있기에 입매가 딱딱하게 굳어 있었다. 황제는 한숨을 내쉬었다.

"라틸. 내 딸. 너를 버리고 다른 여자와 결혼한다는 남자를 굳이 왜 찾아가려는 게냐. 욕을 퍼부어주겠단 거라면 보내주마."

"물어보고 싶어요. 왜 그런 건지."

"의미가 있니?"

"마음이 편해지겠지요. 지금보다는."

라틸이 입을 고집스럽게 닫자 황제는 혀를 찼다. 아기 때부터 라틸을 보아왔기에 황제는 알고 있었다. 딸이 저런 표정을 지을 때는 누구도 뜻을 꺾을 수 없단 것을.

"누구를 닮아 이리 고집이 셀까."

황제는 라틸의 머리카락을 힘을 주어 뻑뻑 문지르고는, 다시 자기 자리로 가 앉았다. 그러나 다음에 나온 말은 여전히 단호했다.

"개인적으론 갈 수 없다."

보내줄 분위기더니, 왜? 라틸은 울상을 지으며 외쳤다.

"아바마마!"

하지만 바로 뒤에 반전이 있었다.

"두 가지 조건을 맞춘다면 보내주마."

"말씀해보세요. 다 맞출게요."

라틸은 눈을 부릅뜨고 아버지를 보았다. 어떻게 해서든 꼭 카리센에 가고 싶었기에, 아버지가 어떤 조건을 내밀더라도 해낼 자신이 있었다. 하지만 황제가 짓궂게 웃으며 한 말은 라틸이 예상한 그런 조건이 아니었다.

"첫째. 하이신스를 보거든 녀석의 발등을 꽉 밟아주어라. 왜 이러냐 묻거든 내가 시켰다고 해도 좋다!"

라틸은 눈을 커다랗게 떴지만 곧 웃으면서 "네!" 하고 외쳤다.

"그리고 둘째는요?"

"결혼식 사절단 대표로 가거라."

"그건!"

"개인적으로는 보낼 수 없어. 내 딸이 우스운 꼴이 될 테니. 결혼식 대표로 가서 그놈 낯짝을 구겨주거라. '너 같은 놈 신경 쓰지도 않는다!'는 표시를 하고 와야지."

흥! 콧김을 뿜은 황제는, 이럴 줄 알았더라면 하이신스의 유학을 허락하지도 않았을 거라고 툴툴거리면서 시종장에게 동의를 구했다.

"그렇지 않느냐?"

"예, 저도 폐하와 같은 생각입니다."

시종장이 자상한 미소를 지으며 대답했다. 라틸은 아버지와 시종장을 번갈아 보다가 그 두 가지 제안을 받아들이기로 결심했다.

"좋아요. 그러면 그렇게 할게요."

그로부터 약 3주간. 라틸은 결혼 축하 사절단의 대표로서 여러 가지 일을 계획하고 지시했다.

'약혼자가 다른 여자랑 결혼한다는데. 왜 내 손으로 이런 걸 준비하고 있지?'

물론 평탄하지는 않았다. 일하다가도 종종 울화가 치솟았다. 하이신스에게 주기 위해 준비한 선물은 몇 번이나 라틸에게 패대기쳐져 밟힐 위기를 가까스로 벗어났다. 특히 라틸이 이겨내야 했던 가장 파괴적인 충동은 화목한 부부를 상징한다는 나무 선물을 부숴버리고 싶은 충동이었다. 화목은 얼어 죽을 화목.

하지만 라틸은 그 모든 충동을 잘 참아내는 데 성공했다.

'진정하자. 나는 하이신스를 위한 사절단 대표가 아니야. 난 우리나라를 대표해서 다른 나라에 가는 것뿐이라고. 선물을 부숴봤자 통쾌한 건 잠시야. 나중에 뒷감당하느라 돈만 더 들지.'

그리고 제법 침착하게 일을 주도하는 라틸의 그런 모습을, 황제는 먼발치에서 바라볼 때마다 흐뭇하게 웃었다.

"라틸은 결혼하더라도 역시 먼 곳으로는 가지 않았으면 좋겠군."

"예. 폐하의 곁에서 많이 배우면서 타리움 제국의 기둥으로 당당히 성장하셨으면 좋겠습니다."

하지만 모두가 라틸의 인내를 침착하게 바라본 건 아니었다.

"너무 잔인한 일이에요, 아버지. 전 약혼자 결혼식에 애를 보내다니요!"

동생과 하이신스가 연인이었단 걸 아는 또 다른 사람, 황태자 레안은 아버지에게 몇 번이나 항의했다. 라틸을 결혼식 대표로 보내서는 안 된다고. 하지만 그 작은 반항은 그리 오래가지 못했다.

"어차피 이루어질 수 없다면 한번 제 눈으로 보고 오는 게 나을 거다. 몇 년을 좋아하고 거기에 그리움까지 더해진 상대야. 하이신스 그 자식이 무사하길 빌면서 신전에 꼬박꼬박 2년을 다녔어. 확실하게 끝을 내게 해주어야지."

그리고 마침내 결혼 사절단이 카리센으로 떠날 날이 다가왔다. 라틸은 자신의 하얀 백마 위에 올라타 말고삐를 단단히 잡았다. 어릴 때부터 운동을 좋아해 각종 무술을 익힌 터라, 라틸은 승마에도 익숙했다. 커다란 백마 위에서도 위풍당당한 황녀의 모습을, 사절단은 뿌듯하게 올려다보았다.

"다녀올게요."

가족들에게 인사를 한 후 라틸은 일행에게 출발 신호를 보냈다.

그로부터 장장 15일에 이르는 긴 여정 동안 일행은 순조롭게 이동했다. 커다란 행렬이었기 때문에 산적이나 도적도 나타나지 않았고, 능력 있는 관리가 거리 계산을 완벽하게 해둔 덕에 야영하는 일도 없었다. 일행은 빠른 속도로 평화롭게 카리센을 향해 나아갔다.

마침내 카리센의 수도에 도착했을 때, 라틸은 벅찬 슬픔을 느꼈다. 언젠가 이곳으로 오게 될 줄은 알았지만 이런 형태일 줄은 몰랐는데.

카리센의 수도에는 하이신스와 결혼하기 위해 올 줄 알았다. 예장을 입고 화려하게 치장한 결혼 사절단 사이로 황금 마차를 타고 지나가면 카리센 국민들이 환호할 거라 상상했다. 국민은 강대국 황녀인 라틸을 당연히 반길 테니 말도 안 될 망상은 아니었다.

'하이신스…….'

하지만 이젠 완전히 변해버렸다. 결혼 사절단과 온 건 맞았지만, 자신의 결혼이 아니었다. 마차 안에 가득한 선물들은 자신을 위해 아버지가 준비한 선물이 아니라, 하이신스의 신부가 될 사람을 위해 라틸이 고른 선물들이었다. 심장이 미어지는 기분에 라틸은 잠시 말고삐를 꼭 쥐고 이를 으드득 갈았다.

"황녀님. 괜찮으십니까?"

행렬의 호위를 맡은 기사단장 서넛이 걱정스레 물었으나, 대답할 여력도 없었다. 지금 입을 열면 보나 마나 쌍욕이 나올 텐데. 온실 속 화초처럼 자라난 기사단장은 감당하기 어려울 테니까.

라틸은 한참을 그러고 서 있다가, 숨을 크게 토해낸 후 두 손으로 뺨을 툭 치고 지시했다.

"괜찮습니다. 이제 가지요."

물론 하나도 괜찮지 않았다. 황궁에 도착해 타리움 제국 사절 대표로서 카리센의 책임자와 인사를 나눌 때조차 라틸의 마음은 콩밭에 가 있었다.

"황녀님께서 직접 오실 줄은 몰랐습니다."

책임자가 친절하게 웃으면서 건네는 말조차도 다 시비로 들려서, 애꿎은 상대의 멱살을 잡고 다그칠 뻔하기까지 했다. '왜? 신랑의 전 애인인 내가 결혼식 사절로 와서 당혹스러우냐?'라고.

'그러면 안 돼. 저 사람들은 내가 하이신스와 연애했다는 것도 모를 건데.'

라틸은 자꾸만 꿈틀거리는 주먹과 입을 가까스로 통제했다.

"하이신스 폐하와는 타리움 제국에서부터 알고 지냈거든. 내가 직접 오는 걸 기뻐할 거라 생각했다네."

"물론입니다. 황녀님께서 사절단 대표로 오셨다는 걸 알면 아주 기뻐하실 겁니다."

'개소리.'

카리센의 책임자는 사절단 대표인 라틸을 비롯해 몇몇 이들만 하이신스를 만날 수 있는 곳으로 이끌었고, 나머지 일행은 짐과 사람들을 챙기기로 하고서 다른 방향으로 갔다.

"그렇지 않아도 지금 각국에서 사절단이 도착하고 있어서 무척 정신없답니다. 하지만 외국 귀빈들이 지내기에는 그편이 오히려 나을 겁니다. 은혜궁은 보통 황량할 정도로 비어 있는데, 지금은 손님들로 가득하니까요."

노란 회랑을 걸어가는 내내 카리센의 책임자는 이런저런 이야기를 들려주었으나, 라틸은 반만 듣고 반은 흘려들으며 마른침만 삼켜댔다. 한 걸음 한 걸음을 걸을 때마다 발이 무거워졌다. 갑자기 이곳에 온 게 후회되고, 하이신스를 만나서 뭐라고 해야 할지도 막막했다.

축하해? 근데 왜 멋대로 마음을 바꿨어? 마음을 바꿀 거면 내가 오랫동안 기다리기 전에 바꾸지 그랬어? 너랑 보낸 시간이 아깝다?

일단 부황이 말한 대로 발등은 꼭 찍어야지. 속으로 다짐하며 라틸은 카리센 책임자의 뒤통수를 노려보았다. 마침내 책임자가 어느 방문 앞에 멈추어 서자 라틸은 크게 심호흡을 했다.

"고맙네."

라틸은 폐 안 가득 들이부은 숨을 한 번에 뱉으며 어깨를 세우고 방 안으로 들어갔다. 그곳은 알현실 같으면서도 용도가 애매해보이는 방이었다. 옥좌가 방의 상석 위치에 있고 그 아래로 길쭉한 탁자들이 나열되어 있었는데, 라틸이 보아온 알현실들보다 좀 더 사적인 느낌이 났다. 일부러 느릿하게 방 안을 살살이 둘러보던 라틸은, 더 이상 볼 곳이 없자 이제 더는 시간을 끌 수 없다는 걸 알았다.

언제부터였을까. 하이신스가 멍하니 이쪽을 바라보고 있었다. 라틸은 습관처럼 그에게 달려가려는 발을 애써 붙들었다. 자신을 버리고 간 남자에겐 조금의 미련도 보이고 싶지 않았다.

"라틸…… 와줬구나."

그러나 문이 닫히자마자 하이신스가 먼저 달려와 그녀를 끌어안았다. 커다란 두 팔 안에, 단단한 품 안에 익숙하게 묻히자 라틸은 그대로 굳어버렸다. 멍청하게도 미약한 희망이 솟아났다. 하지만 라틸은 희망을 뿌리치고 그를 밀어냈다. 그리고 하이신스가 두 손으로 자신의 얼굴을 쓸려는 걸 딱 끊어내며 말했다.

"지금부터 5분 주겠어. 설명해. 나더러 왜 와달라 한 거야?"

하이신스는 애처롭고 달콤한 목소리를 내며 슬픈 표정을 지었다.

"라틸. 화난 건 알아. 하지만 이렇게 딱딱하게 굴지 말아줘. 제발. 그동안 속이 미어지는 줄 알았는데, 네가 만나자마자 화를 내면 나는……."

"4분 남았어."

그러나 라틸은 그가 주절거리는 걸 단호하게 끊어버렸다. 하이신스의 목소리는 과거의 추억만큼 듣기 좋았지만, 감미로운 음악도 듣고 싶을 때 들어야 좋은 법. 지금은 하이신스가 천상의 노래를 부른다 해도 짜증이 날 타이밍이었다.

"3분 30초."

"……."

라틸이 남은 시간까지 확실하게 알려주자, 하이신스는 체념 어린 얼굴로 한숨을 내쉬었다.

"알았어. 말하지. 반란을 일으킨 헤움의 세력이 생각보다 거셌어. 가장 세력이 큰 다가 공작이 헤움을 지지해줬거든."

라틸은 하이신스의 말을 언제든 꼬투리 잡을 준비를 하고서 듣다가 익숙한 이름을 듣고 중얼거렸다.

"다가 공작?"

'어디서 봤더라? 누군지 모르겠지만 익숙한…… 아. 초대장에서 본 가문이잖아?'

아이니 투르 라 다가.

그래. 확실하게 초대장에서 본 이름이다. 하이신스와 결혼한다는 여자의 이름. 그 이름에 '다가'란 성씨가 달려 있었다. 다가 가문은 그 여자의 가문이었다. 그런데 하이신스의 예비 신부 집안이 헤움 황자를 지지했다고?

"헤움을 누르기 위해서는 다가 공작이 필요했어. 그래서 그를 회유하려 했고, 다가 공작은 내게 조건을 걸었지. 자기 외동딸인 아이니 투르 라 다가를 황후로 맞이해달라고."

"……."

라틸이 입을 다물고 지그시 쳐다보자 하이신스가 가련한 표정을 지었다. 늘 라틸을 감탄하게 만들었던 다양하고 풍부한 표정이 이번에는 슬픔으로 물들었다.

"라틸."

한 걸음. 하이신스는 꼭 한 걸음 다가와 라틸을 꽉 자기 품 안에 넣고 힘주어 안아주었다. 그의 품속 열기는 이전과 다를 바 없었다. 슬플 정도로.

"미안해. 정말 미안해."

하이신스가 재차 사과했으나 라틸은 이번에도 엄격하게 대답했다.

"됐어. 미안해하지 마. 넌 너 자신과 나. 둘 중 너 자신을 선택했을 뿐이야. 우리 사랑보다 네 영광이 우선이라 생각한 건데, 여기에 대해서 비난하진 않겠어. 사람은 누구나 자신을 우선으로 생각할 테니까."

"라틸……."

하이신스는 흔들리는 눈으로 라틸을 바라보았다. 대범한 말에 감동을 받은 눈치였다. 라틸은 그사이에 하이신스의 발등을 꽉 찍어버렸다.

"윽."

하이신스는 새된 소리를 뱉으며 얼른 발을 치웠다.

라틸은 씩씩거리며 그 모습을 지켜보았다. 이럴 땐 하이힐이 필요한데. 여행을 위해 편안한 신발을 신은 게 아쉬웠다. 문 앞에서라도 갈아 신고 들어올걸!

"감동받지 마. 널 비난하지 않는다고 해서 내가 화가 안 나는 건 아니니까. 네 사정이야 어쨌든 결과적으로 난 버림받은 거잖아."

하이신스는 다시 괴로운 표정을 지었다.

"라틸…… 제발 그런 식으로 말하지 말아줘."

그의 목소리는 절절하게 고통을 호소했다. 그 목소리며 표정은 정말 진담처럼 들려서 라틸은 덩달아 괴로워졌다.

"이런 식으로 말하지 마? 뭘 말하지 마. 이게 사실인데 뭘 어쩌란 거야. 전쟁 중이라 편지할 수 없었다고? 변명하지 마. 전쟁이 끝나고 나서는 알려줄 수 있었잖아? 내가 결혼식 사절을 통해서 네 결혼 소식을 들어야겠니?"

"라틸. 난 아직 누가 헤윰 쪽 잔당인지 몰라. 승리했지만 아직 불안한 자리야."

"!"

"다가 공작도 마찬가지야. 다른 건 몰라도, 그는 내가 자기 딸을 배신하게 두진 않아. 모든 이들이 눈에 불을 켜고 있어. 첩자가 누구인지조차 몰라. 그런 상황이야. 편지를 쓸 수가 없었어."

"우리는 이별이다, 이 말을 하는 것도 첩자한테 걸리니? 첩자가 그 사실을 알면 헤윰 잔당에게 도움이라도 돼?"

"……."

"다가 공작? 그 편지를 보면 좋아하면 좋아했지 싫어하지 않을 텐데?"

하이신스는 물기 어린 눈동자로 라틸을 바라보았다. 네가 무슨 말을 해도 나는 너를 사랑해, 하는 시선으로.

라틸은 손에 힘을 줘서 그를 밀어냈다. 하이신스에게서 나는 익숙한 향기와 부드러운 살결이 좋았지만, 그걸로 끝이었다. 좋아도 밀어내야 하는 사람. 이제 그는 그런 사람일 뿐이니. 다행히 울음이 나올 것 같진 않았다. 라틸은 주먹을 쥐었다 펴기를 반복했다.

"그래. 네가 하고 싶던 말이 변명이었던 건 잘 알았고……. 가겠어. 잘 살라는 말은 못 하겠다. 나중에, 내가 사절단 대표로서 네게 잘 살라 말하더라도 믿지 마. 빈말이니까."

라틸은 휙 몸을 돌렸다. 하지만 채 몇 걸음을 걸어가기 전에 하이신스가 라틸을 잡고 매달렸다.

"제발 라틸. 그런 아픈 소리 하지 마. 너와 이별하려 부른 게 아니야."

"그러면. 사과하려고?"

"사랑해."

지금 이 자식이 뭐라는 거야? 절절한 하이신스의 고백에 라틸의 눈꼬리가 삐죽 올라갔다.

"사랑?"

"라틸. 내가 사랑하는 건 너 하나뿐이야. 그러니까…… 5년만. 5년만 기다려줘."

"뭐?"

라틸은 헛웃음을 지으며 그를 쳐다보았다.

"5년 기다리면? 상황이 바뀌어?"

빈정거린 건데. 하이신스는 단호하게 수긍했다.

"바뀌어. 5년이면 다가 공작의 세를 꺾고 헤움의 잔당을 전부 쳐낼 수 있어. 확고하게 내 기반을 닦아서 완전한 왕정을 이룰 수 있어."

그러나 그 단호한 긍정도 라틸의 마음을 바꾸지 못했다. 라틸은 여전히 차갑게 쏘아붙이기만 했다.

"그러면? 내가 5년 기다려서 얻는 게 뭔데? 승계 과정에서 싸움이 벌어졌으니, 넌 기반을 닦기 위해서 전략적으로 후궁들도 들이겠지. 이번에 네 결혼 소식을 들으며 받은 충격을 5년간 연달아 받아서 내가 얻을 게 뭐냐고!"

"전략적으로 들인 어떤 후궁과도, 그리고 아이니 다가와도 절대로 합방하지 않겠어. 원한다면 신전에서 맹세해도 좋아. 아니, 합방이 뭐야, 손끝 하나 대지 않고 있을게. 그러다가 5년 후에. 전부 다 내보낼게."

이번에는 좀 흔들렸다. 라틸은 바로 대답하지 못하고 그를 쳐다보았다.

신전에서 하는 맹세는 아주 신중해야 했다. 신전에서 거짓 맹세를 했다가는 신벌을 받을 수도 있었다. 신은 자기를 걸고 거짓말하는 걸 싫어했으니.

'일단 이놈이 거짓말로 둘러대는 건 아니구나.'

하지만 여전히 하이신스의 말에는 구멍이 많았다. 라틸은 한숨을 내쉬면서 그 구멍을 하나하나 지적했다.

"후궁들을 내보내는 거야 그렇다 쳐도. 황후와 이혼은 어쩌려고. 다가 공작은 세력이 크다며. 황후를 배출한 가문이 되면 더 커지겠네. 그런 가문이, 그런 가문 출신 황후가, 네가 5년 있다가 폐위시킨다고 순순히 떠나겠어? 황후 자리에서 손쉽게 떠밀릴 정도로 약해질까?"

하지만 하이신스는 이번에도 단호하게 대답했다.

"충분해."

"오만이니, 자만이니."

"제발, 라틸. 내가 사랑하는 건 너 하나뿐이야. 내가 미래를 함께 하고 싶은 사람도, 가정을 만들고 싶은 사람도 너 하나야. 알잖아?"

멍청하게도 라틸은 대답하지 못했다. 몇 년을 사랑한 남자가 흐느끼며 하는 애원을 뿌리치기는 쉽지 않았다. 이 남자를 위해 기도하며 보낸 세월이 얼마이던가. 게다가 이 남자가 사랑하는 사람은 자신이었고, 자신 역시 이 남자를 사랑해왔다.

"……안 돼."

하지만 역시 라틸은 하이신스를 받아들일 수 없었다.

"라틸."

하이신스는 전혀 예상하지 못했다는 눈으로 라틸을 바라보았다. 그의 눈이 충격으로 가득 차올랐다.

"날 못 믿어서 그런 거라면, 그래, 그럴 수도 있지. 그러니까 신전에 맹세할게. 정말이야. 그러니 제발……."

"솔직히 말할까? 나도 아직 널 사랑해. 하지만 5년 후의 넌 완전히 다른 여자의 남자야. 지금은 아이니 영애가 너와 나 사이에 들어온 거지만, 5년 후에는 너와 그 사람이 부부고 내가 남이야."

"난 그녀를 절대 사랑하지 않아."

"네가 사랑하지 않아도 네 신부는 그 사람이야. 나는 그냥 옆 나라 황녀고. 헤어지려면 결혼하기 전인 지금 헤어져야지. 결혼을 하고 5년이 지난 후에 버린다고? 그딴 소식을 듣고 내가 기뻐할 것 같아?"

라틸은 단호하게 말하고서 뒷걸음질 쳤다. 일순간 흔들렸지만, 라틸은 이게 옳다고 생각했다.

물론 라틸은 하이신스의 신부가 될 사람이 미웠다. 그 사람의 존재가 아니라, 그 사람의 입장이 미웠다. 몇 년간 온 마음을 다해 사랑하던 남자를 손쉽게 가져갔는데. 좋을 수가 없었다. 그러나 별개로, 아이니 다가가 5년 후 폐위되어 버려져야 한다는 데에는 동의하지 않았다. 아이니 다가는 못된 계략으로 하이신스를 뺏어간 게 아니었다. 하이신스는 황제가 되기 위해 그녀와 거래를 한 것이었다. 물론 거래를 하지 않았다면 하이신스가 죽긴 했겠지만. 어쨌든 제 손으로 거래해놓고서는, 5년 후에 이혼하겠다고?

"라틸, 제발."

하이신스의 눈에서 눈물이 떨어졌다. 그가 쓰러지듯 주저앉았다. 아름다운 얼굴에 눈물이 번져가자 그걸 보는 라틸도 마음이 무너져 내렸다.

"네가 날 받아주지 않는다 해도 난 다른 사람을 사랑할 수 없어, 라틸. 알잖아. 제발……."

라틸은 고개를 젓고서 그 자리를 도망치듯 벗어났다.

"황녀님. 괜찮으십니까?"

숙소로 돌아온 라틸이 멍하니 창문 밖만 쳐다보고 있자 근위기사단장 서넛이 조심스레 물었다.

"아니요…….."

라틸은 맥없이 대답하고서 병든 병아리처럼 창틀에 이마를 댔다. 창틀은 시원했으나 마음은 아직도 복잡했다. 순수한 분노일 때에는 차라리 나았지. 지금은 여러 감정이 복합적이어서 더 힘들었다. 게다가 자꾸 하이신스의 말이 귓가에 떠오르고, 그때마다 '하이신스 말이 맞지 않아? 뭐 어때?' 하고 혹하는 충동이 들었다.

아까는 다가 공작의 영애가 계략으로 하이신스를 뺏어간 게 아니라 확신했는데. 지금 생각해보니 애초에 다가 공작이 헤움 황자의 반란을 돕지 않았더라면, 하이신스가 그런 거래를 할 필요도 없었지 않나.

"아냐. 그래도 5년 후는 아니야."

"예?"

"그런 게 있답니다."

라틸은 끙 소리를 내며 몸을 일으키고서, 아직까지도 끼고 있던 거추장스러운 장갑을 벗었다. 그러고 보니 아직 신발도 갈아 신지 않았고 망토도 벗지 않은 상태였다. 하이신스와 만나고 온 후 정신이 나가 여행복 그대로 입고 있던 것이다.

"옷 갈아입는 걸 도울 하녀를 불러다 드릴까요?"

"그래줄래요?"

근위기사단장은 잠시만 기다리라며 문밖으로 나갔다. 그러나 1분도 지나지 않아 근위기사단장은 바로 라틸을 부르며 다시 다가왔다.

"진짜 빨리 왔네. 왜요? 아무도 없어요?"

라틸이 묻자 근위기사단장의 표정에 곤혹스러워하는 빛이 떠올랐다. 단순히 하녀가 안 보이는 문제가 아닌 듯했다.

또 뭔데. 라틸의 표정이 덩달아 어두워졌다.

"왜요? 무슨 일인데요?"

"아이니 영애가 문 앞에 있습니다. 황녀님을 뵙고 싶어 하는데, 어찌할까요?"

아이니 영애. 아이니 다가. 전 남자친구의 예비신부? 그런 사람이 날 만나고 싶어 한다고? 왜? 게다가 문 앞에 있어?

라틸은 인상을 구겼다. 안 그래도 하이신스 때문에 심란한데. 굳이 그 사람까지 만나야 하나? 영 내키지 않았다.

그 기색을 눈치챈 근위기사단장이 제안했다.

"황녀님께서 원하신다면 제가 나서겠습니다."

혹하는 제안이었으나 라틸은 거절했다.

"괜찮아요. 사절단 대표로 온 이상 어차피 피할 수만도 없을 테니까. 들어오라 해요."

근위기사단장은 영 내키지 않는 눈치였으나 "예." 하고 대답하고서 밖으로 나갔다.

잠시 후. 붉은 머리를 우아하게 틀어 올린 여자가 방 안으로 들어왔다. 전 남자친구의 예비신부가 예상보다 훨씬 아름답고 매력적으로 보인다는 건 상당히 짜증스러운 일이었다. 고아하게 드레스 자락을 늘어뜨린 아이니는, 키는 작았으나 자세가 곧고 표정이 다부졌다. 그야말로 잘 배운 영애 느낌이 물씬 풍겨왔다.

'젠장.'

라틸은 속으로 혀를 찼다.

'신발과 망토. 아직 갈아입지 않았는데.'

라틸은 드레스 대신, 기사들과 비슷하면서도 좀 더 화려한 느낌을 살린 제복을 입고 있었다. 여기저기 금색 술이 달린 데다 문장도 금으로 만들어 나름 화려한 복장이었으나, 문제는 며칠간 이 옷을 입고 있었던 점이었다. 덕택에 옷은 잔뜩 구겨졌고, 바지 밑단에는 아직 흙이 묻어 있었다.

나중에 오라 할 걸 그랬나. 라틸은 속으로 후회했으나 도로 나가라 할 수는 없는 노릇이기에, 감정을 숨기고 웃으면서 손을 내밀었다.

"반갑습니다, 아이니 양."

아이니는 눈을 동그랗게 떴다. 라틸이 악수를 청할 거라고는 예상하지 못한 눈치였다. 하지만 곧 그녀는 눈꼬리가 휘어지도록 웃으며 손을 마주 잡았다.

아이니는 심지어 손조차 보드랍고 말랑했다. 어린 시절부터 검을 잡아서 굳은살이 가득한 라틸의 손과 다른 여린 손. 웃는 모습까지 예쁘다. 무슨 의도로 찾아온 건지는 모르겠으나, 첫인상 한번 기가 막히게 매력적이었다.

라틸은 자신도 모르게 아이니의 손을 빤히 내려다보며 생각했다. 하이신스. 너, 이런 여자와 살면서 5년간 사랑하지 않겠다고?

이렇게 매력적인 사람이랑? 코웃음이 나왔다.

"황녀 전하께서 갑자기 악수를 청하셔서 놀랐어요. 아이니 투르라 다가, 황녀 전하께 인사드립니다."

그녀는 손을 뗀 후에도 다시 한번 격식에 맞춰 인사를 올렸고, 라틸은 기분이 더욱 텁텁해졌다.

인사를 마친 아이니는 잠시 라틸을 물끄러미 바라보았고, 라틸 역시도 그녀를 말없이 바라보았다. 어색한 공기가 두 사람 사이를 지나갔다. 그러기를 2분가량. 곧은 시선으로 라틸을 응시하던 아이니가 먼저 입을 열었다.

"실은 황녀 전하. 두어 시간 전 전하와 하이신스 폐하께서 나눈 이야기에 대해 말씀드리고 싶어 실례를 무릅쓰고 찾아왔습니다."

두어 시간 전이라면 라틸이 하이신스와 재회하던 그때였다. 라틸은 생각 없이 '괜찮다'고 말하려다가 이상한 점을 눈치채고 미간을 찡그렸다. 그때 방 안에는 라틸과 하이신스 둘뿐이었다. 그런데 어떻게 이 사람이 그 이야기에 관해 말한다는 거지? 하이신스가 말했을 리는 없는데?

'하이신스가, 다가 공작이 눈에 불을 켜고 자기를 감시한다더니. 그건 사실인가 보네.'

"황녀 전하께서는 하이신스 폐하와 생각이 다른 듯하니까, 솔직하게 말씀드리고 싶어서요."

라틸은 머리로는 다가 공작과 하이신스의 권력 구조를 분석하면서도, 친절한 미소를 유지하며 권했다.

"말해봐요."

"전 5년 후에도 절대 폐하와 이혼하지 않을 것입니다."

라틸은 한쪽 눈썹을 삐딱하게 올리고서, 자신보다 20센티미터는 더 작아 보이는 아이니를 내려다보았다. 아이니는 당당한 눈으로 라틸을 올려다보고 있었다.

"부부 계획을 굳이 내게 알려줄 필요는 없는데."

라틸이 중얼거리자 아이니는 고개를 빠르게 저었다.

"하이신스 폐하를 사랑하기 때문이 아니에요. 하이신스 폐하가 원하는 대로 해주고 싶지 않기 때문이지요."

"!"

"그 대화를 듣고 심장이 타들어가는 줄 알았어요. 자신을 버리기 위해 결혼하려는 남자와 살고 싶은 사람은 없잖아요. 자존심이 상해서 차라리 내가 먼저 결혼을 깨버리는 건 어떨까. 몇 번이나 고민했습니다."

단단해 보이던 아이니의 눈동자가 잠시 흔들렸다.

라틸은 '도대체 얘가 우리 대화를 어디서 들었을까?' 불쾌해하던 걸 잠시 뒤로 미루었다. 그래. 과정이야 어쨌든, 아이니의 입장에서는 참으로 끔찍한 대화였을 터였다.

"하지만 그러지 않기로 했어요. 하이신스 폐하에게 가장 상처가 될 일은, 제가 자발적으로 물러나는 게 아니거든요."

"그래요. 유감입니다."

"아니요. 감사드리고 있습니다. 처음에는 자존심이 상하기만 했어요. 하지만 생각해보니 황녀 전하께는 고마운 마음이 들었습니다. 황녀 전하께서도 몹시 화가 나실 텐데. 그렇게 말씀해주신 거니까요."

"……."

"그리고 이거. 필요하실 것 같아서. 제 단골 친구랍니다."

꾸벅 인사한 아이니는 가지고 온 것을 건넨 후 다시 꾸벅 인사하
고 나갔다.

라틸은 눈을 깜빡거리고 있다가 그녀가 건네고 간 상자를 탁자
위에 놓고 풀어보았다. 독하기로 유명한 술이었다. 황당한 기분에
라틸은 헛웃음을 짓다가 픽 웃고서 고개를 저었다.

그날 밤, 라틸은 아이니가 주고 간 술을 홀짝거리며 어지러운 마
음을 털어냈다. 단골 친구라더니. 확실히 효과가 좋은 술이었다. 첫
모금에 쓰라린 기분이 들더니, 두 모금에 배 한가운데가 뜨거워졌
고, 세 모금에 하이신스에 대한 게 훨훨 날아갔다. 어느 순간부터는
그냥 멍하니 술잔을 기울이게만 되었다.

"그래……. 남자가 걔 하나냐? 아니야. 남자는 많아. 엄청나게 많
다고."

라틸은 술에 취해 중얼거리면서 연달아 술병을 홀짝거렸다.

"미남이 필요해. 그놈을 잊게 해줄 아주아주 아주 잘생긴 남자가
필요해."

나중에는 기억이 중간중간 희미해졌다. 미남 미남 중얼거리다
보니 그런 내용의 꿈이라도 꾸는 건가, 눈앞에 정말로 잘생긴 남자

가 보이는 것도 같았다. 현실에서는 없을 비현실적인 얼굴이니 꿈이 분명하다고, 라틸은 술에 전 뇌로 생각했다. 꿈이라면 잡아야지. 라틸은 남자를 잡고서 무어라 말을 했고, 남자는 웃음을 터트렸다. 정신이 반쯤 나간 건가. 자신이 하는 말도 남자가 하는 말도 들리지는 않았다. 이미 반쯤 의식이 사라져 있었다. 그걸 마지막으로. 라틸의 기억은 완전히 끊어졌다.

그리고 눈을 떴을 때. 라틸은 처음 보는 남자를 꼭 끌어안고 정원에 누워 있었다. 라틸은 완전히 얼어버렸다. 그녀에게 안겨 있는 남자는 꿈속 인물이라 착각했던 게 이상하지 않을 정도로 아름다운 남자였다. 이목구비가 그려둔 것처럼 균형적이었고, 콧날과 턱의 선이 매력적이었다. 머리카락은 깨끗한 은색이었는데, 속눈썹까지도 은색이었다. 약간 어두운 편인 피부와 대비되는 은발과 속눈썹이 남자를 매혹적인 엘프처럼 보이게 했다.

그러나 문제는 남자의 잘난 얼굴이 아니었다.

'젠장. 얼마나 독한 술인 거야?'

라틸은 속으로 욕을 뱉었다.

다행히 둘 다 옷을 겹겹이 껴입고 있는 걸로 보아 '큰 사고'를 친 것 같진 않지만, 사절단 대표로 온 황녀가 모르는 남자와 정원에서 술에 취해 잠든 것도 충분히 큰 사고였다.

같이 술을 퍼마시기라도 한 걸까? 남자에게서도 술 냄새가 강하게 났다.

그때, 남자가 눈꺼풀을 움찔했다. 당장에라도 눈을 뜰 것 같았다.

'안 돼!'

라틸은 서둘러 그 자리를 벗어났다.

방으로 돌아온 라틸은 머리가 복잡해졌다.

혹시 그 남자, 내가 황녀라는 걸 알까? 그런데 그 남자는 어쩌다가 내 옆에 누워 있던 거지? 그쪽도 술에 취해서 뻗어 있던 건가?

그러면 상대도 자신을 기억하지 못할지도 몰랐다. 게다가 이쪽과 달리 남자는 술에서 깨어나 라틸을 보지 못했다. 어쩌면 라틸의 존재 자체를 기억하지 못할 수도 있었다.

'그러면 좋겠는데. 젠장. 그 남자, 대체 누구지? 뭐 하는 사람?'

남자가 궁에서 일하는 사람이라면 라틸을 기억하더라도 함구할 것이다. 라틸이 누구인지 아예 모를 가능성도 컸다. 하지만 귀족이라면…….

'하이신스의 결혼식에서 마주칠지도 몰라.'

라틸은 남자의 복식을 떠올리려 애썼다. 복장을 보면 대충 신분이 나오니까. 그러나 웬걸. 아무리 머리를 쥐어짜내도 바로 몇 분 전에 본 남자가 입고 있던 옷이 기억나지 않았다. 워낙 얼굴의 존재감이 강렬하다 보니 옷이 보이지 않았던 탓이었다.

'분명 뭘 입고 있긴 했는데…….'

한참을 고민한 끝에, 라틸은 그 남자와 마주치더라도 그냥 모른 척하기로 결심했다.

추태라면 이쪽의 추태만이 아니지. 상대 역시도 함께 추태를 부린 것이지 않던가. 체면이 있다면 서로 모른 척하는 게 나을 터.

'좋아.'

결론을 낸 라틸은 서둘러 옷을 벗고 욕실로 들어갔다.

그러나 남자와의 재회는 라틸의 예상보다 더 심각하고 나쁜 방향으로 벌어졌다.

'와…… 젠장. 미치겠네.'

하이신스의 결혼식에 참석하기 위해 억지로 대연회장으로 갔는데. 그곳의 가장 상석 중 한 곳에 그 남자가 있었던 것이다.

위치를 보자마자 라틸은 남자가 황족, 그것도 카리센의 황족이라는 걸 알 수 있었다. 그 말은 남자가 하이신스의 친척일 가능성이 높다는 것. 게다가 라틸과 배정받은 장소가 비슷한 걸 보니, 먼 친척뻘도 아니었다.

착각일까. 남자가 계속 이쪽을 보는 것 같기도 했다.

"황녀님. 아는 자입니까? 계속 황녀님을 보고 있는데요."

착각이 아닌가 보다.

"모르는 자입니다."

라틸은 딱 잘라 거짓말했다. 내가 잘나서 보는 게 분명해. 그럴 거야.

다행히 계속 외면하고 있자 남자도 고개를 돌릴 뿐, 아는 척하진 않았다.

"황녀님. 눈이 가자미가 되어 있습니다. 차라리 고개를 돌려 보세요."

라틸은 아까부터 자꾸 뼈를 때려대는 기사단장을 째려보고서 팩 눈을 감았다.

'안심하자. 저쪽도 날 아는 척하지 않잖아. 긴가민가 싶거나, 모르거나, 모른 척하기로 했거나 셋 중 하나야.'

"라트라실 발레르타인 타리움. 타리움의 황녀입니다."

부하가 거의 입술을 움직이지 않고 보고하자, 클라인의 입꼬리가 뒤틀려 올라갔다.

"간이 크다 했더니. 황녀 전하셨군 그래."

클라인의 가지런한 치아 사이에서 뿌득 소리가 났다.

황녀라는 저 여자. 분명 이쪽을 쳐다보는 걸 봤는데. 계속 모른 척 시선을 회피하고 있었다. 부자연스러울 정도로 경직된 고개를 하고서, 아예 '난 널 무시한다'는 신호를 보내고 있지 않은가.

어제저녁. 클라인은 술에 취해 울고 있는 기사를 발견하고 다가 갔다. 제복 차림의 여자 기사였는데, 그녀는 한 손에 술병을 잡고 엉엉 서글프게도 울고 있었다.

인정한다. 좋은 의도로 다가간 건 아니었다. 시끄러워서 쫓아버릴 셈이었다. 그러나 여자는 힘이 세다. 쫓아내려 해도 요지부동이었다. 결국 클라인은 여자가 더 술을 마셔서 취하게 만들기로 결정했다. 그러면 좀 조용하게 잠들겠지. 게다가 자꾸만 미남 미남 중얼거리면서 우는 사연이 궁금하기도 했다.

"도대체 그쪽이 말하는 미남이 누군데 그렇게 펑펑 우는 거지?"

"너다."

그런데 여자는 뜻밖에도 클라인 때문이 우는 거라 했다. 여자는 놀란 클라인의 멱살까지 잡고서 애처롭게 흐느꼈다.

"하이…… 씨. 내가 널 얼마나 좋아하는데, 근데 네가 날…… 흐어어엉. 당신은 누구니? 내 상처를 보듬으려고 하늘에서 오셨나요? 흐어어어!"

클라인은 인기가 없진 않았다. 황후 소생의 황자는 아니지만 그래도 황자였고, 경국지색이란 별명이 돌 정도로 아름다운 외모까지 타고났다. 인기가 없는 게 더 힘들었다. 하지만 아름다운 외모와 달리 지랄 맞은 성격 탓에, 열다섯 살 이후 대놓고 구애하는 여자는 없었다. 당연히 온몸으로 좋아한다 매달리는 여자도 처음이었다.

여자는 클라인의 옆구리에 딱 달라붙어서 코를 훌쩍였다.

클라인은 어색하게 여자를 마주 끌어안았다. 술 냄새 사이로 익숙한 흙냄새와 풀냄새가 났다. 보드라운 머리카락은 목덜미를 간지럽혔다.

내가 좋아서 이렇게 아파하는 여자가 있었구나. 클라인은 묘한 충족감에 여자를 토닥거려주었다. 하지만 그는 황자였기에 아무 여자와 결혼할 수는 없는 몸이었다.

"미치겠군. 내가 그렇게 좋으냐?"

"떠나갈 거야? 너도 날 떠나갈 거야?"

"그야 나는."

"흐어…… 흐어어엉! 감옥에 가둬버릴 테다! 묶어놓고서 못 나가게 할 거다!"

"이봐 아가씨. 그거 범죄야."

술 나발을 부는 여자를 보며 혀를 차다가, 클라인은 여자가 마시는 술을 뺏어 마셨다.

나름대로는 동정심이었다. 자기가 좋다고 엉엉 우는 여자의 마음을 받아줄 수 없는 데 대한 동정심. 미안하니 같이 술이나 마셔주자 싶었다. 클라인은 여자의 술을 대신 마시면서, 그녀의 등을 토닥거려주었다. 그런데 눈을 뜨고 보니 여자는 튀고 없었다. 여기저기 묻고 물었으나 흑발 흑안의 여자 기사에 대해 아는 이는 없었다.

클라인은 기분이 상했다. 좋아한다면서. 좋다고 엉엉 울었으면서. 어떻게 정원에 혼자 버려두고 튈 수가 있지?

그래도 나름 이해하려고 해보았다. 꽁꽁 감춰온 마음을 드러낸 게 부끄러워서 갔을 거라고. 감히 황자인 자신에게 추태를 부린 게 쑥스럽고 겁이 나서 도망쳤을 거라고. 그렇게 해석하니 좀 귀엽게 여겨지기도 했고, 술에서 깬 모습도 궁금했다.

클라인은 아쉬운 마음을 뒤로하고서 자신의 처소로 돌아갔다. 그 여자에 대해 좀 더 알아보고 싶었지만, 빌어먹을 형의 결혼식에 참석해야 하기에 서둘러 준비해야 했다. 그런데 뜻밖의 장소에서 그 엉엉 울던 여자를 마주친 것이다. 아주 앙큼하게도 눈조차 마주치려 들지 않는 여자와.

"……."

시간을 확인한 클라인은 결국 자리에서 일어났다. 입꼬리를 삐딱하게 올리고서 여자에게 다가간 그는, 손가락으로 톡 그녀 앞의 의자 등받이를 두드렸다.

"그만 눈 피하고. 인사나 합시다."

술김에 사고를 친 상대가 인사를 하자고 다가왔을 땐 어떻게 처신해야 할까.

"그만 눈 피하고. 인사나 합시다."

가까이 다가온 남자가 결국 아는 척 말을 거는 순간. 라틸은 심장이 뚝 떨어지는 줄 알았다.

"누구십니까."

근위기사단장이 일어서며 남자를 막아주려 했으나, 남자는 근위기사단장이 막아설 만한 신분이 아니었다.

"클라인 아비시너. 카리센의 황자다."

라틸은 인상을 구겼다가 얼른 도로 폈다. 속으로 으악 비명이 절로 나왔다. 사고를 친 상대가 심지어 황자였다니! 하이신스 동생이야! 미쳤어!

라틸은 하이신스의 이복동생들에 대해 구체적으로 듣진 못했다. 그래도 하이신스가 장남인 건 알았다. 하이신스가 결혼을 하거나 아기를 낳기 전까지는 선대 황제의 자녀들이 계속 황자와 황녀로 불리니, 저 황자는 분명 하이신스의 동생일 터.

'미치겠네.'

하이신스가 날 버린 걸 후회하도록, 완전 멋지고 쿨한 모습으로 다녀가도 모자랄 판에, 그 동생이랑 사고를 쳐?

'미쳤구나, 라틸. 네가 진짜 미쳤구나.'

라틸은 열심히 자책했으나 이미 클라인은 바로 앞까지 다가와 있었다.

'어쩔 수 없다!'

라틸은 뻔뻔하게 나가기로 했다. 자신은 어차피 술에 취해 있었고, 실제로도 기억의 상당 부분이 증발한 상태였다. 사고를 쳤다고 해도 그냥 뭐, 끌어안고 추태를 부린 것뿐이지 않은가. 모른 척하면 된다. 아니, 기억이 없으니 모르는 거나 다름없다. 얼굴 두께를 키운 라틸은 마음을 굳게 먹고 생긋 미소를 지으며 돌아섰다.

"라트라실 발레르타인입니다. 타리움의 황녀이자, 타리움에서 온 결혼 축하 사절단의 대표이지요."

습관적으로 악수를 청한 라틸은 그와 인사를 한 후에도 형식적인 미소를 계속 유지했다.

"클라인입니다."

클라인은 애매모호한 표정을 지으며 라틸을 살폈다. 탐색하는 시선은 노골적이었으나, 라틸은 태연한 척 엉뚱한 말만 꺼냈다.

"카리센은 무척 아름다운 나라로군요."

"네. 밖에서 자도 얼어 죽지 않을 만큼 따뜻한 나라이기도 하지요."

클라인의 입꼬리가 삐뚜름해졌다.

기사단장은 그게 무례라 여겨지는지 불쾌한 표정을 노골적으로 드러냈다. 라틸은 그의 옆구리를 쿡 찌르며 하하 다시 어색하게 웃고 말을 돌렸다.

"그래요. 그래도 밖에서 자면 곤란하지요. 밤 기온이 내려가니까 감기에 걸릴 수도 있잖아요?"

"정말 그렇게 생각하십니까? 무탈해 보이시는데?"

"……물론입니다. 아. 카리센에서 가장 유명한 음식은 무엇인가요?"

"술입니다."

"……."

라틸은 말없이 웃으며 고개만 끄덕였다. 하지만 속으로는 비명을 질러대고 있었다.

'저 남자, 분명히 기억하고 있어! 내가 술 먹고 자기랑 사고 친 여자란 걸 기억하고 있다고!'

아니면 굳이 밖에서 자면 얼어 죽는다는 얘기나 술 얘기를 할 리가 없었다. 그렇지만 이제 와서 갑자기 "아, 그러고 보니 그쪽은!" 하는 건 더 이상했다. 결국 라틸은 과장되게 "후후." 하는 소리를 내어 웃고서 중얼거렸다.

"농담도 잘하시기는."

"황녀님? 왜 그러십니까?"

기사단장, 이 눈치 없는 새끼. 안 쓰던 말투를 사용해서인가, 기사단장이 옆에서 이상하다는 듯 물어왔다. 라틸은 기사단장을 향해서도 부드럽고 자애로운 척 웃어주고서 다시 클라인에게 말했다.

"곧 형님께서 행진하실 것 같은데, 앉아서 기다리는 게 낫지 않을까요?"

다행히 말이 끝나자마자 결혼식이 시작될 거라는 나팔 소리가 들려왔다.

"인사. 나중에 마저 할 테니 기다려요."

클라인은 라틸을 향해 단단히 경고조로 말하고서 제자리로 돌아갔다.

클라인이 멀어지자 기사단장이 다시 물었다.

"황녀님, 저 황자가 마음에 드십니까? 왜 갑자기 그렇게 소름 돋는 말투를 사용하십니까?"

"그런 생각을 했으면 좀 조용히 닥치고 있어줄 생각은 못 하십니까?"

이제야 정상적인 반응이다 싶은지 기사단장이 안심해서 한숨을 내쉬었다.

라틸은 끙 소리를 내며 고개를 저었다.

'도대체 기사단장은 평소에 날 어떻게 보는 거야?'

"마음에 드는 남자가 있다고 해서 괜히 평소 성격 감추고 그러지 마십시오. 그러다 들키면 더 충격적일 겁니다. 황녀님은 거칠 때 가장 매력적이십니다."

"거칠 때 놀려먹기가 가장 좋은 거겠지."

"그것도 그렇지만."

서넛 기사단장은 기사단장이 되기 전에는 레안 황태자의 친구였다. 그러다 보니 기사단장들의 평균 나이와 비교할 때 무척이나 젊은 편이었다.

그래서인가. 나이 논란을 반년도 안 되어 쑥 눌러버릴 정도로 검술이나 지도 능력이 뛰어났지만, 라틸에게는 그냥 마냥 짓궂은 오빠 친구로밖에는 보이지 않았다.

'도대체 귀족 영애들은 이 인간이 뭐가 멋있다고 그러는지 모르겠어.'

씩 시원하게 웃고 있는 서넛 기사단장을 째려보며 라틸은 속으로 구시렁거렸다.

'물론 객관적으로 잘생기긴 했지만.'

그래도 눈꼬리가 쭉 올라가서 성격 나빠 보이지 않나?

"그런데 황녀님, 정말로 저 황자가 마음에 드십니까?"

"그럴 리가요."

"잘 생각하셨습니다. 별로 안 어울립니다."

"왜요? 잘생겼잖아요. 내 옆에 서면 완전 그림일 것 같지 않아요?"

"같은 남자끼리는 촉이 옵니다. 저 인간은 딱 보기에도 성격이 더럽습니다. 황녀님과 잘 어울리는 상대는 저런 성격 아닙니다."

"그러면 무슨 성격인데요?"

때마침 음악이 꽝 소리와 함께 다시 시작되며 폭죽이 순서대로 날아갔다. 폭죽이 터지자 화려한 색색의 빛이 하늘을 비추면서, 은색 종이들이 사방으로 내려오기 시작했다.

다들 환호성을 지르는 가운데. 훤칠한 하이신스가 자신의 키보다도 세 배는 길 듯한 붉은 망토를 두른 채 모습을 드러냈다.

"저런 성격을 말하는 건 아니죠?"

라틸은 하이신스를 착잡한 눈으로 쳐다보며 뚱하게 중얼거렸다.

"절대 아닙니다."

"그럼요?"

"전 어떠십니까?"

애처롭게 하이신스를 쳐다보고 있던 라틸은 뜬금없는 말에 썩은 표정으로 옆을 쳐다보았다. 서넛 기사단장이 의자에 태연자약하게 기대앉은 채 장난스럽게 웃고 있었다.

"기분 나쁜 농담도."

라틸은 딱 잘라 말하고서 팩 고개를 돌렸다.

일부러 타이밍을 맞춘 건지 우연의 일치인지, 하이신스 황제가 순간 이쪽을 힐긋 바라보았다. 라틸은 하이신스를 향해 세 번째 손가락을 들어 올리려다가 사람들의 이목을 신경 써서 참았다. 대신 목에 힘을 주어서 신부가 입장하는 곳만을 뚫어져라 바라보았다.

잠시 후 요정이 하프 선을 밟으며 춤을 추는 듯한 음악이 흘러나왔고, 바닥을 구름 같은 연기가 채워갔다. 다들 신기해하며 탄성을 지르는 가운데, 마침내 꽃과 보석으로 감싼 하얀 아치문 사이로 신부인 아이니 투르가 모습을 드러냈다. 연한 금색과 하얀색으로 뒤섞인 드레스를 입은 그녀는, 이 와중에 슬프게도 참으로 아름다웠다.

다들 숨을 죽이고 그녀의 입장을 바라보았다. 라틸은 쥐어뜯듯 아픈 심장의 고통을 애써 무시하고, 억지로 웃으며 박수쳤다.

자신과 결혼할 거라 확신한 상대가 다른 여자와 결혼하는 장면을 보는 것은 최악이다. 두 사람이 결혼 서약을 하고 서로의 손에 반지를 끼워주고 가벼운 입맞춤을 하는 동안, 라틸은 그야말로 온 갖 불쾌한 감정을 죄다 느꼈다. 고통스럽고 슬프기도 했지만, 짜증 이 나고 열도 받았다. 그야말로 눈 딱 감고 미친 척 깽판을 부리고 싶어서 실제로 손이 움찔거렸다.

"여기서 참지 못하면 100년간 망신입니다."

"압니다."

"표정이 무섭습니다, 황녀님."

"여기서 웃기까지 하는 건 나도 무리입니다, 서넛 경."

라틸은 식이 끝나자마자 뒤도 돌아보지 않고 자신의 숙소로 돌 아왔다. 황가의 결혼식이니만큼 식 이후로도 수많은 절차가 남아 있었으나, 그것까지 볼 정신은 아니었다.

결혼 선물도 전했고, 자리도 채워주었고, 결혼식 내내 박수도 열 심히 쳐주었다. 이 정도면 전 여자친구로서는 할 만큼 해준 거 아 닌가? 라틸은 방에 들어가자마자 씩씩거렸다. 식이 끝난 후 만나자 던 클라인 황자의 말은 이미 머릿속에 존재하지도 않았다.

"괜찮으십니까?"

그 과다한 감정이 보기 안쓰러웠는지, 서넛 기사단장은 설탕을 발라 바삭하게 구운 도넛을 직접 가져다주며 물었다. 라틸은 고개 를 빠르게 젓고서 도넛 다섯 개를 연달아 먹어치웠다.

"안 괜찮습니다. 분노치가 여기까지 솟았어요."

라틸은 손바닥 날로 자신의 이마를 가리킨 후 물었다.

"이제 우리는 가도 되는 거죠?"

"의무적으로 참석하는 구간은 지났으니까요. 가도 됩니다."

"그러면 가요."

무리하다면 무리한 요구일 수도 있지만, 서넛 기사단장은 기다렸다는 듯이 물었다.

"그러지요. 떠날 준비를 하라 이를까요?"

라틸은 그 태연한 대답에 오히려 맥이 빠져서 정정했다.

"……내일 가요."

"정말로 지금 가도 됩니다. 본식이 끝나자마자 돌아가는 나라도 있잖습니까."

"사이가 안 좋은 나라들은 그렇지요."

"우리도 사이 안 좋은 나라 하면 됩니다. 사유도 충분하고."

"됐어요. 개인사를 나랏일에 적용하진 않을 겁니다, 서넛 경."

라틸은 힘없이 중얼거리고서 침대에 털썩 무너지듯 앉았다.

"게다가 지금 당장 가는 건 도망치는 것 같기도 하고. ……내일 갈래요. 내일 아침에, 하이신스 얼굴 보면서 똑바로 말하고 갈 거예요."

다음 날 아침, 라틸은 장미 잎과 진주 가루를 푼 물에 깨끗하게 목욕을 한 후 빳빳하게 다림질한 흰색 제복으로 갈아입었다. 옷에 구김 한 점 가지 않도록 확실하게 앞뒤를 점검한 뒤에는, 긴 검은색 머리카락을 높게 묶어 늘어뜨렸다. 라틸은 자신의 그 모습을 거울에 비춰보며 서넛 기사단장에게 물었다.

"어떻습니까?"

"멋지십니다."

"얼마큼요?"

"솔직하게 말씀드려도 됩니까?"

"네. 진짜 솔직하게 말해줘야 됩니다."

"청혼하고 싶을 만큼 멋집니다."

"그러면 됐습니다."

라틸은 뿌듯하게 웃고서 의장용 칼을 허리춤에 달았다.

유학 시절, 하이신스는 라틸이 파란색의 풍성한 드레스를 입는 걸 가장 좋아했다. 상아색 피부색과 잘 어울린다며, 강렬한 색상을 입은 라틸은 숲을 뛰어다니는 요정처럼 보인다고 했었다.

'하이신스가 날 더 잘 보아주었으면 해서 그땐 일주일 내내 파란 색 옷만 입고 다녔었지.'

하지만 이제는 하이신스에게 잘 보이고 싶어 하던 황녀는 없었 다. 라틸은 쿵 숨을 내뱉고서 문을 열고 나갔다.

"하이신스에게 제대로 보여줄 겁니다. 난 하이신스 따위가 없어 도 이렇게 멋진 여자고, 그 새끼는 날 놓친 걸 평생 후회하게 될 거 라고요."

바로 떠날 거라고, 잘 살라는 말은 못 하겠다고, 하루에 세 번씩

저주할 거란 라틸의 말에 하이신스는 슬픈 표정으로 물었다.

"꼭 이렇게까지 해야겠어, 라틸?"

하이신스는 어제 막 결혼한 새신랑의 얼굴이 아니었다. 반짝여야 할 눈가는 어둡게 가라앉아 있었고 온 얼굴에 수심이 가득했다.

빨리도 후회하는군요. 서넛 기사단장이 작게 중얼거렸지만 하이신스는 아예 라틸 외의 다른 사람에게는 시선조차 주지 않았다. 그의 시야 안에는 라틸만이 들어와 있어서 서넛 기사단장은 보이지도 않는 듯했다.

라틸은 몇 년 동안 사랑하던 남자가 아파하는 모습에 덩달아 가슴이 아파왔다. 하지만 할 말은 해야 했다.

"어. 이렇게만 해야 해."

"5년만. 정말 5년만 기다려줄 수 없을까? 5년 안에 모든 걸 다 정리할 수 있어, 라틸."

"안 돼."

"라틸. 너도 황족이니까 이해할 수 있잖아. 정말로 어쩔 수 없는 선택이었어."

"알아. 이해해. 말했잖아, 이해한다고. 하지만 널 이해하는 것과 용서하고 받아들이는 건 다른 문제야."

"라틸…… 제발."

"5년. 말이 좋아 5년이지, 그게 그냥 5년이야? 5년 동안 넌 아이니 영애를 시작으로 온갖 후궁들을 받아들이겠지. 짧은 시간 안에 황권을 강화하기에는 제일 좋은 길이잖아?"

"!"

"그러면 난 5년 동안, 네가 다른 여자들과 결혼하는 걸 몇 번을 봐야 하는 거야? 그런데도 널 기다려달라고?"

하이신스의 얼굴이 일그러졌다. 온몸으로 그는 괴로워하고 있었다. 그는 슬퍼하는 순간조차 아름다웠다.

라틸 역시도 심장을 쥐어짜듯 괴로워졌다. 하이신스는 라틸이 처음으로 사랑한 남자였다. 영원한 사랑을 맹세하고 꿈꾸고 약속하고 확신했던 남자.

라틸이 하이신스에게 한 말, 그를 이해한다고 한 말 역시 진심이었다. 라틸은 하이신스를 이해했다. 말이 좋아 사랑 사랑 사랑 타령이지. 실제로 사랑을 위해 모든 걸 버릴 수 있는 사람이 몇이나 될까? 하이신스는 사랑과 황제 자리, 둘 중 하나를 선택해야 했고 이성적으로 황제 자리를 선택했다.

어쩌면 하이신스는 정말로 약속을 지킬지도 몰랐다. 그는 영민했고, 자신이 해내고자 하는 일은 모조리 다 해치울 만큼의 결단력과 실행력도 갖추었으니까.

아직까지도 흔들리는 마음이 없다면 거짓이었다. 지금이라도 슬퍼하는 하이신스의 부드러운 갈색 머리카락 사이로 손가락을 넣고서, 그의 고운 이마 위에 키스를 퍼부으며 기다리겠다 약속하고 싶었다. 슬픔으로 가득 찬 회색 눈동자가 자신의 것이길 원했다. 하지만 라틸은 흔들리는 마음을 다잡았다.

"입장을 바꿔서 생각해봐. 넌 그럴 수 있어, 하이신스?"

라틸은 뒤로 한 걸음 물러나서 그를 빤히 처다보았다. 스스로도 흔들리는 목소리를 느낄 수 있었다. 눈가로 열기가 느껴졌다.

젠장. 라틸은 울음을 터트리지 않기 위해 눈을 부릅뜨며 다시 물었다.

"내가 다른 남자랑 결혼하고 후궁도 줄줄이 받겠다고, 그러면서 너한테 기다려달라고 하면. 넌 날 기다려줄 수 있겠어?"

"나는……."

"아니. 잠깐. 대답하지 마."

무언가 말을 하려 했던 하이신스가 '왜 그러냐'는 눈으로 라틸을 바라보았다.

라틸은 억지로 입꼬리에 힘을 주어 웃었다.

"기다려. 그 질문, 내가 나중에 다시 할 테니까. 넌 그때 대답해."

모국으로 돌아가는 길은 내내 화창했다. 라틸은 말 위에서 멍하니 말굽 소리에만 귀를 기울였다.

조금 전 내가 하고 온 게 이별인가. 혹시 꿈을 꾼 건가. 머리가 몽롱해져서 잘 구분이 가지 않았다. 이대로 당장 돌아가기만 하면 다시 하이신스를 볼 수 있을 것 같았고, 마주 보고 웃으면 모든 게 없던 일이 될 것만 같았다.

국경 끝자락의 마을에 도착했을 때, 그곳 사람들이 하이신스 황제의 결혼을 두고서 떠드는 소리가 들려왔다.

"아이니 영애라면 최고지! 옛날부터 인품은 유명했잖은가."

"그래. 영민한 데다 별다른 사고도 안 치고. 매일같이 가십지에

실리는 또래 귀족 자제들하곤 다르지."

"좋은 황후가 되실 거야."

"가문도 탄탄하니 문제 될 여지도 없겠고."

라틸은 그들이 흥분해서 떠드는 소리를 듣고서야 깨달았다. 젠장, 현실이구나. 하이신스는 정말로 결혼한 거였다. 자신이 아닌 다른 여자와. 게다가 카리센의 국민들이 대체로 이 결혼을 환영하는 것 같자, 라틸은 자신이 철저하게 이방인이 된 기분에 젖어 더욱 서글퍼졌다.

그날 밤, 라틸은 뒤늦게 엉엉 맨 정신으로 울며 이불을 두드렸다.

"하이신스 이 개새끼야! 멍멍 짖어버려라 이 배신자! 내 기도 돌려줘!"

비슷한 시각. 역시 잠을 못 이루고 이불을 두드리는 남자가 있었다.

'내가 분명 다시 만나자고 했는데.'

클라인 황자였다. 클라인은 술을 홀짝거리다 말고 잔을 한 손으로 꽉 쥐었다. 손안에서 잔이 잘게 부서지며 후두두 아래로 떨어졌다. 클라인은 손에서 스며 나오는 핏방울과 유리 조각을 툭툭 털어 내고서 하인을 불러다 탁자를 치우게 지시했다. 태연한 척. 하지만 하인 둘이 탁자 위의 유리 조각들을 치우고 나가자, 클라인은 이번엔 이불을 움켜쥐면서 이를 또 갈았다.

"제기랄!"

생각하면 생각할수록 자존심이 상했다. 그 여자가 술에 취해 자신의 허리를 부둥켜안고 옷에 눈물 콧물 묻히는 것까지 못 본 척 위로해주었는데. 온몸으로 좋아한다고 부딪쳐 오기에 등도 토닥토닥 두드려주었다.

제가 먼저 접근한 거라면 이렇게 억울하지라도 않다. 하지만 먼저 왔지 않나. 자기 입으로 사랑한다고, 떠나지 말라고 매달려놓고서는. 아침에는 몰래 튀어버리고, 그다음에는 개무시를 하고, 그다음에는 또 튀었다. 이다음에 만나면 또 개무시할 차례인가?

클라인은 손으로 이마를 짚었다. 어찌 보면 별거 아닌데. 그냥 이상한 여자를 만났구나, 하고 넘어가기에는 그의 성질머리가 너무 더러웠다.

클라인의 드높은 자존심은 1분 1초마다 자꾸만 이마에 열이 오르게 했다. 더 화가 나는 건, 자신이 그 여자를 보기 위해 결혼식 후 피로연까지 참석해 여기저기 찾아다녔단 것이었다. 언제부터 나를 짝사랑한 거냐고 진지하게 물어볼 생각을 했다는 게 부끄러웠다. 황녀라면 뭐 결혼까지도 할 수 있겠네, 혼자서 계산해본 건 쪽팔려서 어디다 말도 할 수 없었다.

클라인은 씩씩거리다가 결국 다시 침대에 매단 종을 잡아당겼다. 대기하고 있던 수행원이 오자마자 그는 이를 갈며 열일곱 번째 같은 질문을 반복했다.

"정말 타리움 사절단이 돌아간 게 맞느냐?"

"예. 아침에 황제 폐하께 간단하게 인사를 올린 후 돌아갔다 합니다."

같은 대답을 하도 많이 반복한 탓에, 수행원이 좀 질린 목소리로 대답했다.

클라인은 손을 저어 수행원을 물린 후, 다시 침대에 누워 씩씩거리다가 후우 크게 숨을 토해냈다.

'됐다. 잊자. 잊어. 어차피 날 좋아하는 건 그 여자지 내가 아니잖아? 그렇게 떠나면 결국 자기 손해지. 난 상관없어.'

사절단의 대표인지라 라틸은 오랫동안 슬퍼할 수는 없었다. 비록 다음 날 눈이 팅팅 부어버려서 영 꼴이 말이 아니었으나, 라틸은 꿋꿋하게 식사를 한 후 사절단들을 챙겨 완전히 카리센의 국경을 넘었다.

이후에는 몸이 지쳐갔으므로 마음의 상처를 돌보지 않아도 되어 차라리 나았다. 베개에 머리를 대자마자 곯아떨어졌으므로, 라틸은 그래도 이게 낫다고 생각했다.

마침내 모국에 도착해서 익숙한 건축물과 옷차림을 보았을 때, 라틸은 깊은 숨을 내쉬며 안도했다. 여전히 하이신스를 생각하면 괴로웠고 속이 비틀렸지만, 일단 황궁으로 돌아가고 싶었다. 가족들과 유모의 애정을 받으며 몇 달 지내면 그래도 괜찮아지지 않을까?

'오랫동안 아프진 않았으면 좋겠는데. 그럼 내 시간이 너무 아깝

잖아.'

그러나 황궁으로 돌아온 라틸을 기다리는 건 따뜻한 가족의 품이 아니라 충격적인 소식이었다.

"예? 오빠가 황태자 자리에서 내려간다 했다고요?"

어떤 의미로는 소원이 이루어지기도 했다. 이 소식을 듣자마자 하이신스는 머릿속에서 날아가버렸으니까.

라틸은 믿을 수 없는 소식을 전해준 아버지를 멍하니 바라보았다. 방금 귀로 들은 소식인데 믿기지 않았다. 황태자가, 레안 오빠가 황태자 자리를 거부한다니?

"오자마자 이런 소식부터 듣게 해서 미안하구나, 라틸."

황제는 어색하게 웃었다. 이 자리는 라틸이 사절단 대표로서, 그리고 딸로서 카리센에서의 일을 보고해야 하는 자리였다. 그런데 보고를 듣기도 전에 이런 충격적인 소식을 전해준 게 미안한 눈치였다.

"카리센에서는 어땠니?"

"아바마마와 한 약속은 지켰어요."

"발등? 꽉 밟았어?"

"네. 하이신스도 잘 결혼했구요. 그런데 지금은 그게 중요한 게 아니잖아요. 오빠가 황태자 자리에서 내려오겠다니, 그게 무슨 소리예요?"

황후 소생의 자식은 레안 황태자와 라틸, 둘뿐이었다. 그런데 오빠가 황태자 자리를 그만둔다면…….

"설마, 틀라가 다음 황태자가 되는 건 아니죠?"

라틸은 신경질적으로 물었다.

최우선으로 황태자 자리에 오르는 건 황후 소생의 황자였다. 황후에게 아들이 없을 경우에는 황후 소생의 딸이나 후궁 소생의 아들이 그 뒤를 이었는데, 라틸이 알기론 후궁 소생의 아들이 황태자가 된 사례가 더 많았다.

이복남매인 틀라는 후궁 소생의 차남이었고 제법 머리가 좋단 평가를 받았다. 인정하기는 싫으나, 황태자 자리가 빈다면 귀족들은 그를 다음 황태자로 추대할 가능성이 컸다.

"라틸. 오빠 이름을 막 부르다니, 못써."

황제가 인상을 찡그렸으나 라틸은 오히려 더 인상을 썼다. 어쩔 수 없었다. 라틸은 아버지를 사랑하지만 저런 말에는 절대로 호응할 수 없으니.

황가의 많은 이복형제자매가 그렇듯 라틸 역시 틀라와 사이가 나빴다. 어떤 뚜렷한 계기가 있어서 사이가 나빠진 건 아니었다. 그냥 그 존재 자체가 싫었다.

틀라의 어머니는 황제의 총애를 받는 후궁이었고, 그 존재만으로도 라틸의 어머니를 속상하게 했다. 황제가 틀라의 어머니에게 사랑이 담긴 선물을 보낼 때마다, 그녀와 함께 산책을 즐기고 연극을 관람할 때마다 어머니는 몹시 속상해했다.

라틸은 그래서 틀라가 싫었다.

틀라 역시도 마찬가지였다. 그는 자신의 어머니가 황후에게 굽신거려야 하는 걸 늘 못마땅하게 여겼고, 그 분노는 자연스럽게 라틸과 레안을 향했다.

이렇듯 전형적으로 사이 나쁜 이복남매인데, 그 빌어먹을 틀라가 황태자 자리에 오르는 걸 봐야 한다고? 라틸로서는 당연히 열이 나는 일이었다.

"난 틀라가 황태자 자리에 오르지 않았으면 좋겠어요."

라틸은 아버지에게 혼이 날 걸 각오하고서 딱 잘라 말했다. 사적인 감정도 감정이지만, 객관적으로도 틀라는 황태자 감이 못 되었다.

그런데 황제는 꾸짖지 않았다. 피식 입꼬리를 올려 웃기만 했다.

'웬일로 화를 안 내시네?'

라틸은 아버지의 눈치를 살폈다. 황제는 틀라의 어머니인 아낙차 후궁을 가장 총애했지만, 자녀 중에서는 황후 소생인 레안과 라틸을 가장 총애했다. 하지만 그런 황제라도 절대 웃으며 넘어가지 않는 게, 이렇게 라틸이 대놓고 틀라에게 반감을 표시할 때였다. 그런데 혼내지 않고 웃으시다니? 뜻밖의 반응에 어리둥절해 있자, 황제가 손가락으로 라틸을 가리켰다.

"너다, 라틸."

라틸은 눈을 깜빡거렸다. 아버지의 말을 바로 이해하지 못했다.

"네가 황태녀가 될 거다."

아버지가 거듭 말한 후에야 라틸은 완전히 얼어버렸다. 그 모습을 본 황제는 태연히 물었다.

"왜. 자신 없니? 자신 없다면 미리 말하거라."

명백한 도발이었다. 라틸도 이걸 알았으나, 그 말을 듣자마자 발끈해서 대번에 외쳤다.

"할 수 있어요! 할게요! 황태녀."

시원스러운 대답엔 조금의 망설임도 없었다. 라틸은 대답부터 한 후에야 '내가 할 수 있을까?' 진지하게 고민했다. 그러나 답은 바로 나왔다. 못 할 거 뭐가 있어? 하이신스 그 새끼도 했는데?

하이신스를 사랑해서 그의 황후가 되려 했지만, 이제 그 꿈은 물 건너갔다. 하이신스를 만나기 전에 황제 자리를 욕심내지 않은 건, 오빠인 레안 황태자를 사랑하기 때문이었다.

하지만 오빠가 자발적으로 물러났고, 기존의 꿈은 다른 사람이 가져갔다. 이젠 새로운 꿈이 필요하다. 그리고 황제 자리는 새로운 꿈이 되기에 전혀 모자라지 않았다. 아니, 황제가 될 가능성이 있다는 걸 알자마자, 어디에 숨어 있던 건지 호승심이 솟아났다.

'황녀로 태어났으면 황제 자리엔 올라봐야지. 암!'

황제는 그럴 줄 알았다는 듯 너털웃음을 터트렸다.

"너라면 그렇게 대답할 줄 알았지."

그의 눈동자에 딸을 향한 애정이 차올랐다. 그러나 잠시 만족스럽게 라틸을 바라보던 황제는 돌연 표정을 엄하게 했다.

"하지만 그 대답에 따라올 무게는 아주 무거울 거다, 라틸. 앞으로는 온갖 교육을 다 받아야 할 테니까."

"할 수 있어요."

라틸은 눈을 빛내며 두 손을 꽉 쥐었다. 그냥 하는 말이 아니었다. 정말로 할 수 있었다.

황제. 그 단어 하나가 하이신스와 고통으로 가득 차버린 심장을 붉은빛으로 물들였다. 두근거리는 심장이 얼굴을 뜨끈하게 만들었다. 라틸은 쇄골 아래를 누르며 만족스럽게 웃었다.

그러다가 문득 떠오른 의문에 미간을 찡그렸다.

"그런데 오빠는 갑자기 왜 황태자 자리에서 물러난단 거예요?"

황제가 되란 말에 놀라서 이걸 까먹었다. 이게 가장 중요한 문제였는데.

황제는 수심에 잠긴 얼굴로 한숨을 내쉬었다.

"대현자가 되고 싶으시단다."

"예?"

나중에 알게 된 일이지만 라틸을 황태녀로 강력하게 추천한 건 오빠인 레안이라 했다. 레안이 황태자 자리에서 물러나겠단 선언을 하면서, 아예 다음 후계자로 라틸을 지목했다는 것이다.

라틸에게는 다행한 일이었다. 레안을 지지하던 이들 중 상당수가 그 덕에 라틸을 황태녀로 책봉하겠다는 황제의 말에 그러려니 수긍했으니.

황후가 낳은 단둘뿐인 동복남매였기에 지지 세력이 비슷하단 점도 도움이 되었다. 황후 측 사람들이야, 레안이 황제 자리에 오르든 라틸이 황제 자리에 오르든 사실 별 차이는 없었던 것이다.

하지만 반발 없이 후계자가 되었던 레안 때와 달리, 라틸에겐 반대 세력도 지지 세력만큼 컸다.

"무슨 소리? 다음 황태자는 당연히 트라탈라 황자님이어야 합니다.”

“물론입니다! 라트라실 황녀님께서는 성인이 될 때까지 제왕학을 체계적으로 배우지 않으셨습니다. 그런데 지금 와서 황태녀로 모시다니요!”

“절대로 라트라실 황녀님께 사감이 있어서 그런 게 아닙니다. 하오나 폐하, 선대의 사례를 살펴보아도 이 경우에는 트라탈라 황자님께서 황태자 자리에 오르는 게 옳습니다.”

“그럼요! 트라탈라 황자님께서는 스승들이 놀랄 정도로 영민한데다 진취적이십니다. 타리움 제국을 더욱 강하게 부흥시킬 것입니다.”

몇몇 대신과 아나차 후궁의 친인척들, 평소에 틀라 황자를 따르던 이들은 이때다 싶어서 의견을 모아 황제에게 반박했다. 라틸은 서넛 기사단장을 통해 그 이야기를 전해 들을 때마다 이를 갈았다.

“나쁜 자식들! 나도 제왕학 공부라면 했어! ……독학이라 그렇지.”

그래도 무슨 상관인가. 현재 황제인 아버지가 건강한 데다 나이가 많지 않으니, 지금부터라도 정식으로 배우면 되는 거 아닌가? 시간은 충분했다.

게다가 틀라가 영민하고 진취적인 건 인정하지만, 그놈은 동시에 현실감 떨어지는 이상주의자이기도 했다. 라틸이 보기엔 그가 주장하는 안건들 중 절반 이상은 실현 가능성이 없었다.

“진짜로 나쁜 자식들!”

생각하면 할수록 분해서 라틸은 주먹으로 책상을 쾅쾅쾅 내리쳤다. 레안이 황태자일 때에는 찍소리도 못하던 틀라의 지지자들이, 아주 이때다 싶어 목소리를 내는 게 언짢았다.

"괜찮습니다. 황녀님은 다 눌러버릴 수 있잖습니까?"

그럴 때마다 서넛 기사단장은 별거 아니라는 듯이 가볍게 웃으면서 라틸을 달랬다.

"당연하지. 누구든 내 앞길을 막으면 다 치워버리겠어."

라틸은 입술을 꾹 다물고 고개를 끄덕였다.

2년 간 라틸은 바쁘게 생활했다. 레안을 가르치던 황태자 교육이 그대로 라틸에게로 옮겨졌으나, 레안 때보다 일정은 빡빡했다. 레안이 어릴 때부터 받아온 교육을 짧은 시간 내에 승계해야 하다 보니 스승들은 더욱 엄격해질 수밖에 없었다.

하지만 라틸은 불만 없이 모든 일정을 제대로 따라갔다. 틀라에게 지고 싶지 않았고, 틀라의 어머니인 아낙차 후궁의 기대를 꺾어버리고 싶었고, 손에 들어온 기회를 놓치고 싶지 않았다.

하이신스 역시 뜻밖에 도움이 되었다. 그가 직접적으로 도움을 준 건 아니었다. 다만, 조금만 여유가 생겨도 하이신스 생각이 났기 때문에, 라틸은 그를 떠올리지 않기 위해서라도 더욱 공부에 매진할 수밖에 없었다.

그러나 정정하던 황제가 황궁 내에서 암살당하는 일이 벌어지면서 문제가 생겼다.

"그게 무슨 소리야? 아버지가 암살을 당하다니?"

"얼른 환궁하셔야 합니다, 황태녀님!"

오빠인 레안을 만나기 위해 한 달여간 황궁을 비웠던 라틸은, 그 소식을 전해 듣자마자 다급히 신전을 떠났다. 서넛 기사단장과 함께 최대한 빠르게 말을 몰아 수도로 돌아갔다.

아버지가 갑자기 암살로 돌아가셨다니? 급히 전해진 소식은 슬프기보다는 믿기지 않았다.

그러나 라틸은 환궁은커녕 수도 안으로 들어가지도 못하고 말을 돌려야 했다.

"도망치셔야 합니다. 틀라 황자가 궁을 사병으로 장악한 후, 황태녀님을 잡으려 합니다."

그나마 예전에 라틸에게 치하받은 위병이 알려준 덕에, 라틸은 틀라 황자에게 잡히지 않고 수도를 떠날 수 있었다. 라틸은 서넛 기사단장의 아버지가 영주로 있는 인근의 멜로시 영지로 우선 대피했다. 그곳에서 며칠을 지낸 끝에야 라틸은 상황을 좀 더 자세히 알 수 있었다.

"틀라 황자가 폐하의 시신을 이용해 친황제파의 움직임을 묶고 유언을 조작한 듯합니다."

"영주와 고위 귀족들을 불러 충성 맹세를 받으려 하겠군요."

"예, 시간을 끌어서는 안 됩니다. 황태녀님과 틀라 황자 사이에서 제대로 자리 잡지 못한 중립파들이 많지 않습니까. 틀라 황자가 그들을 설득하기 전에 최대한 빨리 사태를 뒤집어야 합니다."

총지휘권자가 사라진 이상 황실의 근위기사단과 군대는 아직 누구도 통제할 수 없었다.

라틸이 집결시킬 수 있는 사병의 수는 틀라 황자보다 많은 편이지만, 틀라 황자가 황제의 시신을 가지고 있다는 점. 그리고 수도 내에서 황위 다툼 전쟁을 벌였다가는 국민들의 신뢰도가 뚝 떨어질 것이라는 게 문제였다.

'틀라 이 개새끼. 내가 언젠가 사고를 칠 줄 알았지.'

라틸은 속으로 욕을 뱉으며 중얼거렸다.

"가장 세력이 큰 아트락시 공작을 설득해야겠군요."

아직 살날이 창창하리라 여겨졌던 황제가 암살당하자, 귀족들 사이에서도 난리가 났다. 라틸을 지지하는 이들은 분노했고, 틀라를 지지하는 이들은 환호성을 질렀다.

그러나 귀족 중 가장 세력이 큰 건, 어느 쪽에도 속하지 않은 친황제파였다. 가장 혼란에 빠진 이들도 친황제파였다. 황제가 암살당한 충격도 충격이지만, 그들은 당장 결정해야 했다. 누구를 편들어야 할지, 누구를 도와야 할지, 사태를 방관해야 할지.

복수와 진상 조사는 그다음의 일이었다. 나라와 국민에게는 우선 나라의 중심을 잡아줄 새로운 황제가 필요했다. 그러나 양위 시점이 한참 남았다 여겨서, 느긋하게 황태녀의 성장을 지켜보려 했던 친황제파는 갑작스럽게 닥친 소식에 쉬이 결정을 내리지 못했다.

정통성이 없지만 준비된 황자. 정통성은 있지만 준비되지 않은 황태녀. 어느 쪽이 나라에 도움이 될 것인가, 그리고 어느 쪽이 자신들에게 도움이 될 것인가.

귀족들은 바쁘게 주판을 두드렸다.

아트락시 공작의 저택에서도 마찬가지여서, 그는 부인과 이 사태에 대해 한창 의논 중이었다.

"당연히 라트라실 황태녀님을 도와야지요!"

그러나 의외로 공작 부인의 의견은 단호했다. 부인의 단호한 말에 아트락시 공작은 "그렇소?" 하고 자신 없이 물었다.

"그럼요!"

아트락시 공작은 초조하게 방 안을 오가며 부인의 눈치를 살폈다.

"하지만 부인. 일단 두고 보는 게 낫지 않겠소? 나라에는 강한 황제가 필요하지 않소. 나도 황태녀님이 오르는 게 심정적으로야 더 좋긴 하지만, 그보다는 황태녀님이 이 난관을 혼자 이겨내시는 걸 보고 싶소."

공작 부인은 혀를 찼다.

"난관을 혼자 이겨내는 걸 보고 싶은 게 아니라, 승기를 잡은 쪽으로 확실하게 갈아타고 싶으신 게 아니고요?"

"솔직히 말하자면……."

"여보. 이럴 땐 모험이 필요해요. 황태녀님이 난관을 이겨내는 걸 지켜보겠다고요? 그분이 황제 폐하가 되어 잘나갈 때에도 그저 입만 벌리고 지켜보게 될 겁니다. 어려울 때 도와야 황태녀님도 우리를 챙겨주시지요."

그래도 아트락시 공작이 별 대응이 없자, 공작 부인이 눈을 치켜 떴다.

"당신은 틀라 황자가 이대로 황위를 차지해도 상관없나요? 어째 반응이 밍밍한데?"

"틀라 황자도 황녀님만큼 영민하지. 지나치게 몽상가이긴 하지만, 그거야 실전에 부딪히면 한계를 느끼며 고쳐질 단점이라 생각하오."

"뭔 소리야. 영민하기야 우리 황태녀님이 아주 똑 부러지시지요."

"아오. 아는데, 제왕학 교육을 겨우 2년밖에 안 받았으니 문제 아니오. 세상에 어느 황제가 2년밖에 안 배우고 황제 자리에 오른단 말이오."

공작 부인은 남편의 갑갑한 태도에 어휴 어휴 한숨을 내쉬었다.

"이 답답한 사람! 여보. 생각 좀 해봐요. 우리에겐 아들만 셋입니다."

"그게 중요하오?"

"중요하지요! 아들이 셋인데, 차남인 펌크슈가 틀라 황자와 머리채를 잡고 싸운 적이 있지 않습니까."

"그거야 어릴 때 일이고……."

"어릴 때 싸웠지만 지금도 사이가 나쁘잖아요."

공작 부인은 콧김을 홍 내뿜고는 아트락시 공작에게 다가가 목소리를 낮추어 설명했다.

"틀라 황자가 집권해봐야, 잘되면 현상 유지이고 잘 안 되면 펌크슈 일로 괜히 사이가 틀어질 겁니다. 하지만 라틸 황태녀님이 집권할 경우를 생각해봐요."

"?"

"어휴, 진짜 이 사람이? 당신, 우리 장남 라나문을 생각해보라구
요. 그 애는 내 아들이라서가 아니라, 정말로 타리움 제국에서 가장
아름다운 남자잖아요!"

"아!"

공작이 그제야 탄성을 질렀다.

"라틸 황태녀님이 집권한다면, 잘 안 돼도 현상 유지이고, 잘되
면 우리 라나문을 국서로 만들 수도 있다 이거예요. 카리센 소식
몰라요? 다가 공작이란 자가 처음엔 헤윰 황자를 지지하다가 냉큼
하이신스 황제에게 갈아타놓고서는, 그 대가로 자기 딸을 황후로
만들었다잖아요. 우리 아들이라고 안 될 게 뭐예요?"

"그런가?"

"그럼요! 우리 아들도 국서가 될 수 있어요!"

의외로 멜로시 영지로 먼저 사람을 보내온 건 아트락시 공작이
었다.

그가 찾아왔을 때, 라틸은 아트락시 공작을 끌어들일 방법이 무
엇인지 서넛 기사단장과 한창 의논하던 중이었기에 놀라서 달려
나갔다. 게다가 공작은 수행원을 보내는 정도가 아니라, 본인이 직
접 찾아와 라틸을 더욱 놀라게 했다. 심지어 회색 로브를 걸친 수

려한 남자까지 함께 데려왔는데, 라틸은 보자마자 그가 공작의 장남인 라나문이라는 걸 알아보았다.

라나문은 유명했다. 사교계에 나오는 걸 귀찮아해서 대부분의 파티에 모습을 잘 드러내지는 않지만 나올 때마다 가십지를 혼자 도배했고, 그를 짝사랑해서 마음고생 중이라는 영애가 라틸이 알기로 최소 열다섯 명이었다.

어리둥절한 라틸에게 아트락시 공작이 따뜻하게 위로했다.

"고생이 많으셨습니다, 황태녀 전하."

"와주어서 고맙습니다, 공작."

"이 아트락시만 믿으시면 됩니다. 제가 반드시 황태녀 전하의 모든 걸 되찾아드릴 것입니다."

이 정도로 나한테 사근사근하던 사람이었나? 라틸은 공작이 인자하게 웃으면서 하는 말에 고마워하면서도 어리둥절해졌다. 갑작스레 친근하게 구는 것 같긴 한데. 지금은 아트락시 공작의 도움이 절실했으니까.

아트락시 공작은 그런 라틸을 미래의 며느리 보듯 다정하게 바라보다가, 얼른 손을 들어 아들의 등을 앞으로 떠밀었다. '이놈은 좀 눈치껏 나긋나긋하게 굴 것이지, 왜 이러는 거야?' 하고 속으로 툴툴거리면서.

"여기는 제 아들인 라나문입니다, 황태녀 전하."

무표정하게 서 있던 라나문은 얼결에 앞으로 한 걸음 나갔다. 어영부영하는 사이 라틸과 코앞에서 대면하게 된 라나문은, 아버지를 차갑게 쏘아보고는, 라틸에게 마지못해 인사했다.

"……라나문입니다. 뵙게 되어 영광입니다, 황태녀 전하."

라나문은 사교계뿐만 아니라 정치 쪽으로도 관심이 없는 남자였다.

그가 모습을 드러내지 않는 건 파티만이 아니어서, 라틸은 궁전 내에서 한 번도 그를 마주친 적이 없었다. 다른 후계자들은 후계자 수업이니 기사단 준비니 하면서 여기저기 쏘다니는데, 유독 라나문은 그런 활동이 없었다.

그런데 왜 갑자기 이런 데 데려왔지? 게다가 왜 저렇게 불만 가득한 표정으로 따라왔어? 라틸은 의아해하면서도 라나문의 인사를 받았다.

"아아, 그래. 여기까지 오느라 고생 많았다."

어색하기 짝이 없는 라틸과 라나문을 번갈아 보며, 아트락시 공작은 흐뭇하게 감탄했다.

"하하. 전하나 우리 아들이나 둘 다 멋진 흑발이라 그런가, 함께 있는 모습이 한 쌍의 원앙 같습니다."

"예?"

뜬금없는 원앙 이야기에 라틸이 눈을 휘둥그렇게 뜨자, 라나문이 공작을 무섭게 노려보았다.

'뭐야? 왜 저래?'

서넛 기사단장이 라틸에게 붙으면서, 원래라면 중립을 지켜야

하는 황실 근위기사단도 자연스럽게 라틸의 편에 섰다. 아트락시 공작은 친 황제파를 설득해주었고, 원래 라틸을 지지하던 이들 역시 멜로시 영지로 모여들었다.

라틸은 상인들을 풀어 수도 내에 '틀라 황자가 황태녀가 자리를 비운 사이 강제로 황위를 빼앗으려 한다. 황태녀는 무력으로 이를 진압할 수 있지만, 수도에 사는 국민에게 피해가 갈까 봐 쉽게 나서지 못하고 있다'는 소문을 내도록 했다.

하지만 틀라 황자 역시도 이에 빈틈없이 대항해갔으므로, 황궁을 다시 차지하는 게 생각만큼 수월하지는 못했다.

틀라 황자는 라틸의 여론 형성에 똑같이 대응했다. 황제가 원래 황태녀에게 자리를 물려주고 싶어 한 건 맞지만, 암습을 당한 후 라틸 황태녀의 교육 기간이 짧았던 점을 염려하며 트라탈라 황자를 후계자로 바꾸겠다는 유언을 남겼다는 거짓 소문을 퍼뜨렸다.

'눈 가리고 아옹' 식의 소문이었지만, 이 소문은 라틸의 짧은 교육 시절을 걱정하는 사람들을 제대로 자극했다. 황제가 황태녀를 더 예뻐했다는 걸 인정한 소문이기에 오히려 더 그럴듯하기도 했다.

이런 상황이다 보니 어느 한쪽도 확실하게 우호적인 여론을 선점하지 못했다. 나중에는 제국민들 역시도 술집이나 식당에 모일 때마다 누가 황제 자리에 올라야 하는지를 두고 말다툼을 할 지경이었다.

수도 인근의 평원에서 세 차례에 걸친 소규모 전투가 이루어지며 지지부진하게 경쟁하기를 반년.

라틸은 계략을 내었다.

"다른 나라를 이용해야겠습니다."

"위험하지 않을까요? 외세는 잘못 이용하면 양날의 검이 됩니다."

"지지 서명만 받을 겁니다."

"쉽지 않을 텐데……."

"확실한 방법이 있습니다."

라틸은 인근 국가들을 돌아다니며 자신이 경험이 부족한 데다 유약한 군주란 걸 일부러 어필했고, 이 점을 이용해 외국의 지지를 끌어냈다. 외국인들은 강력한 옆 나라 군주를 원하지 않을 거라는 점을 역으로 이용한 전략이었다.

그리고 인근 국가들이 모두 라틸을 지지하면서, 마침내 수도를 다시 수복하고 궁전에 들어가 틀라 황자를 감옥에 가둘 수 있었다. 틀라 황자의 모친인 후궁 아낙차는 신발도 신지 않고 뛰어나와서 라틸에게 애원했다.

"황태녀 전하, 제발 한 번만 제 아들을 용서하여주십시오. 틀라 는 돌아가신 선황께서 어여삐 여기던 아들이었고, 두 분은 같은 아 버지를 둔 남매입니다. 제발 돌아가신 아버지를 보아서라도 틀라 황자의 목숨만 붙여주십시오."

눈물로 엉망이 된 모습은 퍽 가여웠다.

사람들은 라틸이 틀라 황자를 용서하진 못하더라도, 죽이지도 않을 거라 여겼다. 감옥에 함께 갇힌 틀라 황자의 측근들 역시도, 불안에 떠는 황자를 위로했다.

"여자 황제는 인자하기 마련입니다. 심하게 처벌한들 감금 정도로 끝날 터이니 그리 두려워하지 않으셔도 됩니다."

"물론입니다. 어떻게든 살아 계신다면 저희가 훗날의 계책을 마련할 것이니 안심하십시오, 전하."

"유배된다면 아롱드 탑이나 소스타 성일 확률이 높습니다. 그쪽으로 전하의 사람들을 결집해두어서 탈출을 준비하겠습니다. 언제든 기회는 올 것입니다."

"집권 중에 조금이라도 틈을 보이면 바로 여론을 장악하고 뒤집을 수 있습니다."

라틸이 우선 아낙차를 원래의 거처로 모시고 가라며 차분하게 명령하자, 라틸의 지지자들 역시도 라틸이 처벌을 무섭게 하진 않을 거라 생각하였다.

그러나 일주일 후. 라틸은 고민 끝에 틀라 황자의 처형과 아낙차 후궁의 유폐를 지시하여 사람들을 깜짝 놀라게 했다. 틀라 황자를 시작으로, 주도적으로 황제의 시신을 숨기고 라틸에게 칼을 들이민 이들 역시 처형되거나 신분이 강등되었다.

결정을 내리기 전에는 슬픔에 가득 찬 표정이었으나, 막상 입 밖으로 나오는 명령들은 아주 칼 같았다.

사람들은 뒤늦게 대현자가 레안와 라틸 두 남매에게 했던 예언을 떠올렸다.

― 이 황녀님은 패왕의 자질을 지니고 있으십니다. 만약 황녀님께서 집권하시게 된다면 앞으로 많은 피가 흐르겠지만, 타리움 제국은 더욱 발전하게 될 것입니다.

그리고 화이력 517년 봄.

틀라 황자의 세력을 정리하고 선황제의 시신을 수습해 장례식을 치른 라틸은, 마침내 19대 황제로서의 집권 기반을 완전히 다진 후 대관식을 치르게 되었다.

대관식 날. 황제의 예복을 입은 라틸은 거울 앞에 서서 감회에 젖었다. 기쁘기도 하고 슬프기도 하고 벅차기도 하고 두렵기도 했다.

"유모, 생각나? 6년 전 말이야."

라틸은 털이 보송보송한 빨간 망토 속에서 손을 꿈틀대며 물었다.

"난 그땐 황후가 되고 싶어 했잖아. 카리센의 황후."

"아무렴요. 다 기억하고 있지요."

유모는 라틸을 뿌듯한 표정으로 바라보다가 결국 눈물을 찔끔 흘렸다.

"좋은 날에 왜 울고 그래, 유모."

"어휴. 죄송합니다. 주책없이."

라틸은 다가가서 얼른 유모를 끌어안았다.

"그저 황후 폐하께서 이 모습을 꼭 보셨더라면 좋았을 텐데 싶어서……."

"유모, 모르는 사람이 들으면 이상한 오해 하겠어. 어마마마 건강히 잘 계시잖아. 보여드리면 돼."

라틸은 푸핫 웃음을 터트리며 유모의 등을 토닥거렸다.

"압니다. 대관식을 못 보시니 그렇지요. 대관식은 특별한 날인데……."

"음. 대관식 복장을 비슷하게 만들어서 입고 보여드리면 되지 않아?"

"황제 폐하가 되시면 더 바빠지실 터이고, 이제는 행동 하나하나에 제약이 따르실 터인데. 그 먼 신전까지 가실 수 있으시겠어요?"

"그래도 한 번은 가봐야지."

어마마마가 직접 돌아오시면 더 좋겠지만. 라틸은 이루어지기 힘든 소원은 속으로만 삼켰다. 유모는 눈가를 소맷자락으로 쓱쓱 닦으며, 울음을 참느라 코맹맹이 소리를 냈다.

"무척이나 기뻐하실 겁니다."

"응."

라틸은 가슴이 뭉클해졌다.

"우리 유모, 예전에는 나보다 훨씬 컸는데. 내가 품 안에 쏙 들어 갔잖아. 이젠 유모가 내 품에 쏙 들어와."

"황녀님……."

"고마워. 늘 옆에서 도와주어서."

유모가 옆에 있으면 라틸이 해이해진단 이유로, 선황제는 라틸이 후계자 수업을 받는 동안 유모를 해고해버렸다. 이 때문에 유모는 원래의 영지로 돌아가 있었고, 덕택에 틀라 황자가 근 1년간 황궁을 탈취했는데도 목숨을 부지할 수 있었다.

"어휴, 눈 빨개지면 안 되는데."

라틸은 유모를 놓아주고서 찡한 눈가를 닦았다. 오늘은 감동에

겨워도 울면 안 되는 날인데. 유모가 울고 있으니 덩달아 자꾸 눈물이 나왔다. 라틸은 두 손으로 자신의 뺨을 몇 번 두드렸다.

'울지 마.'

그래, 울면 안 되지. 자신을 도와주었던 이들과 미심쩍게 보는 이들, 틀라 황자를 돕진 않았으나 속으로는 그를 지지했던 이들에게 보여주어야 했다. 누가 황제인지. 자신이 얼마나 위엄에 차 있는지를.

그런데 막 준비를 마치고 나가려 할 때였다.

"폐하. 레이시안 전하께서 오셨습니다."

서넛 기사단장이 레안의 방문을 알려왔다.

"오빠가?"

라틸은 기뻐서 직접 문을 열고 오빠를 맞이했다.

대관식 날, 레안은 전 황태자였던 자신이 모습을 보이는 건 좋지 않으니 참석하지 않겠다고 불참 의사를 밝혔다. 그런데 이렇게 슬쩍 깜짝 방문을 해주니 기분이 좋았다.

"마음을 바꾼 거야? 역시 동생 멋진 모습을 보고 싶은 거지?"

그러나 막상 들어온 레안의 표정은 그리 좋지 않았다.

"왜 그래?"

라틸이 걱정스레 묻자, 레안은 등받이 없는 붉은 의자에 앉으며 말했다.

"아예 안 오면 네가 섭섭할 것도 같고. 할 말도 있어서 잠시 온 거야. 공식적으로 온 게 아니니 다시 가볼 거고."

"진짜 참석 안 해줄 거야?"

"그게 낫다고 생각해. 그보다 라틸. 네가 틀라를 처형하고 아낙차를 유폐시켰다고 들었는데."

"어."

"꼭 틀라를 처형해야 했어?"

"할 말이 잔소리였어?"

라틸은 뚱한 얼굴로 레안의 맞은편에 앉았다. 레안은 한숨을 내쉬고서 라틸의 손을 가져다 잡았다.

"라틸. 틀라와 우리가 사이가 나쁘긴 했지. 황궁을 탈취하면서 최악으로 멀어졌고. 그래도 걔는 네 오빠야. 내 동생이고. 우리는 한 핏줄이야."

"알아."

"그런데 꼭 피를 보아야 했을까? 지나치게 피를 보는 건 좋지 않아. 집권 초반에는 인자한 모습을 보여줄 필요가 있어."

"오빠는 정통성으로 무장한 황태자였으니까 그렇겠지. 오빠는 반대 세력이 거의 없었잖아. 하지만 나는 아니야. 나는 황태녀 시절 내내 틀라와 오빠, 다른 형제자매들과 비교당했어. 나보다 더 나은 선택지를 찾고자 하는 귀족이 수백 명이었다고."

"!"

"나는 인자한 모습을 보일 때가 아니었어. 강한 모습이 필요했지. 그리고……."

몸을 반쯤 일으킨 라틸은 레안의 귀에 대고서 속삭였다.

"난 내 사람 100명의 피를 보느니, 적 1,000명의 피를 보는 게 낫다고 생각해."

단호하게 말한 라틸은, 무서운 말을 한 것과 달리 해맑게 웃었다. 레안은 한숨을 내쉬고서 이마를 짚었다. 라틸의 말에 동의하지는 않는단 뜻이었다. 그러나 레안은 더 잔소리를 하진 않았다. 황제가 될 사람은 동생이었고, 고난을 헤쳐 온 이도 동생이었다. 자신이 두려워 가지 못한 길을 가려는 동생에게 필요한 건 잔소리가 아니라 신뢰였다. 레안은 자리에서 일어나 말없이 라틸을 품에 꼭 안았다.

레안이 돌아간 후, 더는 주저하고 있을 시간이 없었다. 라틸은 대관식이 진행될 대연회장으로 나갔다.

대연회장의 가운데에는 붉은 융단이 깔려 있었고, 그 주위로 온갖 귀족이며 관리들이 모여 있었다. 한쪽에는 대신전에서 온 신관들이 황제의 관을 둘러싼 채 자기들끼리 속닥거렸다.

라틸은 그 광경을 바라보며 가볍게 웃었다. 이상하게도 긴장감이 사라졌다. 준비를 하는 내내 미치도록 가렵던 혓바닥이 점점 멀쩡해지고 있었다.

커다란 북과 나팔 소리와 함께 라틸이 모습을 드러내자 사방이 조용해졌다. 사람들이 양옆으로 더욱 물러나자 황제의 자리로 가는 길이 또렷해졌다.

라틸은 귀족들을 쳐다보는 대신, 붉은 융단의 끝에 놓인 황관을 주시했다. 그리고 여유로운 미소를 띤 채 황관을 향해 걸어갔다. 황관 앞으로 다가와 멈추어 서자, 고위 신관이 조심스럽게 관을 들어 건넸다. 라틸은 황관을 자신의 머리 위에 얹고서 작은 단을 올라갔다.

황관이 삐뚜름하게 써지면 어쩌지, 폼이 안 날 텐데. 유모에게 초조하게 물어대던 황녀는 이곳에 없었다.

'내가 황제다.'

라틸은 옥좌 앞에 선 채 충족감에 가득 차서, 낮은 위치에 선 귀족과 대신들을 한 번 주르륵 훑었다. 모인 사람들은 하나둘씩 한쪽 무릎을 꿇고서, 충성의 표시로 머리를 조아렸다. 마침내 모든 이들이 머리를 숙인 순간. 라틸은 척추를 관통하는 희열을 느꼈다.

타리움의 관례에 따라 라틸은 대관식을 마친 그날 저녁, 첫 번째로 어전회의를 주관했다. 첫 번째 어전회의는 세세한 일들을 짚기보다는, 전체적으로 자신이 어떤 통치를 보여줄 것인지, 국정 운영의 전반적인 방향을 제시하는 역할이었다. 또한, 이날에는 고위 관직자가 새로운 황제 측 사람들로 교체되는 일이 많았다.

하지만 라틸은 틀라 황자와 연루되어 공석이 된 자리만을 새 사람으로 채우고, 대다수의 장관은 아버지 때와 비슷하게 유지하기로 하였다. 멜로시 영지에서 보낸 세월을 제외하고, 라틸이 황태녀 생활을 한 건 고작 2년이었다. 그사이에 온전히 자신만의 사람을 만들기도 어려웠을뿐더러, 친황제파의 대다수가 아트락시 공작을 따라 라틸 자신에게로 붙었기 때문에 굳이 교체할 이유가 없기 때문이었다.

게다가 아버지의 측근들은 아직 한창 활동할 나이였다. 다급하게 구시대를 밀어내기보다는, 기존의 뛰어난 경력자들을 그대로 유지해나가면서 천천히 자신에게 맞춰가려는 게 라틸의 계획이었다.

당연히 반발할 것도 없어서 어전회의는 불만 가진 사람 없이 술술 흘러갔다. 그러나 라틸의 배우자와 후계자에 관한 이야기가 나오기 시작하면서부터 분위기는 조금씩 달라졌다. 대신들은 의견이 충돌하기 시작했고, 내내 평화롭던 라틸의 표정은 미약하게 굳어갔다.

황제에게 후계자는 중요하다. 라틸은 그들이 첫날 어전회의에서 후계자 이야기를 하고 있어서 기분이 상한 건 아니었다. 라틸이 기분 나쁜 건, 은근히 그들 사이에서 흐르는 분위기 때문이었다.

"황후는 물론 후궁을 여럿 두고 후계자를 낳을 수 있던 선황제들과 달리, 폐하께서는 한 분의 국서밖에 들이실 수 없지 않습니까."

"그러니 최대한 빨리 국서를 맞이해 황가의 안정을 꾀해야 합니다."

"폐하의 건강을 위해서라도 후계자를 만드는 일을 최우선으로 해야 합니다."

"조속히 국서를 들이는 일에 치중하소서."

라틸은 왕홀을 쥐었다 펴기를 반복하면서 대신들을 가만히 내려다보다가 고개를 비틀었다. 이 사람들 말하는 것 좀 보게?

빨리 후계자를 만들어야 한다는 말 자체는 그러려니 넘어갈 수 있었다. 황제의 가정사는 개인의 문제가 아니고, 역대 황제들의 어전회의에서도 늘 이 문제는 거론되었다. 성질 더럽기로 유명했던 한 황제는 "내가 종마냐"고 외치면서 왕홀을 집어 던진 사례도 있었다.

라틸이 기분이 상한 건 다른 부분이었다.

'왜 나는 한 명의 국서만 들여야 한다는 거지? 이 사람들 이상하네? 내가 후궁을 못 들인다고, 되게 당연한 것처럼 생각하네?'

하렘을 만들기 위해 황제가 되려던 건 아니었다. 하렘을 만들 걸 기대한 것도 아니었다. 아니, 황태녀가 된 후로 조금의 쉴 틈도 없이 달려왔기에 이런 쪽은 아예 생각해보지도 못했다. 하이신스를 떠올리지 않는 것만으로도 벅찬데. 황제가 될 수 있느냐 없느냐의 문제가 코앞에 있는데. 하렘까지 생각할 정신적 여유가 없었다.

하지만 대신들이 눈앞에서 '여자 황제이시니 후궁은 못 들일 것'이라는 전제를 아예 깔아둔 채 국서 이야기를 하고 있자 괜히 오기가 들었다.

라틸은 황태녀 시절에 역대 어전회의 기록을 몇십 번이나 읽었다. 특히 첫날의 어전회의에 관한 부분은 최근까지도 계속 읽어서, 거의 달달 외울 지경이었다. 그 모든 어전회의에 황후와 후계자에 대한 독촉이 나왔고, 후궁 이야기는 그보다 더 많이 나왔다.

'그런데 나는 한 명의 국서만 맞이하라고? 여자 황제는 후궁이 없다고?'

대신들이 먼저 후궁 이야기를 꺼냈더라면 좀 달랐을까. 그건 겪지 않아서 모르겠다. 하지만 지금은, 당연히 만들지 않을 거라 여기니 꼭 만들고 싶어졌다.

라틸은 속으로 코웃음을 쳤다. 레안 오빠에게도 미리 이야기했 듯, 라틸은 강한 군주가 될 생각이었다. 끊임없이 자신을 레안과, 틀라와, 그리고 다른 황족들과 비교할 이들에게 휘둘릴 마음 따위 는 없었다.

그리고…….

'생각해보니 괜찮네. 하렘.'

안 될 거 없지 않나? 어차피 지금 당장 국서를 맞이할 마음도 없 는데?

이유야 여러 가지가 있었다.

첫째. 자존심 상하는 일이지만 라틸은 아직 하이신스의 충격에 서 완전히 벗어나지 못했다. 바쁜 일상 덕에 하이신스를 잊을 수 있었지만, 남편이란 말을 듣자마자 바로 하이신스와 그가 준 아픔 이 떠올랐다. 이런 상황에서 지금 당장 '진짜' 남편을 맞이하고 싶 진 않았다.

그리고 둘째. 자신의 기반을 확실하게 닦기 전에 국서에게로 권 력이 분산되는 것도 싫었다. 하지만 아무도 들이지 않는다면, 국정 을 이끌기는커녕 매일같이 후계자 이야기로 닦달을 당할 터. 하렘 을 만들어 후궁을 몇 명 들인다면, 그들이 최소한 후계자 문제에 관해서는 훌륭한 방파제가 되어줄 것이다.

생각을 마친 라틸은 희미하게 웃으며 입을 열었다.

"경들의 말을 곰곰이 생각하였다."

라틸이 입을 열자, 주위가 쥐 죽은 듯 조용해졌다. 라틸은 문득 쾌감을 느꼈다. 자신의 한마디에 온갖 장관이며 대신, 고위 귀족들이 조용해지는 건 야릇한 느낌이었다.

하이신스……. 그래. 이 느낌 때문에 너는 날 버린 걸까?

"경들의 말이 옳아. 황가의 안정은 탄탄한 후계자들에게서 오는 법. 빨리 국서를 맞이하라는 경들의 말, 충분히 이해해."

라틸이 고개를 끄덕이자 아트락시 공작의 입가에 희미한 미소가 어렸다. 일찍이 라틸을 지지하면서 황제의 공신으로 확실하게 자리매김한 그는, 아마 라틸의 입에서 자기 아들 라나문 이야기가 나올 거라 생각할 것이다.

조금 전까지 대신들이 수시로 언급하던 유력한 국서 후보 역시 라나문이었다. 외모며 가문, 아트락시 공작의 업적, 나이까지. 라나문은 객관적으로 보아도 완벽한 국서감이었으니까.

라틸은 아트락시 공작의 입가에 슬며시 떠오른 미소를 보았다.

'공작한텐 좀 미안해지네. 많이 도움을 받았는데.'

하지만 할 말은 해야 했다.

"그래서, 우선 후궁들을 들이기로 하였다."

2
아양이란 걸 떨어보지요

라틸이 다음 말을 하는 순간, 아트락시 공작의 표정이 그대로 얼어버렸다. 손가락을 가져다 대면 '쨍' 하고 부서질 만큼.

라틸은 애써 그에게서 시선을 돌렸다. 다른 사람은 몰라도, 아트락시 공작에겐 정말로 미안했다.

그러나 주위의 다른 사람들 역시 아트락시 공작과 별반 다르지 않은 표정이었다. 다들 뜨악한 얼굴로 라틸을 쳐다보고 있었다. 아무도 라틸의 말을 이해하지 못하는 게 분명했다. 라틸은 그들을 위해 친절하게 풀어서 다시 한번 말해주었다.

"우선은…… 한 다섯 명 정도만 들이지."

쥐 죽은 듯 조용하던 홀이 갑자기 시끄러워졌다. 웅성거리는 소리 중간중간 '다섯'이란 단어와 '하렘'이란 단어가 섞여 나왔다.

아트락시 공작은 뒤늦게 제정신을 차리고서 경악해 외쳤다.

"말도 안 됩니다, 폐하! 지금까지 여황제가 몇 있으셨지만, 다들 국서 한 분만을 두셨습니다. 암암리에 정부라 소문난 남자들은 많았지만 대놓고 후궁을 들인 분은 아무도 없으셨는데, 어찌하여……."

'와. 짖지 않고도 개소리를 낼 수 있다니, 대단한데?'

"지고지순한 순정파라 이름난 5대 황제 트라시슈는 후궁이 다섯 명 있었고, 11대 황제 아인트라는 후궁이 여섯 명 있었소, 아트락시 공작. 기타 등등은 평균 열다섯 명의 후궁을 두었지. 좀 바람기 있다 싶은 역대 황제들은 스무 명 이상의 후궁을 두었네만."

"하지만……."

"다들 두는 후궁을 왜 나는 못 둔단 말이오. 나도 역대 황제였던 분들처럼 최소 다섯 명 이상은 후궁으로 두어야겠소."

라틸이 "나도 좀 순정파라." 하고 덧붙이며 씽긋 웃자, 대신들의 입이 주먹만큼 벌어졌다. 그들은 패닉 상태에 빠져 있었다. 라틸은 경악이 번진 귀족들의 얼굴을 한번 주르륵 훑어보고서 한쪽 입꼬리를 슬쩍 말아 올렸다.

"황제가 황후 하나만 두면 외척 세력이 지나치게 힘을 키우니, 힘의 균형을 위해서라도 다른 후궁들을 받아야 한다 주장하는 건 늘 대신들이 아니었소?"

라틸의 말에는 조금의 과장도 없었다. 바로 선황 때에만 해도 저 논리를 펼쳐서 아버지의 곁에 온갖 여자들을 떠다밀던 이들이 실제로 저 인간들이었다. 이건 기억이 나는지, 대신들은 대번에 조용해졌다.

라틸은 장난치듯 눈웃음을 지으며 덧붙였다.

"경들 역시 내가 후궁을 여럿 두는 편이 좋을 텐데? 그래야 황제 며느리를 둘 경쟁이라도 해볼 수 있지 않겠소?"

지금까지 내내 통일되게 경악스러웠던 귀족들의 표정에 처음으로 차이가 나타났다. 아트락시 공작의 얼굴은 더욱 구겨졌다. 반대로 아트락시 공작을 제외한 다른 이들, 심지어 아트락시 공작의 일파들조차도 솔깃한 내색을 보였다.

나름대로 심각한 상황인데. 라틸은 웃음이 터질 뻔했다. 다들 어쩌면 이렇게 속이 빤히 보일까.

"미혼이라면 경들이 직접 자원해도 좋소."

라틸은 반은 장난으로, 하지만 일부러 표정은 근엄하게 하고서 말했다. 의도와 달리 받아들이는 쪽들은 무척 진지해 보였지만.

'진짜로 자원하는 거 아냐?'

대신들은 한마디도 못 하고 서로의 눈치를 살폈다. 라틸은 턱에 힘을 꽉 주어 웃음을 참고서 이 일을 진행할 담당자들을 지정해주었다.

그렇게 정신없는 어전회의가 끝난 후. 회의실 옥좌 뒤쪽으로 난 문을 통해 나가려다가, 라틸은 근처 책상에 앉은 서기관을 발견했다. 오늘 회의가 퍽 재미났나. 서기관은 눈을 빛내며 회의를 기록하고 있었다. 그러다 라틸이 다가가자, 서기관은 기록하던 걸 멈추고서 놀라 벌떡 일어났다. 자기가 실실 웃던 걸 라틸에게 들켰을까 봐 겁먹은 얼굴이었다.

'그게 뭐 겁낼 일이라고.'

"아, 서기관."

"예, 예, 황제 폐하!"

"미리 말해두는데. 나중에 짐이 후궁을 다섯 명만 두거든, 꼭 이렇게 기록해두시오."

"예?"

"라트라실 황제는 '고작' 후궁이 다섯 명뿐이었다. 뭐. 나중에 국서와 사이가 퍽 좋은 것 같거든, 순애보라 기록해도 좋고."

"예?"

서기관을 향해 한쪽 눈을 찡긋한 라틸은 몸을 돌려 회의실을 빠져나왔다. 방으로 돌아오자마자 라틸은 배를 잡고 주저앉았다. 대신들의 그 당혹스러워하던 표정이 떠올라서 더는 웃음을 참을 수 없었다.

"폐하께서 내게 어떻게 이러실 수 있단 말이오!"

저택으로 돌아오자마자 아트락시 공작은 버럭 소리 지르며 예복을 거칠게 벗어 던졌다. 하녀들은 겁먹은 얼굴로 재빨리 그가 벗어둔 옷가지를 주워 들었다. 대관식에는 참여했으나 어전회의에는 참석하지 못했던 공작 부인은 얼른 공작에게 다가가 물었다.

"어전회의는 어땠나요? 폐하께서는 회의를 잘 주관하시던가요?"

"아주 잘하시더군. 지나치게 잘하시오."

"잘하면 잘하는 거지, 지나치게 잘하는 건 무슨 말이에요?"

"첫날부터 대신들을 손바닥 위에 펼치고 노시더란 말이오."

"그 정도인가요?"

공작 부인은 눈을 휘둥그렇게 떴다. 아트락시 공작은 콘솔 위에 놓인 독한 술을 벌컥벌컥 들이켰다.

"아니, 이 사람이. 술만 마시지 말고 뭔 일이 있었는지 말을 해주셔야지요. 폐하께서 당신에게 박하게 굴던가요? 당신이 폐하를 도와주신 공로를 싹 잊어버리고 대하신다거나……."

"거기에 대한 치하와 보상은 확실하게 약속해주셨소."

"그럼 뭐가 문제인 건가요? 말을 뱉어야지요. 입에 뭘 넣지만 말고."

공작 부인은 부드럽게 질문하면서 동시에 공작이 쥔 술병을 빠르게 낚아챘다. 아트락시 공작은 황망한 시선으로 공작 부인을 쳐다보았으나, 그녀의 눈꼬리가 점점 매섭게 올라가는 걸 보고는 엉거주춤 붕 떠 있던 손을 내렸다.

"폐하께서는 아직 황후를 들일 마음이 없으시다더군."

"그것 때문에 이렇게 화를 내요?"

공작 부인이 혀를 찼다.

"내년이든 후년이든, 그 문제는 천천히 진행해도 괜찮잖아요. 어차피 대신들은 내내 후계자 문제로 폐하를 쪼아댈 테고, 결국 몇 년 못 가 마음을 돌리실 텐데."

"그것뿐이면 그렇겠지."

"뭐가 더 있나요?"

"후궁을 들이시겠다고 하셨소, 후궁을!"

"……"

이번에는 공작 부인도 제대로 반응하지 못했다. 그녀는 눈을 깜빡거리며 나무 인형처럼 서 있었다. 후궁…… 후궁……?

"후궁이라고요?"

뒤늦게 공작 부인이 기겁해 외치자, 아트락시 공작은 시무룩해져서 고개를 끄덕였다.

"게다가 황제 며느리 운운하시는 걸 보니, 후궁 중에서 국서를 뽑을 생각이신 듯하더군."

"세상에. 여자 황제 중에 후궁을 들이겠다 하신 분은……."

"없으셨지."

공작 부인은 한 손으로 입을 가리고 미묘한 표정을 지었다.

"우리 라나문을 생각하면 속상한 일이기는 한데. 개인적으로는 좀 재밌네요."

"이게 재밌소?"

"그럼요. 최초로 남자 후궁들이 탄생하는 거잖아요."

공작 부인은 본인의 말처럼 감정이 복잡한 듯, 우는지 웃는지 알기 힘든 얼굴이었다.

"어쨌든 일이 이렇게 됐으니 우리 라나문이 국서가 되긴 힘들겠군요."

"그렇겠지."

공작은 아들의 고고하고 오만한 성품을 떠올리고서 푹 한숨을 내쉬었다.

"그 자존심 강한 성격에 하렘에 들어가려 들진 않을 테니."

황제가 된 후 처음으로 맞는 아침이었다. 라틸은 일어나자마자 창문을 활짝 열고서, 아침 햇살을 온몸으로 맞았다. 약간 촉촉하면서도 신선한 공기가 폐를 가득 채우자 저절로 웃음이 나왔다.

꿈을 꿨다. 하이신스가 5년만 기다리라며 자신을 버리고 간 그 날의 꿈을. 종종 라틸을 괴롭게 하던 그 꿈은 황제라는 신분으로도 물리칠 수 없나 보다.

'하필 황제가 되고 처음 꾸는 꿈이 하이신스라니……'

라틸은 속으로 구시렁거렸으나, 평소와 달리 꿈의 후유증이 크진 않았다. 어제의 대관식 덕분이다. 아직도 그 여파가 남아서 가슴 한구석을 설레게 했다. 하렘을 선언한 일 역시도 뒤늦게 가슴에 이상한 바람을 불게 했다. 여러 감정적 정치적 목적으로 선언을 하긴 했는데. 어쨌든 최소 다섯 명은 자신의 남자가 된다는 말 아니던가.

'어색할 것 같기도……'

라틸은 머쓱하게 이마를 긁적이다가 순간 멈칫했다.

하이신스.

그래……. 하이신스.

라틸의 입꼬리가 싸늘하게 뒤틀렸다. 어쩌면 오늘 하이신스의 꿈을 꾼 건, 이제 복수의 기회가 다가왔다는 신호 아닐까?

아주 적절하게도 잠시 잊고 있었던 엿 같은 일화도 기억났다.

라틸이 황태녀였던 시절. 카리센에서 하이신스 황제의 후궁을 보내달라는 사절단이 찾아왔었다. 말이야 나라 간의 교류가 어쩌고 친목이 어쩌고 서로를 위한 어쩌고 구구절절하였으나, 중요한 건 하이신스가 감히 자신이 있는 나라로 그런 사절단을 보냈다는 것. 강대국 간에 볼모 겸 후궁을 주고받는 건 자연스러운 일이라지만, 라틸로서는 화가 머리끝까지 치솟을 수밖에 없었다.

라틸의 입가에 회심의 미소가 어렸다. 그땐 그냥 이만 갈았는데.

"어쩌냐, 하이신스. 똑같이 되돌려줄 수 있게 됐네."

"조세제도는 개편이 약간 필요합니다. 비록 반년일 뿐이지만 수도 부근의 물자가 그 기간에 제대로 유통되지 않은 데다 인근에서 소규모 전투가 연달아 계속된 터라, 다른 지방에 비해 수도의 물가가 기형적으로 높아졌습니다."

"수도만 세금을 낮추자니 다른 곳에서 반발이 심할 테고. 덩달아 낮추면 멀쩡한 지방에서 들어오는 조세가 낮아질 테고. 다른 지방 수준에 맞추자니 수도에 사는 국민에게 부담이 되겠군."

"예. 사이에서 중심을 잘 잡으셔야 할 듯합니다."

"물가가 잡히는 데에는 어느 정도 시일이 걸리겠소?"

"폐하의 즉위식을 전후로 하여 방문객과 외국 상단과의 거래량이 급증하였습니다. 유통은 이미 활발해졌으니 물가가 잡히는 데에도 오래 걸리지 않을 듯합니다."

"경들은 이 일을 어떻게 생각하시오?"

"세금을 낮추면 당장 평민들의 지지도는 올릴 수 있겠지만, 이후 세금을 원래대로 되돌리는 과정에서부터 불만이 나올 겁니다. 경기는 빠르게 회복될 수 있으니 차라리 현 상태를 유지하는 게 낫다 여겨집니다."

"하지만 폐하, 현 상태를 유지하는 건 평민들에게 부담이 갑니다. 빠르게 회복이 될 거라 한들, 최소 한두 달은 힘들 터인데. 무리한 요구를 지속했다가는 오히려 불만이 당장 일어날 것입니다."

라틸이 틀라 황자와 충돌한 기간은, 사실 평균적인 황위 쟁탈전과 비교하면 그리 긴 기간은 아니었다. 하지만 싸움이 수도에 집중되어 일어났다 보니, 그 영향력을 받은 곳도 거의 수도뿐이라는 게 문제였다. 이 탓에 균일한 정책을 펼치기가 힘들었다.

라틸은 자기들끼리도 의견이 갈라진 재무부 관련자들 사이에서 첫날부터 골머리를 앓았다.

'확실히 실무는 다르구나.'

책에서 볼 때와 달리 변수가 많다. 옳고 그른 답이 정해지지 않는단 점도 책임감을 한층 막중하게 만들었다. 황태녀 시절에는 오답을 짚으면 부황이든 재상이든 스승이든 오답이라 알려주었지만, 이젠 그 과정이 없지 않던가. 라틸이 오답을 짚으면 그게 곧 백성의 미래였다.

거의 다섯 시간에 걸쳐 이 문제를 논의한 후. 라틸이 완전히 진이 빠져 책상에 뻗자, 내내 조용히 지켜보고만 있던 시종장이 웃음을 터트렸다.

"많이 피곤하신가 봅니다."

"생각보다 골치 아프네."

라틸은 힘없이 중얼거렸다.

"폐하께서는 잘해내실 수 있을 겁니다."

그다음으로 라틸이 결정해야 할 일은 대관식에 선언한 하렘 문제였지만, 다행히 이 사안은 그리 어렵지 않았다. 아니, 오히려 기대되었다. 이 문제에 대해서는 이미 생각해둔 바가 있었기 때문이다. 때문에 하렘 문제를 전담한 관리가 들어와서 이것저것 서류를 보여주며 설명하는 사이, 라틸은 편안하게 웃고만 있었다.

"후궁으로 들어오기 전에 보통 이 서류에 사인을 시킵니다. 표준 양식은 이것이지만 따로 폐하께서 원하는 조건을 추가하실 수도 있습니다."

관리가 서류를 내려놓자, 라틸은 짓궂은 미소를 굳이 감추지 않고서 내내 준비해둔 말을 꺼냈다.

"아. 따로 더 추가할 건 없네. 그보다…… 다양성을 위해서, 그리고 국교를 위해서 다른 나라의 후궁도 두고 싶은데."

"예, 폐하. 말씀하신다면 사절단을 보내겠습니다. 어느 나라로 보낼까요?"

라틸의 속내를 모르는 관리는 두 손을 모으고서 라틸의 명령을 기다렸다. 라틸은 책상에 팔을 괴고서 발랄하게 지시했다.

"카리센으로 보내시오. 하이신스 황제에게."

"예. 사절단 대표로 염두에 두신 분이 있으십니까?"

"브레타 백작에게 맡기도록 하지."

관리는 라틸의 요구를 다 들은 후에도 이상하게 여기지 않았다. 카리센의 황제인 하이신스는 황자일 때 이곳에 유학을 와 있었고, 그가 결혼할 때에는 라틸이 사절단 대표로 찾아갔다. 최근에는 타리움 쪽에서 후궁을 보내기도 했으니, 라틸의 요구는 당연하게 여겨졌다.

그러나 관리가 나간 후. 라틸과 하이신스의 뒷이야기를 아는 시종장은 걱정스럽게 물을 수밖에 없었다.

"괜찮으시겠습니까, 폐하?"

시종장은 선황제 때부터 측근으로 있었기에 라틸이 하이신스의 결혼 소식에 얼마나 충격을 받았는지 생생히 기억했다. 이후 후궁 요구에 얼마나 분개했는지도.

그러나 라틸은 비실비실 웃으면서 고개를 끄덕였다.

"안 괜찮았는데. 이제 괜찮아질 것 같다."

"폐하……."

"하이신스도 자기 손으로 내 남자가 될 이들을 고르면서 느껴봐야지. 내가 어떤 기분이었는지."

'어이없어 하려나? 황당해할까? 속이 훤히 보인다고 비웃을래? 아니면…… 너도 조금이라도 마음이 아플까? 어느 쪽이든 반응을 코앞에서 볼 수 있다면 더 좋겠지만, 거기까진 무리겠지.'

"그보다 사블레 후작. 아트락시 공작은 어떨 거 같아? 자기 아들을 나한테 보낼까?"

"라나문 군을 말씀하십니까?"

"어. 공작은 자기 아들을 국서로 밀고 싶어 했잖아. 후궁으로 보내면서까지 국서로 만들고 싶어 할까?"

"설마 그 정도이겠습니까."

시종장은 어린 시절부터 코가 하늘까지 닿았던 라나문을 떠올리고는, 다시 고개를 저었다.

"라나문이라면 아트락시 공작이 억지로 보내려고 해도 안 올 겁니다."

"후궁이 되겠습니다."

그러나 시종장의 예상과 달리, 먼저 후궁이 되겠다며 나선 건 라나문 쪽이었다.

아트락시 공작은 깜짝 놀라 되물었다.

"방금 내 말을 제대로 들은 게 맞느냐?"

아들의 성격을 잘 알기에, 아트락시 공작 역시 라나문이 절대로 후궁 자리에는 가지 않으리라 여겼다. 그런데 먼저 나서서 가겠다 하다니?

"황제가 후궁을 들이겠다 선포하였다 하셨습니다."

"그런데 후궁이 되겠다고?"

"예."

라나문은 무덤덤하게 대답하고서 아버지를 응시했다. 엄청난 발언을 한 사람답지 않게 몹시 평온한 태도였다. 그러나 아트락시 공작은 더욱 놀라 심장이 콩닥콩닥 뛰었다.

라틸이 황제 자리에 오르기 전, 아직 틀라 황자와 경쟁하고 있을 때. 라나문에게 국서 이야기를 꺼낸 건 아트락시 공작이었다. 그는 라나문에게 '장차 네가 국서가 될 것'이라면서 큰소리까지 떵떵 쳤다. 그래서 라틸이 후궁 이야기를 꺼냈을 때, 얼마나 곤혹스러웠는지 모른다. 자신의 계획이 일그러진 거야 그렇다 쳐도, 국서 자리를 호언장담했던 라나문에게는 무어라 말한단 말인가. 자존심이 하늘을 찌를 정도로 높은 아들에게, 이 일을 대체 어떻게 전해야 할지 막막했다.

라나문은 무척이나 자존심이 강했다. 이 이야기를 들으면 몇 달 내내 집안을 얼음판으로 만들 게 분명했다. 그래도 말을 안 할 수는 없으니 민망한 기분을 삼키고서 이 황당한 소식을 전한 건데. 의외로 시원스럽게 후궁이 되겠다고 나오자 오히려 공작이 당혹스러웠다.

"혹시 아들. 후궁이 뭔지…… 모르니?"

얘가 사교계에 관심이 아예 없는 편이기는 한데. 그래도 후궁이 무엇인지조차 모르면 어쩌나. 모른다고 하면 뭐라고 알려주어야 하나. 공작은 당혹스러운 기분으로 라나문의 대답을 기다렸다.

다행히 라나문은 거침없이 대답했다.

"원래는 화월국의 제도였으나 오래전 대문화 교류기 때 유행처럼 번져 나가 자리 잡은 문화입니다. 그 이전에는 '황제의 정부'라고 불렸던 이들이지요. 물론 황제에게 선택되어 온전히 애인의 역할만을 한 정부와 달리, 후궁은 황제의 의사에 상관없이 바쳐지기도 하고, 목적에 따라 볼모의 역할도 한다 알고 있습니다. 대신 왕실의 일원으로 인정되어 황제의 하렘 안에서 지내는 건 물론, 정부의 자녀들과 달리 후궁의 자녀들은 황제의 아이로 인정받지요."

"그렇지……."

공작은 떨떠름하게 고개를 끄덕였다. 교과서대로 아주 잘 알고 있는 듯했다.

"황후와 달리 공식적인 업무는 없으며, 황제에게 즐거움과 안정을 주는 게 그들의 최우선 역할입니다."

실무 역시도 잘 알고 있었다.

"특히 밤일을 잘해야겠죠."

현실까지도.

"제가 비록 아직은 경험은 없으나 습득 능력이 빠르니, 하나를 배우면 열을 깨우칠 수 있……."

"아들!"

아트락시 공작은 화들짝 놀라 라나문의 입을 틀어막았다. 성인이라고 하지만 그래도 자식이었다. 그는 다 큰 아들과 이런 이야기를 하고 싶진 않았다. 물론, 다 크지 않았다면 더욱 싫었겠지만.

라나문은 시큰둥하게 공작의 손을 치워냈다.

"이게 현실 아닙니까."

"그런데도 가겠다고?"

네 성정에?

"예."

라나문의 입꼬리가 차갑게 말려 올라갔다.

아트락시 공작이 걱정한 게 맞았다. 무덤덤한 겉모습과 달리, 라나문은 지금 자존심이 아주 많이 상한 상태였다. 그런데도 이렇게 나오는 건 공작의 상상 이상으로 자존심이 더욱 많이 상했기 때문이었다.

애초에 라나문은 꼭 국서가 되고 싶은 마음이 없었다. 라나문에게 국서 자리란 '원하지 않지만 그냥 내가 해준다' 정도의 위치였다. 그렇지만 다른 이에게 양보할 마음도 없었다. 원하든 원치 않든, 그가 후보로 거론된 자리를 다른 이가 차지하는 건 불쾌하니까. 자신보다 못한 덜떨어진 놈들에게 국서란 이유만으로 허리 굽혀 인사하고 싶지 않으니까.

그런데…… 뭐? 국서를 안 뽑아? 후궁을 들여? 후궁 중에 국서를 골라?

라나문은 어금니를 꽉 깨물었다. 황제는 바보가 아니었다. 당연히 누가 가장 유력한 국서 후보였는지 알고 있을 터. 그런데도 국서를 안 뽑겠다고 선언한 건, 그를 국서로 들이기 싫다는 의견이나 다름없었다. 라나문은 이걸 인정할 수 없었다.

"제가 후궁이 되어서, 아양이란 걸 떨어보지요."

아양까지 떨려고……? 아들의 파격적인 말에 아트락시 공작이 흠칫 뒤로 물러났다.

"지금 들고 계신 게 후궁 관련 서류입니까?"

라나문은 서늘한 눈빛으로 아트락시 공작이 폐기하려던 서류를 빼앗았다. 그러고는 상의에 달린 주머니에서 펜을 꺼내 서류 위에 거침없이 사인했다. 공작은 눈 깜짝할 사이 아들의 서명이 적힌 종이를 품 안에 안게 되었다.

라나문은 펜을 도로 집어넣으며 싸늘하게 예고했다.

"1년도 못 지나서 황제는 절 국서로 올릴 겁니다, 아버님."

"……그래. 그러기를 바란다, 나도."

"그러기 위해서는 아버지께서 철저하게 준비해주셔야 합니다."

준비! 그 말에 아트락시 공작은 지금 자신이 깜짝깜짝 놀랄 때가 아니란 걸 떠올렸다. 그래. 후궁이 되기로 결심한 이상, 이제 많은 준비를 해야 했다. 국서 자리를 놓고 치러질 후궁 간의 암투는 아마도 아주 치열하고 무서울 테니. 공작이 조금 긴장한 얼굴로 물었다.

"무슨 준비를 해줄까. 독? 최음제? 사람을 매수하는 거? 하인으로 위장해 데려갈 호위? 말하거라. 그게 무엇이든 내가 다 준비해 주마."

그 진지하고 매서운 말에 라나문은 고개를 마주 끄덕이고서 부탁했다.

"밤 기술에 대해 저술한 서책으로 부탁드립니다."

"아, 아들!"

너 어디까지 준비해 가려고!

브레타 백작은 의아했다. 나는 왜 뜬금없이 카리센으로 가는 사절단의 대표가 되었을까? 사절로 오간 경력이 있긴 했다. 하지만 그보다 경험 많은 이들은 얼마든지 있었다. 친분 때문이라고 하기엔, 백작은 라트라실 황제와 그리 가까운 사이도 아니었다. 가까울 수가 없었다. 라트라실 황제가 트라탈라 황자와 황좌를 놓고 쟁탈전을 벌였을 때, 그는 어느 쪽도 지지하지 않았으니까. 굳이 둘 중 하나를 골라야 한다면, 아마 트라탈라 황자 쪽을 골랐을 것이다. 그런 데면데면한 관계이기에, 당분간은 조용히 지내야겠다고 생각했는데.

"아직도 그 고민이십니까?"

수행인이 웃으며 하는 말에 브레타 백작은 퉁명스레 답했다.

"생각해도 이상하니 그러지. 혹시 안 좋은 다른 의도라도 있을까 봐."

"어휴, 안심하십쇼. 첫 사절단 대표로 백작님을 직접 임명하셨다는 건 좋은 현상입니다."

"그럴까?"

"그럼요."

수행인이 거듭 좋은 말을 반복해주자, 그제야 백작은 약간 마음을 놓았다. 그래. 좋은 게 좋은 거지.

그러나 카리센에 도착해 그곳의 황제에게 후궁 이야기를 꺼내자마자, 백작은 라트라실 황제가 굳이 자신을 사절단의 대표로 삼은 이유를 알 수 있었다.

카리센의 황제는 타리움 제국에서 온 사절은 모두 반가운 손님이라면서 제법 반갑게 맞이해주었다. 옆 나라까지 소문이 자자한 수려한 얼굴 가득 반짝이는 미소를 뿌리면서. 그러나 그 눈부시던 미소는, 브레타 백작이 사절단의 목적을 밝히자마자 싹 사라졌다. 아니, 미소가 사라진 정도가 아니었다. 하이신스 황제는 낯빛이 하얗게 질려서는 아예 이를 꽉 악물기까지 했다.

"누가, 누구더러, 누굴 보내라고?"

한마디 한마디 끊어서 질문을 던지는데, 마지막에는 옥좌를 뽑아 던져버릴 기세였다.

"타리움의 현재 황제가 라트라실 황제 아닌가?"

"그, 그렇사옵니다."

"그런데, 라트라실 황제가, 자기 하렘에, 넣을 남자를, 골라달라고, 그쪽을 보냈다? 내게?"

눈치를 보아하니 하이신스 황제와 라트라실 황제는 사적인 친분이 있는 듯했다. 좋지 않은 쪽으로.

즉, 라트라실 황제는 하이신스 황제가 길길이 날뛸 걸 예상하고서 사이 나쁜 브레타 백작을 사절단 대표로 삼은 것이었다.

아니, 그래도 좀 너무하신 거 아닌가. 브레타 백작은 울상을 지었다. 속으로 틀라 황자 쪽이 '지금은' 황위에 더 어울린다 여긴 건 맞지만, 그걸 밖에다 티 내고 다닌 것도 아닌데.

쾅, 엄청난 소리가 잠시 다른 곳으로 샜던 브레타 백작을 정신 차리게 했다. 브레타 백작은 딸꾹질을 삼키고서 눈을 부릅뜨고 카리센의 황제를 바라보았다. 지금은 억울해할 때가 아니었다. 임무를 받았으니 영지를 포기하고 이민 갈 게 아니라면 시킨 일은 제대로 수행해야 했다. 브레타 백작은 최대한 사근사근한 어조로 조심스럽게 입을 뗐다.

"타리움의 황제 폐하께서는 카리센에 무한한 호의를 가지고 계십니다. 두 해 전에는 타리움에서 카리센으로 후궁을 보내지 않았습니까? 이번에는 카리센에서 타리움으로 후궁을 보내주신다면 두 나라가 두 개의 연으로 묶일 테니, 더욱 사이가 돈독해질 거라 말씀하셨습니다."

브레타 백작은 품 안에서 황제의 인장이 찍힌 서신을 꺼냈다.

"이건 라트라실 황제 폐하께서 보내시는 친서입니다."

하이신스 황제의 뒤쪽에 서 있던 수석비서가 다가와 편지를 받은 후, 그걸 다시 하이신스 황제에게 전달했다. 브레타 백작은 마른침을 꿀꺽 삼키고서 하이신스 황제를 바라보았다.

"……."

하이신스 황제는 편지의 봉인을 이제 막 해제하고 있었다. 황제의 눈동자가 연한 금빛이 도는 고급스러운 종이 위를 샅샅이 훑었다.

브레타 백작은 두 손을 꼭 모아 쥐었다. 라트라실 황제 폐하께서 제발 좋은 말로만 편지를 쓰셨기를. 어느 고사처럼 편지 안에 '이걸 가져간 사람을 죽여라' 이런 말은 없기를. 그러나 편지를 읽는 내내 하이신스 황제는 무표정해서 속을 알 수 없었다.

얼마간의 시간이 지난 후. 마침내 하이신스 황제가 한 손에 쥐고 있던 편지를 천천히 내려놓았다. 떨리는 마음으로 하이신스 황제의 표정을 확인한 브레타 백작은 헉 숨을 들이쉬었다. 도대체 편지에 뭐라고 쓰셨기에……? 하이신스 황제는 당장에라도 백작을 찢어 죽이고 싶단 얼굴이었다.

내 하렘에 들일 남자가 필요해. 내 취향 알지? 맞춰서 보내줘. 나 얼굴 봐. 그렇다고 성격을 안 보는 것도 아니야. 하렘에 들일 거니까 머리 좋을 필요는 없어. 하지만 대화가 가능한 수준은 됐으면 좋겠네. 갈색 머리에 회색 눈동자 조합은 피해줘. 네 생각 나서 기분 나쁨.

하이신스는 몇 번이나 거듭해서 편지를 확인하고 확인했다. 그러나 아무리 읽어도 편지의 내용은 변하지 않았다.

"하."

하이신스는 기가 막혀서 이마를 짚었다. 눈가로 열이 올라왔고, 머리는 한 대 얻어맞은 듯 얼얼했다. 라틸이 이딴 편지를 보냈다고? 라틸이?

하이신스는 와락 편지를 구기고서, 이 편지를 가져온 사절단 대표를 노려보았다. 그가 마치 이 모든 사태의 원흉이라는 듯이. 사절단 대표는 어리둥절해 있다가, 좋지 못한 분위기를 감지했는지 겁먹은 표정으로 움츠렸다.

'라틸, 라틸, 라틸……!'

하이신스는 편지를 꼼꼼하게 구겨서, 한 손에 넣고 꾹꾹 공처럼 뭉치며 잠시 숨을 골랐다. 당장 저자를 끌고 가 죽이란 말이 목구멍까지 치솟았다. 움츠린 사절단 대표의 뒤로, 라틸이 비틀리게 웃고 있는 모습이 눈에 선했다. 세 번째 손가락을 들어 올리는 것도 같았다.

하이신스는 천천히 옥좌 손잡이를 잡고 손가락 끝으로 툭 툭 툭 두드렸다. 무엇이든 말을 해야 하는데. 할 말이 떠오르지 않았다. 아직도 그의 머릿속은 백지나 마찬가지였다. 그렇게 한참 동안 침묵하며 사절단 대표만 노려보다가, 하이신스는 가까스로 한마디를 입에 담았다.

"안 된다."

사절단 대표는 눈을 커다랗게 떴다.

"하, 하오나 폐하……."

브레타 백작은 하이신스가 설마 이 제안을 거절할 거라고는 상상도 하지 못했다.

"타리움의 황제에게 전하라. 절대로 후궁은 보낼 수 없다고."

"그렇지만……."

저건 무슨 돼먹지 않은 심보지? 너네는 우리나라에서 후궁을 데려가지 않았느냐고, 사절단 대표는 목 끝까지 치솟은 말을 꿀떡 삼켰다. 이 말을 했다간 정말로 카리센의 황제가 검이라도 휘두를 태세여서. 고작 이 한마디에 던지기엔 그의 목숨은 너무 소중했다. 그러니 라트라실 황제가 후에 '이 식충아 넌 일도 제대로 못 하냐!'고 혼을 내더라도, 우선은 침묵을 택하는 수밖에.

3년 전 라트라실 황녀가 고백해놓고서는 인사도 없이 달아난 이후. 자존심이 상한 클라인 황자는 그녀에 대해 잊어버리기로 결심했다. 그게 상처 입은 자존심을 지킬 유일한 방법이라 여겼다.

하지만 타리움 제국은 너무 강대국이었다. 빌어먹을 그 나라 소식은 관심을 끊으려고 해도 여기저기서 톡톡 튀어나와 그를 자극했다. 최근에는 특히 놀라운 소식이 들려왔다. 그 라트라실 황녀. 술에 취해서 엉엉 울던 그 황녀가 타리움의 황제로 즉위했다는 이야기였다.

'타리움도 큰일 났군.'

황제의 술주정이 그렇게 나빠서야……. 클라인은 괜히 기분이 상해서 속으로 투덜거렸다.

그런데 놀라운 소식은 그게 끝이 아니었다. 즉위한 황제는 카리센으로 곧장 사절단을 보냈다. 국교를 위해 카리센 출신의 후궁을 요청하는 사절단이었다. 클라인은 그 이야기를 듣자마자 자존심이 상했다.

'분명 날 보내라는 거다.'

전에는 부끄러워서 도망가버렸지만, 이제는 무소불위의 권력을 가졌으니 그를 데려가고 싶어 하는 거겠지. 뻔한 이야기였다.

"하. 미치겠군."

클라인은 어이가 없어서 숨을 뱉어내고는, 눈가로 흘러내리는 은발을 쓸어 올렸다.

"정말로 어이가 없구나."

클라인에게 사절단 소식을 전해준 수행원은 "예?" 하고 되물었다.

"제가 뭐 이상한 말씀을 올렸는지요?"

"너 말고. 타리움 제국의 라트라실 황제 말이다."

수행원은 어리둥절한 표정으로 클라인을 쳐다보았다. 뜬금없이 무슨 말씀이시지?

3년 전부터 클라인 황자는 늘 라트라실 황녀에 대한 보고서를 받고 있었다. 본인이 보고를 지시한 건 아니었다. 다만 매번 어디서 들었는지 "내가 듣기로는……"이라고 운을 떼며 자세한 보고를 하도록 유도했고, 결국 수행원이 눈치껏 라트라실 황녀와 관련된 이야기가 있으면 알아서 클라인 황자에게 찾아와 보고하게 된 것일 뿐.

보고를 받을 때마다 황자의 반응은 대부분 비슷했다. 뚱한 얼굴로 초조해하는 것. 그러다 가끔씩은 맥락 모를 말을 중얼거리기도 했다.

"제법 인내심이 긴가?"

"바쁘다 보니 잊었나 보다."

이런 식의.

그런데 오늘은 초조해하는 수준이 아니라, 아예 "하! 참, 허! 참."

하는 소리만 내자 의아했다.

"전하? 왜 그러시는지요?"

"국서도 아니라 후궁이라지 않느냐. 괘씸해라."

"예?"

수행원은 멍청하게 눈을 깜빡거렸다. 그는 여전히 클라인 황자의 말을 알아들을 수 없었다. 하지만 원래 클라인 황자는 이것저것 잘 설명해주는 성품이 아니었다. 오늘 역시도 마찬가지. 클라인은 제 할 말만 투덜거리고서, 설명 없이 손을 휘저어 수행원을 내보냈다.

그러나 수행원이 나간 후에도 클라인은 한참 동안 불쾌한 기분을 떨치지 못했다. 카리센은 약소국이 아니었다. 타리움과 맞먹는 강대국이지. 그런데 이런 대단한 나라의 황자를 원하면서, 어떻게 후궁으로 들여보낼 생각을 하는 거지? 생각할수록 괘씸했다.

절대로 응해주지 말아야지. 클라인은 냉랭하게 다짐했다. 두 번이나 도망갔으니, 상대도 그에 상응하는 대가를 치러야 공평하지 않겠는가?

하지만 클라인의 야심 찬 계획은 시도도 하기 전에 엎어졌다. 수행원이 한 시간 후 다시 달려와 전한 말 때문이었다.

"전하, 폐하께서 타리움의 사절단들을 그냥 돌려보내셨다 합니다! 타리움에는 후궁으로 보낼 적당한 사람이 없다고요."

클라인은 거울을 보다 말고 흠칫해서 수행원을 쏘아보았다.

"뭐라? 누굴 돌려보내?"

그 무시무시한 기세에, 수행원은 주춤 뒤로 물러났다.

"제가 아니라 폐하께서……."

"형님!"

클라인이 쾅 문을 열고 집무실로 들이닥치자, 하이신스는 커다란 업무용 의자에 앉아 담배를 물고 있다가 눈살을 찡그렸다.

"뭐냐, 클라인. 그 손은 용도가 없어? 노크도 할 줄 몰라?"

"있지. 막아서는 기사들을 내치는 용도."

하이신스가 입을 벌리자 그의 심경을 그대로 드러내듯 매캐한 연기가 느리게 뿜어졌다.

"말본새가 아주 예뻐졌구나, 동생."

"진짜야?"

"돌려 말한 거다."

"그거 말고!"

클라인은 낮은 계단 여러 개를 한 번에 뛰어 올라가 하이신스의 코앞까지 다가가서는, 작은 의자를 끌어다가 걸터앉았다.

이게 미쳤나……?

하이신스는 입에 물고 있던 담배를 한 손으로 빼내며 눈을 가늘게 떴다.

"질문을 하려면 문장을 제대로 말해."

"형님이 타리움 사절단을 돌려보냈어?"

"아아."

"형님이야?"

"나 말고 돌려보낼 사람이 또 있나?"

그런 사람이 있으면 데려와보라는 듯 하이신스가 가볍게 웃자, 클라인은 기가 막혀서 항의했다.

"미쳤어? 그 사람들을 왜 돌려보내?"

"너야말로 미쳤구나. 네 형이지만 지금은 황제다, 클라인."

클라인은 씩씩거렸으나 입만 뻐끔거릴 뿐, 그 부분은 반박하지 못했다. 어릴 때부터 하도 티격태격 자란 터라 아직도 반말을 뱉어대지만, 사실상 하이신스가 많이 봐주고 있단 건 그도 인정하는 바였다. 클라인은 결국 조금 목소리를 낮췄다.

"내 말은, 타리움과 전쟁이라도 하고 싶으냔 거야. 2년 전인가 3년 전인가, 형님은 타리움에서 후궁을 받아 왔잖아? 그 이름 뭐지……. 하여튼 누구 왔잖아. 누구였지?"

하이신스는 말없이 담배를 책상에 비벼 껐다. 클라인은 황당해서 인상을 구겼다.

"뭐야, 형님도 이름 몰라? 형님 후궁이잖아?"

"본론."

"형님은 후궁을 받아놓고서 우리는 안 주겠다고 하는 게 어디 있어? 타리움에서 알겠다고 순순히 넘어갈 거 같아? 기분 상하지 않을까? 무시하는 처사라 여길지도 몰라. 아니, 실제로 무시하는 게 아니라면 거절하면 안 됐지. 받기만 하고 안 준다니, 이런 치사한 경우가 어디 있어?"

"갈 사람이 없다. 재상의 아들은 기혼이고, 대공의 아들은 외동이라 외국으로 보낼 수 없어. 황족 중에서도 미혼은 여자뿐이고."

클라인은 말없이 하이신스의 책상을 새 부리처럼 손을 모아 두드리고서, 손가락으로 자신을 가리켰다. 하이신스는 한쪽 눈썹을 삐딱하게 들어 올렸다.

"너? 네가 가겠다고?"

"형님 입으로 말했잖아. 갈 사람이 없다고. 정확히는, 나 외에 갈 사람이 없단 거 아냐?"

그러나 하이신스는 생각할 필요도 없다는 듯 단호하게 거절했다.

"안 돼."

그 차가운 목소리에 클라인은 답답해서 가슴을 두드렸다. 어휴 둔하기는!

"형님. 모르겠어?"

이렇게까지 했는데?

"?"

"라트라실 황제는 애초에 날 염두에 두고 보낸 거라고, 그 사절단."

하이신스의 표정이 모호하게 변했다.

"왜? 그녀가 왜 널 염두에 두고 후궁을 보내라 했다 믿는 거지, 클라인?"

"형님이 말했잖아. 나 외엔 갈 사람이 없다고."

"……."

"그쪽도 알겠지. 그런데 굳이 사절단을 보냈다는 건, 날 달라는 거 아니겠어?"

"……."

"난 그쪽으로 가도 상관없어, 형님. 어차피 그녀는 날 좋……

흠. 카리센의 이름값이 있으니 적당히 시기를 보다가 국서로 올리
겠지.”

하이신스는 잠시 입을 꾹 다문 채 클라인을 쳐다보다가 손을 저
었다.

“나가. 바빠.”

클라인이 나간 후. 하이신스는 쾅 책상을 걷어찼다. 그는 머리에
한 손을 짚고서 천장을 올려다보았다. 천장의 화려하고 웅장한 그
림이 외려 그를 조롱하는 것처럼 보였다.

“라틸. 정말이냐. 정말로 이런 식으로 내게 복수하려는 건 아니
겠지?”

“우와…… . 서넛 경. 이거 보십시오.”

라틸이 중얼거리는 소리에 시종장이 불쾌하다는 듯 서넛 기사단
장을 쳐다보았다.

틀라와의 싸움에서 근위기사들을 이끌고 라틸을 도운 이후. 서
넛 기사단장은 자연스럽게 라틸의 최측근이 되어 여전히 기사단장
직에 있었다. 파격적으로 젊은 나이에 기사단장 자리에 올랐기에,
두 세대의 황제를 걸쳤지만 서넛 기사단장은 여전히 다른 기사단
장들에 비해 어린 편이었다.

그러나 시종장이 서넛 기사단장을 불만스레 쳐다보는 이유는,
기사단장이 어리기 때문이 아니었다. 사적으로는 레안 전 황태자

의 친구이자 어릴 때부터 라틸과도 친하게 지낸 이웃 오빠나 다름 없다지만, 그래도 지금 라틸과 서넛은 주군과 부하의 관계인데. 라 틸은 여전히 황녀 시절처럼 서넛 기사단장을 대하고, 서넛 기사단 장 역시 이를 자연스럽게 받아들이니, 그게 못마땅해서였다. 라틸 이야 그렇다 쳐도, 서넛 기사단장은 알아서 격식을 차려야 하지 않 을까?

하지만 그 따가운 시선을 눈치챘으면서도, 서넛 기사단장은 모 른 척 라틸이 가리키는 서류를 보았다.

"이게 무엇입니까?"

그러나 능청스럽던 서넛의 표정은 서류를 보자마자 일그러졌 다. 라틸은 어깨 너머에 선 서넛의 표정을 볼 수 없기에 태연히 혀 를 찼다.

"보면 모릅니까? 내 후궁이 되겠다면서 서류를 보내온 사람들입 니다."

서넛 기사단장의 시선이 누구보다 빠르게 서류를 훑었다. 아주 얇은 종이로 한 장 한 장 쌓았는데, 그 높이가 대략 15센티미터 정 도. 지원자 수가 최소 몇백 명은 되는 걸로 추정되었다. 시종장 역 시도 서넛 기사단장을 쳐다보던 걸 잊고 혀를 내둘렀다.

"지원자가 많을 거란 생각은 했지만 생각 이상으로 더 많군요. 가려내야겠습니다, 폐하."

"그러네요. 우선은 다섯 명만 들일 생각인데. 생각보다 많이 지 원했네요."

고개를 끄덕거리던 시종장은 눈을 부릅떴다.

"우선이라 하셨습니까?"

"사람 마음은 언제 어떻게 변할지 모르니까요. 내가 지금은 순애보 황제 콘셉트인데. 나중에 마음 바뀔지도 모르고."

순애보……. 게다가 콘셉트라고……. 시종장이 황망해 중얼거리는 사이. 라틸은 엄지로 주르륵 종이를 훑으며 고개를 젓다가, 가장 위쪽에 있는 서류 한 장만 들어 올리며 혀를 찼다.

"그보다 참. 라나문 아트락시가 후궁이 되겠다고 할 줄은 몰랐는데."

라틸이 집은 서류는 아트락시 공작가에서 보내온 서류로, 그곳에 적힌 이름은 라나문 브로트샤 드 아트락시. 아트락시 공작의 장남 이름이었다.

"본인 성격에 후궁이 되겠다 했을 리는 없고. 아트락시 공작이 밀어 넣은 거겠죠?"

라틸은 혀를 쯔쯔 차면서 서류를 내려놓았다.

"가엾어라."

별로 친한 사이도 아니고 그리 좋은 기억으로 남은 사람도 아니긴 한데. 그래도 제 아버지에게 등이 떠밀려 후궁이 될 라나문을 생각하니 약간 동정심이 들었다.

"아트락시 공작이 생각보다 참 욕심이 많은가 봅니다. 이 자존심 강한 애를 후궁으로 들이밀다니요."

다시 한번 더 혀를 차면서도, 라틸은 라나문의 서류는 다른 쪽으로 빼냈다. 그러고는 나머지 서류를 시종장에게 내밀었다.

"그래도 아트락시 공작의 면은 세워줘야죠. 공신이신데. 라나문은 무조건 넣고, 한 명은 카리센에서 올 테니, 나머지 세 명은 사블레 후작이 보고 도움 될 사람들로 추려주세요."

"도움 될 사람으로만 추리면 될까요? 달리 원하시는 기준은 더 없으십니까?"

라틸은 입 모양으로 '비슷한 수준이라면 미남으로' 신호를 보내고서 히죽 웃었다.

"제가 안목 하나는 끝내주지요."

시종장은 알겠다는 표시로 한쪽 눈을 찡긋한 후, 서류를 챙겨 근처에 놓인 자신의 책상으로 갔다. 시종장이 진지한 얼굴로 서류를 훑기 시작하는 걸 보며, 라틸은 하품을 하고 기지개를 켰다.

즉위한 지도 어느새 보름이 훌쩍 지나갔다. 첫 일주일은 온몸이 무거울 정도로 바쁘게 움직였고 정신이 없었는데 사람은 어디든 적응하게 된다고, 그래도 지금은 그 바쁜 스케줄에도 많이 익숙해졌다. 급하게 황태녀가 되면서 일반적인 스케줄 이상으로 빠르게 후계자 교육을 소화해야 했는데, 그때 바쁘게 지낸 게 몸에 밴 덕이었다.

'슬슬 카리센에 보낸 사절단도 도착하겠지.'

하이신스가 과연 어떤 답을 해올까. 라틸의 입꼬리가 짓궂게 올라갔다. 물론 하이신스는 거절하지 못할 것이다.

라틸은 차갑게 웃으면서 허공을 노려보다가 고개를 젓고 허리를

세웠다. 이럴 때가 아니지. 분노는 나중에. 우선은 업무나 마저 보자.

그런데 옆으로 밀어두었던 다른 서류를 집고 있자니, 비서 한 명이 조심스럽게 문을 열고 들어왔다. 라틸은 고개를 들어 다가오는 비서를 쳐다보았다.

황제에게는 '공식적'으로 공개 집무실과 개인 집무실 두 개가 있는데, 지금 라틸이 있는 곳은 공개 집무실이었다. 그리고 공개 집무실에는, 황제의 비서진들과 시종들은 업무에 관련된 사안인 한 자유롭게 오갈 수 있었다. 물론 '자유롭게'라고 한들 다들 부담스러워하기에, 꼭 필요한 일이 아니라면 들어오는 일은 없지만.

"무슨 일이지?"

라틸의 질문에 비서가 얼른 근처로 다가와 보고했다.

"카리센으로 갔던 사절단이 도착했습니다. 브레타 백작이 대기실에 있는데, 들어오라 할까요?"

'드디어!'

"들어오라 해라."

라틸은 흥분을 누르고 느긋한 척 의자에 기대어 앉았다. 통쾌하면서도 묘한 긴장감이 올라왔다. 그러나 브레타 백작이 전해온 건 하이신스의 분노에 찬 승인이 아니라 단호한 거절이었다.

"폐하. 카리센의 황제는 후궁을 보낼 수 없다며 사절단을 하루도 머물게 하지 않고 돌려보냈습니다."

고자질하는 티가 가득한 브레타 백작의 보고에, 라틸은 한쪽 눈썹을 삐딱하게 들어 올렸다.

"뭐라?"

후궁을 보낼 수 없다? 게다가 하루도 사절단을 머물게 하지 않고 돌려보내?

라틸의 표정이 어두워지자, 브레타 백작이 하이신스 황제가 즉석에서 써준 답서를 얼른 품 안에서 꺼내어 바쳤다.

라틸은 굳은 얼굴로 봉인을 대충 찢고 종이를 꺼냈다.

어떻게 네가 내게 이런 요구를 할 수 있지, 라틸?

편지에는 라틸이 보낸 만큼의 악의는 없었다. 그러나 짧은 문장에 억울함이 가득했다.

라틸은 헛웃음을 지었다. 뭐라는 거야, 이 자식이?

복수심으로 후궁 요구를 한 건 맞지만, 무리한 요구는 절대 아니었다. 아니, 오히려 라틸은 하이신스와 과거 연인 사이가 아니었다 하더라도, 이런저런 사정을 고려해본 후에 카리센에 같은 요구를 했을 가능성이 컸다. 즉위한 게 레안 황태자나 틀라 황자였더라도, 국교를 위해 후궁 중 한 명은 카리센에서 맞이했을 확률이 높았고.

그런데 뭐 얼마나 어려운 요구를 했다고 이걸 거절해? 심지어 자기는 2년 전에 타리움 제국에서 후궁을 받아 갔으면서?

"씹어 먹을 새끼."

이는 명백히 타리움을 무시하고 기만하는 행동이다.

"사블레 후작!"

라틸이 이를 갈자 사블레 후작이 눈치 좋게 얼른 깨끗한 편지지를 가져왔다. 라틸은 검을 뽑듯 만년필을 뽑고서 움켜쥐었다.

또 내가 보낸 사절단을 거부한다면, 타리움 제국을 무시하는 걸로 알고 '평균적인' 대응을 하겠어. 3년 동안 편지 한 통 없었으면서 이제 와서 우리 사이에 뭐라도 남아 있는 것처럼 굴지 마.

"……."

하이신스는 라틸이 보낸 편지를 가만히 내려다보다가 한숨을 내쉬며 옆을 보았다. 탁자 위에는 하이신스가 라틸에게 보낼 답장이 놓여 있었다.

일주일에 한 번씩 꼬박꼬박 편지도 썼고 선물도 보냈는데, 무슨 말이지?

그는 펜을 내려놓고서 목을 뒤로 젖혔다. 욱신거리는 목 뒤를 문지르며 눈을 감자, 아련하게 라틸이 웃는 모습이 떠올랐다. 비웃는 웃음이 아니라 진짜로 좋아서 웃는 웃음이. 들꽃 사이에 앉아 있어도 빛이 나던 사람. 들꽃 위에 내려앉던 햇살처럼 싱그러운 사람. 그 맑던 사람이 이렇게 조롱 가득한 편지를 보낸 그 사람이라는 게 믿기지 않……. 하이신스는 고개를 저었다. 과거가 너무 미화되고 있다. 라틸은 예전에도 거친 타입이었다. 햇살은 햇살인데 땡볕이었다. 그 거친 성격을 자신에게 안 드러내려 끙끙거리는 게 귀여웠을 뿐.

하이신스는 관자놀이를 누르며 미간을 찡그렸다. 그가 꼬박꼬박 편지와 선물을 보냈다는 건 둘러대는 변명이 아니라 진실이었다. 하지만 라틸 역시 아무리 화가 난다고 해도 이런 일로 거짓말을 할 성격이 아니었다.

'그런데 왜 내가 편지 한 통 없었다 타박하는 건가. 누군가 내 편지와 선물을 가로챘다는 건가?'

하이신스는 미간을 찌푸렸다. 그의 결혼으로 마음이 상한 라틸이, 편지와 선물을 받았다고 해서 기분이 풀렸으리란 보장은 없었다. 아니, 오히려 그의 사과는 몇 년 내내 공허한 메아리가 되었을 확률이 높았다. 그 성격에 편지와 선물을 뜯지도 않고 쓰레기통에 처박았다 해도 이상하진 않으니.

그러나 별개로, 황제가 황태녀에게 보낸 물건을 손댄 자가 있다는 것. 그건 타리움 제국 쪽에서 벌어진 일이든 카리센 쪽에서 벌어진 일이든, 쉬이 넘길 사안이 아니었다. 하이신스는 편지를 빤히 내려다보다가 봉투 안에 집어넣고서 붉은 도장을 찍어 봉인했다. 구구절절 설명하지 않아도, 이 정도면 라틸도 문제를 알아채겠지.

하이신스는 편지의 겉봉을 만지작거리다 내려놓았다.

'이 문제는 양측에서 조사하면 될 일이고. 후궁 문제는…… 이제 어쩐다.'

라틸이 말한 '평균적인 대응'은 단교를 의미했다. 사적으로 보자면 고작 후궁 하나에 단교 운운하는 게 어이없을 일이지만, 나라로 치자면 황제의 요구가 묵살된 것이다. 원래 국가 간에는 작은 불씨만으로도 전쟁이 일어나는 법이고, 역사 속에도 비슷한 사례로 일어난 전쟁이 많았다.

이런 상황이다 보니, 국가 대 국가 간의 일에서 하이신스는 더 이상 타리움의 요구를 거부하기 어려웠다. 어렵지만……

하이신스는 두 손으로 자신의 머리를 감쌌다. 라틸은 5년의 약속을 받아주지 않고 떠났으나, 그는 내내 홀로 그 약속을 지키기 위해 노력했다. 상황을 빨리 마무리 짓고 라틸에게 다시 기회를 달라 청하고 싶었다. 그런데 어떻게? 어떻게 사랑하는 여자에게 다른 남자를 첩으로 보낸단 말인가. 그것도 자신의 동생을?

"클라인. 보내주긴 하겠지만, 어디까지나 이건 임시로 가는 거라는 걸 명심해라."

결국, 하이신스는 재상과 며칠을 의논한 끝에 우선 클라인을 보내기로 했다. 대신 정식 후궁이 아니라 임시 후궁의 형태로 가게 될 것이었고, 이 점을 확실히 해달라 요구하는 공문을 넣어두었다.

임시 후궁은 정식 후궁과 달리 아이를 낳아도 아이가 바로 황족으로 인정받을 수 없는 건 물론 본인 역시도 준황족으로 취급되었으나, 언제든 후궁 쪽에서 이혼을 요청할 수 있다는 장점이 있다. 원래는 후궁 제도의 원조인 화월국에서 후궁들끼리도 계급 차를 두던 걸 보고 들여온 제도였으나, 지금 와서는 거의 변질되어서 외국 황족 출신 후궁들이 자주 사용하였다. 특히 적국에 어쩔 수 없이 후궁으로 가야 할 때 가장 많이 사용하였다.

"알았다니까? 몇 번이나 같은 말 반복하는 거야?"

"적당히 시기를 보다가 돌려달라 청할 테니까……."

"아 알았다고, 형님."

하이신스는 속도 모르고 태연하기 짝이 없는 클라인을 보며 한숨을 내쉬었다.

"가서는 성질 좀 죽이고."

"웬일로 내 걱정이야?"

"……라트라실 황제가 뭐라고 해도 덩달아 화내지 마."

"진짜 내 걱정 하는 거야?"

"복합적이다."

"내 걱정을 하긴 한다는 거네. 그러면 다른 쪽 걱정은 누군데?"

"그런 의미의 복합적이 아니라, 널 걱정하는 마음 반, 안 걱정하는 마음 반이라는 거다."

클라인이 미간을 찡그리고 쳐다보았으나 하이신스는 구체적으로 설명해주지는 않았다. 아무리 그래도 이 상황에 동생에게 '네가 질투난다'고 솔직히 말할 수는 없었다.

"클라인. 혹시나 해서 하는 말인데."

하지만 힐긋 쳐다보는 클라인에게, 하이신스는 결국 참지 못하고 귀에 대고 속삭였다.

"넌 임시로 가는 거니까, 라트라실 황제에게 손끝 하나 건드리지 마."

클라인의 입꼬리가 삐죽 올라갔다. 뭐라는 거야, 이 형님 황제가?

"라트라실 황제가 나한테 오면?"

"그, 럴 리 없다."

"모르지."

클라인은 자신만만하게 웃었다. 라트라실 황제는 내가 가자마자 당장 키스부터 하려고 들 텐데? 하지만 그는 이런 자신만만한 생각을 굳이 형님에게 털어놓진 않았다. 아무래도 그의 형님은 동생을 외국 황제에게 후궁으로 보내는 게 영 마땅치 않은 모양이니까.

"갈게."

가볍게 웃은 클라인은 화려하게 치장한 마차 위에 올라탔다. 보통은 후궁 사절단이 떠난 후 일주일에서 열흘 정도의 간격을 두고 느긋하게 뒤따라가는 게 관례였으나, 클라인은 귀찮았으므로 그냥 사절단과 함께 떠나기로 했다. 좀 더 정확히는, 사절단 대표로 온 브레타 백작에게 '우리 폐하의 하렘에 들어오고 싶어 하는 남자들이 한 무더깁니다'란 말을 듣고 초조해져서 따라가는 것이지만.

물론 라트라실 황제는 이미 그를 사랑하지만, 혹시 여우 같은 놈들이 그사이에 꼬리를 쳐대서 마음을 뒤흔들지도 모를 일 아니던가. 얼른 라트라실 황제의 옆에 가서 단호하게 벽을 치고 다른 놈들을 막아내야 했다.

대충 인사를 끝낸 클라인은 바람처럼 마차에 자리를 잡고 앉았다. 마음이 바쁘니 자꾸 몸도 같이 날래졌다. 하지만 그는 다시 창문을 열고 고개를 내밀었다.

"아, 그보다 형님."

하이신스는 뒷짐을 진 채 복잡한 표정으로 서 있다가 고개를 돌렸다.

"왜 그러지?"

클라인은 주위를 둘러보더니 좀 더 상체를 쭉 빼서, 하이신스의 귀에 대고 속삭였다.

"정말 형수님하고 이혼할 거야?"

하이신스의 표정이 굳었다. 클라인은 어색하게 이마를 긁었다.

"형수님이 그…… 형님하고 사이가 좋진 않지만. 그래도 이상하고 그런 사람은 아닌 것 같은데, 그냥 살지그래?"

하이신스는 황권이 어느 정도 안정이 되자마자, 근 1년간 이혼 준비를 조금씩 해오고 있었다. 클라인은 이 점에 관해 묻는 것이다. 형수가 뭘 잘못한 것도 아닌데, 왜 군이 그렇게까지 준비해서 이혼 해야 하느냐고. 하이신스가 이제는 다가 공작에게 휩쓸리지 않을 만큼 권력을 굳히긴 했지만. 그래도 역시 다가 공작을 제 사람으로 곁에 두는 게 낫다는 건, 클라인이 보기에도 확실했다.

그러나 하이신스는 딱 잘라 클라인의 염려를 밀쳐냈다.

"처음부터 이럴 목적으로 결혼했단 거 알잖아?"

"그건 그렇지만……."

"아이니는 원래 헤움의 약혼녀였고 두 사람은 사이도 좋았어. 나 와는 서로 필요에 의해 결혼했을 뿐. 그녀는 헤움을 사랑하고 난 헤움을 죽였지. 난 언제 등 뒤에 비수를 꽂을지 모를 사람을 곁에 둘 마음 없어. 지금도 우리는 서로에게 등을 보이지 않아."

"형수님하고 이혼하면. 그다음에는? 달리 마음에 둔 여자가 있기는 해?"

하이신스는 클라인을 혼란스러운 시선으로 바라보았다. 성질이 더럽고 사고를 하도 쳐대서 진절머리 나지만, 그래도 형제 중 그나마 동생다운 녀석이었다. 그래서 더욱 심란했다. 걱정과 질투가 딱 반씩 차지하고 그를 괴롭게 했다.

"형님?"

"클라인. 다시 한번 말하지만……."

"?"

"넌 임시로 가는 거라는 걸 명심해라. 반년만 채우면 구색은 맞췄으니, 무슨 핑계를 대서라도 바로 널 돌려보내달라 요구할 거다."

"하도 많이 들어서 외우겠다."

"명심하란 거다. 절대 그녀에게 마음을 두어서도, 절대 그곳에 자리를 잡아서도 안 된다. 알았어? 넌 그녀의 남자로 가는 게 아니야. 잠시 국가 간 거래차 가 있는 거다."

"긴장되시나 봅니다."

라틸은 성의 난간에 선 채 초조하게 아래를 내려다보다 말고 고개를 돌렸다. 서넛 기사단장이 라틸을 바라보고 있었다.

"좀."

라틸은 솔직하게 대답했다.

"그러네요."

하이신스는 결국 후궁을 보내기로 했다. 그뿐만 아니라, 하이신스가 보낸 후궁은 사절단과 합류해 곧장 타리움으로 온다 하였다. 심지어 그 소식이 전해진 건 바로 어제. 마음의 준비를 할 새도 없었다. 어제 온 소식조차도, 라틸이 놀랄까 봐 사절단 중 한 명이 행렬에서 빠져나와 다급히 알려준 소식이었다. 앞으로 사절단은 한 시간 안으로 도착할 터.

"후우."

라틸은 손을 깍지 끼었다 빼기를 반복했다.

"별거 아닌데. 그냥 기분이 좀 싱숭생숭합니다."

"후궁 중 한 명일 뿐입니다. 편하게 생각하십시오."

"그렇기는 한데…… 아무래도 카리셴에서 오는 후궁이니까요."

라틸은 주위를 둘러보다가 서닛 기사단장에게만 들리도록 작게 덧붙였다.

"알잖아요, 나랑 그 사람 사이."

물론 이번에 오게 될 후궁은 하이신스가 아닐뿐더러, 그와 별 관계도 없을 것이다. 어쩌면 나중에는 많은 후궁 중 한 명이 되어서 신경조차 안 쓰일지도 모른다. 그러나 지금 당장은 아니었다. 라틸의 '첫' 후궁이 될 남자이고, 하이신스가 깎아서 보낸 자존심의 산물이었고, 라틸에겐 복수의 상징이었다. 자꾸만 신경 쓰였다.

"아. 저기."

"옵니다."

마침내 사절단의 기를 꽂은 행렬이 성벽 가까이 진입하는 게 보인다. 라틸은 심호흡을 하고서 난간 아래로 내려갔다. 나선으로 된 계단을 빙빙 돌아 성의 가운데에 난 커다란 파사드 앞으로 내려간 라틸은, 재빨리 옷매무새를 정리한 채 위엄 있는 표정을 지었다.

"벌써부터 그러고 계시면 나중에 표정 관리하기 힘드실 텐데."

서닛 기사단장이 놀려댔지만, 같이 투덕거릴 정신도 없었다. 평소보다 서넛 기사단장의 표정이 좋지 않다는 걸 눈치챌 정신은 더욱 없었다.

마침내 마차가 정원을 가로질러 가까이로 왔을 때. 라틸은 깊게 숨을 들이쉬고서 일부러 미약한 미소를 띠었다. 여유로우면서도 위엄 넘치는 황제의 모습을 보여줄 생각이었다.

'내 후궁은 저기 카리센 형식의 마차에 타고 있겠지.'

타리움 제국식의 마차들 가운데 유일하게 카리센 식으로 꾸며진 마차를 보며, 라틸은 천천히 그쪽으로 다가갔다. 그러나 문이 달칵 열리며 그 안에서 은발의 남자가 툭 튀어나오는 순간. 라틸은 웃던 표정 그대로 경직되어버렸다.

'저자!'

그자. 그자였다. 하이신스의 결혼식 전날, 술을 마시고 사고를 쳤던 그 남자. 하이신스의 동생! 이름은 기억나지 않지만 분명 클…… 클 뭐였는데.

'그런데 저자가 왜 여기 왔지? 내 후궁은 어디 가고 저 남자가 저기서 나와?'

하도 놀랐더니 머리가 굳었나 보다. 라틸은 입을 벌리고 클라인 황자를 멍하니 쳐다보았다.

'아냐, 설마 하이신스가 자기 동생을 내 후궁으로 보냈겠어. 걔가 그렇게 미치진 않았을 거야.'

라틸은 가까스로 그럴듯한 결론을 찾아냈다. 그래, 저 남자는 아마 내 후궁을 배웅하기 위해 함께 온 걸 거야. 일행이겠지. 일행.

그러나 라틸을 본 황자가 씩 웃더니 저벅저벅 다가와 자신을 꽉 끌어안는 순간. 라틸은 인정해야 했다. 이 남자는 자신의 후궁으로 온 게 맞았다.

"드디어 잡았다."

"잡아……?"

"날 가지게 되어 기쁘겠군?"

"어?"

"안심하지 마. 몸이 왔다고 해서 마음까지 쉽게 주진 않을 거니까."

하이신스가 굳이 자신의 동생을 후궁으로 보낸 이유 역시 쉽게 알 수 있었다. 또라이. 하이신스의 동생은 또라이였다.

시종장이 하이신스의 동생을 임시로 머물 거처에 데려간 사이. 라틸은 관자놀이를 꾹꾹 누르면서 황당한 기분을 가라앉히려 애썼다. 다행히 어이없는 기분은 점차 가라앉았으나 하이신스는 여전히 이해할 수 없었다.

'하이신스 이 미친놈. 후궁을 보내라 닦달했더니 자기 동생을 보내?'

전 약혼녀 애인으로 남동생을 보내는 자식이 제정신일까?

서넛 기사단장 역시 결혼식장에서 그를 봤던 게 기억나는지 라
틸에게 물었다.

"저 사람. 클라인 황자 아닙니까?"

클라인. 라틸은 하이신스 남동생의 이름도 이제야 기억해냈다.
그러고 보니 그런 이름이었지. 클라인. 라틸은 고개를 끄덕이며 중
얼거렸다.

"맞습니다. 하지만…… 참. 후궁으로 동생을 보낼 줄은 몰랐습니
다. 적당히 신분 높은 귀족가에서 찾아 보낼 줄 알았는데."

외국에 후궁으로 서자 출신 황녀나 황자를 보내는 일은 드물지
않았다. 아니, 이건 오히려 우호국에 보내는 최대한의 친밀한 표시
였다. 그러나 황자를 보내온 이가 전 남자친구이다 보니 전혀 친밀
한 표시로 여겨지지 않았다. 그저 의심스러울 뿐.

무슨 꿍꿍이지? 혹시 저 황자에게 타리움의 정보를 빼돌리라
거나, 그런 명령이라도 내린 건 아닐까?

사블레 후작은 선대 황제 때부터 쭉 시종장 자리에 있었기에, 라
틸을 어린 시절부터 보아왔다. 물론 그가 어릴 때부터 알고 지낸 건
라틸만은 아니었다. 다른 황자나 황녀들도 태어날 때부터 보아왔다.

하지만 가끔씩 파티 때에나 마주치는 다른 황족들과 달리 라틸
은 늘 부황을 쫄레쫄레 쫓아다녔다. 자연스레 마주칠 일이 많았다.
자주 봐야 정이 싹트기 좋은 법이어서, 당연히 사블레 후작은 황자

와 황녀들 중 라틸에게 가장 정이 갔다. 권력을 쥘 수 있긴 하지만 그만큼 골치 아프고 할 일도 많은 시종장 업무를 두 세대에 걸쳐 맡기로 한 것도, 그가 라틸에게 애정을 가지고 있기 때문이었다.

그렇다 보니 시종장은 클라인 황자를 임시 거처로 안내하는 내내 매의 눈으로 평가할 수밖에 없었다. 이 황자는 우리 황제 폐하에게 어울리는 사람인가 아닌가.

우선 얼굴. 얼굴로 치자면 단연 만점이었다. 약간 어두운 피부, 이에 대비되는 신비로운 은발과 블루 다이아몬드 같은 눈동자는 경국지색이란 별명이 아깝지 않을 정도다. 자존심과 미모로는 타리움에서 가장 뛰어날 거라는 라나문 아트락시와도 비견할 수 있을 정도이니, 가히 절색이었다.

두 번째. 신분. 황자라는 점에서 10점이지만, 하이신스 황제의 동생이란 점에서 마이너스 5점이다.

세 번째가 성격인데…….

"여기서 지내라고?"

"예, 황자 전하."

"방이 너무 좁군. 타리움은 돈이 별로 없나?"

"…….."

"임시 거처라 했지? 진짜 거처는 언제 갈 수 있느냐? 거기도 이렇게 작고 수수한가?"

"진짜 거처는…….."

"아, 어련히 알아서 가겠지. 수수하면 내가 꾸미면 되고. 괜한 걸 물었어."

"예, 그리고 여기 머무시는 동안은……."

"폐하의 방은 어디지?"

성격은 빵점이로구나. 시종장은 말을 하는 족족 클라인 황자에게 씹혀버리자, 미간을 찡그리고서 점수를 짜게 냈다. 막판에 뒤통수를 때리긴 했지만, 하이신스 황제는 유학 시절에는 참으로 예의가 발랐는데. 클라인 황자는 싹수가 아주 얼굴과 완벽한 대칭을 이루고 있었다.

"폐하의 방은 어디냐고."

클라인 황자가 재차 재촉하자, 시종장은 미간을 찡그리고서 불만스러운 목소리로 물었다.

"왜 자꾸 폐하 방이 어디 있는지 물으십니까?"

"하하. 왜 묻냐니?"

그러나 대놓고 퉁명스럽게 물었는데도, 클라인 황자는 나지막하게 웃음을 터트리며 대답했다.

"어차피 폐하께서는 내 방에 오실 테지 않느냐. 번거로울 것 없이 내가 가서 기다리려 그러는 거다."

진짜 재수 없는 놈이로구나. 시종장의 얼굴이 구겨졌다. 시종장의 마음속에서 클라인 황자에 대한 평가가 최하점을 쾅쾅 찍는 순간이었다.

클라인 황자를 보낸 후, 라틸은 카리센에서의 일을 보고받기 위

해 브레타 백작을 공개 집무실로 데려갔다. 그런데 순순히 잘 따라오던 백작은 집무실 안에 들어오자마자 돌연 주위를 두리번거렸다.

"브레타 백작? 왜 그러시오?"

왜 저러나 싶어 라틸이 불러보자 백작이 조심스럽게 요청했다.

"폐하. 사람들을 물려주실 수 있으시겠습니까?"

사람들을 물리라고? 라틸은 눈썹을 치켜올렸다. 주위에 사람이라고 해봐야, 시종장이 클라인 황자를 데려간 지금은 서넛 기사단장뿐이었다. 즉 브레타 백작은 '사람들'이 아니라 서넛 기사단장을 물려달라 요구하는 것이다.

라틸은 힐긋 서넛 기사단장을 보았다. 그는 별로 기분이 상한 것 같진 않았지만 물러날 마음도 없는 듯했다. 라틸 역시도 같은 생각이었다. 브레타 백작이 어떤 이야기를 꺼내든 서넛 기사단장까지 물릴 필요는 없었다. 라틸은 서넛을 보내는 대신 명령했다.

"괜찮으니 말해보시오."

브레타 백작은 잠시 머뭇거렸으나 곧 품 안에서 편지를 꺼내 라틸의 책상 위에 내려놓고 물러났다.

뭐야. 고작 이거 하나 건네려고 서넛을 물려달라 한 거야? 라틸이 의아해서 쳐다보자 브레타 백작이 얼른 대답했다.

"카리센의 폐하께서 사람이 아무도 없을 때 전하라 하셨습니다."

'하이신스가?'

라틸은 미심쩍어하며 편지의 봉인을 뜯었다. 하이신스가 보낸 거라 하니 영 의심스러운데. 설마 보자마자 화를 내며 발광할 내용을 써둔 거라든가…… 의심스러운 마음 반 호기심 반으로 편지를 꺼낸 라틸은 편지를 보자마자 "흠" 소리를 냈다. 편지 안에 적힌 건 라틸이 생각한 그런 내용은 아니었다.

일주일에 한 번씩 꼬박꼬박 편지도 썼고 선물도 보냈는데, 무슨 말이지?

겉으로 보기에는 단순한 항의. 하지만 '사람들이 없을 때 전하라'는 말을 굳이 덧붙였다는 건…….

'나는 하이신스에게 편지도 선물도 받은 적이 없는데. 하이신스는 일주일마다 보냈다 주장하고 있다? 게다가 편지를 아무도 없을 때 전하라고 했어.'

라틸의 표정이 어두워졌다. 누군가 중간에 자신의 편지를 가로챈 것 같단 이야기를 하는 건가? 하이신스가 막판에 뒤통수를 치긴 했지만, 공적인 일에서는 철두철미한 성격이었다. 이런 문제로 거짓말을 할 성격은 아니었다.

라틸은 심각한 얼굴로 옥좌 손잡이를 긁었다. 하이신스가 보낸 편지가 자신의 손에 들어왔다 한들 죄다 쓰레기통에 처박혔을 확률이 높지만. 그와 별개로 황제가 황태녀에게 보낸 편지를 말없이 가로챈 건 보통 일이 아니었다. 특히 선황제가 암살로 사망했고, 그 암살범이 아직까지 잡히지 않은 상황에서는 더더욱.

"먼 길이었는데 오가느라 고생했소. 이 일에 대해서는 확실하게 치하할 터이니, 당분간은 푹 쉬도록 하시오."

라틸은 브레타 백작의 노고를 치하한 후, 서넛 기사단장과 단둘만 있게 되자 편지 내용에 대해 털어놓았다.

"하이신스가 내게 보낸 편지와 선물을 가로챈 사람이 있는 모양입니다."

"타리움 제국에 말입니까?"

"카리센인지 타리움인지, 아니면 완전히 제3국인지에서 한 짓인지, 그건 모릅니다. 하이신스도 그걸 모르니 아무도 없을 때 편지를 열어보라 했겠지요."

서넷 기사단장의 표정이 어두워졌다. 그 역시도 잡히지 않은 선황제의 암살범을 떠올리는 눈치였다.

"암살범이 편지 도둑과 관련 있을 확률은 낮지만…… 일단 조심해서 나쁠 건 없지요. 전혀 관련이 없다 하더라도 황제의 물품을 가로챈 건 중죄이고요."

라틸은 다시 편지를 봉투 안에 넣으며 중얼거렸다. 하이신스가 보낸 편지와 선물은 약 3년 동안 전해지지 않았다. 하지만 라틸이 즉위한 후 브레타 백작을 통해 직접 보낸 서신은 전부 다 하이신스에게 전해졌다.

즉, 편지 도둑이 카리센 쪽에 있다면 '보내는' 업무에 관련되어 있을 것이고, 타리움 쪽에 있다면 '받는' 업무에 관련되어 있을 것이다.

"서넷 경. 은밀하게 움직여야 할 것 같습니다. 서넷 경이 이 일에 대해 책임지고 수사해주세요."

'젠장. 하이신스가 동생을 보낸 데 분노해야 했는데.'

타이밍을 놓쳐버렸다. 라틸은 업무를 끝내고 침실로 돌아가면서야 그 생각을 떠올렸다.

'사라진 편지 이야기에 잠시 잊어버렸어!'

벽에 이마를 댄 채 후회했지만, 이미 돌아간 브레타 백작을 다시 불러다가 화풀이하는 것도 체면 상하는 일이었다. 사실 브레타 백작을 불편한 자리에 사절단 대표로 보낸 것부터가, 틀라 황자를 지지한 데 대한 화풀이이기는 했지만.

라틸은 후 한숨을 내쉬었다.

그래도 신기한 일이었다. 하이신스와의 이별은 지금 생각해도 참으로 마음 아프고 짜증 나는데. 이제는 바쁜 일이 생길 때마다, 그 아프고 괴로운 일이 생각나지 않는다.

'시간이 더 흐르면 바쁘지 않을 때도 생각나지 않겠지. 그런 식으로 이별을 극복하는 거겠고.'

라틸은 먹먹한 감정에 젖어 쓰게 웃었다. 그를 사랑할 당시엔 이런 감정 변화 따윈 평생 남 일이라 여겼는데. 그러나 이별의 쓴맛과 사랑의 슬픔에 취한 마음은 자신의 방문 앞 복도에 있는 남자를 보자마자 바로 땡그랑 깨어졌다.

'저건 뭐야?'

라틸은 계단을 올라가다가 멈춰 서서 먼발치의 광경을 쳐다보았다. 방문 앞 복도에 의자가 있고, 그 위에 누군가 앉아 있었다. 그리고 주위에서 거북스러워하는 기사들…….

라틸은 황급히 그쪽으로 걸어갔다. 의자에 앉아 있는 건 클라인 황자였다. 하이신스의 동생. 라틸은 기가 막혀서 입을 벌렸다. 단지

의자에 앉아 있는 것뿐만이 아니었다. 황자는 작정하고 여기에 죽치고 있었던 듯 아예 책까지 가져다 읽고 있었다. 심지어 아주 두꺼운 책이다.

"폐하."

그러나 주위 사람들을 당황하게 한 장본인은, 라틸을 보자마자 활짝 웃으며 일어나서는 예절서에 실려도 좋을 만큼 정확한 각도로 인사했다. 라틸은 잠시 입을 뻐끔거리다가 물었다.

"황자. 여기서 뭐 하는 거지?"

"클라인."

"?"

"클라인이라 불러주시죠."

라틸은 입을 다물고 클라인 황자를 지그시 쳐다보다 말했다.

"뭐 하는 거지, 클라인?"

클라인 황자는 책을 내려놓고, 옆에 있던 시종에게서 술병을 건네받아 들어 보였다.

"이곳에서의 첫 술은 폐하와 같이 마시고 싶어 왔습니다. 폐하는 제게 취하고, 저는 술에 취하고."

라틸은 이마를 짚었다.

'저 또라이. 지금 날 놀리는 거지?'

달콤한 척 말하고 있지만, 클라인 황자가 가져온 술은 예전에 두 사람이 사고를 칠 때 마신 그 술이었다. 라틸이 팔짱을 끼고 쏘아보자, 클라인 황자가 당당하게 변명했다.

"사실 안에서 기다리고 싶었습니다만. 시종장이 폐하의 허락이 떨어지기 전에는 절대로 들여보내줄 수 없다 해서요. 정 원한다면 복도에서 기다리라고 하기에 기다리던 중입니다."

정 원한다면 복도에서 기다리란 말은, 그냥 꺼지란 말이잖아. 라틸은 팔짱을 풀고 이마를 짚었다. 역시 하이신스가 저놈을 내게 보낸 이유는 성격 때문 아닐까. 의심이 더욱 강해졌다. 한숨이 나왔지만, 라틸은 결국 클라인 황자에게 들어오라 허락해주었다.

"좋아. 들어와라."

어차피 후궁으로 온 이상 최소한 반년은 데리고 있어야 한다. 계속 그날의 일을 찝찝하게 여기며 피하기보다는, 이참에 제대로 대화를 하고 털어버리는 게 나을 것이다.

그런데 라틸이 막 앞서 방 안으로 들어가려던 찰나였다. 복도 너머 계단에서 "폐하!" 하고 다급하게 부르는 소리가 났다. 돌아보자, 아트락시 공작이 서둘러 다가오고 있었다.

"이 시간에 공작이 무슨 일이오?"

뭐야. 넌 또 무슨 일인데. 라틸은 아트락시 공작이 가까이 오자마자 미간을 찡그리며 물었다.

아트락시 공작은 자연스럽게 클라인 황자와 라틸의 사이에 끼어들며, 심각한 목소리로 말했다.

"급히 드릴 말씀이 있습니다. 무척 중한 일입니다."

'타이밍이 좀 교묘한 것 같은데.'

라틸은 떨떠름해서 아트락시 공작의 어깨 너머에 선 클라인 황자를 보았다. 같은 생각인 모양이다. 클라인 황자도 미간을 찡그리고서 공작의 뒤통수를 노려보고 있었다.

진짜로 급히 할 말 있어서 온 거 맞아? 클라인 황자와 술 마시는 걸 막으러 온 거 아냐? 타이밍이 교묘하다 보니, 라틸은 아트락시 공작을 따라가면서도 의심했다. 그러나 의외로 그가 전한 소식은 정말로 급하고 중요한 사안이었다.

"폐하. 틀라 황자가 폐하께 대응하기 위해 외세를 끌어들이려 했던 정황이 발견되었습니다."

"외국 세력을?"

라틸은 놀라서 날카롭게 외쳤다.

"어느 나라를?"

"정확히 어느 국가인지는 알려지지 않았습니다. 하지만 인접국들은 폐하를 지지했고, 카리센에선 바로 황자를 후궁으로 보내왔으니 그 나라들은 아닐 확률이 높습니다."

"하. 기가 차군."

라틸은 바람 빠지는 소리를 냈다.

"반년 사이에 참 많은 일을 시도했어. '군주의 인장'을 사용한 건가?"

"예. 군주의 인장은 계속 황궁 안에 있었으니까요."

'군주의 인장'은 황제의 서명과 다를 바 없기에, 외교활동이나 외국과 조약을 체결하는 데에 있어 그 효력이 절대적이었다.

'큰일인데.'

라틸은 걱정에 인상을 구겼다.

"군주의 인장까지 사용해서 외국 세력을 끌어들이려 했다면 분명 서류를 통해 조약을 체결하고, 어떤 대가가 있었겠지. 미친 자식."

"예. 틀라 황자와 계약한 나라들이 '군주의 인장'이 사용된 걸 앞세워서 계약 이행을 폐하께 대신하라 요구할지도 모릅니다."

라틸은 끙 소리를 내며 머리를 짚었다.

"정말 마지막까지 똥을 제대로 싸고 갔구나, 틀라."

우호 관계의 국가라면, 틀라 황자가 멋대로 한 계약을 라틸에게 이행해달라는 터무니없는 요구를 하진 않을 것이다. 그랬다가는 두 나라 사이가 완전히 어그러질 테니.

그러나 우호적인 국가의 상당수가 이미 라틸을 지지했던 만큼, 틀라가 끌어들이려 한 외국 세력은 비우호 국가일 확률이 높았다. 그런 국가에서 과연 당시 타리움의 상황을 이해하고, '군주의 인장'이 엉뚱한 사람에 의해 발효되었다는 걸 수긍할까? 설마. 알면서도 모른 척 시치미를 뗄 확률이 높았다.

"아트락시 공작. 우선 어떤 나라가 무슨 내용으로 조약을 맺었는지부터 알아내시오. 정식으로 기록을 남기진 못했겠지만, 인장을 찍은 이상 분명 어딘가에 서류는 남아 있을 거요."

"예, 폐하."

라틸은 고개를 끄덕였다.

"......"

"......"

"......?"

그런데 아트락시 공작이 이상했다. 보고는 이미 끝난 것 같은데. 아무 말도 하지 않으면서 나가지도 않았다. 덕분에 방 안엔 어색한 침묵이 채워졌다.

라틸은 따로 공작과 할 말이 없었다. 그렇다고 아직 알아낸 게 없는 외세 이야기를 계속 반복할 수도 없었다. 결국, 라틸은 아트락시 공작을 물끄러미 쳐다보다가 물었다.

"더 할 말이 있소?"

아트락시 공작은 라틸이 묻자 용기를 얻은 듯, 아까 보고할 때보다 더욱 신중해진 얼굴로 심각하게 물었다.

"저…… 폐하. 우리 라나문은 언제 들여보내면 좋을지요?"

질문 내용은 그리 심각하게 들리지 않았지만. 라틸은 눈썹을 찡그리고서 입꼬리만 어색하게 올렸다.

'아트락시 공작이 자기 아들을 꼭 국서로 만들고 싶은 모양이구나.'

후궁에 들여보내겠다면서 제일 먼저 서류를 제출했을 때도 놀라웠지만 이렇게 대놓고 찾아와서 얼른 들여보내고 싶단 뉘앙스까지 풍기니 더욱 놀랍다. 얼굴이 붉어진 걸 보면 본인도 이런 질문을 하는 게 부끄럽긴 한 모양인데…….

'어쩐다.'

라틸은 눈을 '데록' 굴렸다. 물어보니 대답은 해주어야 하는데 아직 시종장은 다른 후궁 세 명을 골라내지 못한 상황이었다. 그리고 라틸은 다른 후궁들을 다 뽑기 전까지는 라나문을 들여보낼 생각이 없었다. 안 그래도 신분이며 위치가 빼어나게 높을 게 뻔한데 지금 라나문을 후궁에 가장 먼저 들였다가는 이후 들어올 다른 후궁들이 라나문에게 눌려 지낼 게 뻔하니까. 그나마 신분도 높고 제멋대로인 클라인 황자 정도가 자기 페이스를 잃지 않으려나?

'안 되지.'

그러라고 만든 하렘이 아닌데, 어디서 서열 정리를 하려고.

후궁들은 자신이 국서를 맞이할 마음이 들 때까지, 서로 치열하게 싸워대면서 귀족들의 시선을 잡아주어야 한다. 절대로 하렘 안에서 위계질서가 생기게 둘 수는 없었다. 생각을 마친 라틸은 솔직하게 대답했다.

"다섯 명이 다 골라지면. 모두 같은 날에 들일 생각이라네."

"하지만 클라인 황자는……."

"외국인이잖나. 먼 곳에서 왔으니 특별히 임시 거처를 주었을 뿐, 그도 아직 정식으로 하렘에 들어오진 않았네. 후궁 자리에 오른 것도 아니고."

아트락시 공작은 불만스러워 보였지만 마지못해 수긍했다.

"그렇군요. 알겠습니다, 폐하."

저택으로 돌아온 아트락시 공작은 곧장 라나문을 찾았다.

"라나문! 아들!"

늦은 시간이지만 라나문은 일찍 잠드는 일이 드물었다. 오늘도 분명 아직 깨어 있을 것이었다.

"주인님."

"라나문은?"

"도련님께서는 서재에 계십니다."

예상대로 라나문은 멀쩡히 깨어 있었다. 아트락시 공작은 집사에게 지팡이를 건네고, 한 손으로는 목을 조르는 거추장스럽고 불편한 단추를 몇 개 풀어내며 당장 서재로 갔다.

라나문은 책상 의자 옆에 발 받침대까지 가져다 놓고서 편한 자세로 앉아 독서 중이었다. 그 책 제목이 아주 음란하기 짝이 없긴 하지만, 글자만 가리면 외관상으로는 여유롭고 지적인 듯 보였다. 아트락시 공작은 잠시 그 자리에 서서, 얼핏 보았던 클라인 황자와 자신의 아들을 비교해보았다. 얼굴로는 박빙인데…….

"아버님?"

시선을 눈치챈 라나문이 정신없이 읽던 책에서 시선을 떼고 아트락시 공작을 보았다.

"뭐 하십니까?"

아트락시 공작은 말없이 라나문이 앉은 책상 앞으로 다가갔다.

"황궁에서 무슨 일이라도 있으셨습니까?"

아트락시 공작은 책상에 기대어 선 채 심각한 얼굴로 아들을 응시하다 대답했다.

"너와 함께 입궁하게 될 또 다른 후궁이 오늘 먼저 궁으로 들어갔다."

라나문은 책을 덮고 받침대에서 발을 내리며 반듯한 이마를 조금 구겼다.

"먼저 후궁이 된 겁니까?"

"아니. 외국에서 와서 거처가 없단 핑계로, 귀빈 대우를 받으며 지내는 모양이더라."

"귀빈 대우? 누가 왔는데 귀빈 대우를 받고 있는 겁니까?"

"카리센의 클라인 황자. 하이신스 황제의 이복동생이지."

라나문은 한쪽 눈썹을 삐딱하게 올렸다.

"들어본 적도 없는 이름입니다."

아트락시 공작은 '네가 들어본 이름이 있긴 하느냐'고 말할 뻔한 걸 꾹 참고 설명했다.

"나랏일을 하던 황자는 아니야. 카리센에서도 딱히 두각을 드러내던 황자는 아니었을 거다, 아마."

"그러면 상관없지 않습니까? 외국 후궁이야 대외 관계 때문에 정략적으로 들였을 텐데. 국적 외엔 장점이 없는 머리 나쁜 후궁은 경쟁 상대도 되지 않습니다."

라나문의 단호한 대답에 아트락시 공작이 혀를 찼다.

"그러지 않으니 문제지."

"다른 장점이 있습니까?"

"아주 잘생겼다. 너에 비견될 만큼."

"……."

"네 말대로 국적도 장점이더라. 외국인이라 그런가, 이국적인 매력이 있어."

어딜 가서든 자기가 제일 잘났다 생각하는 라나문은, 아버지가 의외로 순순히 외국 황자를 칭찬하자 기분이 상한 듯 점점 얼굴이 굳어갔다. 하지만 아트락시 공작은 적에 관해서는 냉정하게 판단하고 솔직하게 알려주어야 한다 여겼기에, 아들을 위로하는 대신 클라인 황자의 결정적인 강점까지 알려주었다.

"아주 여우 같은 놈이다. 오늘 왔는데, 첫날부터 폐하와 동침하려고 복도에서 벼르고 있더라."

"그런……!"

"꼬리가 열두 개는 달린 듯하니 긴장해야 한다. 알았니?"

아트락시 공작은 말하고 나니 더욱 걱정되어서 라나문을 바라보았다. 그의 장남은 신분이며 머리, 얼굴까지 빠지는 게 없이 잘난 탓에 지나치게 자존심이 높았다. 그 드높은 자존심은 벽이 되었다. 라나문은 사람들에게 쉽사리 다가가지도, 오는 사람들을 받아들이지도 못했다. 장점이 하나로 모이더니 오히려 단점이 된 셈이었다. 그런데 비슷한 수준의 얼굴과 신분을 가지고 있으면서, 클라인 황자는 아주 적극적인 여우였다. 성격이 문제가 되면 라나문이 밀릴 것 같았다.

"……."

그때. 잠시 생각에 잠겨 있던 라나문이 한숨을 내쉬며 자리에서 일어났다.

"아버님이 그렇게 말씀하시니 궁금해지는군요."

"어차피 후궁이 되면 보기 싫어도 매일 볼 거다."

"아니요. 내일."

"내일?"

뜬금없이 웬 내일?

"내일 가서, 어떤 사람인가 제 눈으로 미리 보고 와야겠습니다."

아트락시 공작의 공식적인 라이벌이나 다름없는 재상은, 이번 황위 싸움에서 완전히 중립을 지켰고, 라틸과 틀라 중 어느 쪽도 돕지 않았다. 그 결과 라틸이 틀락의 측근들을 내칠 때 자리를 부지할 수 있었지만, 아트락시 공작에 비해 권력이 약간 밀려났다. 그 좁아진 입지 때문일까. 재상 역시 자신의 차남을 후궁으로 올렸고, 라틸은 고민하지도 않고서 그 차남에게 합격을 주었다.

대상단의 후계자 역시도 어떤 의도로 지원한 건지 노골적일 만큼 뻔히 보여서 합격이었다. 귀족들이라 해도 돈은 필요하기 마련이다. 아니, 오히려 저택의 고용인들과 품위 유지비, 막대한 저택, 기사들을 굴리기 위해 귀족들은 돈이 더욱 많이 필요했다. 이 점을 이용해서, 부유한 상인들은 신분을 높이기 위해 자신의 딸이며 아들을 가난한 귀족들과 결혼시켰고, 심지어는 나이 많은 재혼 자리로도 마구잡이로 밀어 넣고는 했다. 그런데 귀족도 아니고 황족, 심지어 황후가 없는 황제의 후궁 자리이지 않은가. 운이 좋아 황제와의 사이에 아기가 태어나기라도 한다면 평민이 순식간에 황족이 되는 거였고, 더욱 운이 좋으면 다음 대 황제의 외가가 될지도 모르는 일. 머리 좋은 상인이라면 제 후계자를 밀어 넣을 만도 했다.

하지만 용병왕 칼라인은…….

라틸은 거의 30분가량을 생각에 잠긴 채 용병왕 칼라인의 서류를 들여다보았다.

"얘가 좀 이상하단 말이지."

아무리 생각해도 지원한 이유를 알 수 없으니 막막했다. 용병왕
은 왜 뜬금없이 후궁이 되겠다고 지원했을까?

"그럼 폐하, 이자는 물릴까요?"

시종장은 라틸이 쉬이 결정을 내리지 못하고 서류 한 장만 뚫어
져라 쳐다보자, 시종장이 다시 물었다.

"이자가 오지 않는다면, 그다음 데려올 사람도 정해두기는 하였
습니다. 마법 아카데미의 우수한 인재입니다."

"그게…… 잘 모르겠습니다. 찜찜하기는 한데, 또 그냥 물리기에
는……."

라틸은 슬쩍 용병왕 칼라인의 초상화를 내려다보며 마른침을 삼
켰다. 섹시했다. 아주 많이. 게다가 용병왕이라면 아주 짐승 같은
매력이 있지 않을까? 라나문과 클라인은 세기의 미남들이고 재상
의 차남은 온화한 미남이다. 상단의 후계자라면 지성미가 있겠지.
그렇다면 남은 하나는 거친 매력도 괜찮을 것 같은데…….

라틸의 속내를 읽은 시종장은 주먹으로 입을 가리고 눈치껏 물
었다.

"이자로 할까요, 폐하?"

다음 날, 라나문이 클라인 황자를 직접 만나본다면서 집을 나선

후. 아트락시 공작은 하루 종일 초조하게 저택 거실을 돌아다니며 라나문을 기다렸다. 클라인 황자는 상당히 제멋대로인 성격 같던데. 그런 성격이 자신 외의 다른 사람은 인간 취급도 해주지 않는 라나문과 만났을 때 어떤 일이 벌어질지. 생각하면 할수록 걱정되었다.

"적당히 인사나 하고 오겠지요. 정신 사나우니 좀 그만 돌아다녀요."

공작 부인이 짜증스럽게 혼을 냈지만, 아트락시 공작은 구석에서 잠시 멈춰 서 있을 뿐, 방 안으로 들어가지 못했다.

마침내 점심시간이 조금 지났을 무렵, 기다리던 라나문이 돌아왔다.

"어땠니, 아들?"

아트락시 공작은 대문가로 달려 나가 아들을 보자마자 채근했다.

"그 여우는 만나보았어? 무슨 얘기를 했고?"

라나문은 늘 차갑고 무표정한 얼굴이어서, 얼굴이나 분위기만으로는 대화가 잘되었는지 아닌지 알 수 없으니 답답했다.

"네. 만났습니다."

그러나 라나문은 간단하게 대답하고는 홀을 가로질러 곧장 나선형의 계단을 올라가기만 했다.

아니, 얘는 무슨 얘기 하고 왔냐니까 왜! 아트락시 공작은 얼른 그 옆으로 따라붙으며 계속 물었다.

"뭐라고 하던? 험한 말을 하지는 않더냐?"

라나문은 담담하게 대답했다.

"폐하가 자기를 몇 년간 짝사랑했다더군요."

대답은 태연했으나 아트락시 공작은 놀라서 휘청했다. 계단에서 떨어질 뻔한 아트락시 공작은 간신히 난간을 붙잡아 균형을 맞췄다. 그는 그사이에 홀쩍 먼저 올라가버린 아들의 뒷모습을 잠시 멍하니 올려다보았다. 뭐라고?

"짝사랑했다고? 폐하가? 그자를?"

아트락시 공작은 서둘러 다시 아들의 옆으로 달려갔다.

"아니, 폐하께서 그자를 어디서 만났기에 짝사랑하셨단 말이냐?"

"거기까지 얘기하진 않았습니다."

"그러면? 또 뭐라던?"

"전 후궁이 되어봤자 그냥 꽃 배경 중 하나가 될 거라더군요."

"꽃 배경?"

아트락시 공작은 어이가 없어서 헛웃음을 지었다. 내 아들이 꽃 배경이라니. 식충식물이 될지언정 꽃 배경이 될 아이가 아닌데. 아트락시 공작은 씩씩거리며 호통쳤다.

"아니 미련하기는! 넌 그 말을 듣고만 왔느냐?"

"……."

"아니지? 너도 뭔 말을 하기는 했지?"

제발 그렇다고 해라, 제발 그렇다고 해! 아니면 너무 화가 날 것 같다.

"……."

라나문은 무심한 얼굴로 대답하지 않았다. 하지만 아트락시 공작은 오히려 안도의 한숨을 내쉬었다. 조용히 있는 걸 보니 무슨 말을 하긴 했구나.

'하긴, 저 성격에 막말을 듣고서 가만히 있을 리가 있나.'

황자라고는 하지만 곧 같은 후궁이 될 처지였다. 예비 후궁들끼리 싸워댄다고 한들, 국가 문제로까지 비화할 가능성은 적다. 그렇다면 크게 문제 되지 않을 선에서 기선을 미리 제압하고 오는 게 좋았다. 미래를 위해서도.

마침내 방 앞에 도착한 라나문은 문고리를 잡은 채 잠시 멈춰 섰다. 그리고는 한동안 침묵을 지키다가 입을 열었다.

"아버님 말씀대로 여우 같은 놈이더군요."

"그래, 그렇다니까. 그러니 조심해야 한다, 라나문."

"그자는 제가 국서가 되자마자 쫓아낼 테니 걱정하지 마십시오."

그게 가능할지는 모르겠지만, 아트락시 공작은 일단 고개를 끄덕이며 수긍했다.

"그래. 그래야지. 그런데…… 라나문. 네가 클라인 황자에게 무어라 했는지는 정말 안 알려줄 게냐?"

"무식한 외국인? 나라 말아먹을 상이라고?"

클라인은 베개를 퍽 내리치며 이를 갈았다.

"어디서 시건방진 족제비 같은 새끼가……!"

그가 씩씩거리는 걸 보며, 카리센에서부터 클라인을 따라온 수행원이 걱정스레 물었다.

"정말 그렇게 말한 겁니까, 전하?"

"그래. 아주 눈 똑바로 뜨고서 재수 없는 목소리로 말하더라."

클라인은 자꾸 귀찮게 흘러내리는 머리카락을 핀으로 고정해놓고서는, 그래도 분이 안 풀리는지 침대에서 물고기처럼 팔딱거렸다.

"그딴 것과 같은 곳에서 살아야 한다니! 그런 시건방진 놈과!"

수행원은 한숨을 내쉬었다. 몇 마디 나누었다고 벌써 저렇게 난리를 부리는데. 과연 반년간 조용하게 지낼 수 있을까? 벌써부터 걱정이 한 무더기였다.

"그래도 다행입니다."

"다행이라니! 그 시건방진 놈이 날 모욕하고 갔는데, 다행이라니! 나라 말아먹을 상이라는 소릴 들었는데 다행이라니!"

"전하께서 잘 참으셨지 않습니까."

"……."

"한 달 전이었으면 바로 주먹이 날아갔을 텐데. 꾹 참으셨다니, 참으로 의젓해지셨습니다."

클라인은 한숨을 내쉬고서 손을 저었다.

"아부해도 소용없다."

아부가 아니라 진심 어린 안도였으나, 수행원은 머쓱해져서 입을 다물었다. 카리센에서 출발한 이후부터 내내 그의 지랄 맞은 성미가 언제 터질까 봐 불안했단 이야기를 본인 앞에 대고 할 수는 없었다.

"하렘에서 함께 지내시더라도 방은 다르니까요. 시종장에게 오늘 라나문 경과 클라인 전하께서 약간의 트러블이 있었단 걸 알리고, 최대한 먼 방으로 배정해달라 부탁하겠습니다."

"그래라."

클라인은 힘없이 대답하고서 베개를 끌어안은 채 이를 갈았다.

"어쨌든 그 족제비 같은 놈. 두고 보라지. 내가 국서가 되자마자 홀딱 벗겨서 맨몸으로 쫓아낼 테니."

클라인과 라나문이 각기 비슷한 미래를 각오하는 그 시각. 서넛 기사단장은 편지 도둑에 대해 알아내라는 라틸의 밀명을 받고 아버지가 영주로 있는 멜로시에 와 있었다. 틀라 황자가 불법으로 궁을 점령한 반년간 라틸은 멜로시 영지에 머물렀는데, 이 기간에도 편지가 유실되었는지 확인하기 위해서였다.

"515년 중순부터 말에 작성된 편지들 말씀이시지요?"

"황제 폐하, 그러니까 당시에는 라트라실 황태녀님 앞으로 온 편지들이다."

성에서 일하는 관리는 커다란 상자와 촘촘한 장부 등을 꺼내 이것저것 확인한 후 말했다.

"보자……. 라트라실 폐하께 전달된 편지가 321통, 그리고 '검열'을 통해서 가려진 편지가 125통이 있습니다."

"검열?"

"네. 검열한 건 중요 인장이 찍혀 있지 않은 편지들이고, 정식으로 작성되어 온 편지들, 외국 황실이나 나라 인장으로 보내온 편지들은 모두 검열하지 않았습니다."

"검열한 게 누구지?"

"접니다."

관리는 머쓱하게 손을 들었다.

"물론 이 부분은 미리 허락을 받았습니다."

"무슨 내용이었나?"

"혹시 몰라서 최소한도로만 검열하였습니다. 전하, 아니, 폐하께 전달하지 않은 편지는 모두 다 틀라 황자를 지지하는 자들이 보낸 모욕적인 편지였지요. 그런 걸 폐하께 읽으시라 전달할 수는 없잖습니까."

관리는 다른 쪽 칸막이로 가더니 굵직한 서류철을 가지고 왔다.

"그런 편지를 보낸 자들은 대부분 익명이나 가명을 사용했지만, 때로는 미친놈들이 대놓고 자기 이름을 걸고 보내기도 하였습니다. 익명이든 아니든, 우선 그런 편지를 보낸 자들에 대해서는 모두 수사가 들어갔고요."

서류철 안에는 편지를 보낸 이들의 목록과 편지, 그리고 그들을 수사한 내용 등이 들어 있었다. 빈 공간이 드문드문 있는 걸로 보아 완전히 조사가 끝난 사안은 아닌 모양이었다.

서닛은 파일을 덮으며 지시했다.

"이게 125통 전부는 아니겠지. 검열된 편지 125통 모두와 발신인으로 추정된 이들의 목록, 수사 일지, 관련 장부, 그리고 '검열되지 않고 전달한' 321통의 편지에 대한 서류도 모두 내 방으로 가져오게."

우선 들고 있던 서류철과 상자만을 챙긴 채 서닛은 지하실을 올라왔다. 그런데 막 그의 방으로 가려는 서닛을 멜로시 영주가 불렀다.

"서닛 님."

서닛이 돌아보자 멜로시 영주가 심각한 얼굴로 다가왔다.

"잠깐 시간이 괜찮으십니까?"

서닛은 고개를 끄덕였다.

"예. 무슨 일이십니까, 아버님?"

"……좀 사적인 이야기입니다."

"괜찮습니다."

서닛이 괜찮다는데도 멜로시 영주는 쉽게 말을 하지 못하고 우물거렸다. 그래도 서닛이 참을성 있게 기다리자, 멜로시 영주는 가까스로 말을 꺼냈다.

"서닛 님은 옛날부터 황제 폐하를 좋아하지 않으셨습니까."

설마 아버지가 이런 이야기를 꺼낼 줄 몰랐던지라, 서닛의 표정은 돌처럼 굳었다.

"얼마 있지 않으면 정식으로 폐하의 후궁들이 들어올 거고, 폐하의 성총을 받을 겁니다. 서닛 님은 기사단장이니 그 모습을 곁에서 지켜보셔야 할 텐데…… 괜찮으시겠습니까?"

멜로시 영주는 걱정스러운 얼굴로 서닛을 바라보았다. 잠시 어색한 침묵이 내려앉았다.

"저는……."

서넛은 말끝을 흐렸다. 표정 역시 흐려졌다. 하지만 곧이어 흘러나온 건 무덤덤한 목소리였다.

"사랑에는 여러 가지 형태가 있다고 생각합니다."

"……."

"저는 폐하께 기쁨을 주는 남자가 아니라 안정을 주는 남자이고 싶습니다."

장난스레 입꼬리를 올렸으나 서넛의 낯빛은 그리 밝지 못했다.

"다른 자들이 후궁에 틀어박혀 폐하를 기다리는 동안, 전 폐하의 곁에서 그분을 보호할 수 있습니다. 그거면 됩니다. 이게 제 사랑의 형태입니다."

멜로시 영주는 입을 뻐끔거렸다. 만족할 수도 있겠지. 사랑하는 사람을 지키면서 행복할 수도 있겠지. 하지만 황제가 다른 남자를 품는 걸 지켜보는 건 고통스러울 터였다.

게다가 현재 정해진 후궁 숫자만 다섯 명이다. 그 숫자가 더 늘어날 가능성도 높았다. 그 남자들이 라트라실 황제의 옆에서 사랑을 속삭이고 애정을 받고 총애를 구하는 동안, 과연 사랑을 누른 채 옆에서 지켜보고만 있을 수 있을까?

있을 것이다. 그러나 괴로울 것이다. 아주 많이.

하지만 이미 굳게 결심한 아들에게 무어라 하겠는가. 멜로시 영주는 무겁게 한숨을 내쉬었다.

"서넛 님께서 하고자 하시는 일이니, 제가 이래라저래라 참견할 수는 없겠지요. 그저, 너무 아파하시지 않기를 바랄 뿐입니다."

유독 안개가 자욱한 아침이었다. 라틸은 비몽사몽 식당으로 걸어가 아침 식사를 한 후, 다시 방으로 돌아와 옷을 입으며 물었다.

"서넛 경은 아직도 도착하지 않았어?"

유모는 라틸의 제복에 금색 술을 달지 은색 술을 달지 빨간 술을 달지 대어보며 심드렁하게 대꾸했다.

"휴가를 갔으니 푹 쉬다 오겠지요. 내내 고생했잖아요."

'휴가 간 거 아닌데.'

라틸이 내린 밀명을 수행하기 위해, 잠시 멜로시에 조사하러 다녀오겠다고 했다.

하지만 라틸은 "그렇지." 하고 대답하면서 어색하게 고개를 끄덕였다. 유모에게 거짓말을 하려니 미안했지만, 밀명은 비밀을 엄수해야 하기에 밀명이었다.

유모를 믿고 신뢰하지만, 비밀은 아는 사람이 적을수록 좋은 법. 게다가 라틸은 편지 도둑이 아버지나 유모처럼 아주 가까운 사람일지 모른단 가능성도 염두에 두고 있었다. 하이신스와 라틸의 관계를 알 테니, 라틸을 위해 '좋은 의도'로 편지를 숨겼을 수도 있기 때문이었다.

그러나 이유야 어찌 되었든 유모에게 거짓말을 한 건 사실인지라, 라틸은 멋쩍어져서 괜히 유모를 한 번 꼭 끌어안아준 후 알현실로 내려갔다.

서넛 기사단장이 돌아온 건 업무가 거의 끝나가는 오후 5시경이
었다. 라틸은 국방부, 재무부의 장관들과 군비에 관한 의논을 하던
중이었기에, 바로 그를 만나보지는 못했다. 두 장관은 거의 30분가
량을 더 이야기한 후에야 물러났고, 라틸은 그제야 서넛 기사단장
을 불렀다.

"서넛 경!"

라틸은 서넛 기사단장을 보자마자 활짝 웃으면서 다가갔다.

"일은 잘 해결됐습니까?"

"조사할 거리만 한가득 가져왔습니다."

"오가면서 힘든 일은 없었고요?"

"보고 싶어서 조금 힘들었습니다."

서넛 기사단장이 짓궂은 표정으로 하는 말에, 라틸은 낄낄 웃고
는 시종장에게 '그 서류'를 가져오라고 일렀다.

"그 서류라니요?"

"제 예비 후궁 명단입니다. 다섯 명을 다 골랐거든요. 서넛 경한
텐 미리 보여주겠습니다."

라틸은 테이블 앞으로 가 앉고는 서넛 기사단장에게도 여기 와
앉으라며 대각선 옆자리를 가리켰다. 서넛 기사단장이 굳은 얼굴
로 와 앉자, 라틸은 두 손을 깍지 긴 채 기대하라며 히죽 웃었다. 잠
시 후 시종장이 두툼한 서류를 가져와 라틸의 앞에 놓았다.

"아, 클라인 황자는 지원을 받아서 들어오는 게 아니라 따로 서
류가 있진 않습니다."

라틸은 간단하게 설명하고서 서넛 기사단장의 앞에 네 장의 인물 프로필을 늘어놓았다.

"이쪽이 아트락시 공작의 장남인 라나문. 그리고 다른 한 사람이 로르드 재상 차남인 게스타. 여기가 앙제스 상단 후계자인 타시르, 다른 한 명이 누군지 알겠습니까?"

라틸은 신이 나서 히죽거렸다.

"칼라인입니다. 그 용병왕 칼라인이요."

"……."

서넛은 굳은 얼굴로 하나같이 수려한 남자들의 초상화를 내려다보다가 피식 웃었다.

"아주 종류별로 다 고르셨습니다."

"잘 고른 것 같습니까?"

"다양성에 초점을 둔다면 잘 고르셨습니다."

"인상이 나쁜 남자는 안 보입니까? 남자끼리 보이는 그런 거요."

"죄다 나쁩니다."

"……정말?"

그 정도야? 별로 안 그래 보이는데? 라틸이 고개를 갸웃하며 초상화들을 살피자, 가만히 대화를 듣고 있던 시종장이 앞으로 나서며 말했다.

"폐하. 후궁 후보들은 열흘 후 입궁시키는 게 어떨까 합니다만, 괜찮으시겠습니까?"

"열흘요? 괜찮을까요?"

너무 짧은 기간이 아닌가 싶어 라틸이 묻자, 시종장이 대답했다.

"서류를 제출하면서 다 근방에 머무르고 있는 것으로 압니다."

라틸은 길게 생각하지 않고서 그러라고 대답했다. 시종장이 서류를 도로 챙겨 나가자 라틸은 괜히 긴장되어서 괴상한 표정을 지었다 풀기를 반복했다.

'몇 년 전에는 한 남자와의 결혼을 꿈꾸던 내가 지금은 다섯 명의 남자를 후궁으로 두게 된다니…….'

하렘 선언을 한 다음 날 느낀 그 묘한 기분이 다시금 닥쳐왔다. 라틸은 입술을 괜히 잘근잘근 깨물다가 고개를 돌리며 서넛 기사단장을 보았다. 그는 평소처럼 가볍게 웃는 낯으로 라틸을 마주 바라보고 있었다. 라틸은 두 손을 깍지 껴 테이블 위에 모으고서, 그 위로 상체를 숙이면서 히죽히죽 장난스럽게 질문했다.

"서넛 경. 지금쯤 하이신스 속이 좀 어떨까요? 뒤집어졌을까요?"

하지만 이 장난 같은 질문 속에 숨은 건 진심이었다. 라틸은 정말 아주 많이 원했다. 하이신스가 지금 아주 분해서 미쳐 죽기 직전이기를.

서넛 기사단장은 덤덤하게 웃으며 확신했다.

"물론입니다."

"그렇겠죠? 그런데 자기 동생을 보낸 걸 보면 멀쩡한 것 같기도 합니다."

'또라이로 골라 보낸 걸 보면 멀쩡하다 못해 이성적인 것 같기도 하고.'

그러나 서넛 기사단장은 이번에도 고분고분하지만 확실한 어투로 대답했다.

"아닙니다. 완전히 뒤집어졌을 겁니다."

그러고는 잠시 말을 멈췄다가 조용하게 덧붙였다.

"제가 확신할 수 있습니다."

그 말속에 어린 희미한 슬픔을 라틸은 눈치채지 못했다.

"그러면 다행이지만요."

한숨을 내쉰 라틸은 잠시 허공을 응시하다가 한 번 더 한숨을 내쉬고서 일어섰다.

"그보다 저녁 먹었습니까? 안 먹었으면 같이 먹죠."

라틸이 서넛 기사단장을 데리고서 긴 회랑을 지나 식당으로 가고 있을 때였다. 선황제의 후궁이자 틀라 황자의 어머니인 아낙차를 감시하는 역할을 맡은 기사가 급히 라틸 쪽으로 달려왔다. 일정한 거리를 두고 멈춰 선 기사는 노래진 얼굴로 보고했다.

"폐하, 아낙차 님이 음식 먹기를 거부하며 폐하를 불러오라고 요구하고 있습니다."

아낙차는 라틸이 황궁을 탈환한 지 일주일 후에 바로 탑에 유폐되었고, 이후 라틸은 그녀를 따로 만난 적이 없었다. 라틸은 퉁명스럽게 대답했다.

"먹기 싫으면 먹지 말라 해라."

그러고는 시원스레 지나가려는 라틸에게, 기사가 급히 덧붙였다.

"닷새째입니다. 닷새째 음식을 먹지 않고 있습니다."

라틸은 미간을 찡그리고서 기사를 보았다. 아낙차가 자신을 부른다는 게 귀찮았다. 아낙차가 닷새를 굶든 엿새를 굶든 무슨 상관이야?

라틸은 아버지의 후궁 모두를 좋아하지 않았지만, 그들에게 관례에 따른 대우는 해주고 있었다. 하지만 아낙차는 라틸이 가장 싫어했던 사람이고, 틀라 황자의 일로 더욱 싫어하게 된 사람이었다. 솔직한 심정으로서는, 그 사람이 굶어 죽는다 해도 찾아가고 싶지 않았다.

하지만 피를 보는 것도 적당히 해야 하는 법이었다. 이미 이복오빠인 틀라를 망설임 없이 죽여버린 일로 다들 한 번 기겁했다. 아직은 그 약발이 남아 있으니, 굳이 매몰찬 인상을 주면서 그 어미까지 죽일 필요는 없었다. 죽이는 건 언제든 은밀하게 해도 되니까.

"좋아. 가보지."

라틸이 기억하는 아낙차 후궁의 첫 모습은 '화려하다'였다. 그녀는 어머니인 황후보다 더욱 커다란 다이아몬드 목걸이를 했고, 머리에는 우아한 왕관을 쓴 채 아버지의 팔짱을 끼고 있던 화사한 여자였다. 아낙차는 만개한 벚꽃처럼 아버지를 사로잡고 있었다. 그녀가 웃을 때마다 아버지는 입이 귀에 걸리도록 웃었고, 그 옆에 앉은 쪼그만 꼬맹이는 낚시를 가자며 칭얼거렸다.

라틸은 어머니의 무릎 위에 앉은 채 그 모습을 바라보며 생각했다. 저 여자는 왜 내 아바마마의 옆에 안겨 있지? 아바마마는 왜 어마마마를 여기에 두고 저쪽에 있지? 당시엔 너무 어려서 화가 나기보다는 이게 이상하게 여겨졌다. 어머니는 소풍이 끝나고 처소로 돌아오자마자 울음을 터트렸다.

두 번째로 기억하는 아낙차는 화를 내고 있었다. 라틸에게 오빠는 레안 하나뿐인데, 어느 날 듣도 보도 못한 꼬맹이가 와서 자기가 라틸의 오빠라며 뻐겼다. 그러고는 라틸이 자신의 말을 잘 들어야 한다 충고했고, 라틸은 무엄하다며 그 꼬맹이의 정강이를 차버렸다. 꼬맹이는 엉엉 울면서 제 엄마를 찾았다. 찌질한 새끼라고 다시 발로 차버리려 할 때, 아낙차가 달려왔다.

"어쩌면 성질머리가 황후 폐하를 아주 쏙 빼닮으셨군요! 고약해! 지독해! 나이도 어린 게 참으로 못됐습니다!"

아낙차 후궁은 날카롭게 소리치면서 라틸을 떠밀었다. 라틸이 뒤로 밀려나 연못에 빠지자 그녀는 잠시 당황하는 듯했지만, 곧 제 아들만 챙겨 가버렸다.

"누구냐. 감히 누가 널 떠밀었느냐."

흠뻑 젖은 옷을 보고 화를 내는 어머니에게, 라틸은 아낙차가 한 일이라고 말하지 않았다. 말하고 싶었더라도 그녀의 이름을 몰랐기에 말하지 못했겠지만. 어쨌든 라틸은 침묵을 선택했다. 어머니가 속상할까 봐. 대신 그녀가 퍽 아끼는 듯하던 꼬맹이, 자기가 라틸의 오빠라 주장하는 꼬맹이의 정강이를, 다시 만났을 때 더 세게 세 대 차버리고 튀었다.

세 번째로 만났을 때, 아낙차는 라틸을 거의 씹어 먹을 것처럼 노려보고 있었다. 그 매서운 시선을 보며 라틸은 그녀를 마주한 이래 처음으로 웃었다. 어머니를 울게 한 여자는, 웃고 있는 것보단 저렇게 일그러지는 게 더 어울렸다.

"이러고 있으니 옛날 생각도 나고 그러네요."

그리고 지금. 아낙차는 꼭 그때처럼 라틸을 노려보고 있었다. 라틸은 뒷짐을 진 채 입꼬리를 올리고서 철창살 너머의 그녀를 지그시 내려다보았다.

오라고 할 때는 귀찮았는데 와보니 오길 잘한 것 같다. 이렇게 통쾌할 수가 있을까. 어머니가 신전에 들어가지 않으셨다면 좋았을걸. 라틸은 새삼 아쉬워하다가, 좋은 생각을 떠올렸다.

어머니에게 편지를 써야겠다. 어머니도 아낙차가 몰락한 모습을 보고 싶어 할 테니까. 이 꼴을 어머니에게 구경시켜드리면 더욱 좋아하시지 않을까?

라틸은 아무 말도 하지 않았으나, 때로는 침묵과 표정이 더욱 살벌한 분위기를 전해주는 법이었다. 아낙차는 입술을 악물며 험악하게 과거를 회상했다.

"전하께서는 어린 시절부터 영악하고 못된 아이셨죠. 네. 저도 옛날 생각이 납니다."

"전하가 아니라 폐하. 지칭을 고치셔야죠."

"제게 있어 폐하는 단 두 분뿐입니다. 내 남편과 내 아들!"

라틸은 한쪽 입꼬리를 히죽 올렸다.

"이 자리에 오르면 꽤 너그러워지는 모양입니다."

"?"

"예전엔 당신이 미운 말을 할 때마다 너무 화가 났는데. 지금은 뭐…… 그냥 발버둥 치는 걸로 보이네요."

아낙차의 표정이 일그러지는 걸 보며 라틸은 더욱 통쾌해서 웃었다.

사실 객관적으로는 그녀의 입장을 이해하려 들면 이해할 수는 있었다. 그녀에게 있어 자식은 틀라였고, 황후의 자녀들은 틀라의 경쟁자였다. 그리고 사랑을 건 경쟁에서 그녀는 언제나 승리했다. 하지만 황위를 건 경쟁에서 그녀의 아들은 패배했다. 그 대가로 20년이 넘게 호화로운 삶을 살아가던 사람이 탑에 유폐되었으니, 아낙차는 지금 라틸이 아주 못마땅해 죽을 것이었다. 그러나 그녀의 입장을 이해하는 것과 그녀의 입장을 받아들여주는 건 별개였다. 반대로 생각해도 마찬가지 아닌가? 황위를 쟁취한 게 틀라였다면, 아낙차 역시 황후와 라틸을 가만히 두지 않았을 테니까.

어쨌든 패배한 적과 실랑이를 하는 것도 우스운지라, 라틸은 그녀를 더 긁는 대신 거만하게 물었다.

"그래. 날 왜 보자고 한 겁니까?"

그 질문을 듣자, 아까까지만 해도 매섭던 아낙차가 약한 모습을 보였다. 그녀는 머뭇거리며 쉬이 대답하지 못했다. 그래도 가만히 대답을 기다리고 있자, 그녀는 떨리는 목소리로 물었다.

"내 아들…… 내 아들은 지금 어디 있지요?"

응? 아직 모르나? 라틸은 한쪽 눈썹을 치켜올렸다.

물론 처형을 명령하는 장소에 아낙차가 있진 않았다. 틀라도 처음에는 감옥에 갇혔다가 이후 처형되었으니, 시간상 아낙차는 아들이 어떻게 되었는지도 모른 채 끌려가 갇혔긴 했을 거다. 하지만 한 달이 넘게 지났으니 간수라든가 누군가 전해주었을 줄 알았는데. 힐긋 그녀를 담당하는 근위기사를 쳐다보자, 기사가 푹 고개를 숙였다.

라틸은 다시 아낙차를 보았다. 그녀는 겁에 질린 얼굴로 라틸을 올려다보고 있었다.

"음……."

라틸은 잠시 고민했다. 뭐라고 말할까. 사실 아낙차는 앞으로 평생 여기에 갇혀 살아야 하니, 희망을 품을 수 있도록 거짓말을 해도 상관은 없다. 라틸이 틀라가 살아 있다 알려준다면, 그녀는 언젠가 아들이 라틸을 죽이고 자신을 구하러 올 거란 희망을 품고 살아갈 수 있을 것이다.

'마음을 편하게 해줄까 말까? 말하지 말까?'

"당신 아들은 죽었습니다."

그러나 라틸은 그녀를 고통스럽게 하는 길을 선택했다.

"내가, 처형시키라 명령했어요."

가볍게 웃으며 말해주자, 아낙차의 얼굴이 얼음물에 불시에 빠진 것처럼 변했다. 그녀는 눈을 부릅뜨고 믿을 수 없다는 듯 라틸을 쳐다보았다. 파란 입술이 부들부들 질리더니 서서히 얼굴빛이 하얘졌다.

"그, 그런…… 그럴 리가! 틀라는 네 오빠야!"

"당신 아들이죠."

"!"

"날 죽이려고 했고."

"그건……."

"내 것을 빼앗으려 했고."

"이……."

"내 어머니를 울렸고."

"못된 것!"

충격 다음은 분노였다. 아낙차 후궁은 번개처럼 찢어지듯 외치며 창살을 움켜잡았다.

"제 형제도 몰라보는 것, 틀라가 황제가 되었더라면 널 죽이진 않았을 거다!"

"외세를 끌어들이면서까지 황제 자리를 노린 틀라가, 평생 가시가 될 나를 내버려뒀을 거라고요?"

"틀라는 너 같은 냉혈한이 아니야!"

"어휴, 나도 우리 엄마한텐 냉혈한 아니에요."

말이 끝나자마자 퉤, 아낙차가 침을 뱉었다. 라틸의 얼굴에 그녀의 침이 튀었다. 주위에 있던 이들이 동시에 몸을 움찔했다.

"아……."

라틸이 손을 내밀자 서넛이 손수건을 내밀었다. 라틸은 그걸로 얼굴에 묻은 침을 닦으며 중얼거렸다.

"점점 인내심 빠지게 하시네."

서넛은 위협적으로 검을 빼 들더니, 눈 깜짝할 사이에 철창살 사이로 집어넣어 아낙차의 목 밑에 가져다 댔다.

"이 배신자! 넌 폐하의 기사이면서, 어떻게 폐하가 가장 사랑하던 아들을 죽이는 데 일조하지? 넌 반역자다! 넌 간신이야!"

아낙차는 서넛을 향해서도 버럭 외쳤으나, 서넛은 무표정했다. 그걸 본 라틸은 나른하게 웃으면서 중요한 비밀을 알려주듯 속삭였다.

"됐습니다, 서넛 경. 죽여도 칼로 죽이면 안 되죠."

라틸의 손짓에 서넛이 바로 검을 집어넣었다. 아낙차는 검이 닿을 수 없는 거리로 뒷걸음쳐 물러났으나, 라틸이 남긴 섬뜩한 말은 피하지 못했다.

"뭐. 어쨌든 물어볼 말이 그거뿐이었다면 가겠습니다."

"이 냉혈하고 악독한……."

"네에. 저 못돼 처먹었습니다. 그래서 그쪽이 단식투쟁하다 굶어 죽더라도 상관 안 합니다. 그러니 앞으론 쓸데없는 짓 하지 마요."

손을 휘휘 저은 라틸은 그대로 돌아섰다.

"지금은 네가 이긴 것 같지?"

협박도 애원도 통하지 않자 조용해진 아낙차는, 라틸이 막 감옥 밖으로 나가려 할 때 다시 소리쳤다. 라틸은 발 한 짝을 복도에 걸친 채 고개만 돌려 아낙차 후궁을 보았다. 그녀는 철창살을 꽉 잡고서, 꿈에 나올까 무시무시한 눈으로 라틸을 노려보고 있었다.

"하지만 아니다. 라트라실. 이 악독하고 못된 냉혈한 악마야, 너는 가장 소중한 이에게 배신당하게 될 거다! 네가 가장 믿고 있는 사람을 조심하는 게 좋을 거야."

이어서 그녀는 실성한 사람처럼 깔깔깔 웃어대기 시작했다. 아들이 처형당했다는 충격이 생각보다 큰 듯했다.

"난 저주를 퍼붓는 게 아니야. 미친 것도 아니지. 내 말은 모두 사실이다. 나중에, 나중에 그날이 오면 너도 내가 한 말이 떠오를 거다!"

싫어하는 사람의 침을 얼굴에 맞은 데다, 시퍼렇게 눈을 부릅뜨고 퍼붓는 저주를 들었다. 두렵진 않으나 입맛이 뚝 떨어져서, 라틸은 저녁 식사를 포기하고 침실로 돌아갔다. 서넛은 걱정이 되는지 굳이 침실까지 따라 들어와서는, 불안한 눈으로 라틸을 바라보다 물었다.

"괜찮으십니까?"

라틸은 솔직하게 대답했다.

"되게 의미심장하게 말했잖습니까. 좀 찝찝하긴 합니다."

"폐하를 기분 나쁘게 만들려 한 말입니다. 신경 쓰실 필요 없습니다."

"물론 단순 악담일 수도 있긴 한데……."

라틸은 허리에 찬 검을 풀어 침대 위에 내려놓으며 미간을 찡그렸다.

"아직 편지 도둑과 암살범이 잡히지 않았잖습니까. 좀 신경 쓰입니다."

딱 이 두 개만 아니었어도 악담을 들으면서 오히려 더 놀려줄 수 있는데. 이 두 개가 앞뒤로 걸려서 떠름했다.

라틸의 말에 서넛 역시 심각한 표정으로 중얼거렸다.

"며칠 밤을 새워서라도 빨리 멜로시에서 가져온 장부를 다 확인해야겠습니다."

"같이 할까요?"

"폐하와 함께하는 야근은 제게 기쁜 일입니다만."

"다만?"

"폐하를 야근하게 했다간 시종장이 제 목을 꺾어버리고 싶어 할겁니다."

시종장은 그러고도 남을 사람이어서 라틸은 웃음을 터트렸다.

"그건 그러네요."

그러나 웃고 있어도 여전히 기분은 개운하지 않았다. 창살을 붙잡고 눈을 빛내던 그 흉흉한 아낙차의 눈빛이 불쾌하게 뇌리에 남아버린 것이다.

"서넛 경. 아낙차에 대한 감시도 늘려주세요. 신원이 확실한 이들로 여러 명이 동시에 감시해야 합니다."

"예."

두 번째 명령을 내린 라틸은 그 후로도 한참을 생각에 잠겨 있다 말했다.

"그리고 내일, 잠행을 나가봐야겠습니다."

"잠행이라니요?"

"친하진 않지만 게스타야 그래도 어떤 사람인지 알지 않습니까.

하지만 상인인 타시르나 용병왕 칼라인에 대해서는 아는 게 없잖아요.”

“설마…….”

서넛의 얼굴이 굳었다.

“예비 후궁들을 만나보실 생각이십니까? 직접?”

“직접 만나든 옆에서 지켜보든, 일단 후궁으로 들어오기 전에 보는 게 나을 것 같습니다.”

그들은 앞으로 라틸의 남자가 될 이들이었다. 어쩌면 라틸과 한 침대에 누울지도 모르는 이들. 아무리 강한 근위기사들을 곁에 두어도, 기사들은 절대로 접근할 수 없는 라틸의 사적인 영역이 있는데, 후궁들은 그 범위 안으로 훌쩍 들어와 단둘만 있을 수 있는 몇 안 되는 이들이지 않은가.

“미리 내 사람이 되기 전에 확인해보고 싶습니다. 아낙차를 보고 나니 미리 판단해두는 게 나을 것 같아요. 어떤 사람들인지, 후궁으로 들여도 될지, 도움이 될지 위험이 될지…….”

라틸은 무의식중에 높게 묶었던 머리카락도 풀다가, 뒤늦게 서넛이 아직 옆에 있단 걸 떠올리고서 어색하게 웃었다.

“아. 맞다, 서넛 경.”

“제가 풀어드릴까요?”

“아니, 그보다 손수건. 어쩔까요. 아낙차가 침 뱉은 거.”

“!”

“돌려……줄까요?”

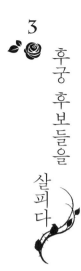

3
후궁 후보들을 살피다

다음 날. 시종장이 라틸의 계획을 듣고 펄쩍 뛰긴 하였으나, 라틸은 끝내 귀족 영애 복장으로 거리에 나오는 데 성공했다. 옆에서 따라오는 건 서넛뿐이었다. 변장한 다른 근위기사들도 약간씩 거리를 두고 오긴 하였으나, 겉으로는 서넛과 라틸 단둘만 일행으로 보였다.

번화가로 나오자마자 라틸은 주위부터 천천히 살폈다. 한 달 전에 나왔을 때만 해도 거리에는 틀라와 라틸이 싸운 여파가 있었다. 분위기는 어수선했고, 사람들은 여기저기서 두 황족에 대해 떠들었다. 틀라의 지지자들과 라틸의 지지자들이 자기들끼리 말다툼을 벌이다 싸우는 일도 잦았다. 하지만 이제는 제법 분위기가 원래대로 잡혀가는 것처럼 보였다.

'뿌듯하네. 내가 잘하고 있는 거겠지?'

라틸은 만족스럽게 거리를 둘러보다가, 어린아이가 길바닥에 철퍼덕 넘어지는 걸 보고서야 원래 목적을 떠올렸다.

"아. 후궁. 서넛 경, 그랑디에 호텔은 어느 쪽입니까?"

"대상단의 후계자부터 만나보시려는 겁니까? 저쪽입니다. 안내하겠습니다."

그랑디에 호텔은 수도 내에서 가장 화려하고 비싼 호텔이었다. 귀족들조차도 오래 머물지 못할 정도로 값비싼 호텔. 지원 서류에 따르면, 현재 예비 후궁 타시르는 그런 호텔의 반을 통째로 빌려서 상단 사람들과 함께 머무는 중이라 하였다.

'과연. 두 손가락에 꼽히는 상단의 후계자다 이건가.'

애초에 밖으로 나오면서 라틸이 귀족 복장을 한 것도 그랑디에 호텔에 들어갈 걸 고려해서였다. 그 호텔에는 평민 복장으로 들어가는 게 오히려 더욱 눈에 띄니까.

호텔 안으로 들어간 라틸은 역시 조금 화려한 차림을 하고 오길 잘했다고 생각했다. 예상대로 안에 있는 사람들 모두 번쩍거리는 옷을 입고 있었다. 라틸은 호텔 현관홀에 있는 긴 의자에 앉은 다음, 변장한 채 주위를 떠도는 기사 중 '방탕한 도련님' 역할을 맡기로 한 한 명에게 눈짓했다.

여기로 오기 전 라틸은 이미 기사들과 몇 가지 행동을 준비했다. 그중 하나를 개시하란 신호였다. '방탕한 도련님' 역할의 기사는 고개를 살짝 끄덕여 '알아들었다'는 신호를 보냈고, 다른 기사들은 타시르의 현재 위치를 알아내기 위해 흩어졌다.

그 사이, 라틸은 느긋하게 다리를 꼬고서 서비스로 구비되어 있는 가십지를 집었다.

'어이구.'

하렘을 발표한 지가 언제인데. 가십지에서는 여전히 라틸의 하렘이 가장 큰 이슈였다. 아니, 아예 아트락시 공작의 장남과 카리센의 황자가 하렘에 들어온단 소식까지 빵 터지면서, 기자들은 신이 나서 '라나문 VS 클라인 황자'의 구도를 만드는 중이었다. 둘 중 누가 황제의 총애를 차지하게 될지, 누가 더 아름다운지, 누가 더 매력적인지, 그리고 두 사람의 장단점이 무엇인지 등등까지 아주 낱낱이 분석되어 있었다.

'이런 정보는 대체 어디서들 모은 거야?'

라틸은 혀를 차며 가십지를 팔락팔락 넘겼다.

'재밌긴 하네.'

그러다 슬쩍 시계를 보았지만, 아직 기사들이 흩어진 지 10분밖에 지나지 않았다. 라틸은 다시 다 읽은 가십지로 시선을 내렸다.

이후 15분쯤 지나고 흩어졌던 기사들 중 일부가 돌아왔는데, 대부분은 30분이 지나서야 로비로 돌아왔다. 그러나 돌아온 기사 중 누구도 라틸에게 다가오지 않았다. 타시르의 위치를 알아낸 사람만이 보고하고 나머지는 개인행동을 하기로 했는데. 어느 쪽도 타시르를 찾아내지 못한 모양이었다.

"서넛 경. 그자가 밖에 나간 걸까요?"

"그럴지도 모르겠습니다. 아직 한낮이니까요."

라틸은 다 읽은 가십지를 계속 넘겼다 접었다 반복하며 고개를 끄덕였다.

'만약 나간 거라면 어쩐다. 방을 하나 잡고서 기다릴까? 역시 그게 자연스럽겠지? 여기에 죽치고 앉아 있으면 눈에 띌 거야.'

그때였다. 내내 조용하게 있던 '방탕한 도련님' 역할의 기사가 갑자기 계단을 올라가며 구시렁거리기 시작했다. 왜 저러나 싶어 쳐다보자, 그가 올라가는 계단의 위쪽에 오늘의 목표물, 타시르 앙제스가 보였다. 그는 계단을 내려오고 있었는데, 한 손에 신문을 든 채 유심히 읽으면서 내려오고 있었다.

라틸은 속으로 감탄했다. 초상화로 볼 때도 제법 괜찮은 얼굴이라 생각했는데. 실물로 보니 초상화보다 훨씬 반듯한 얼굴이었다. 다만 예상한 것처럼 지적인 이미지라기보다는…….

'음. 좀 무서운 일 하는 인상으로 보이는데?'

뒤에서 꼭 마약이라도 사고팔 것처럼 생겼다. 하지만 그런 점에 더욱 호기심이 들어서, 라틸은 슬쩍 가십지로 얼굴의 반을 덮고, 눈만 타시르 쪽으로 고정했다.

라틸이 미리 근위기사들과 세운 계획은 이랬다. 되도록 '방탕한 도련님' 역할을 맡은 기사가, 하지만 상황이 여의치 않다면 다른 기사라도 타시르와 마주치면 술에 취한 척 시비를 거는 것. 타시르가 시비에 대처하는 모습을 보기 위해서였다.

마침내 변장한 기사가 타시르를 스쳐 지나갔다. 신문을 보느라 타시르는 아직 기사를 보지 못하고 있었다. 그리고 타시르가 거의 계단을 다 내려왔을 때 즈음.

"이봐! 사람을 왜 치고 지나가고 지랄이지?"

올라갔던 기사가 다시 내려와서는 취한 목소리로 타시르에게 말을 걸었다. 의외로 재능이 연기에 있는 듯, 기사는 정말로 술을 진탕 마신 것처럼 보였다. 타시르는 처음에는 자기에게 하는 말이 아니라 여겼던 모양이지만, 기사가 아예 등을 퍽 밀자 천천히 돌아섰다.

'좋아! 걸렸다!'

라틸은 눈을 빛내고서 가십지를 더욱 꽉 움켜잡았다. 좋아. 보여줘, 대상단 후계자의 지적인 위기 대응 방식을!

그러나 타시르가 완전히 기사 쪽을 쳐다보는 순간.

"뭐라는 거야, 이 개애애새끼가?"

튀어나온 건 영리하고 민첩한 대응 방식이 아닌, 예상하지 못한 차가운 쌍욕이었다. 게다가 발음은 왜 저리 찰진지.

"와⋯⋯."

라틸은 저도 모르게 가십지를 내려놓았다. 지성미 어디 갔지? 지적인 미남 어디 갔어?

기사 역시도 예상 못 한 쌍욕에 순간 당황한 것 같았다. 하지만 그는 바로 인상을 구기더니, 성큼성큼 내려와 타시르의 멱살을 잡았다.

"왜 치고 지나가냐고 했다 지랄아!"

험악한 깡패 흉내를 내어도 본질은 기사이다 보니, 계단 위에서 싸우지 않으려고 일부러 내려온 것 같았다. 그러나 타시르의 입장에서는 이게 배려가 아니었다. 웬 놈이 지나가다 혼자 시비 걸고 멱살까지 잡는 상황일 뿐. 그는 기가 막힌단 듯이 푸핫 웃더니, 바로 자신의 멱살을 잡은 기사의 손목을 잡고 내동댕이쳤다.

"윽!"

기사는 한 바퀴를 거의 구르다시피 바닥에 떨어졌다. 낙법을 사용해 떨어진 것 같긴 한데, 그래도 꽤 아파 보였다. 라틸은 속으로 다시 감탄했다.

'오. 꽤 몸도 잘 쓰네?'

상황을 지켜보고 있던 호텔 경비들이 이젠 안 되겠다 싶은지 그쪽으로 달려갔다.

"멈추십시오!"

시비 거는 역할을 한 기사가 힐긋 라틸 쪽을 쳐다보았다. 라틸은 고개를 끄덕여서 빠져도 좋단 신호를 보냈다. 더 행패를 부리다가는 경비대로 가게 될 테고, 경비대에 보내지면 신분이 근위기사라는 게 알려진다. 저 기사에게는 몹시 망신스러운 일이 될 터. 여기서 끊는 게 나았다.

"너 이 새끼…… 내가 봐준다. 운 좋은 줄 알아라."

기사는 경비들이 오니 봐준다는 듯, 타이밍 좋게 삿대질하며 한 발을 뺐다. 경비원들도 고객들을 무력으로 말리지 않아도 되어서인지 안심한 얼굴들이었다. 이런 시비는 한쪽만 물러서도 바로 해결되니까.

그러나 이번에는 타시르 쪽이 기사의 멱살을 잡아 왔다.

"뭐? 봐주긴 뭘 봐줘?"

예상하지 못한 상황에 라틸은 서넛을 쳐다보며 '어쩌지?' 하는 시선을 보냈다.

"여차하면 제가 나서겠습니다. 폐하는 여기 계속 계십시오."

서넛은 작게 속삭이고는 소파의 가장 끄트머리로 가 앉았다.

라틸은 가십지를 다시 줍고서 상황을 지켜보았다. 그러는 사이에도 타시르는 기사의 멱살을 잡고서 흔들어대고 있었다.

"취한 척 시비를 걸어놓고서, 이제 와서 빠지려고? 응?"

그런데 하는 말이 더욱 뜻밖이었다. 라틸은 깜짝 놀랐다. 뭐야, 저자. 기사가 취한 척 연기한 건 또 어떻게 안 거지?

기사의 취객 연기는 온갖 연극을 섭렵해온 라틸이 보기에도 제법 대단할 정도였기에 놀라웠다. 기사 역시도 이건 예상하지 못한 상황인지 주춤한 모습이었다. 서넛도 눈을 가늘게 뜨고 타시르를 주시했다.

"타시르 님, 술 취한 손님은 저희가 따로 모시겠습니다."

"타시르 님, 진정하시지요."

오히려 호텔 경비들은 기사가 취객이 맞다 믿는 눈치였고, 타시르가 취객과 싸울까 봐 전전긍긍 말렸지만 소용없었다.

"술 취하기는 무슨. 술 취한 놈이 술 냄새 하나 안 나나? 게다가 계단을 오르내리는 걸음까지 멀쩡한데, 왜 내 쪽에 올 때만 비틀거리냐? 응? 그냥 혀만 꼬면 술 취했다 생각할 줄 알았어? 네놈 알코올은 시비 걸 때만 나오냐? 엉?"

타시르는 기사의 멱살을 잡고 윽박지르는 중이었다. 경비들 쪽으로는 대답조차 하지 않고 있었다. 그러다 돌연 목소리를 깔며 물었다.

"누가 네게 이따위 연극을 시킨 거지?"

기사는 타시르에게 휩쓸려 가다가 '누가 시켰냐'는 말에 퍼뜩 놀라 소리쳤다.

"무슨 소리냐! 시키긴 누가 시켜!"

"동공 반응, 표정, 입술 반응, 과도한 발뺌. 시킨 거 맞네."

코웃음을 친 타시르는 기사의 멱살을 놓아주고는 주위를 둘러보았다.

"보자. 감히 내게 이딴 짓을 할 만한 사람은……."

라틸은 얼른 가십지 아래로 시선을 내렸다. 그러고는 가십지에 나온 내용이 무척 궁금한 듯 열심히 글자를 보고 또 보았다. 글자가 눈에 들어오진 않았지만 그래도 읽는 시늉을 계속했다. 그러나 멀리서 시작된 발소리는 점점 더 가까워지더니, 얼마 가지 않아 코앞에서 낮은 웃음소리가 들려왔다.

라틸은 숨을 들이마셨다. 고개를 숙이고 있지만 알 수 있었다. 누군가 라틸의 바로 앞에 다가와 있었다. 높은 확률로, 아마도 타시르가.

'내 앞에 있는 것 같은데? 내 앞에 있는 거 맞지?'

라틸은 천천히 고개를 들어 올렸다. 역시나. 아까 계단 부근에 서 있던 타시르가 어느새 얼굴이 맞닿을 만큼 가까이 다가와 허리까지 숙이고 있었다. 눈이 마주치자 타시르는 눈꼬리를 휘며 웃었다.

"이런."

걸린 게 확실했다. 이제 나한테도 쌍욕을 하려나. 나 쌍욕 듣는 건가. 라틸은 긴장해서 그를 쳐다보았다.

"잡혀가지 않으려면 여기까지만 해야겠군요."

'어?'

그러나 타시르의 목소리는 아까 기사를 대할 때와는 완전히 다르게 나긋나긋해져 있었다. 어조는 다정했다. 게다가 '잡혀가지 않으려면'이라고 말하는 걸로 보아, 라틸의 정체 역시 짐작하는 것 같았다.

라틸이 얼떨떨해 보자, 타시르는 허리를 일으켜 세우며 작게 속삭였다.

"신문이나 잡지로 얼굴을 가리는 건 별로 효율적이지 못합니다. 연극을 꾸밀 땐 배우를 고용하세요. 그도 아니라면 차라리 진짜 취객에게 시키거나. 근위기사들은 거친 척을 해도 행동에서 티가 납니다."

싱긋 웃은 그는 라틸의 옆에 놓인 신문을 챙기더니 호텔 밖으로 나가버렸다. 라틸은 가십지를 옆으로 치운 채 멍하니 타시르의 뒷모습을 쳐다보다가, 유리문 너머로 그가 사라지자마자 혀를 내둘렀다.

"후궁이 아니라 경찰부 관리로 고용했어야 하는 게 아닌가 싶네요."

예상했던 지성미와는 좀 다르지만…… 머리가 좋긴 좋은 것 같았다.

라틸이 다음으로 찾아간 곳은 용병왕 칼라인이 머물고 있단 선술집이었다. 그곳은 타시르가 머물던 그랑디에 호텔과 달리 어디서나 볼 수 있는 평범한 선술집이었으나, 라틸은 가게 안에 들어가

자마자 다른 의미로 놀랐다. 칼라인뿐만 아니라 그가 단장으로 있는 용병단 전체가 그곳에 며칠간 죽치고 있다더니. 그 탓인지 일반 손님들은 아예 보이지도 않았다. 새까만 옷을 입은 용병들만이 테이블을 꽉꽉 채우고 앉아 술을 마실 뿐.

점원은 일반 손님으로 추정되는 라틸과 서넛이 나타나자 거의 눈물까지 흘릴 태세로 반가워했다.

"아이고오! 소온니임! 이리로 오십쇼! 이리로요!"

라틸은 딱 하나 남아 있던 빈 테이블에 앉으며 용병들을 둘러보았다. 보통 '용병'이라고 하면 떠들썩하고 시끄러운 이미지가 있다. 편견이긴 한데, 솔직히 대다수는 그랬다. 그러나 이 흑사신단 용병들은 하나같이 정적이었다. 기사들도 자기들끼리만 모여서 식사할 때에는 웃고 떠드는데, 이들은 무표정한 얼굴로 술만 마셨다. 대화 한마디 나오지 않는 그 광경은 어딘가 무섭게 여겨질 정도였다.

'이러니 점원이 무서워하지.'

게다가.

"그 사람은 없네요."

용병왕은 보이지도 않았다. 저녁때까지 기다렸지만 라틸은 결국 용병왕을 보지 못했다. 이후 점원을 슬쩍 불러다 물어보니, 용병왕이란 사람이 여기에 온 건 맞지만, 첫날 이후 점원들조차 본 적이 없다고.

"처음엔 어떻게 소문을 들은 건지, 손님처럼 그분을 찾아온 사람들이 좀 있었습니다. 하지만 누구도 그분을 만나지 못하고 가셨어요."

"왜요?"

"그분은 화장실도 안 가시고 식사하러도 안 나오시고, 아예 방 밖으로 나오질 않으시거든요."

점원은 치를 떨며 덧붙였다.

"솔직히 말씀드리자면, 안에서 자살이나 급사라도 한 건 아닐까 무섭습니다. 사람이 그렇게 오랫동안 식사를 안 하고 살 수 있나요?"

"화장실은 몰래 다니겠지요. 식사는 가방 안에 육포 같은 게 잔뜩 있다거나……."

"아니요. 분명 단 한 번도 화장실에 가지 않았습니다. 게다가 육포가 있다 해도 이상하잖아요. 생각해보세요, 손님. 식당에 와서 왜 굳이 틀어박혀 육포만 씹냐고요."

잠행을 마친 라틸이 궁전으로 돌아가자, 걱정스레 기다리고 있던 유모가 얼른 달려왔다. 유모는 라틸이 격전지에라도 다녀온 양 따뜻한 우유를 마시게 하고, 입욕 소금을 푼 물에 목욕하도록 했다. 라틸이 배부르게 먹고 목욕물 안에 들어간 후에야 그녀는 웃으면서 물었다.

"예비 후궁들을 만나본 소감은 어떠셨나요, 폐하?"

라틸이 호위들을 적게 데리고 궁 밖으로 나간 게 걱정된 한편, 앞으로 입궁하게 될 예비 후궁들이 궁금하긴 했던 모양이었다.

"예상한 이미지 그대로였나요? 아니면 초상화를 너무 미화해서 그렸던가요?"

기대로 가득한 얼굴의 유모에게 라틸이 해줄 수 있는 말은 하나뿐이었다.

"한 명은 못 봤고. 한 명은 초상화가 사기야."

"네?"

"미화한 건 아닌데 분위기가……."

"네?"

"게스타가 걱정이야."

"재상의 차남이요?"

"걘 엄청 순하잖아. 낯가림도 심하고. 그 순둥이, 어째 눌려 살 것 같아. 잘 버틸 수 있으려나……."

라틸은 금색 술이 달린 하얀색의 예장을 갖추어 입은 채, 창문 너머로 궁전 아래를 확인하고는 혀를 찼다. 담벼락이며 대문 앞에 기자들이 거의 전투 병력처럼 모여 있었다.

"와……."

라틸은 자기도 모르게 박수를 칠 뻔했다.

"들어올 때 좀 힘들겠는데요?"

편지 도둑에 대한 수사와 틀라 황자가 끌어들이고자 했던 외국 세력에 대한 조사, 선황제의 암살범을 잡는 일 등이 지지부진한 가운데에도 시간은 빠르게 흘러갔고, 어느새 후궁들이 정식으로 입궁하는 날이었다.

라틸은 '최초의 남성 하렘'이란 이유로 지나치게 세간의 주목이 쏠린 상황을 염려해서, 후궁들의 입궁을 축하하는 파티는 개최하지 않기로 했다. 대신, 후궁의 친지들만을 모은 서약식과 연회를 베풀기로 하고, 자세한 일정은 일부러 공개하지도 않았다. 그런데도 후궁들이 정식으로 입궁하는 날짜가 되자, 온갖 기자며 구경꾼들이 저렇게 바글바글 궁전 앞에 모여든 것이다.

서넛은 좀 시큰둥한 태도로 대답했다.

"후궁이 초대한 손님들도 나갈 때 꽤 고생할 겁니다."

라틸은 고개를 기웃거리다가 휙 서넛 쪽으로 고개를 돌렸다. 서넛의 말투가 '꼭 고생하길 바란다'처럼 들려서.

"왜 그러십니까?"

"방금 서넛 경……."

그러나 막 질문하려는 찰나. 갑자기 밖에서 '우와아아!' 하는 함성이 들려왔다. 라틸은 말을 멈추고 다시 창가로 고개를 돌렸다. 대번에 황금색으로 번쩍거리는 호화찬란한 마차가 시선을 사로잡았다. 그 마차는 정문을 향해 빠른 속도로 달려오고 있었다. 그리고 그 엄청난 황금색 마차 뒤로는 하얀색의 마차 다섯 대가 연달아 따라오는데, 그걸 본 기자들이 무어라 무어라 소리쳐대고 있었다. 자세히 들어보니, 앙제스 어쩌고저쩌고하는 소리였다.

서넛도 소리를 들었는지 짤막하게 말했다.

"앙제스 상단에서 오는 건가 봅니다."

"아, 타시르."

라틸이 선 창문에서는 마차가 정문 안을 통과한 다음부터는 보이지 않았다. 제법 빠른 속도로 달렸는데도, 결국 가장 마지막 마차가 기자들에게 붙잡혀 들어오지 못하자 라틸은 휘파람을 불었다.

"와. 저 사람들, 간을 어디다 맡겨두고 오기라도 한 건가. 저걸 잡네."

그사이에 기자 중 몇 명은 아예 창문을 붙잡고 매달려 마차 안에 탄 사람에게 인터뷰를 시도하고 있었다.

"병사들을 더 투입할까요?"

그걸 보던 서넛이 물었다. 라틸은 그게 낫겠다고 말을 하려다가, 바로 마음을 바꿔서 고개를 저었다.

"안 그래도 될 것 같습니다."

기자들에게 붙잡혀 있던 하얀 마차가, 새까만 말 무리가 나타나면서 풀려나고 있어서.

"두 번째 후궁 행렬이 왔습니다."

라틸은 중얼거리면서 말 무리 쪽을 보다가 감탄사를 뱉었다.

"오. 멋지다. 흑사신단인가 봅니다."

기자들이 제 발로 물러나게 한 말 군단은 아까의 화려하고 화사하던 마차 군단과는 분위기가 대조적이었다. 말 그대로 '흑과 백'처럼 위협적이었고 어두웠다. 후궁으로 오는 게 아니라 무슨 전쟁에 출정하는 모양새였다. 가장 앞의 커다란 흑마 위에는 용병왕으로 추정되는 까만 망토를 두른 남자가 있고, 그 뒤로 비슷한 차림이지만 다 같이 얼굴을 가린 부하들이 뒤따랐다.

"대열이 칼 같네요."

아까는 달리던 하얀 마차에 매달리기까지 하던 기자들도, 아예 가장 앞줄에서 가는 용병왕은 붙잡을 용기가 안 나는지 다들 멀찍이 서서 쳐다보기만 했다. 이어서 세 번째로 들어온 마차는 아트락시 공작가의 마차였기에 알아보기 쉬웠다. 그다음은 재상가의 마차였지만, 공작가 마차와 재상가 마차는 용병들의 인상이 너무 강렬한 탓에 좀 묻히는 감이 있었다.

네 개의 집단이 모두 정문을 통과하는 걸 확인한 라틸은 창문에서 떨어졌다. 이제 라틸도 슬슬 대연회장으로 내려가야 할 때였다.

"폐하께서는 가장 마지막에 입장하셔야 합니다."

시종장의 당부에 따라 라틸은 대연회장 근처의 작은 방에서 거의 30여 분가량을 기다린 후에야 연회장 안으로 들어갔다. 대연회장 상석으로 곧장 이어지는 작은 문을 통해 라틸이 나타나자, 떠들썩하던 홀이 완전히 쥐 죽은 듯 조용해졌다.

손님들은 다섯 개의 무리로 나뉘어 자기들끼리 뭉쳐 서 있었다.

'여기서부터 확 갈렸네.'

옷깃조차 겹치지 않게 선 그들을 빠르게 둘러본 라틸은, 몇 개의 계단을 성큼성큼 올라가 가장 상석의 단상 위에 섰다. 그 위에 서서 내려다보자, 단상 위 계단에서 대기 중이던 다섯 남자도 라틸을 동시에 쳐다보았다.

'이렇게 만나니 쑥스럽네.'

저 다섯 명이 오늘부터 공식적으로 라틸의 남자가 될 최초의 남자 후궁들이었다. 그들이 데려온 손님들 역시 눈에 불을 켜고서 라틸에게 시선을 고정하고 있었다. 라틸은 자신의 남자가 될 이들과 그들의 가족들이 보내는 시선을 받으며 머쓱해졌다. 대관식 날에는 자신을 올려다보는 이들을 보며 짜릿했는데. 어째 오늘은 좀…… 민망했다. 하지만 이런 건 민망한 티를 내면 더 민망해지는 법. 라틸은 얼굴을 두껍게 하고서 희미하게 웃는 얼굴로 다섯 남자를 번갈아 보았다.

'자리 배치 좀 봐.'

일부러 저렇게 갈라진 건지 아닌 건지는 모르겠지만, 클라인 황자가 가장 중심에 있었고, 그 오른쪽으로 귀족인 라나문과 게스타, 왼쪽으로 평민인 타시르와 칼라인이 서 있었다.

'우선은 저렇게 패거리가 갈리려나…….'

귀족파와 평민파로 나누어져서 경쟁하는 건 별로인데. 그랬다간 후궁 간의 암투가 아니라 귀족 대 평민 간의 싸움으로 번져서 처리하기 곤란해질지도 모른다.

'이 부분은 계속 지켜보자.'

탐색하면서도 라틸은 칼라인 쪽을 가장 유심히 살폈다. 다른 남자들은 그래도 최소 한 번 이상은 다 보았는데, 칼라인은 이번에 처음 보는 것이다 보니 제일 관심이 갔다. 저 용병왕, 먹지도 마시지도 화장실에 가지도 않은 채 며칠을 버텼다더니. 다행히 그런 것치고는 당장 쓰러질 것 같진 않았다. 하지만 늘 밖을 돌아다니는 사람답지 않게 피부가 창백한 걸 보면 의외로 병약한 것 같기도 했다.

'용병왕은 용병왕인데, 용병왕이 되자마자 은퇴한 거 아냐?'

"폐하."

라틸이 칼라인 쪽을 계속 보고만 있자, 서약식을 돕기 위해 다가온 시종장이 작게 라틸을 불렀다.

'아차. 내가 너무 용병왕만 쳐다봤구나.'

착각일까. 손님들 역시 덩달아 용병왕을 같이 힐긋거리는 것 같다. 라틸은 진행하라고 시종장을 향해 고개를 끄덕였다. 그러자 시종장은 미리 들고 있던 서류를 단상 위에 설치된 높은 대 위에 올린 후 클라인을 불렀다.

"카리센에서 오신 클라인 황자 전하."

클라인이 대 앞으로 나오자, 시종장은 두 손으로 깃털 펜을 공손히 받치며 설명했다.

"읽어보신 후 아래에 서명하시면 됩니다."

클라인의 서명이 끝나자 시종은 라나문의 이름을 불렀고, 이번에는 라나문이 나서서 서명했다. 그렇게 다섯 명이 서명이 끝난 후, 라틸은 다섯 남자의 손에 미리 준비해온 반지를 각기 끼워주었다. 남자들은 라틸이 끼워준 반지 위에 가볍게 입을 맞추고, 영원한 충성과 사랑을 맹세한 뒤 물러났다.

"……"

라틸은 입을 꾹 다문 채 자신의 후궁이 된 다섯 남자를 번갈아 보았다. 이제 진짜로, 진짜로 저 남자들은 자신의 하렘에 들어온다.

하렘 안에서 자신을 기다려주고, 자신을 위해 사랑을 속삭여줄 것이었다.

하이신스가 그랬던 것처럼.

'하지만 이 남자 중 나를 진심으로 사랑하는 사람은 없겠지.'

그래도 괜찮았다. 어차피 정략적으로 들어온 이들이니까. 라틸역시 그들을 사랑해서 데려온 게 아니니까. 라틸이 원하는 건 그들의 암투일 뿐. 라틸은 그들이 하렘 내에서 경쟁하면서 귀족들과 국민들의 눈길을 끌어주길 원했다. 그들의 배경이 자신의 황권 강화에 도움이 되길 원했다. 미안해할 필요도 없다. 저 남자들 역시 돈, 명예, 미래 등등 각자의 계산을 마친 후 이곳에 들어왔을 테니.

라틸은 냉소적으로 웃었다. 하긴. 진심 어린 사랑이 대수인가. 그 사랑이란 놈이 가장 먼저 뒤통수를 치고 떠났는데?

'적어도 내가 황위에 머물러 있는 한, 이 사람들은 내 뒤통수를 치진 않겠지.'

이후로는 구성원들이 조금 독특할 뿐인 평범한 연회가 벌어졌다. 하지만 분위기는 아주 묘했는데, 우선 앙제스 상단에서 온 이들은 이 자리에서도 장사부터 하려 들었다.

라나문과 게스타의 손님으로 온 귀족들은 상단 평민들과 한자리에 앉는 걸 싫어하는 듯하면서도, 그들이 입을 놀려댈 때마다 제일먼저 귀가 솔깃해져 빨려 들어갔다. 어느새 몇몇은 뭘 예약 주문이라도 한 건지, 식사하다 말고 수표에 서명을 해서 건네고 있고.

'앙제스 상단 손님들, 입 놀리는 게 장난 아니잖아?'

앙제스 상단 손님들과 가장 정반대 분위기인 건 오히려 귀족들이 아니라 흑사신단 용병들이었다. 입장할 때 쓰고 온 가면은 다 벗었으나, 이들은 한마디도 입을 열지 않고 식사만 했다. 전에 선술집에서 보았을 때처럼.

카리센에서 온 귀족들은 입을 열긴 열었지만, 분위기가 어색한지 자기들끼리만 대화했다.

라틸은 시선을 돌려 아트락시 공작과 로르드 재상을 살폈다. 그들 사이에서도 이미 자기들만의 신경전이 벌어져 있었다. 반면 로르드 재상의 아들인 게스타는 완전히 기가 죽어서 고개조차 들지 못했고, 라나문은 게스타가 아닌 클라인 황자와 서로를 노려보고 있었다.

타시르는 칼라인에게 낯빛이 시체 같다고 했다가 포크로 눈알이 찍힐 뻔했다.

식사를 마친 후.

"폐하, 어떠셨나요? 가까이에서 후궁들을 보니 마음에 드는 분이 계시나요?"

방으로 돌아온 라틸에게 유모가 소감을 물었고, 라틸은 며칠 전과 같은 대답을 내놓았다.

"역시 게스타가 걱정이야."

유모는 웃음을 터트렸다.

"그 도련님은 어린 시절부터 원체 조용하셨으니까요."

"응. 간간이 잘 들여다봐야 할 것 같아. 아니면 이리 치이고 저리 치여서 형체도 안 남겠어."

"어린 시절의 정도 있으니 폐하께서 어여쁘게 챙겨주세요."

"그래야겠어."

'어린 시절의 정'이라 하기에는 그리 친하지 않았지만. 라틸은 한숨을 내쉬며 대답한 후 평소처럼 자신의 욕실로 들어가 씻고 나왔다. 그런데 욕실 밖으로 나와 보니 응접실에서 시종장이 기다리고 있다는 게 아닌가.

'왜 시종장이?'

보통 황족 여자들은 시녀를, 황족 남자들은 시종만을 두지만, 라틸은 아버지의 시종들을 거의 그대로 데려온 탓에 시녀와 시종 모두를 두고 있었다. 하지만 평소 생활 수발을 시종들에게 맡길 수는 없었기에, 업무가 끝난 이후의 사적인 일과는 대부분 유모와 시녀들이 보필해주었다. 그런데 이 시간에 시종장이 와 있다니? 자주 있는 행동은 아니었다.

"무슨 일 있어요?"

라틸은 덜 마른 머리카락을 수건으로 감싸고서 응접실로 나가며 물었다. 시종장은 놀란 표정으로 되물었다.

"무슨 일이라니요? 오늘은 첫날이 아니십니까, 폐하."

"네?"

첫날? 라틸이 어리둥절해 되묻자 시종장이 '어떻게 이걸 까먹으실 수 있냐'는 표정으로 설명했다.

"후궁들이 입궁한 첫날이요. 그래도 한 명은 고르셔야지요. 다들 폐하의 은혜를 기다리고 있을 겁니다."

"내 은혜가…… 아."

라틸이 알아들은 듯 멋쩍은 표정을 짓자, 시종장이 조심스럽게 물었다.

"누구에게 가시겠습니까?"

이렇게 민망한 질문이 있을까. 라틸은 새삼 쑥스러워져서 목덜미를 문질렀다. 하지만 시종장은 물론 주위에 선 이들 모두 아주 심각하고 진지한 표정이었다.

라틸은 덩달아 신중해져서 생각에 잠겼다. 누구와 첫날밤을 보낸다…….

당장 생각나는 사람은 세 명이었다.

우선, 재상의 차남인 게스타. 남자로서 끌리는 건 아닌데. 너무 순한 성격이다 보니 괜히 신경이 쓰였다. 후궁들은 황제와 가까울수록 권위가 살아나니, 첫날에 찾아가주는 게 좋지 않을까?

또 다른 신경 쓰이는 후궁은 칼라인이었다. 그는 게스타와 정반대의 의미로 신경 쓰이는 자였다. 개인적인 호기심과 흥미. 대화를 나누어보지 못한 유일한 남자여서 그럴 것이다.

그리고 세 번째로 신경 쓰이는 이가 아트락시 공작의 장남인 라나문이었다. 정확히는 라나문이 아니라, 라나문의 뒤에서 단단히 골이 나 있을 아트락시 공작이 신경 쓰였다. 이러니저러니 해도 그는 라틸의 승리에 큰 도움을 준 공신이었으니까. 오늘만 해도 식사하면서 몇 번이나 라틸에게 눈치를 주었던가.

"으음……."

라틸은 팔짱을 낀 채 빙글빙글 방 안을 돌다가, 한참 만에야 결정을 내렸다.

"라나문한테 가겠습니다."

라틸이 개인적인 호기심을 뒤로한 결단을 내리자, 시종장은 대기하고 있던 다른 시종에게 무언의 눈짓을 했다. 시선을 받은 시종은 꾸벅 인사하고서 얼른 밖으로 튀어 나갔다. 아마 라나문에게 황제의 방문을 미리 알리러 갔을 것이다.

"후우……."

라틸은 숨을 길게 들이마셨다 내뱉으면서 마른세수를 했다. 다시 긴장감이 몰려왔다.

후궁들이 모여 사는 하렘은 좀 독특한 모양새로, 건물의 모양만 따지자면 커다란 도넛과 비슷했다. 그 도넛 안에 여러 개의 방과 복도 등이 있는 형식인데, 도넛 주위로는 화려한 정원이 둘러싸고 있고, 도넛 가운데의 그 뻥 뚫린 부분에는 커다란 수영장이 있었다.

"클라인 님의 요청으로, 라나문 님과 클라인 님의 방은 가장 멀게 배치하였습니다."

"잘했습니다."

간단하게 각 후궁의 숙소 위치를 설명한 시종장은, 라나문이 머무는 방 앞에 멈추어 서서 조용히 라틸을 보았다. 라틸이 고개를 끄덕이자, 시종장이 닫혀 있던 문을 열었다.

라틸은 태연한 척 어깨를 쭉 펴고 방 안으로 들어갔다. 탕. 뒤에서 문 닫히는 소리에 어깨가 움찔 떨렸으나 내색하지 않았다. 문이 닫히자 라틸은 우두커니 서서 주위를 두리번거렸다. 아직 침실이 아니었다. 이제 보니 후궁 침실과 복도 사이에는 공간이 하나 더 있었다. 복도라고 해야 할지 또 다른 방이라고 해야 할지 애매한 그런 공간이.

대신 이 안쪽 복도와 침실 사이에는 아치문이 있고 그 위로 보석 주렴이 내려와 있었다. 라틸은 손을 뻗어 보석이 알알이 매달려 있는 주렴을 손바닥이 닿을 듯 말 듯 가볍게 쓸어보았다. 기분이 이상했다. 정말로.

어쨌든 손바닥에 닿는 이 까슬한 감각은 긴장을 누르는 데는 전혀 도움이 되지 않았다. 라틸은 완전히 주렴에 손을 넣어 옆으로 들어 올렸다. 한 손으로 주렴을 헤치고 들어가자 드디어 낮에 본 예복 차림의 라나문이 보였다. 그는 계속 라틸을 이 자세로 기다리고 있었던지 약간 피곤한 기색이었다. 하지만 라틸이 들어오는 걸 보자, 당연히 라틸이 여기에 올 줄 알았다는 듯 입꼬리 한쪽이 차갑게 올라갔다.

'어, 엄청 민망한데?'

그 미소를 보는 순간. 라틸은 더 다가가지 못한 채 일순간 굳어 버렸다. 급격하게 어색해지고 있었다.

뭐라고 해야 하지? 내가 황제니까, 그래도 이끌어야 하는 거 아닌가? 누우라 해야 하나? 이리 오라 해야 하나? 키스부터 해야 하나, 아니면 일단 대화부터 해야 하나? 근데 오늘 꼭 잠자리까지 가져야 하나? 머릿속이 빙글빙글 돌아갔다.

거의 기계처럼 멈춰 있자니, 잠시 눈썹을 들어 올린 라나문의 눈이 가늘어졌다. 무슨 사정인지 알겠다는 듯, 그는 가볍게 웃고서 천천히 라틸에게 다가왔다.

"긴장되십니까, 폐하?"

다가온 라나문은 자연스럽게 라틸의 머리카락을 손빗으로 넘기며 물었다. 라틸은 라나문을 올려다보았다. 다른 영애들이 라나문의 미모를 칭송할 때에도 그냥 그러려니 했는데. 확실히 이렇게 딱 얼굴을 붙이고 보니 아주 심장이 멎을 지경으로 아름다운 외모였다.

"좀……."

라틸이 솔직하게 대답하자, 라나문은 라틸의 관자놀이에 가볍게 입을 맞추며 속삭였다.

"저도 그렇습니다."

"하나도 안 떠는 것 같은데?"

"심장 소리를 들어보셔도 됩니다."

라틸은 얼결에 라나문의 가슴에 귀를 기댔다. 키 차이가 크게 나는 덕에 바로 고개만 들이밀면 되었다. 하지만 예복을 겹겹이 껴입고 있는 터라 아무 소리도 들리지 않았다.

"안 들려."

라틸은 중얼거리면서 고개를 들어 올리다가, 헉 숨을 소리 나게 들이쉬었다. 한 손으로 라나문이 그의 예복 한가운데 단추를 툭 툭 툭 가볍게 풀어버린 탓이었다. 완벽하게 잡힌 근육이 풀린 단추 사이로 드러나면서 깨끗한 피부가 드러났다. 라틸은 약 3초간 아무 생각도 들지 않았다.

라나문은 굳어버린 라틸의 머리를 잡고 제 가슴 위로 누르며 속삭였다.

"이제 들리십니까?"

"클라인에게서는 아직 소식이 없느냐?"

하이신스 황제의 질문에 부하는 괜히 자기가 더 거북스러워져서 힘없이 대답했다.

"예, 폐하."

하이신스는 깊게 한숨을 내쉬고서 고개를 들고 눈을 감았다.

"내가 가자마자 편지를 보내라고 했는데, 그 망아지……."

중얼거리는 하이신스의 이마에 힘줄이 뚜렷하게 드러났다.

"새로운 환경이니 적응하시느라 바쁜 게 아닐까요?"

부하는 클라인을 두둔하기 위해서가 아니라, 하이신스를 달래기 위해 조심스럽게 질문했다. 그러나 하이신스는 턱도 없다는 듯 코웃음만 쳤다.

"가출한답시고 유학생으로 신분을 위장해 적국 황궁에까지 들어갔다 온 녀석이, 적응?"

"그야…… 그땐 좀 어리셨고……."

"적응은 두 시간에 다 끝냈을 거다."

딱 잘라 말한 하이신스는 초조하게 옥좌 손잡이를 두드렸다.

툭 툭 툭 툭.

그가 강박증처럼 두드릴 때마다 불안한 소리가 커다란 홀을 울렸다.

가서 라틸은 만난 건지. 라틸이 괜히 자기에 대한 화풀이를 동생에게 한 건 아닌지. 동생을 괴롭히는 건 아닌지. 반대로 동생이 라틸을 괴롭히는 건 아닐지. 동생이 라틸과 너무 사이가 좋아져서 정말로 두 사람이…… 아니, 꼭 그 둘이 아니어도 지금쯤이면 후궁들이 서약식을 마치고 하렘에 들어갔을 터.

하이신스의 안색이 무섭게 구겨졌다.

"악시안을 불러와라."

"부단장님을요?"

"그래. 클라인이 먼저 편지 쓰길 기다리다가 날이 다 새겠다."

그러나 15분 후, 하이신스를 찾아온 건 악시안 부단장이 아니라 아이니 황후였다. 하이신스의 표정이 딱딱해지자, 부하는 황제와 황후의 눈치를 살피다가 눈치껏 먼저 밖으로 나갔다.

"무슨 일로 찾아온 거지?"

하이신스는 부하가 빠져나가는 걸 알았지만, 굳이 붙잡는 대신 아이니를 향해 물었다. 그 목소리는 부인을 대하는 것치곤 너무 차갑고 매정했으나, 아이니는 만만치 않게 딱딱한 얼굴로 다가오며 대답했다.

"폐하께서 저와 이혼을 준비하신단 이야기를 들었습니다. 정말인가요?"

"몰라서 묻는 건가?"

"네. 폐하 입으로 직접 듣고 싶어서 묻는 겁니다."

하이신스는 헛웃음을 짓고는, 팔걸이에 한쪽 팔을 걸치며 물었다.

"왜 이래, 아이니. 어차피 알던 일이잖아. 내 옆에 심어놓은 첩자가 3년 전부터 내내 이야기해줬을 텐데, 뭘 모르는 척이야?"

어깨 위가 무거웠고, 움직임은 답답했다. 코끝에서는 좋은 향이 감돌았다. 라틸은 멍하니 눈을 뜨다가, 눈앞의 깨끗한 피부를 보고서 눈을 끔뻑거렸다.

잠시 머리가 멍했다. 뒤늦게야 라틸은 어제의 일을 떠올렸다. 으악. 속으로 비명을 지르며 라틸은 천천히 고개를 들어 올렸다. 아침잠이 많은 건지, 라나문은 아직 잠들어 있었다. 잠든 상태로 내내 라틸을 꼭 끌어안고 있던 것이다. 라틸은 자신이 라나문의 팔을 베고 있던 걸 눈치채고서 슬쩍 머리를 뺐다.

'아…… 이거 완전 부끄럽네.'

어색하게 머리카락을 만지작거리고 있자니 옆에서 바스락 소리가 났다.

"일어나셨습니까?"

라틸은 힐긋 눈동자만 돌렸다. 라나문이 몸은 일으키지 않고서 라틸을 올려다보고 있었다. 그 나른한 태도는 어딘가 색정적인 면이 있어서, 라틸은 얼굴에서 열이 올라왔다.

"어. 으응."

라나문은 웃지도 않은 채 손을 뻗어 라틸의 머리카락 끝을 만지작거리더니, 살며시 손을 내려 등을 쓸었다. 커다란 손이 얇은 옷 위를 쓰는 감각에 라틸은 놀라 정자세를 했다. 이번에는 바람 빠지는 웃음소리가 났다.

"으음. 어색하네."

라틸이 중얼거리자, 라나문은 천천히 몸을 일으키더니 자연스럽게 라틸의 이마에 입술을 붙였다. 가볍게 입을 맞춘 그는 침대에서 일어나며 물었다.

"씻고 가시겠습니까?"

같이.

들릴 듯 말 듯 덧붙인 소리에, 라틸은 벌떡 일어나며 고개를 저었다.

라나문은 다시 한번 웃는 듯 마는 듯 미약하게 입술 끝을 올리고는, 라틸이 벗어두었던 망토를 가져와 입는 걸 도와주었다. 살이 스칠 때마다 더욱 어색한 기분이 들었다.

'하이신스가 상대였다면 이러진 않았을 텐데.'

자신도 모르게 전 남자친구를 떠올린 라틸은 순간 자존심이 상했다.

'젠장, 하이신스가 갑자기 여기서 왜 나와?'

똑같이 복수도 해주었으니, 이젠 하이신스에 대해 잊어버려야 할 텐데. 아직도 그러지 못한다는 게 싫었다.

"오늘 밤도 오실 겁니까?"

다행히 라나문이 다음 질문을 꺼내면서, 라틸은 잠시 치솟은 자괴감에서 벗어날 수 있었다.

"어?"

라틸은 놀라 라나문을 돌아보았다. 라나문이 무덤덤한 표정으로 다시 물었다.

"안 오실 겁니까?"

표정은 무덤덤한데 목소리는 좀 매서웠다.

"으음. 좀 바쁠 것 같아서."

라틸의 대답을 듣자 표정도 무덤덤하지 않게 변했다. 반듯한 미간 사이가 약간 찡그려졌다.

"바쁘다, 도 아니고 바쁠 것 같다, 입니까? 혹시 '바쁘고 싶다'는 아니십니까?"

"!"

"오기 싫으신가 봅니다."

차가운 목소리로 중얼거린 라나문은 빗을 가져와 라틸의 머리카락을 살살 빗겨주었다. 손길은 부드럽고 따뜻했지만, 분위기는 냉랭했다.

"아니, 정말로 바빠서."

라틸은 부자연스럽게 웃으며 중얼거렸다. 사실이었다. 정말로 바빴다.

하지만 더 중요한 이유는 따로 있었다. 하렘에 남자들을 들이긴 했지만, 라틸은 월, 화, 수, 목, 금, 토, 일 후궁들을 돌아가며 방문할 생각은 없었다. 그랬다가는 임신할 가능성이 높아지는데. 아기를 낳고 나면 몇 개월은 정무에 완전히 몰입할 수 없으니까. 황제로서 후계자를 보는 게 꼭 필요하다는 건 알지만, 지지 기반을 완전히 잡아두기 전까지 임신은 최대한 미루고 싶었다.

그렇다고 한 남자만, 그것도 공신의 아들인 라나문만을 대놓고 총애하면 하렘 내에서 서열이 확실하게 잡혀버릴 텐데. 그건 라틸이 원하는 구도가 아니었다.

"그렇습니까."

그래도 하루 같이 침대를 써서 그런가. 원래도 차갑고 무뚝뚝한 녀석이긴 했지만, 좀 섭섭한 기색을 보이는 게 신경 쓰인다. 라틸은 라나문이 하나로 묶어준 머리카락을 만지작거리며 괜히 라나문의 옆모습을 곁눈질했다.

라틸이 떠나자 복도에서 밤새 대기하고 있었던 그의 시종 카르둔이 들어와 욕실에 물을 받고, 그동안 라나문이 먹을 식사를 가져다주었다.

대부분의 귀족가에서 그러듯 라나문도 자신만의 유모를 두고 있었는데, 카르둔은 유모의 친아들이자 라나문의 유형제였다. 라나문으로서는 친형제들만큼 믿을 수 있는 사람인 데다 편했기에 일부러 데리고 들어온 것이었다.

식사가 다 차려지자, 카르둔은 라나문의 맞은편으로 가 앉으며 뿌듯하게 히죽댔다.

"짐작한 일이긴 했지만. 역시 다른 후궁들과는 게임이 안 되네요."

"……."

"두 명은 평민이고, 다른 한 명은 귀족이지만 행동거지가 나무늘보 같고. 클라인 황자가 신분이 높긴 하지만, 뭐 결국 겨뤄볼 것도 없는 문제였습니다. 안 그렇습니까?"

하지만 라나문은 별 대꾸 없이 가만히 수프에 대고 숟가락만 휘저었다. 생각보다 유쾌해 보이지 않는 행동에 카르둔은 의아해졌다. 열심히 책을 읽으며 공부하시더니. 성과가 없으셨나? 슬며시 걱정도 되었다. 그 걱정은 아침부터 찾아온 클라인 황자가 시비를 걸자 더욱 커졌다.

"오늘 하루 폐하의 성총을 받았다고 해서 자만하지 마라. 거울을 보면 알겠지만 너 같은 얼굴은 빨리 질리는 스타일이거든."

"……."

평소라면 단정하게 독설을 날려야 할 라나문이, 대꾸하는 대신 그냥 클라인 황자를 스쳐 나가버린 것이다. 클라인 본인도 어리둥절한 얼굴로 라나문을 돌아볼 지경이었다. 라나문을 따라 나온 카르둔은 자기가 다 답답하고 화가 나서 잔소리했다.

"아니, 도련님. 평소에는 말을 그리 잘하시더니 왜 이번에는 아무 말도 안 하시는 겁니까!"

"······."

"저렇게 말도 안 되는 소리를 하는 걸 두고 보실 겁니까? 말로 이겨 먹는 건 도련님 전공이시잖아요. 예?"

그러나 라나문은 통 입을 열지 않았다. 인적 드문 곳까지 와서야 라나문은 간신히 털어놓았다.

"끝까지 가지 못했다."

"뭐가 말입니까?"

"폐하와. '끝까지' 가지 못했단 말이다."

처음에는 라나문의 말을 제대로 이해하지 못하던 카르둔은 뒤늦게 놀라서 눈을 휘둥그렇게 떴다.

"그, 그럼 밤새 뭐 하셨습니까?"

"잤지. ······끌어안고."

"예? 공부하셨다면서요? 공부 열심히 하셨잖아요? ······그거!"

밤새 끌어안고 잠만 잘 거면 그 공부는 왜 그렇게 한 거냐고, 카르둔은 진심으로 갑갑해서 입을 뻥긋거렸다. 혹시 우리 도련님, 공부만 하고 소화는 못 시키는 타입이신가?

"폐하께서 원하지 않으셨다."

유형제의 답답해하는 기색을 눈치챈 라나문은, 차갑게 말하고서 헝클어진 검은 머리카락을 손으로 쓸어 올렸다.

어젯밤. 분위기는 제법 좋았다. 황제는 라나문을 상당히 이성적으로 의식하는 듯 보였다. 사랑스러운 반응이었다. 라나문은 심장 소리를 들려주는 걸 시작으로 해서 조금씩 조금씩 살이 닿는 부분을 늘려나갔다.

라나문은 원래 라틸에게 그리 관심이 크진 않았다. 정확히는 사람들 모두에게 관심이 없었다. 아니, 누군가와 닿는 것조차도 싫었다. 그래서 소위 '공부'를 하면서도 조금 걱정이 되기는 했다. 내가 과연 이런 행동들을 할 수 있을까?

하지만 막상 실전에 닥치자 그런 생각들은 없어졌다. 그의 행동 하나에 숨결 하나에 말 한마디에 반응하는 황제의 모습은 책 내용을 잊게 할 만큼 매력적이었다. 말랑한 피부는 부드러웠고, 축축한 머리카락에서는 좋은 향기가 났다. 그는 황제 역시도 자신에게 같은 감동을 받았으면 좋겠다고 생각했다. 하지만 침대에 눕자마자 황제는 "잠시만." 하고 라나문을 밀어대더니, 피곤하다면서 그냥 자자고 했다.

그게 끝이었다. 책에 나온 화려하고 요란한 일들은 다른 세상 얘기였다. 라나문이 밤새 한 일은 그냥 인간 베개 겸 이불이었다.

"아…… 그래서 계속 표정이 그러셨군요."

라나문은 한숨을 내쉬었다.

"도대체 날 보고 어떻게 그냥 잠드실 수가 있는 거지?"

상당히 자존심이 상한 눈치여서, 카르둔은 속으로 혀를 찼다.

'폐하께서 저 자존심 덩어리를 첫날부터 아주 제대로 반죽해놓으셨네.'

하지만 속으로는 혀를 차든 재밌게 여기든, 당장 중요한 건 뭉개진 라나문을 원래대로 펼쳐놓는 일이었다.

"어휴, 정무에 바빠 많이 피곤하셨겠지요. 누구를 찾아가도 그냥 주무셨을걸요? 중요한 건 도련님을 가장 처음 방문한 겁니다."

"……."

"오히려 끝까지 가지 않은 채 라나문 님을 끼고 주무셨다는 게 더욱 총애의 증거가 아닙니까? 라나문 님을 그런 상대로만 보는 게 아니란 거니까요."

카르둔이 열심히 입을 놀려도 그리 반응하지 않던 라나문이 갑자기 내리깔고 있던 눈을 처연하게 올려 떴다. 눈이 마주치자, 그 압도적인 얼굴에 카르둔은 순간 깜짝 놀랐다. 매번 보면서도 느끼는 거지만 참으로 잘난 얼굴이었다. 그런데 라나문은 거기서 그치지 않았다. 성큼성큼 다가오더니, 한쪽 팔로 카르둔의 옆 벽을 짚고서 뚫어져라 황홀한 시선을 보내왔다.

"도, 도련님?"

카르둔은 당황해서 목소리를 떨었다. 수많은 영애가 사랑하는 눈동자가 정면에서 지그시 그를 응시하자 괜히 부끄러워졌다.

"어떻지?"

라나문이 나지막한 목소리로 물었다.

"예?"

"감상이 어떠냐고."

카르둔은 어리둥절해서 눈을 끔뻑거렸다. 밤안개 같던 라나문의 표정이 다시 평소처럼 냉랭하게 돌아와 있었다.

"날 이 각도에서 보니 어떤지 묻는 거다."

아! 뒤늦게 라나문의 의도를 알아차린 카르둔은 얼른 온갖 아부성 발언을 내뱉었다.

"떨립니다. 막 심장이 콩닥거리고 부끄럽네요. 이렇게 가까이에서 보니 참으로 아름다운 분이십니다, 도련님은. 당장에라도 입을 맞추고 싶을 정도예요."

라나문이 자신의 성적 매력에 대해 잠시 흔들린 듯하니 얼른 자존감을 회복시켜주는 것이었다.

그때.

"와. 위장 결혼."

작게 감탄하는 소리가 났다. 카르둔은 헉 놀라서 라나문의 어깨 너머를 보았다. 황제의 후궁 중 상단의 후계자라는 타시르가 이쪽을 쳐다보며 히죽거리고 있었다. 라나문도 팔을 내리고 뒤를 돌아보자, 타시르가 다시 깐죽거렸다.

"금단의 사랑?"

카르둔은 주위 온도가 갑자기 낮아지는 착각에 괜히 자기 팔을 쓸었다. 뒤돌아보고 있어서 라나문의 얼굴이 보이진 않았지만, 그가 지금 상당히 불쾌해한다는 게 분위기로도 느껴졌다. 그 차가운 시선을 받은 타시르 역시도 아차 싶었던지 얼른 두 손을 모아 용서를 비는 척하고는 다른 곳으로 튀어버렸다. 카르둔은 게걸음으로 몇 걸음 라나문에게서 떨어졌다.

"제, 제 잘못 아닙니다. 전 가만히 있기만 했어요."

"아이고 소단주님 소단주님……!"

키득거리며 달아나는 타시르의 뒤를 쫓으며, 타시르가 데려온
부하가 혀를 찼다.

"지금 그거 놀리고 좋아하실 때입니까?"

타시르는 주머니에 손을 찔러 넣은 채 걸어가며 피식 웃었다.

"재미있잖아? 갑갑한데 이런 데서라도 재미를 찾아야지."

"여기에 재미 찾으러 오신 겁니까? 폐하의 성총을 얻으러 온 거
잖아요."

부하는 타시르가 여전히 바람 들어간 건달인 양 휘적휘적 걸어
가자 그 뒤를 쫓으며 잔소리를 퍼부었다.

"이건 절호의 기회란 말입니다. 제발 좀 진지해져보세요."

부하는 한숨을 푹푹 내쉬었다.

그가 이럴 만도 했다. 원래 앙제스 상단에서는 '이런 쪽'으로는
황가와 얽힐 계획 자체가 없었다. 앙제스 상단주에게는 아들만 셋
이었는데, 레안 황태자가 이변이 없는 한 보위에 오를 게 확실했기
때문이다.

반대로 앙제스 상단의 라이벌인 앵글 상단에서는 딸만 셋인지라,
레안 황자가 태어날 때부터 셋 중 한 명은 후궁으로 무조건 들여보
내리라 벼르고 있었다. 앵글 상단주의 딸 중 하나가 축제 때 먼발치
에서 황태자를 보고 사랑에 빠지는 바람에, 상단을 위해 후궁이 되
어보라 설득할 필요도 없었다. 앵글 상단주는 그 딸에게 온갖 황후

교육을 시키며 미래에 황태자 사위를 보기 위해 애를 썼다.

그러나 우습게도 레안 황태자가 물러나며 상황은 완전히 반전되어버렸다. 일찍이 레안 황태자를 후원하던 앵글 상단은 한순간에 끈 떨어진 연이 되어버렸다. 꿩 대신 닭이라고 틀라 황자를 은밀히 지원하려 했으나, 그도 반년을 채우지 못했다.

앵글 상단주는 그 지경이 되어서도 기가 꺾이지 않았다. 앙제스 상단주가 앵글 상단주의 설레발을 비웃으며 '네 딸들은 후궁이 절대 못 된다. 하지만 내 아들은 후궁이 될 수도 있다'고 놀려대자, 앵글 상단주는 콧대를 높이며 주장했다. 어차피 여자 황제들은 후궁을 들이지 않으니, 평민인 앙제스 상단의 아들들이 후궁이 될 리가 없다고. 하지만 라트라실 황제는 대관식을 치르자마자 하렘을 선포했고, 앵글 상단주는 머리를 싸매고 드러누웠다. 반대로 아예 이런 쪽으로는 대비조차 되어 있지 않던 앙제스 상단은 얼결에 부랴부랴 장남을 들여보내니 차남을 들여보내니 난리가 났다.

"하늘이 내려준 기회란 말입니다."

이 상황을 처음부터 끝까지 지켜본 부하로서는 타시르에게 잔소리를 퍼부을 수밖에 없었다. 안 그래도 사이가 나빴던 앵글 상단은 이 일로 앙제스 상단을 보면 이를 갈며 침까지 뱉을 지경에 이르렀다. 그들은 타시르가 황제의 총애를 받지 못한다면 아주 좋아서 펄쩍 뛰고 축제까지 열 놈들이었다.

그러나 타시르는 태연하게 웃기만 했다.

"기회는 왔을 때 낚아채야지. 하지만 아직 폐하께선 내 곁으로 오지도 않으셨는데, 어쩌란 말이야."

"꽃단장도 하시고, 눈 밑에 크림도 좀 바르시고, 하여튼 그 인상을 좀……."

부하가 답답하다는 듯 머리를 쥐어뜯었다.

"하여튼 좀 방도를 강구해보세요!"

"아아. 알았다 알았어."

귀찮다는 투로 대답한 타시르가 하렘 문을 나서자, 부하가 놀라서 따라붙었다.

"소단주님? 지금 어디 가십니까? 도망가시나요?"

"도망이라니. 그냥 궁궐 구경이나 하려는 거야. 하렘 밖으로 나가지 말란 말은 없었잖아."

라틸이 도서관으로 가고 있는데, 옆에서 시종장이 조심스럽게 물어왔다.

"폐하, 라나문 님에게 따로 선물을 보내시겠습니까?"

라틸은 어리둥절해서 그를 쳐다보았다.

"선물이요?"

왜 뜬금없이 선물을?

"예. 보통 처음 은혜를 받은 후궁에게는 선물을 보내는 게 관례입니다."

"아아. 그렇구나."

라틸은 어색하게 고개를 끄덕였다. 첫날밤을 함께 보낸 건 맞지만 '첫날밤'을 치른 건 아닌지라 좀 난감했다. 끌어안고 잤다고 선물을 보내는 건 아닐 테니까.

"어…… 그래요. 보내주세요."

하지만 굳이 이런 걸 알려서 라나문을 망신 줄 필요는 없는지라 라틸은 그러라고 했고, 시종장은 뿌듯하게 웃으며 "예." 하고 대답했다. 라나문이 공신의 아들이라서 그런가. 아무래도 시종장은 개인적으로 라나문을 가장 좋아하는 것 같았다.

시종장이 멋진 선물 준비를 하겠다며 물러난 후, 라틸은 머리를 긁적이고 도서관 안으로 들어갔다. 오랜만에 진득하게 책이나 읽으며 마음을 평온하게 만들고 싶었다. 그러나 도서관 안으로 들어간 라틸은 그곳에서 뜻밖의 인물을 발견하고서 풋 웃음을 터트렸다.

"오늘 같은 날에도 책을 읽는 거냐?"

후궁으로 들어온 재상의 차남 게스타가, 볕 좋은 창가에 한쪽 다리만 걸친 채 앉아 독서 삼매경에 빠져 있었던 것이다. 매번 이 자리에 있는 사람이지만 설마 오늘도 올 줄은 몰랐던지라, 라틸은 놀리면서 다가갔다. 게스타는 눈이 휘둥그레져서 책을 내렸다.

"폐하."

라틸을 볼 때마다 늘 그러듯 오늘도 얼굴이 벌게진 그는, 눈조차 마주치지 못한 채 눈동자를 여기저기 돌려댔다. 도망갈 길을 찾는 눈치였다.

"이젠 안 도망가도 되잖아."

라틸의 장난스러운 말에 허둥거리던 게스타가 더욱 얼굴이 벌게졌다. 읽던 책이 방패라도 되는 양 꼭 끌어안은 채 시선을 바닥에 붙인 그는 옛날과 전혀 달라진 바가 없었다.

'유모가 애를 좀 잘 챙겨주라 했지.'

라틸은 속으로 떠올리고서 게스타의 옆으로 가 앉았다.

"폐, 폐하!"

화들짝 놀란 게스타는 이제야 고개를 들어 라틸을 처다보았다. 연한 갈색 눈동자가 잘게 흔들리고 있었다.

"이젠 안 도망가도 되는 거 아냐?

예전에 게스타는 라틸을 보고서 도망치다가 수상한 자로 오해받아 근위기사들에게 잡혀 온 적이 있었다. 이후 왜 도망쳤냐고 추궁을 받자, 라틸에게 좋아한다고 고백을 했고. 그 일을 꺼내 놀리는 것이었다.

"도망간 적 없습……니다."

"그 말 하면서도 찔리지?"

"……예."

게스타가 맥없이 수긍하자 라틸은 웃음을 터트렸다. 그렇지. 어릴 때 일이지만 기억이 없을 리가 없지. 라틸은 그가 좀 차분해지도록 기다리다가 물었다.

"어제 내가 안 가서 서운하고 그런 건 아니지?"

"저는……."

게스타는 제대로 말을 하지 못하고 시선을 이리저리 굴렸다. 얼굴이 벌게졌는데 '안 서운하다'고 말은 못 하는 걸 보니, 서운하긴 서운했던 모양이었다. 그 표정을 본 라틸은 게스타를 더 놀려보고 싫어졌지만, 그랬다간 울 것 같아서 가볍게 타박만 했다.

"넌 어째 성격이 변하질 않냐."

"이런 제가 싫으십니까?"

"아니. 어릴 때부터 귀엽다고 생각했어."

"폐하께선 늘 멋있으셨습니다."

"그래서 좋아했던 거야?"

"!"

라틸의 말에 게스타는 정말로 울 것처럼 눈동자가 그렁그렁해졌다.

아이고, 그만해야겠다. 라틸은 순둥이를 데리고 장난치는 걸 멈추었다. 대신 가만히 손을 뻗어 게스타의 손을 잡았다. 게스타는 머뭇거리면서도 라틸이 잡은 손에 힘을 주어서 같이 꽉 잡아 왔다.

"내가 너 보니까 걱정되어서 그러는데, 게스타."

"예, 폐하."

"누가 괴롭히면 울지 말고, 아니, 울어도 되니까 나한테 일러. 알았어?"

"괴롭히다니요?"

"다른 후궁들. 솔직히 전부 다 성격들이 좀. 나빠 보여서."

"아, 아닙니다. 다들 잘해……."

잘해준 건 아닌지 게스타는 말끝을 흐리더니 어색하게 웃었다.

"사실 아직 제대로 말을 섞은 분들은 없습니다."

"말 섞으면 성격 나쁜 거 너도 알 수 있을 거야. 어쨌든 문제 생기면 참지 말고 바로 불러. 알았어?"

"……."

"대답."

대답 대신 게스타는 우물거렸다. 그러고는 라틸의 손을 엄지로 조심스레 쓸어보다가 기어들어가는 목소리로 입을 열었다.

"왜 이런 말씀을 하십니까?"

"응?"

"왜 굳이 제게 이런 말씀을 하십니까?"

이어서 그는 어딘가 기대하는 눈으로 라틸을 바라보았다. 이번에는 라틸이 대답하지 못했다. 게스타의 눈동자를 보는 순간 강렬한 의구심이 솟아버려서. 혹시 얘, 아직 나 좋아하나?

게스타가 고백을 한 적이 있다지만 그건 진짜 어릴 때 일이고 딱한 번뿐이니, 당연히 지금은 마음이 변했을 거라 생각했는데. 지금 게스타의 눈동자는 아름답지만 차갑고 건조한 라나문의 눈동자나, 별을 박은 듯 예쁘지만 또라이 같던 클라인 황자의 눈동자와는 달랐다. 부드러우면서도 촉촉하게 잠겨 있었다. 온몸으로 '혹시 나 좋아하세요? 그렇다고 말해주세요'를 외치고 있었다.

진심으로 이렇게 나오는 상대에게는 거짓말을 하기 어려운 법이었다. 유모가 너 챙겨주래. 네가 좀 쭈글쭈글한 면이 있어서 신경 쓰여. 라틸은 솔직하게 말하지 못하고서 그냥 마주 보며 웃다가 제안했다.

"방 안에만 틀어박혀 있으면 건강 상해. 같이 산책이나 할까?"

"흐음. 확실히 넓군. 아주 넓어."

타시르는 뒷짐을 진 채 느긋하게 복도를 걸어가며 연신 감탄사를 터트렸다. 그러면서도 눈동자는 조금도 가만히 있지 않고 계속해서 움직였다. 부하는 타시르의 뒤를 쫓아가며 일부러 말을 걸지 않았다. 타시르는 괴짜 같은 면이 있지만 머리가 아주 비상한 후계자였다. 또한 무엇이든 허투루 지나치는 게 없었다. 지금도 말이 좋아서 '구경'이지, 사실상 궁 전체를 머릿속에 담아두고 있을 터였다.

그런데 중앙궁의 2층 복도를 지나갈 때였다. 저만치 떨어진 곳에 있는 커다란 문이 열리며 그 안에서 라트라실 황제가 나왔다. 당장 달려가서 인사를 올려도 부족하건만. 타시르는 황제를 보자마자 바로 기둥 뒤로 몸을 숨겼다. 부하는 얼결에 따라 숨으면서 작게 항의했다.

"이럴 때 가서 우연이라고 인사를 하셔야지, 왜 숨는 겁니까!"

대답은 없었다. 타시르는 쉿, 하는 수신호를 보내고는 황제 쪽을 숨어서 쳐다보았다. 선택권이 없는 부하도 끙 혀를 차며 다시 황제 쪽으로 고개를 돌렸다. 그러다 부하는 어? 하고 입을 벌렸다. 놀랍게도 황제의 뒤에 예상 못 한 사람이 붙어 있었다.

다른 후궁. 재상의 아들이라던 그 후궁이었다. 어제 서약식 이후 식사를 할 때, 한마디도 입을 열지 않고서 고개를 탁자에 처박고 있던 그 후궁. 소단주인 타시르가 날쌘 도베르만을 닮은 얼굴이라면, 그 후궁은 머리카락 색도 그렇고 살짝 내려간 눈매도 그렇고, 우울한 골든레트리버처럼 생긴 얼굴이었다. 성격이 온순한 데다가 숫기도 없고 조용하고 심약해 보여서 제일 만만한 후궁이라 생각했는데. 놀랍게도 그 후궁은 황제와 손까지 꼭 잡은 채 걸어가고 있었다. 부하는 눈을 끔뻑거리다가 손을 올려 자기 눈을 비볐다. 분명 골든레트리버를 닮았는데, 순간 엉덩이에 앙큼한 고양이 꼬리가 보인 것 같았다.

'도대체 하루 사이에 무슨 수를 쓴 거지?'

황제 일행이 사라지자마자 부하는 눈을 휘둥그렇게 뜨고 타시르를 쳐다보았다. 방금 그거 보셨냐고, 제일 얌전한 멍멍이가 어디서 꼬리를 구해다가 흔들면서 황제랑 손잡고 걸어가고 있다고 말하려 했다. 그러나 부하는 하고 싶은 말은 꺼내지도 못하고 입을 다물었다. 타시르가 눈을 가늘게 뜬 채 흥미 가득한 시선으로 사라진 황제와 게스타 후궁의 흔적을 살피고 있어서.

"소단주님?"

타시르의 저 표정은 흥미 신경이 확실하게 자극받았을 때나 드러나는 표정이었다.

"소단주님?"

부하는 괜히 불안해져서 타시르를 거듭 불렀다. 저 인간이 저런 표정을 하고 있을 때 어떤 일들이 발생했더라……? 유쾌한 일들은 아니었다. 절대로.

"그러네."

"예?"

"네 말이 맞다, 히얼란. 폐하의 눈에 들 방도를 찾아야겠어."

타시르의 입꼬리가 히죽 재밌다는 듯 올라갔다.

"제일 얌전한 고양이라고 안심했더니. 주인 취향이 딱 그 고양이
네?"

부하는 타시르의 표정을 불안하게 여기면서도, 타시르가 적극적
으로 나설 것 같은 태도를 보이자 기뻐하며 물었다.

"어떻게 하시려고요?"

"일단 네 말대로 꽃단장을 해야지."

"네, 네. 그리고요?"

"폐하의 과거를 조사해봐야지."

"예?"

부하가 입을 쩍 벌렸다.

"아니, 잘 나가다 왜 갑자기 스토커로 가십니까? 왜 꽃단장 다음
이 뒷조사인데요?"

"폐하 취향을 먼저 알아봐야 할 거 같아서."

"아. 취향."

"또 하나 더. 폐하께 첫사랑이 여태 없었을 수도 있지만, 있었을
수도 있으니까."

"아?"

"첫사랑이 있다면 깨지셨단 걸 테고. 첫사랑이 누군지 찾으면 대

충 어떤 스타일 좋아하시는지 나오고. 그러면 취할 건 취하고 버릴 건 버릴 수 있잖아?"

"되게 계산적이시네요. 최고입니다. 원래 하렘에선 머리를 잘 굴려야 하죠."

"그렇지?"

히죽 웃은 타시르는 황제가 간 곳과 반대 방향으로 몸을 돌렸다.

"돌아가자. 자세하게 계획을 짜봐야겠다."

하렘에 후궁들이 들어온 후 찾아온 두 번째 밤이었다. 클라인 황자는 전신 거울에 자신을 비추어보며 자신만만하게 말했다.

"오늘 밤은 당연히 나에게 오시겠지."

"그럴까요……?"

"당연하지 않으냐. 정치적인 이유로 첫날은 구렁이 같은 놈에게 가셨지만, 오늘은 나한테 오실 거다. 그분은 날 사랑하니까."

참으로 밑도 끝도 근거도 없는 자신감이었으나, 시종은 깜빡 넘어갔다. 성격이 아주 지랄 맞긴 했지만, 클라인 황자의 외모만큼은 누구보다도 아름다웠으니까. 저런 미남이 저렇게 당당하게 말할 때는 뭔가 이유가 있지 않을까? 시종은 그렇게 수긍했다. 하지만 시간이 아무리 지나도 황제는 찾아오지 않았다. 대신 자신만만하던 클라인의 입가에 초조한 기색이 찾아왔다.

"폐하께서 지금 어디에 있나 확인해보아라. 빨리."

클라인은 결국 가만히 기다리길 포기하고 시종의 등을 두드리며 채근했다.

"예. 나갑니다. 나가요."

시종은 얼결에 황급히 복도로 나와서 잠시 막막히 서 있었다. 폐하 위치를 어떻게 알아내지? 고민 끝에 시종은 직접 돌아다니면서 찾기로 했다. 사실 그 수밖에 없기도 하고.

그렇게 다른 후궁들의 방 근처를 일일이 돌아다니며 정찰을 한 결과, 시종은 알아차렸다. 황제가 두 번째 밤에는 누구도 찾지 않았다는 걸. 황제가 찾아오면 근위기사들이 방 주인의 문 앞에 대기하고 있는데. 오늘은 그런 기사들이 없었던 것이었다.

"폐하께서는 오늘 아예 하렘에 오시지 않았답니다, 황자님."

시종이 클라인에게 돌아와 이를 알리자, 클라인은 충격받은 얼굴로 입을 멍하니 벌렸다. 괴상한 냄새를 맡은 고양이 같은 모습이었다. 넋 나간 황자의 표정을 본 시종은 자기가 더 민망해서 얼른 자리를 비켜주었다.

누구의 방에도 찾아가지 않아 클라인을 놀라게 한 라틸은, 그날 밤 내내 방 안에서 일을 하며 밤을 새우고 있었다. 급히 내일까지 처리하고 싶은 안건이 발견되어서, 아예 빨리 해치워버릴 생각이었기 때문이다.

라틸은 새벽 5시까지 책상 앞에 붙어 있다가 아침 해가 뜨는 걸 보고서야 잠시 눈을 붙였다. 그러나 일어날 시간이 정해져 있기에 세 시간이 지나자 다시 눈을 떠야 했다. 부족한 잠에 머리며 어깨, 몸이 무거워졌지만, 라틸은 그래도 비척비척 일어나 간단하게 씻었다. 자주 입는 하얀 제복 차림을 하고서 머리카락은 하나로 올려 묶었다.

식사하기 전 '딱 30분만 더 자면 안 될까?' 하는 충동이 잠시 올라왔으나, 라틸은 극도의 인내심을 발휘해 이 유혹도 참아냈다. 그런데 방문을 열고 나오니 생각지도 못한 인물이 벽에 기대어 서 있었다. 라나문. 라나문 아트락시였다.

"라나문?"

라나문의 방문은, 클라인 황자가 의자를 가져다 두고 문 앞에서 독서하는 걸 보았을 때만큼 놀랍진 않았다. 하지만 충분히 예상외였고 놀라웠다. 얘는 클라인처럼 다짜고짜 밀고 들어오는 성격이 아닌데? 왜 아침부터 찾아온 거지? 라틸은 당황해서 그에게 다가갔다.

"왜 여기 이러고 있어?"

그러나 라나문은 가볍게 인사를 올리자마자 차가운 얼굴로 딱딱하게 말했다.

"드릴 말씀이 있습니다."

아침부터 기다리고 선 사람답지 않은 말투였으나, 라틸은 라나문이 원래 이런 성품이란 걸 알기에 태연히 무시하고 물었다.

"아침 식사 했어?"

"안 먹었습니다."

"같이 먹으면서 얘기하지. 나 지금 식당 가거든."

라틸이 턱 끝으로 복도를 가리키자, 그 신호를 알아본 시종 하나가 먼저 식당으로 달려 내려갔다. 식당에 1인분을 더 준비해두란 지시를 내리러 간 것이니, 라틸과 라나문이 그쪽에 도착할 때는 감쪽같이 테이블에 2인분이 차려져 있을 것이다.

라나문도 무척 급한 것처럼 말을 꺼내놓고서는, 라틸이 함께 식사를 청하자 그건 또 거절하지 않았다. 게다가 할 말이 있다면서 식당에 도착할 때까지 아무 말도 하지 않았다.

식당에 도착해 자리를 잡고 앉자, 짐작했던 대로 2인분의 식사가 이미 준비되어 있었다. 고구마로 만든 샐러드와 부드러운 수프, 바삭하게 구운 빵이었다. 라틸은 자기 자리에 앉은 뒤 샐러드를 입에 넣으며 '말해보라'는 눈짓을 보냈다. 라나문은 그제야 입을 열었다.

"보내신 선물을 받았습니다."

'아. 어제 시종장이 첫날밤을 기념할 선물을 보낼 거라 했지.'

벌써 보낸 모양이다. 라틸은 그 선물이 뭔지도 모르지만, 일단 웃으면서 물었다.

"마음에 들어?"

그러나 돌아온 대답에는 웃음기 하나 없었다.

"왜 보내신 겁니까?"

라틸은 포크를 문 채 한쪽 눈썹을 들어 올렸다.

"왜 보냈냐니?"

"시종장의 전언으로는, 첫날밤을 보낸 걸 축하한다던데."

"맞아."

라나문의 표정이 더욱 굳어졌다. 그는 잠시 라틸을 강렬한 눈으로 쳐다보다가 말했다.

"폐하께서도 아실 텐데요. 그날 밤, 폐하께서는 절 취하지 않으셨습니다."

"그래서. 선물을 받는 게 부당하다는 거야?"

"예. 돌려드리겠습니다."

자존심 덩어리라더니…… 진짜네. 라틸은 속으로 혀를 찼다. 다른 사람들이라면 그냥 그러려니 넘어갈 텐데. 그걸 또 돌려주겠다며 찾아온 걸 보자, 아트락시 공작이 저 아들을 용케도 후궁으로 들여보냈다 싶었다. 하지만 놀라운 건 놀라운 거고. 라틸은 일단 라나문의 거절을 대번에 거절했다.

"돌려줄 필요 없어."

"저는……."

"첫날밤을 어떻게 보냈든, 너는 내 남자잖아. 나는 내 남자에게 선물을 보낸 것뿐이고. 첫날밤을 보낸 기념으로 받기 싫다면 같이 손잡고 잔 기념이라 생각해. 그러면 되잖아?"

라나문은 전혀 아니라는 표정이지만, 라틸은 무르는 대신 딱 잘라 말했다.

"네 거야. 선물을 방 안에 쌓아두고 사용하지 않더라도 네 거라고."

그 단호한 말에 라나문이 아까보다 훨씬 차가운 목소리로 물었다.

"선물을 주시기 전에 폐하를 주실 마음은 없는 겁니까?"

라틸은 라나문만큼 단호하게 대답했다.

"아직 없는데."

"그러면 제가 드릴 테니 우선은 받기만 하시지요. 그건 됩니까?"

"무서워서 그것도 별로."

"무섭다니요?"

"표정만 봐서는 주고 싶단 게 주먹인 것 같아서."

"……."

"농담이야."

라나문의 표정이 일그러지자, 라틸은 웃으면서 포크를 들어 올린 다음 그의 접시를 '팅' 가볍게 내리쳤다.

"천천히 가자 천천히. 우리 아직 얼굴 제대로 맞댄 거 다섯 번도 안 된 거 알아?"

"……압니다."

"그러니까. 평생 너 내 남자일 거잖아. 근데 뭐가 그리 급해?"

"!"

"천천히 가자."

"소문으로 듣긴 했지만 진짜 자존심이 엄청나네. 저 자존심으로 성을 쌓는다면 아주 난공불락의 요새가 되겠어."

라나문이 나간 후 라틸은 혀를 차며 중얼거리다가, 서넛이 입꼬리를 슬쩍 올리고 있는 걸 발견했다. 턱에도 힘이 꽉 들어간 모습이, 웃음을 참으려는 듯 연신 입술에 힘을 주긴 주는데, 잘 주체가 되지 않는 것처럼 보였다.

"서넛 경? 뭐 좋은 일 있습니까?"

그사이에? 라틸이 어리둥절해 묻자, 서넛은 잠긴 목소리로 대답했다.

"있습니다."

그러고는 잠시 호흡을 정리하더니, 아까처럼 웃음을 참는 표정이 아니라 가벼운 미소만 입가에 띠고서 라틸은 지그시 바라보았다. 그게 더 수상해 보여서 라틸은 다시 캐물었다.

"좋은 일이 뭡니까? 좋은 일은 나누면 두 배라는데. 같이 들읍시다."

"안 됩니다. 안 가르쳐드릴 겁니다."

"아. 치사해."

"제가 소중하게 간직한 이야기라, 쉽게 들려드릴 수가 없습니다. 죄송합니다."

"그래도 치사해."

"이 정도는 치사해도 됩니다."

더 캐묻고 싶지만 그건 지나치게 사적인 영역을 침범하는 거겠지. 라틸은 서넛의 좋은 일이 무엇인지 아직 궁금했지만, 계속 무슨 일이냐고 묻는 대신 공적인 질문으로 넘어갔다.

"알았어요. 그럼 편지 조사는? 그건 어떻게 되어가고 있습니까?"

서넛도 좀 더 진지해진 표정으로 대답했다.

"혼자서 처리하다 보니 생각보다 일이 빨리 진행되지 않습니다."

"그렇죠."

라틸은 고개를 끄덕거리며 그의 말을 수긍했다. 그럴 것이다. 기밀로 진행해야 하는 일인데, 그걸 완전히 혼자서 맡고 있으니. 수사는 아주 극히 예외인 경우를 제외하고는 인력을 많이 투입할수록 진행 속도가 빨라진다. 그런데 안 그래도 바쁜 사람이 수사를 혼자서, 그것도 몰래 하고 있으니 속도가 나는 게 더 이상했다.

"내가 도와줄 건 없습니까?"

생각해보니 고맙기도 하고 미안하기도 해서 라틸이 묻자, 서넛은 가볍게 대답했다.

"한번 웃어주시면 좋겠습니다."

"누구한테요?"

"저한테요."

"농담 말고. 진짜 도와줄 거 없습니까? 부담 가지지 말고 말해요. 서넛 경이 빨리 조사를 끝내는 게 나한테도 좋으니까."

"……"

진짠데, 서넛은 작게 중얼거리면서도 라틸의 말에 수긍했는지 잠시 생각하다가 부탁했다.

"그러면 폐하께서 멜로시에 있을 때 '공식적'으로 받은 321통의 편지 말입니다. 그건 제가 확인할 수 없으니, 기밀이나 지나치게 사적인 내용을 빼고 '누구에게서 온 어떤 목적의 편지'란 것 정도만 적어주실 수 있겠습니까? 관리자에게 받아온 목록과 확인해보고 싶습니다."

반년간 받았던 편지라지만, 한창 바쁜 시기였기 때문에 양이 어마어마했다. 라틸은 321통의 편지를 정리하다가 밤 11시가 되자 펜을 내려놓았다. 어제도 밤을 새우며 업무를 보았는데 오늘까지 온종일 일하려니 몹시 피곤했고, 자꾸만 다른 생각이 났다. 펜을 내려놓은 라틸은 괜히 서랍을 뒤적거리며 시간을 보내다가, 서류 속 초상화를 발견하고 멈칫했다.

'이거……'

라틸은 초상화를 꺼내 들여다보았다. 후궁 지원 서류 때 함께 온 칼라인의 초상화였다. 얼굴이 마음에 들어서 들인 유일한 후궁. 그 초상화는 다시 보아도 라틸을 혹하게 했다. 퇴폐적인 아름다움. 이런 얼굴을 하고 있으면서 '용병왕이 눈 돌아가게 잘생겼다더라'는 소문이 안 난 게 신기할 정도였다.

라틸은 칼라인을 그린 그림을 빤히 바라보다가 초상화를 서랍 안에 다시 넣었다. 그러고 보니 이 남자와는 아직 한 번도 말을 섞어본 적이 없지. 서약식 때 보긴 했지만 워낙 정신이 없었고 가까이에서는 보지도 못했다.

'계속 궁금했는데. 어차피 오늘은 더 일하기도 글렀겠다, 한번 찾아가볼까? ……그래. 찾아가자. 내 후궁이잖아.'

생각을 마치자마자 라틸은 얼른 가벼운 망토를 걸치고 침실 밖으로 나갔다. 라틸이 나가자 대기하고 있던 시녀가 얼른 다가왔다.

"시키실 일이 있으십니까, 폐하?"

"칼라인에게 찾아가겠다고 사람을 보내거라."

"예, 폐하."

라틸은 그로부터도 15분 정도 방 안에서 서성거리다가 복도로 나갔다. 밤이지만 복도는 일정한 간격으로 매달아둔 등불 덕분에 운치 있게 밝았다.

밤공기는 서늘했지만 밤바람은 아련한 향수를 자극했고, 풀벌레 소리가 여기저기서 들려왔다. 인공 호수를 지날 때는 졸졸 물소리가 났다.

무심하게 걸어가다가 라틸은 잠시 회랑에 멈춰 서서 호수를 쳐다보았다. 저 인공 호수. 저 안에서 하이신스과 물을 튀기며 장난치다가 시종장에게 걸려 혼이 난 적이 있었다.

"……"

흠뻑 물에 젖은 갈색 머리카락 사이로 드러난 회색 눈동자는 부서지는 햇살처럼 아름다웠다. 그는 환하게 웃으며 라틸의 심장에 노크했다. 심장이 지끈거리는 느낌에 라틸은 저도 모르게 심장 위를 짚을 뻔했다. 그러나 그것도 잠시였다. 내가 뭘 하는 거야? 회의감이 든 라틸은 심호흡을 했다.

'떠나간 남자야. 결혼한 남자라고. 잊기로 했잖아.'

라틸은 두 손으로 자신의 뺨을 꽉꽉 눌러 일부러 미소를 만들었다. 그 모습을 쭉 지켜본 기사는 황제가 이상하다고 생각했지만, 입

밖으로 표현하지는 않았다.

라틸은 그렇게 마음을 정리하고서 하렘으로 들어갔다.

칼라인은 문과 문 사이, 즉 침실과 바깥문 사이의 복도에 나와 있었다. 라나문 때와 달리 미리 연락을 받아서 나와 있는 듯했다.

라틸은 '나와서 기다렸네?' 하고 말을 하려다가 그를 보고서 어색하게 웃었다. 생각해보니 지금 하는 말이 처음 나누는 말인데. 아무 말이나 하긴 좀 그렇지 않나?

무슨 말을 할까. 라틸은 이 생각을 하며 그를 물끄러미 바라보았다. 하지만 말을 건네기 전 칼라인이 먼저 한 손으로 문을 열어 잡아주었다. 그러고는 라틸이 방 안으로 들어가자, 직접 문을 닫더니 문 앞에 선 채 라틸을 강렬한 눈으로 바라보았다. 눈에 힘을 준 건 아닌데. 분명 아닌 거 아는데. 신기할 정도로 강렬한 눈매였다. 초록색 눈동자는 따뜻해 보이기보다는 음산해 보였다.

라틸은 그를 멍하니 바라보다가 마른침을 삼켰다. 초상화를 보고서도 감탄하긴 했는데. 그 초상화는 이 남자의 섹시함을 10퍼센트도 담아내지 못한 것 같았다.

정말…… 정말로 섹시한 분위기였다.

'그런데 이제 뭐라고 하지? 뭔가 황제답게 딱 멋지게 말해야 하는데…….'

그때였다.

"기다렸습니다, 주인."

다가온 칼라인이 라틸의 목덜미로 입술을 가져다 대며 속삭였다.

"아주 오랫동안……."

다짜고짜 목덜미라니? 의구심을 표현하기도 전에 그가 목덜미에 대고 숨을 들이쉬었다. 차가운 숨결이 목 부근에서 느껴지자 솜털이 돋으며 이상한 기분이 들어서 라틸은 눈을 옆으로 굴렸다. 왜 냄새를 이렇게 맡지? 칼라인은 마치 라틸의 향기를 전부 맡고 싶다는 것처럼 굴고 있었다.

"어…… 안녕."

덕택에 '첫 대화는 뭐로 해야 할까' 하고 궁리하던 게 싹 날아가 버렸다. 저절로 아무 말이 튀어나왔다. 그러나 라틸이 어색하게 인사를 건네도, 칼라인은 여전히 라틸의 목덜미에 코를 박은 채 떨어지지 않았다. 피부에 차가운 숨결이 닿자 라틸은 괜히 등줄기가 간지러워졌다.

아니, 그보다 얘 뭐지? 왜 숨 쉬는데 차가워? 라틸은 좀 오싹해져서 슬쩍 몸을 뒤로 물렸다. 그제야 칼라인은 고개를 들었다. 몹시 아쉽다는 얼굴로.

라틸은 잠시 그 표정을 멍하게 바라보다가 멋쩍게 웃었다.

"딱 이틀 기다려놓고서는 오랫동안이라니."

대화고 뭐고 만나자마자 페로몬부터 뿌려대는 상대에게 던지는 말꼬리 잡기였다. 아무 의미도 없는. 그러나 '이틀' 이야기를 듣자 칼라인의 입꼬리가 미묘하게 올라갔다.

"이틀 기다린 거 아니야?"

그 표정을 본 라틸이 옳다구나 싶어서 묻자, 칼라인의 입꼬리가 조금 더 올라갔다.

"그보단 더 오래 기다렸지요."

"후궁 서류 넣은 후부터……?"

'하긴. 따지자면 그때부터 기다린 게 맞긴 하지.'

"그보다도 더 오래 기다렸습니다."

라틸은 눈을 끔뻑거렸다. 그보다 더 오래 기다렸다고?

"옛날부터 날 알았단 소리인가?"

라틸은 머리를 굴렸다. 예전에 내가 칼라인을 본 적이 있나? 아니. 없다. 저런 얼굴은 스쳐 지나가도 뇌에 새겨질 텐데. 분명 본 적 없는 얼굴이었다.

그러면 용병왕을 만난 적은 있나? 상대가 얼굴을 가리고 있다거나, 그런 상태로? 이번 대답도 '아니오'였다. 라틸은 용병왕을 따로 만난 적도 없었다.

"태어나실 때부터 알았습니다."

라틸이 영 답을 찾아내지 못하자 결국 칼라인이 직접 정답을 알려주었다.

"아. 그래?"

'하긴. 내 존재라면 뭐, 국민은 물론 외국인들도 알 테니까.'

라틸은 칼라인의 대답을 혼자 해석하고 수긍했다.

'그럼 일찍부터 나랑 결혼하고 싶었는가 보네.'

황자나 황녀의 연인이 되길 바라는 어린아이들은 얼마든지 있다. 라틸은 칼라인이 지금은 퇴폐적인 매력이 넘치는 미남이지만, 한때는 그런 귀엽고 파릇한 꿈을 꾼 소년이었던 거라 해석하고 웃었다.

그러나 대화가 끝나자마자 칼라인이 다시 다가와 라틸의 목덜미에 코를 묻는 바람에, 라틸은 또 놀라 펄쩍 뛰었다.

아니, 얜 뭔데 자꾸 돌진부터 하는 거지?

"잠시만."

놀라 머리를 밀자 순순히 물러나면서도, 칼라인은 마치 잡아먹고 싶은 먹이를 보듯 라틸의 목덜미를 집요하게 바라보았다. 라틸은 손으로 오른손 목덜미를 가리며 뒷걸음질 쳤다. 얘 뭔데 자꾸 내 목에 집착해? 하지만 소용없었다. 오른쪽을 가리자, 칼라인은 왼쪽 목덜미를 노렸다. 라틸이 황급히 왼쪽 목덜미까지 가리자 그는 적반하장으로 묻기까지 했다.

"왜 자꾸 가립니까, 주인?"

"그야 네가 자꾸 목을…… 아니, 근데. 넌 왜 자꾸 날 주인이라 불러?"

노예도 아니고 주인 주인. 그것도 주인님도 아니라 주인이라니. 좀 마니악한 호칭 같아서 괜히 기분이 이상했다.

"주인이니까."

"폐하라고 해."

"글쎄. '주인' 쪽이 더 좋은데."

"폐하라고 해."

안 그래도 야하게 생긴 놈이 '주인 주인' 불러대면, 사람들이 널 이상하게 보겠냐, 날 이상하게 보지?

딱 잘라 말하던 라틸은, 칼라인이 세 걸음 만에 곁으로 다가오더니 자연스럽게 라틸의 팔을 목에서 치우는 바람에, 놀라서 그의 머리를 이마로 박아버렸다. 용병왕이라더니. 통증에도 강한 듯, 칼라인은 이마를 맞고서도 웃으면서 목덜미에 또 얼굴을 묻으려 들었다.

"머, 멈춰."

라틸이 명령을 내리자 그래도 말을 듣긴 했다. 칼라인은 천천히 고개를 들어 라틸을 바라보았다.

'뭐야 얘. 훈련이 될랑 말랑 하는 반야생 늑대 같아.'

라틸은 손을 들어 칼라인을 떼어내기 위해 그의 얼굴을 잡았다. 그러나 칼라인이 그대로 라틸의 손가락을 입에 담아버리는 바람에 더욱 소스라치게 놀라 외쳤다.

"으헉! 그걸 왜 물어!"

라틸이 기겁하거나 말거나, 칼라인은 라틸의 손을 핥으며 눈꼬리를 휘었다. 라틸은 심장이 찌그러지는 기분에 숨조차 쉬지 못했다.

야했다. 섹시한 게 아니라 정말로 야한 놈이었다. 이건 섹시하단 말로는 표현하기 어려웠다. 게다가 뾰족한 이 끝으로 살짝살짝 손가락을 깨물다 말기를 반복하더니, 손가락에서도 열기가 올라올 지경이었다.

라틸이 손가락을 빼내자 칼라인은 그대로 곧장 팔을 따라 입을 맞춰 왔다. 눈 깜짝할 사이 라틸은 칼라인의 밑에 깔려버렸고, 어느새 칼라인은 그토록 소원하던 라틸의 목덜미에 매달려 있었다.

능숙하게 그의 손이 귓가와 목을, 어깨를 만지다가 망토의 끈을 건드리는 순간, 라틸은 뒤늦게 제정신을 차리고서 "멈춰!" 하고 다시 외쳤다. 명령은 잘 듣는 칼라인이 이번에도 우뚝 멈추긴 했다. 그러고는 시선을 들어 라틸을 내려다보았다. 후궁이 아니라 커다란 늑대 밑에 깔린 기분에, 라틸은 심장이 터질 것 같아 마른침을 삼켰다.

"내려가."

"……"

그나마 다행인 건 말은 잘 듣는 늑대라는 정도일까.

칼라인이 옆으로 내려가자마자 라틸은 몸을 세 바퀴 굴려 옆으로 물러난 후, 여유분의 베개를 가져다가 침대 중앙에 놓으며 경고했다.

"너, 이거 넘어오지 마."

그게 유치하게 여겨졌는지 칼라인은 베개를 기도 차지 않는다는 듯이 내려다보다 물었다.

"……자러 오신 거 아닙니까, 주인."

하지만 라틸은 도발에 넘어가 베개를 치우는 대신, 다시 한번 단호하게 지시했다.

"잠만 자고 갈 거야. 넘어오지 마."

"잠버릇 심하십니까?"

"그걸 왜 물어?"

"심하십니까?"

"나 잠든 사이에 슬쩍 베개 치우거나 위치 이동하지 마. 여기 이 조각상 아래로 직선 위치 내가 딱 기억했어."

"심하십니까?"

"안 심해. 난 완전 일자로 칼같이 누워 잔다고! 옮기면 바로 아니까 머리 굴리지 마!"

이제야 흠, 아쉽다는 듯 베개 너머에 머리를 붙이는 칼라인을 보며, 라틸은 식식 숨을 내쉬었다.

아침에 눈을 뜬 라틸은 옆에 놓인 빈 베개를 멍하니 바라보았다. 왜 베개가 비어 있지?

'아. 맞아. 내가 칼라인한테 이 베개 넘어오지 말라고 했지.'

라틸은 천천히 몸을 일으켰다. 다행히 베개는 멀쩡하게 놓여 있었다. 칼라인은 침대 머리 판에 기대어 앉은 채 라틸을 내려다보고 있었고, 라틸과 눈이 마주치자 칼라인은 웃으면서 베개를 가리켰다.

"침대 조각상 좌측 기준으로 직선. 안 건드렸습니다."

"좋아. 잘했어."

"⋯⋯."

"뭐야. 왜 웃어?"

"아니, 아닙니다."

왜 저러는 거야? 뭐가 웃기다고 저러고 웃지? 라틸은 괜히 찝찝한 기분에, 칼라인을 경계하며 침대에서 내려왔다. 발이 땅에 닿고서야 라틸은 자신이 망토도 벗지 않은 채 누웠단 걸 깨달았다. 아니, 어제 저 목덜미 귀신을 피해 급하게 눕느라 아예 옷이 그대로였다. 하지만 이제 와서 옷을 벗기도 뭐해서, 라틸은 눈을 비비며 문가로 갔다.

"나 간다."

멀뚱히 가고 있으려니 칼라인이 가까이로 다가왔다. 설마 똑 목덜미를 노리는 건가 싶어 주춤했으나, 그는 목덜미에 코를 박는 대신 반쯤 풀어진 망토 끈을 묶어주었다.

"이렇게 해야 바닥에 망토가 안 끌립니다."

'뭐야. 해가 뜨니까 멀쩡해졌잖아?'

"손가락 기네."

칼라인의 길쭉한 손가락이 자신의 쇄골 부근에서 움직이는 걸 내려다보다가, 라틸은 괜히 쑥스러워져서 칼라인의 속눈썹을 바라보았다. 내리깐 속눈썹은 그의 머리카락과 같은 연한 금색이었다.

"마음에 드십니까?"

"⋯⋯어? 어. 예쁘네."

"제가, 손으로 하는 건 다 잘합니다."

아. 속눈썹 얘기가 아니었구나. 자기 예쁘냐고 묻는 건 줄 알았다. 라틸은 하하 솜씨 좋다면서 어색하게 덧붙였다.

마침내 망토 리본을 다 묶어준 칼라인은 냉담하게 웃으면서 문을 열어주었다. 라틸은 그제야 칼라인을 다시 똑바로 보았고, 조금 놀라운 점을 발견했다. 밤새 잠을 잔 건 마찬가지일 텐데. 그는 신기할 정도로 머리카락 한 올 흐트러지지 않은 채였다. 게다가 어젯밤 그렇게 적극적으로 돌진할 때는 언제고. 밤에 또 오란 말은 없다. 그 자존심 덩어리 라나문도 한 말인데.

'이상한 남자야.'

라틸은 문을 나가기 전 힐긋 그를 돌아보았다. 칼라인은 알 수 없는 표정으로 라틸을 바라보고 있었다. 라틸은 나가려다가 다시 돌아와 그를 불렀다.

"칼라인."

"네, 주인."

"……너, 오래전부터 날 기다렸다 했잖아. 진짜로는 언제부터 안 거야?"

"실은……."

"실은?"

"태어나기 전부터."

"……."

라틸은 문을 닫고 나갔다.

이상한 녀석이야.

하렘을 나가며 라틸은 칼라인에 대해 생각했다. 라틸은 기사들과는 잘 어울렸지만, 용병을 본 적은 없었다. 그러다 보니 구분이 가지 않았다. 용병들은 다들 저렇게 제멋대로일까? 굳이 '폐하' 대신 '주인'이라 부른다거나, 태어나기 전부터 알고 있었단 농담을 하고? 아니면 그냥 칼라인이 특이한 건가?

'외모는 생각보다 더 섹시하긴 하지만.'

그런데 막 하렘 문을 나서려는 때였다.

"폐하!"

누군가 멀리서부터 라틸을 불렀다. 라틸은 심드렁하게 고개를

돌렸다가 깜짝 놀랐다. 클라인 황자였다. 라나문과 쌍벽을 이룰 정
도로 거만한 클라인 황자가 돌길을 열심히 달려오고 있었다.

'클라인 황자?'

체통을 집어 던진 채 필사적으로 달려오는 모습이 안 되어 보여
서, 라틸은 일단 기다려주었다. 멀뚱히 보고 있자니, 바로 앞까지
다가온 클라인 황자는 뒤늦게 어색하게 헛기침을 했다. 자기가 어
떤 꼴로 달려왔는지 이제야 자각이 된 모양이었다.

"할 말이 있느냐?"

그래도 저렇게 올 정도면 급한 볼일이 있겠지. 라틸은 그렇게 생
각하며 물었다. 클라인 황자는 바로 대답했다.

"꼭 이렇게 절 가지고 노셔야 합니까?"

아니, 항의했다.

그러나 라틸이 이해하기 어려운 말이었다. 가지고 놀다니? 내가
언제? 클라인과는 말도 거의 나누지 않았는데, 가지고 놀고 뭐고
할 틈이 있나?

어리둥절해 쳐다보자, 클라인 황자는 거듭 상처받은 얼굴로 말
을 이었다.

"제 질투심을 자극하시려는 거라면, 네. 제대로 하셨습니다."

"……뭐?"

"인정하겠습니다. 내내 폐하 생각 외엔 할 수가 없었습니다. 이
제 만족하십니까?"

"?"

"이게 목적 아니었습니까?"

"내가?"

한숨을 내쉰 클라인 황자는 고개를 절레절레 젓고서, 새파란 눈으로 라틸을 쳐다보았다. 또라이지만 참으로 맑고 예쁜 눈이었다. 맑은 날의 하늘처럼.

라틸은 문득 생각했다. 하늘은 너무 넓고 깊어서 그 끝을 알 수 없다고 하지. 클라인 황자의 눈동자에는 그런 하늘이 그대로 담겨 있다. 자신이 저 황자의 깊고 넓은 머릿속을 이해할 수 없는 건, 그래서가 아닐까?

"클라인."

"예, 폐하."

"난 네가 정말로 신비하다고 생각해."

"폐하……."

"언젠가는 네 머릿속을 한번 들여다보고 싶다. 진심으로."

"말씀도 야하게 하시긴. 노골적이십니다."

"내가?"

'내 말 어디가?'

칭찬을 한 적이 없는데 어디를 칭찬으로 해석한 건지, 클라인이 눈을 휘며 웃었다.

라틸은 그를 빤히 바라보다가, 넓은 어깨를 툭툭 두드려주고서 하렘 밖으로 나갔다. 하는 말의 90퍼센트는 이해할 수 없었지만,

그래도 클라인이 어떤 이유로 섭섭해하고 있단 건 알 수 있었다.

라틸은 자신의 방으로 돌아간 후. 시종장에게 칼라인과 클라인 두 사람 모두에게 선물을 보내라 지시했다.

"클라인 황자도 말씀입니까?"

"많이 섭섭해하는 눈치더라고요."

"섭섭하기야 다른 후궁분들도 마찬가지이실 텐데요."

"클라인은 일단 외국에서 오기도 했고, 신분이 가장 높은 후궁이잖아요."

하이신스가 보낸 첩자일 가능성이 있지만, 어쨌건 대외적인 신분만큼은. 게다가 성격 역시 거만하고 자존심이 강하지. 같이 밤을 지내진 못하더라도 체면은 세워주는 게 나을 것 같았다.

"아, 사블레 후작. 하나 더요."

"예, 폐하."

"그…… 칼라인이요."

"예."

"과거를 좀 조사해줘요."

"수상한 점이라도 있습니까?"

"아, 그건 아닌데."

그냥 여러모로 여자 경험도 많을 것 같고. 게다가 자꾸 옛날부터 알았다고 하는 게 좀 의아하기도 하고. 라틸은 말을 할까 말까 망설였으나, 그래도 너무 구체적인 사유를 세세히 말하기는 머쓱해서 일단 알아봐달라고만 부탁했다.

"철저하게 조사해 바치겠습니다."

하지만 시종장은 라틸의 얼버무림을 나름대로 해석하고는, 귀엽다는 듯 웃고서 밖으로 나갔다.

'어…… 되게 애먼 생각 하고 가신 거 같은데.'

라틸은 시종장의 미소를 보고 당황해서 손을 위로 올렸으나, 붙잡고 아니라 변명하는 게 더 이상할 것 같아서 결국 손을 도로 내렸다.

'에이 몰라. 오해하면 또 뭐 어때?'

라틸은 머리를 벅벅 긁고서 욕실로 들어갔다. 그런데 욕조 안에 들어가 거품을 가지고 눈사람을 만들면서 장난을 칠 때였다. 밖에서 다급하게 라틸을 부르는 소리가 났다.

"들어오라."

명령을 내리고서 상체를 일으키자, 문이 열리고 시녀 하나가 들어와 무릎을 꿇었다.

"무슨 일이냐?"

라틸이 묻자 시녀는 황망한 얼굴로 보고했다.

"폐하. 급히 '사자의 궁'으로 가보셔야 할 것 같습니다."

사자의 궁은 말이 좋아 궁이지, 사실상 작은 집들이었다. 죽은 자들을 위한 집. 그리고 그 집 아래 지하에 안치되어 있는 건 역대 황제 부부들의 시신이었다.

"무슨 일이더냐?"

라틸은 바로 욕조에서 일어나며 물었다. 무슨 일인지 몰라도 이 시간에 그곳으로 가야 한다면 나쁜 일일 터였다. 시녀의 표정도 그렇고.

"선제 폐하의 집 위에 누군가 검정색 염료로 이상한 낙서를 해 두고 갔다 합니다!"

"낙서?"

역시나. 어마어마한 일이었다. 라틸의 목욕 시중을 들던 시녀들이 작게 비명을 터트렸다. 라틸은 수건을 빼앗듯 들고는, 목욕 가운도 걸치지 않은 채 스스로 대충 물기만 닦고서 황급히 나갔다.

'선대 황제의 무덤에 낙서라니?'

말도 안 되는 일이었다. 라틸은 서둘러 옷을 입고 밖으로 뛰어나가, 사자의 궁 앞까지 한달음에 달려갔다. 라틸은 궁 근처에 가자마자 우뚝 멈춰 서서 짧게 숨을 토했다.

'사자의 궁'은 겉으로 보기엔 아담하고 아름다운, 평화로운 단층 가정집처럼 보였다. 그런데 그 가정집의 정면을 새까만 도료가 흉하게 덮고 있었다. 가까이에서 보면 그냥 확 확 멋대로 그은 선의 무리 같았으나, 떨어져서 보면 'V' 아래에 '_'를 그린 것이었다.

"무엄한 놈이……!"

라틸은 화가 나서 이를 부드득 갈다 물었다.

"이곳의 담당자는 누구지?"

라틸이 묻자마자, 이 지역을 담당하는 1경비단 소속 병사 두 명이 얼른 다가왔다. 이 일로 큰 벌을 받진 않을까 두려워하는 얼굴들이었다.

"언제부터 이랬느냐?"

라틸은 실제로도 벌을 내릴까 말까 생각하며 물었다. 약간이라도 책임의 여지가 있을 시, 엄중하게 벌할 생각이었다.

"잠시 교대하는 사이에 벌어진 일입니다."

"교대 시각은 오전 6시였습니다."

"교대할 땐 아무도 없었나?"

"예, 폐하. 7분 정도 자리가 비게 됩니다."

"이전 근무자는 누구냐."

라틸의 질문에, 번갈아 대답하던 병사 두 명의 뒤쪽에서 다른 병사가 앞으로 튀어나왔다.

"신이옵니다, 폐하."

"네가 경비를 설 때는 이 낙서가 있었느냐?"

"없었습니다."

"수상한 자의 흔적은?"

"없었습니다."

"없었는데 7분 사이에 이걸 그리고 튀었다고? 도료를 담은 통만 들고 와도 티가 났겠다! 수상한 자가 없던 거냐, 있는데 몰랐던 거냐?"

라틸의 목소리가 갑자기 팍 높아지자, 병사들이 찔끔해서 시선을 내렸다. 쓸모없는 놈들이란 소리가 저절로 튀어나올 뻔한 걸, 라틸은 가까스로 눌렀다. 라틸은 병사들을 더 타박하는 대신, 호흡을 가다듬으면서 병사들에게 원위치로 가란 손짓을 했다.

"기사단장."

병사들이 불안해하면서도 일단 원래의 대열로 돌아가자 라틸은 이번엔 서넛을 불렀다. 평소와 다른 라틸의 목소리에 서넛도 진지한 표정으로 앞으로 나섰다.

“예.”

“관련자들의 책임 여부를 파악하라.”

라틸은 평소처럼 서넛에게 존댓말도 써주지 않았다. 이 일에 사적인 감정을 섞지 말고 제대로 수사하라는 무언의 신호였다.

“네.”

그때였다. 가장 처음으로 현장을 발견했다던 병사가 조심스럽게 손을 들었다.

“저어…… 폐하. 표식뿐만이 아닙니다. 근처에 이 편지 봉투 역시 떨어져 있었습니다.”

라틸이 휙 고개를 돌려 보자, 병사는 순간 놀라서 뒤로 물러났다. 그러다가 실수를 뒤늦게 깨닫고는 얼른 앞으로 나서며 편지를 두 손으로 내밀었다. 라틸은 편지를 받아서 휙휙 위아래와 앞면 뒷면을 살폈다. 발신인과 수신인이 적혀 있지 않은 편지였다.

‘범인이 두고 간 건가?’

일단 가져가야겠다 싶어서, 라틸은 편지를 챙기며 명령했다.

“경비단장!”

“예, 폐하.”

“따라오라.”

라틸은 집무실에 들어가자마자 의자에 앉지도 않고서 바로 명령했다.

"어떤 자가 한 짓인지 반드시 밝혀야 한다. 이 사건은 황실 모독이다. 좋지 못한 사건으로 돌아가신 선황제에 대한 불경이다. 알았느냐?"

"예, 폐하."

그 바람에 경비단장도 들어오다 말고 얼결에 문간에서 부복하며 대답했다.

"감히……."

그래도 흥분이 가라앉지 않아서, 라틸은 주먹을 꽉 쥐고서 씩씩거렸다. 안 그래도 좋게 돌아가시지 않은 아버지인데. 죽어서 이런 모욕까지 당했다 생각하자 분노가 치솟았다. 그러나 라틸은 곧 빠르게 이성을 찾았다. 지금은 이럴 때가 아니었다. 혼자서 분노를 할 게 아니라 범인부터 찾아내야 했다. 라틸은 아직도 문간에 서 있는 경비단장에게 가까이 다가오라 수신호했다. 경비단장이 다가오자 라틸은 바로 질문을 던졌다.

"경비단장. 그대가 보기엔 어떻지?"

"예?"

"이 일이 선제를 시해한 암살범과 관련 있어 보이느냐?"

"실은…… 폐하. 드릴 말씀이 있습니다."

"말해보라."

"검은 도료로 그려져 있던 그 기호 말입니다. 어느 암살자 집단에서 쓰이는 기호처럼 보입니다. 확실한 게 아니긴 하오나……."

라틸은 경비단장의 말에 깜짝 놀라 물었다.

"암살자 집단이라니? 어느 암살자 집단 말이냐?"

경비단장은 난처한 표정으로 대답했다.

"그걸 잘 모르겠습니다. 우연히 본 무늬와 비슷할 뿐이라, 자세한 건 알아봐야……"

"흑림에서 사용하는 표식입니다."

끼어든 이는 서넛이었다. 라틸은 경비단장의 대답을 듣고 있다가, 놀라서 서넛을 보며 물었다.

"서넛 경도 압니까?"

"예."

서넛은 침착하게 대답했다.

"유명한 암살자 집단입니다."

"유명하다니요? 난 들어본 적 없습니다."

"암살자가 유명하다고 해봐야 암살자 아닙니까. 유명하다고 해도 그들만의 이야기라, 모르는 게 당연하십니다."

그러는 넌 어떻게 아는데? 라틸은 잠시 의아했지만, 곧 그 의문도 접었다. 어떻게든 알았겠지. 지금 중요한 건 서넛이 아니었다.

서넛은 계속 말을 이었다.

"솜씨도 솜씨지만, 그들은 의뢰를 해결하고 갈 때마다 꼭 저 특유의 표식을 그려놓고 가서 더 유명해졌습니다."

"그런 집단이 아바마마 무덤에 이런 표식을 하고 갔다는 건, 아바마마를 암살한 범인도 그들이었을 가능성이 크단 거로군요."

"예. 아마 그럴 겁니다. 다만 이상한 건……."

"왜 이렇게 시간이 지난 후 무늬를 새겼느냐. 맞죠?"

"예."

"그럼 흑림의 짓일 수도 있고, 아닐 수도 있겠군요. 표식이야 복잡한 그림이 아니니 누구나 그릴 수 있을 테고. 흑림에 덮어씌우려면 얼마든지 남길 수 있으니까요."

"예. 제 생각도 그렇습니다."

"……."

라틸은 잠시 팔짱을 끼고서 생각하다 다시 서넛에게 물었다.

"서넛 경. 예전에도 이런 적이 있습니까?"

"무엇을 말씀하십니까?"

"예전에도 다른 누군가가 흑림의 표식을 멋대로 사용한 적이 있습니까?"

"예. 몇 번 있었습니다."

"흑림 쪽에선 그냥 넘어갔습니까? 이렇게 표식을 남기고 다닌다는 건, 자기들 범죄 행위를 자랑하고 싶어 한단 건데. 그런 자들은 프라이드가 강하지 않습니까. 사칭당하는 걸 싫어할 텐데요."

"맞습니다. 그럴 경우 사칭한 범인을 찾아 죽인 후, 시체에 표식을 거꾸로 그려 사칭하지 말라 경고한다고 알고 있습니다."

라틸은 손가락을 튕겼다.

"그러면 경비단장. 이걸 이용해서 잡게."

멀뚱히 서넛과 황제의 대화를 듣고 있던 경비단장은, 갑자기 라틸이 자신을 부르자 놀라서 "네?" 하고 되물었다. 라틸의 말을 이해하지 못한 얼굴이었다.

"그자들에 대한 추적을 몰래 하되, 대외적으로 이 일을 알리라고."

라틸이 거듭 설명해주었으나 경비단장은 여전히 이해하지 못하는 표정이었다.

"예? 대외적으로요?"

경비단장은 눈을 끔뻑거리며 라틸을 쳐다보았다. 이건 추문이라면 추문인지라 보통은 말하려 들지 않을 이야기 아닌가. 그런데 라틸이 추문을 공개적으로 알리되, 추적은 몰래 하라고 명령하니 의아했다. 보통은 반대 아닌가?

서넛 역시도 의외란 표정으로 쳐다보았다. 라틸은 코웃음을 쳤다.

"왜 다들 못 알아듣지? 만약 흑림이 한 짓이 아니라면 어디선가 표식이 뒤집힌 시체가 나타날 거 아닙니까. 그들은 자기들이 한 짓이 아니란 걸 알리고 싶을 테니까. 결과적으로 그들이 직접 범인을 잡게 할 수 있는 거죠."

"아! 그렇군요!"

"그래도 혹시 모르니 궁 안 경비의 수는 늘리도록 하고."

경비단장이 감탄하며 나간 후. 라틸은 입가에 애매하게 띄고 있던 비웃음조차 거두었다. 굳은 표정 위에 심각한 그림자가 떠올랐다. 라틸은 주먹을 쥐었다 펴길 반복하며 책상을 뚫어져라 노려보았다.

"아바마마께서 전문 암살자들에게 당한 거라면…… 그걸 의뢰한 사람이 있을 건데. 사실 그게 제일 문제입니다. 서넛 경, 누군지 짐작이라도 갑니까?"

"현재로서는 짐작 가는 사람이 없습니다."

"암살범들은 고문 같은 데 강하다던데. 만약 진짜로 흑림에서 한 짓이라면…… 좀 곤란할지도 모르겠습니다. 고객 이름을 안 밝히려 들 거 아닙니까."

"그렇겠지요."

"앞으로 궁전이 시끄러워질 수도 있겠습니다."

라틸은 지끈거리는 관자놀이를 누르다가, 문득 아까 병사가 건네준 편지가 생각나 꺼냈다.

'사자의 궁은 궁의 외곽에 뚝 떨어져 있지. 외진 곳이긴 해. 그렇다고 해도 궁전 담벼락 안에 있는 곳이잖아. 그런데 거기까지 가서 7분 안에 그런 짓을 할 수 있는 범인이라…….'

그 표식 그리는 데는 시간이 어느 정도 걸리지? 표식이 작지 않았으니 한 번에 그릴 수 있진 않을 건데. 아니, 그보다 시간. 범인은 7분간 공백 시간이 생긴다는 걸 알고서 온 자인가? 그러면 내부인?

'혹시 담당 경비병 중에 범인이 있을 확률은 없나?'

곰곰이 생각하면서도 손은 능숙하게 편지 봉투의 밀랍을 칼로 벗겨냈다. 봉투를 완전히 벗기자 라틸은 별생각 없이 편지를 꺼내 펼쳤다. 그러나 편지를 보마마자 아까 이상으로 인상이 찌그러졌다.

"아니 무슨 이런 미친……?"

라틸은 헛웃음을 터트렸다.

선황제의 무덤을 모욕한 현장에서 발견되었다면 일단 나쁜 소리겠지. 이런 각오는 봉투를 뜯으면서 당연히 했다. 그러나 편지 안에 쓰여 있는 내용은 예상보다 더욱 어이없었다.

네 아버지를 죽인 건 너잖아.

라틸은 '와' 하고 혀를 찼다.

"이런 개새끼를 보았나?"

황제가 된 후 최대한 근엄하게 가꾸려던 인내심이 뚝 부러지며 상스러운 욕이 튀어나왔다.

그럴 만도 했다. 라틸은 아버지가 암살당하던 시기에 오빠인 레안 황태자를 만나러 수도를 떠나 있었다. 이 거리 때문에 반년간 틀라에게 황궁까지 빼앗기지 않았던가. 그런데 뭐? 누가 누굴 암살해?

직접 행동한 범인이 아니라, 배후로 지목한 것이라 해도 어이없긴 마찬가지였다. 라틸은 아버지가 오래 살아 있으면 있을수록 유리한 위치였다. 라틸을 반대하던 이들이 하나같이 꼽은 문제점 역시 라틸의 짧은 황태녀 교육 기간이었고. 이건 아버지의 재위 기간이 늘수록 보완할 수 있는 단점이었다.

그런데 뭐? 내가 아버지를 죽여? 홧김에 편지를 바락 찢으려다가 라틸은 후우 숨을 내쉬고서 간신히 손에 힘을 뺐다.

'아냐, 이런 걸로 흥분하면 안 돼. 헛소리에는 휩쓸리는 거 아냐.'

하지만 표정에서 분노를 감추지 못하자 서넛 기사단장이 의아한 얼굴로 물었다.

"무슨 내용인데 그러십니까?"

"읽어봐요. 너무 어이없어서 말이 안 나올 겁니다."

서넛은 라틸이 건넨 편지를 받아 들고서 눈으로 빠르게 훑었다.

"……."

짧은 내용이기에 라틸은 바로 물었다.

"읽었습니까?"

"네."

"어떤 것 같습니까?"

"이 편지 쓴 자, 제가 꼭 목을 베어보고 싶습니다. 뇌에 기름이 많아서 칼에 좋을 것 같습니다."

"와, 말하는 거 잔인해."

서넛이 힐긋 쳐다보자, 라틸은 히죽 웃고서 그의 등을 텅 두드렸다.

"아주 마음에 듭니다."

그제야 서넛의 입가에 미소가 올라왔다.

반대로, 라틸은 편지를 받아 탁자에 내려두자마자 한숨을 내쉬면서 턱을 괴었다. 편지 내용도 내용이지만 신경 쓰이는 게 더 있었다.

"서넛 경. 이걸 쓴 사람과 아버지 무덤에 낙서를 한 사람. 동일인이 아닌 것 같지 않습니까?"

"저도 그게 좀 의아합니다. 무덤에 낙서를 한 사람이 암살범이라면, 이 편지는 그야말로 모순적이니까요."

"그렇죠. 일반 암살범이라면 몰라도, 자기들 암살을 떠벌리고 싶어 하는 사람이 남길 편지는 아니죠."

이건 '황제는 내가 죽였다'는 표시를 무덤에 남겨놓고서는, 옆에는 '황제는 네가 죽였다'는 편지를 두고 간 꼴이었다. 완전히 정반대되는 주장. 라틸은 손가락으로 탁자를 투둑투둑 내리치며 한참 고민했다.

"일단……."

"예."

"조사해보는 수밖에 없겠네요. 어느 쪽이든."

"네."

"그래요."

"……."

"……."

그런데 왜 저러나. 라틸은 잠시 서넛을 보고 있다가 눈썹을 곤추세웠다. 할 말은 이제 다 한 것 같은데. 서넛이 나가지 않았다. 서넛은 라틸의 옆에 붙어 있는 게 임무인 근위기사였지만, 이곳은 라틸의 침실이었다. 아무리 근위기사라 해도 명령이 없으면 방 안에서까지 꼭 붙어 있지는 않았고. 의아해서 쳐다보자, 서넛이 걱정하는 투로 물었다.

"요즘 너무 책상 업무만 하시는 거 아닙니까?"

라틸은 황녀 시절부터 기사들을 따라다니며 검을 배우겠다 난리를 부렸고, 결국에는 기사들과 함께 검을 배웠다. '적당히 호신술 정도로 배우시겠지'라고 사람들이 예상한 바와 달리 의외로 재능도 있었고, '적당히 배우다 그만두시겠지'라고 예상한 바와 달리 꾸준히 검을 휘둘렀다. 후계자가 된 후에도. 그 이야기를 하는 것 같았다.

"아. 바쁘잖습니까."

라틸은 픽 웃으며 책상에 놓인 서류들을 가리켰다.

"이거 좀 봅니다."

꾀병이 아니었다. 실제로도 처리해야 할 안건들은 매일매일 끝없이 쏟아졌다. 이 와중에 선황제의 무덤을 훼손한 사건까지 일어났으니, 더 바빠지면 더 바빠지지 한가해질 것 같지도 않았다.

"앞으로도 바쁠 테고요."

서닛은 힐긋 라틸이 가리킨 서류들을 보았다. 두툼하게 쌓인 서류들을 본 그는 인상을 조금 구겼으나, 다시 라틸 쪽으로 시선을 돌리며 제안했다.

"스트레스도 받으셨을 텐데. 몸 좀 쓰시겠습니까? 괜찮으시다면 대련해드리겠습니다."

"대련이요? 지금?"

라틸은 시계를 확인했다. 아침 9시 30분이었다. 평소 일과대로라면 아침 9시까지 공개 집무실로 간 후 밤사이의 중요 보고를 받아야 했다. 하지만 이미 30분이나 지나버렸고…… 집무실로 가면 10시가량일 텐데. 11시에는 국무회의가 있다.

"음."

라틸은 짧은 고민 끝에 고개를 끄덕였다.

"좋습니다."

레이피어를 쥔 라틸은 잠시 자세를 취하는 듯하다가, 바로 서넛을 향해 돌진했다. 그는 라틸이 마음을 놓고서 마음껏 검을 휘둘러도 되는 몇 안 되는 기사였기에 처음부터 제대로 내리치는 것이었다.

서넛은 검 끝으로 라틸의 검을 흘려내며 유연하게 몸을 움직였다. 눈으로도 방향이 잘 보이지 않을 만큼 빠르게 검이 수십 번을 오갔다. 훈련 중이던 기사들도 행동을 멈춘 채, 두 사람을 둘러싸고서 환호성을 뱉었다.

라틸은 입가에 미소를 띤 채 검을 휘두르다가, 서넛이 자신 쪽으로 확 검을 찌르는 순간 옆으로 틀며 막바지 공격을 찔러 넣었다. 속도가 붙은 탓에 중간에 공격을 멈추지 못한 서넛의 검이 주욱 라틸에게 흘러왔다. 여기까지. 여기까지가 라틸이 계산한 궤도였다. 그러나 라틸이 승리를 확신하는 순간. 서넛은 얼음처럼 바로 검을 회수하며 라틸의 검을 베어냈다. 라틸도 서넛의 검을 막아내는 데는 성공했으나, 힘의 차이가 컸다. 라틸의 검은 결국 데구루루 굴러 저만치 날아갔다. 젠장, 라틸이 투덜거리자 서넛이 웃으며 물었다.

"제가 이긴 겁니까?"

"언제는 안 이긴 것처럼 말합니다?"

라틸은 부루퉁하게 말하고는 직접 검을 주웠다. 다른 사람이 검을 주워주면 검을 건네다가 기습을 할 위험성이 있으므로, 검을 잡았을 때부터 내내 이렇게 배웠다. 자신의 검은 자신이 챙겨야

한다고.

"전 검으로 먹고사는 사람입니다. 폐하께 지면 기사단장 역할을 못 합니다."

서넛의 말투는 달래는 것 같으면서도 묘하게 능글맞았다. 라틸은 헹 코웃음을 치면서 검을 챙겨 넣었다. 틱틱거리고는 있지만 그래도 실컷 뛰어서 그런가, 아까보다는 기분이 덜 갑갑했다. 아마 서넛이 뜬금없이 검을 겨뤄보자고 한 것도 이런 이유 때문이겠지. 무덤 건으로 놀란 걸 눈치채고서, 일부러 몸을 움직이게 유도한 것일 거다. 서넛의 배려는 매번 이런 식이었다.

'고맙다고 할까?'

라틸은 검을 만지는 척 슬쩍 서넛을 쳐다보았다. 서넛은 이렇게 뛰었는데도 이마에 땀 한 방울조차 나지 않은 상태였다. 멀끔한 모습으로 쳐다보다가, 눈이 마주치자 짓궂게 웃기만 한다. 라틸은 머뭇거리다가 인사는 생략하기로 했다. 괜히 고맙다고 각 잡고 말하려니 쑥스러웠다.

"이상합니다, 폐하."

"뭐가요?"

"방금 폐하께서 뭔가를 말하려 했는데. 도로 삼켰습니다."

"아닌데. 아닐걸요?"

"제게 좋은 말을 하려다 말았습니다."

"아닐걸요……."

계속되는 라틸의 부정이 웃긴지, 서넛은 작게 웃음을 터트리고는 자신의 품에서 손수건을 꺼내 내밀었다. 라틸은 그가 내민 손수건으로 이마를 닦았다. 그렇게 뛰었는데도 서넛의 손수건은 서늘했다. 라틸은 그게 신기해서 괜히 손수건을 뺨에 가져다 대어보았다.

"이상하단 말이지……."

얼음 사이에 넣었다 뺀 만큼 차가운 건 아니었으나, 이렇게 뛰고도 체온이 서늘한 건 역시 신기했다.

"폐하께서 뭘 이상하게 여기시는진 모르겠지만 말입니다."

"응?"

"제 눈엔 제 손수건에 얼굴을 비비적거리는 게 더 이상해 보입니다."

"!"

"좀 부끄럽네요."

하나도 부끄럽지 않은 표정으로 서넛이 말하자, 라틸은 손수건을 황급히 손에서 뗐다. 하지만 건수를 잡았다 싶은지, 서넛은 이미 히죽히죽 웃고 있었다.

"이런 건 제가 안 보는 데에서 해주십시오, 폐하."

"그런 거 아닙니다."

"아닌 걸로 하고 싶은데, 목격자가 너무 많습니다."

"목격자는 무슨. 이봐. 너. 뭐 본 거 있어?"

라틸이 무작위로 지목한 기사가 대번에 "없습니다! 아무것도 못 봤습니다!" 하고 외치자, 서넛이 혀를 차며 고개를 젓더니 음흉하게 중얼거렸다.

"저 기사는 폐하보다 저와 함께 있는 시간이 더 많단 걸 잠시 잊었나 봅니다."

라틸에게 아부했던 기사가 '아니, 그럼 제가 무슨 대답을 했어야 하나요?'라는 듯 억울하단 눈으로 서넛을 쳐다보았지만, 서넛은 얄짤없단 표정이었다. 라틸은 자신도 모르게 배를 잡고 웃었다. 확실히. 다른 후궁들이 이러니저러니 해도 편하기는 서넛이 최고였다. 가끔 너무 편해서 짜증 날 때도 있지만.

"흐음."

그러고 있자니, 서넛이 이번에는 묘한 소리를 내며 눈을 가늘게 떴다. 시선은 라틸의 뒤를 향해 있었다. 그의 입꼬리가 슬쩍 삐딱하게 올라갔다.

"목격자가 여기에만 있는 건 아닌 모양입니다."

"뭔 소립니까?"

라틸은 서넛의 시선을 따라 뒤를 돌아보았다. 저만치 멀리에 라틸의 후궁 한 명이 수행원인지 시종인지를 데리고 서 있었다. 상대도 라틸이 자신을 쳐다본다는 걸 알았는지 꾸벅 허리를 숙여 인사했다. 라나문이었다. 라틸도 웃으면서 손을 흔들었다. 하지만 그 손은 머쓱하게 내려야 했다. 상대가 다시 한번 꾸벅 인사하고는 바로 돌아서 가버렸기 때문이다.

"……방금 저 엄청 민망했습니다."

"못 본 걸로 해드리겠습니다."

"목격자가 많아서 안 된다면서요."

"뭔 말을 못 하겠습니다."

황제가 근위기사단장을 쳐다보며 환하게 웃자, 근위기사단장은 마주 보고서 웃음을 터트렸다. 잘 어울렸다. 저 주위에서만 밝은 분홍색 빛이 떠도는 것처럼 보였다. 아주 불쾌할 정도로.

"⋯⋯."

라나문은 기분이 나빠져서 획 뒤돌아서서 성큼성큼 걸어갔다.

"앗, 도련님!"

시종은 황제와 서넛 기사단장을 구경하다가, 뒤늦게 라나문을 따라갔다.

"그냥 가십니까?"

시종은 라나문의 바로 뒤까지 따라와 물었다. 황제와 눈도 마주쳤겠다, 서로의 존재도 눈치챘겠다, 가까이 가서 인사라도 할 줄 알았는데. 라나문이 멀리서만 예를 갖추고 돌아서자 의아했다.

"아까 폐하께서 여기 보고 손 흔드셨는데요."

혹시 못 본 건가 싶어서 물었으나, 라나문은 차갑게 말했다.

"안다. 그래서 인사했잖아."

근데 그냥 가신다구요? 시종은 당황해서 주절거렸다.

"인사만 할 게 아니라, 좀 가셔서⋯⋯."

하지만 시종은 말을 다 마치지 못했다.

"저자."

라나문이 시종의 말을 끊어버려서.

"폐하와 있던 자. 근위기사단장이던가?"

"네. 서넛 근위기사단장입니다."

질문이 씹힌 건 시종이었으나 표정은 라나문이 좋지 않았다. 시종은 라나문의 눈치를 살폈다. 대체 뭐가 불편한 건지, 얼음꽃 같은 얼굴에 '심기가 불편하다'고 쓰여 있었다. 시종은 주인의 고상한 자존심이 다치지 않도록 조심스레 물었다.

"도련님. 혹시 신경 쓰이십니까?"

라나문은 입술을 꾹 닫았다. 신경 쓰이냐고? 당연히. 신경이 안 쓰일 리가 없었다. 둘이서 같이 검을 맞대면서 웃고 떠들고, 황제는 그 남자가 준 손수건에 뺨을 비비적거리고, 그 남자는 그걸 보며 뭐라 뭐라 웃고, 주위 기사들은 그 모습이 익숙하다는 듯 흐뭇하게 바라보고……. 꼭 누가 보면 부부라고 할 모습 아니던가? 라나문의 생각이 끝도 없이 이상한 방향으로 튀어나갔다.

상념이 깊어질수록 걷는 속도 역시 높아져서, 시종은 나중에는 반쯤 뛰다시피 따라가야 했다. 그러다가 라나문이 갑자기 확 멈춰 서는 바람에, 시종은 "어이쿠!" 소리를 내며 비틀 멈춰 섰다. 라나문의 등에 이마를 박을 뻔했다.

"왜 그러십니까, 도련님?"

"혹시 그건가."

"그거라니요?"

"저놈 때문에 내 유혹에 넘어오지 않으셨나?"

"예?"

"분명 서넛 기사단장은 레안 황자님의 친구였지. 선황제께서도 그 기사단장을 내내 총애하셨고. 덕택에 자연스럽게 라트라실 폐하의 최측근으로 올라왔다. 맞지?"

"그렇지요? 검술 실력이 대단하다 들었습니다."

시종의 순순한 칭찬에 라나문의 낯빛이 어두워졌다. 불쾌하단 기색이 역력했다.

"도련님?"

평소보다 더 냉기가 날리는 모습에 시종은 눈썹을 내렸다. 말도 안 되는 생각이지만 혹시나 하는 마음이 들었다. 우리 도련님…… 질투하시는가? 차가운 태도야 늘 그렇다지만, 오늘따라 유독 정도가 심했다. 황제와 근위기사단장의 비무를 보기 전까지만 해도 나름 희미하게 웃으며 농담도 받아주고 그랬는데.

그때였다. 하렘에 난 하얀 길을 걸어가던 두 사람은, 반대 방향에서 걸어오던 게스타와 딱 마주쳤다. 시종은 게스타의 뒤에 선 시종에게 아는 척 눈인사를 하였으나, 라나문은 그대로 휙 게스타를 스쳐 지나가버렸다. 인사고 뭐고 없었다.

게스타가 눈도 못 맞춘 채 시선을 내리며 쓸쓸하게 웃자, 시종은 자기가 더 미안해져서 머뭇거리다가 라나문을 뒤쫓았다. 문득 시종은 불안해졌다. 죽도록 사랑하는 사이가 아닌데도 저렇게 질투심이 넘쳐나시는데. 나중에 진심으로 폐하를 사랑하게라도 된다면……?

"으."

시종은 자신의 팔뚝을 손바닥으로 문질렀다. 아주 무서운 일이 벌어질 것만 같았다.

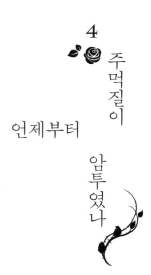

4

주먹질이

언제부터

암투였나

　라나문의 시종이 미리부터 조짐을 보이는 라나문의 질투심을 걱정하는 동안, 게스타의 시종도 이래저래 걱정이 많긴 매한가지였다. 물론 게스타의 시종이 하는 걱정은 라나문의 시종이 하는 걱정과 전혀 방향이 달랐다.

　"게스타 님……. 라나문 님이라면 벌써 지나가셨습니다."

　"알아."

　게스타의 시종은 불안한 눈으로 게스타를 쳐다보았다. 라나문 지나간 지가 언제인데. 게스타는 아직도 바닥에 난 풀을 내려다보고 있었다. 힘이라고는 하나도 없는 모습에, 시종은 다시 한숨을 내쉬었다.

　"그러면 그만 고개 좀 드세요. 뭐 죄지으셨습니까?"

게스타는 어색하게 웃으며 시종을 보았다. 머쓱한 표정은 참으로 부드럽고 포근해 보였다. 시종은 다시 한숨을 내쉬었다. 저렇게 귀엽게 웃으실 줄 알면 뭐 하나. 미소는 100만 바르트짜리라지만, 정작 그 미소를 보아야 할 사람 앞에서는 늘 굳어 있는데.

"멀리 떨어졌어?"

"아주 멀리 떨어졌습니다. 안심하세요."

시종의 답답한 속도 모른 채, 게스타는 그제야 다시 가던 길을 걸어갔다. 시종은 끙 소리를 내며 얼른 뒤를 쫓았다. 눈치가 없진 않은지, 게스타는 그 소리를 듣고는 시종 쪽을 힐긋 보며 물었다.

"왜? 할 말 있어?"

"폐하께서는 게스타 님을 친근하게 대해주시지 않습니까."

"아…… 어어."

게스타가 몹시 부끄러워하는 표정을 지었으므로, 시종은 자신이 '친근하게 대하다'가 아니라 '야하게 대하다'라고 말했던가 잠시 헷갈렸다.

"친근하게 대해주시지."

게스타가 한 번 더 그의 말을 되풀이하자, 시종은 자신이 헛소리를 하지 않았다는 데 안심하고서 말을 이었다.

"그런데 왜 이렇게 움츠러드시는지 모르겠습니다. 후궁들 사이에서는 폐하 총애가 권력이란 거, 아시지 않습니까."

"으응."

기운 없고 맥 빠진 대답 사이로 자박 발밑에서 나뭇가지와 돌이 부딪치는 소리가 났다.

"아트락시 공작님과 로르드 재상님은 피장파장의 라이벌이신데. 전 게스타 님이 왜 라나문 님 앞에서 그리 기죽으시는지 모르겠습니다. 그러지 마세요. 속상합니다."

게스타는 또다시 하하 어색하게 웃으면서 연한 갈색의 머리카락을 만지작거리다가, 혼자 얼굴이 벌게졌다. 아니, 이번엔 또 왜 저리 부끄러워하시나. 왜 뜬금없이 얼굴을 붉히시나 싶어 쳐다보자, 게스타는 우물우물 입을 열었다.

"총애라고는 하지만, 아직 그⋯⋯ 그 단계까지 간 거 아니고. 폐하께서도 날 따로 찾아오신 적은 없고⋯⋯ 그냥 도서관에서 뵀을 뿐이고⋯⋯ 사실 난 잘 모르겠어서."

"아아. 잠자리요?"

"트리! 말을 좀 조심⋯⋯."

"그러면 밤일이라고 할까요?"

"트리!"

어떻게 잠자리나 밤일 따위의 흉측한 단어를 입 밖으로 꺼낼 수 있냐는 듯, 게스타가 경악한 표정을 지었다.

아니 내가 무슨 말을 했다고. 이 정도면 엄청나게 순화한 거지. 시종은 입을 꾹 다물고 미간을 찌푸렸다.

시종으로 따라오긴 했으나, 트리는 사실 게스타의 또래 호위였다. 게스타가 어린 시절. 로르드 재상은 '병약하고 마음 약한' 차남을 위해서 일부러 차남과 비슷한 나이대의 평민 소년들 중 검술에 재능이 뛰어난 아이를 골라 호위로 길러냈는데, 그게 트리였다. 자연스레 트리는 게스타가 받는 수업 중 상당수를 함께 들었는데, 그가 기억하기로 분명 게스타는 성교육을 받았다. 성교육을 받을 당시에도 좀 부끄러워하는 기색이 있긴 했지만, 당시에는 저 정도로 심각한 수준은 아니었다. 그런데 왜 어릴 때보다 더 부끄럼이 많아져버린 걸까?

그때였다. 시종은 흠칫 놀라 게스타를 확 누르면서 검을 빼 들었다.

"트리?"

얼결에 머리가 눌린 게스타는 허리를 숙이면서 시종을 보았다. 대답 대신 탕 소리가 나며 시종의 검과 무언가가 부딪쳤다. 게스타는 멀뚱히 시종을 쳐다보았다. 아직 사태 파악이 안 된 얼굴이었다. 시종은 여전히 검을 들어 올린 채 사방을 경계하며 물었다.

"날아온 게 뭔가요, 게스타 님?"

"어?"

"떨어진 거요. 제가 방금 쳐낸 거."

둔하다 싶을 정도로 느릿하게 '떨어진 것'을 확인한 게스타가 "아." 하고 작게 놀란 소리를 냈다. 그건 돌이었다.

"게스타가 돌에 맞을 뻔했다고?"

국무회의를 마친 후, 라틸은 식당에서 점심을 먹으면서 편지와 무덤에 새겨진 경고 등을 곰곰이 떠올리다가, 시종장이 급하게 올린 보고에 놀라 되물었다.

"진짭니까?"

라틸의 하렘 안 남자들은 3분만 대화해도 성격들이 대단하단 걸 알 수 있을 정도로 개성적이었다. 자기들끼리 치열하게 싸워댈 거란 생각은 했다. 좀 기대하기도 했고. 아니, 그래도 그렇지 입궁한 지 며칠이나 됐다고 벌써 돌이 날아다닌단 말인가. 시간이 지나면 바위라도 집어 던지는 거 아닌가?

"누가 던졌답니까?"

라틸이 냅킨으로 입가를 닦으며 묻자 시종장이 한숨을 섞어 대답했다.

"그걸 모르는 모양입니다."

"그걸 왜 모르지? 주위에 아무도 없었대요?"

"게스타 님이 데려온 시종이 있었답니다. 하지만 그 시종이 호위도 겸하는 모양이라, 자기가 범인을 찾아보러 간 사이 공범이 게스타 님을 공격할까 봐 범인을 추적하지 못했다더군요."

"어?"

라틸은 시종장의 설명을 듣고서도 잘 이해가 가지 않아 또 되물었다.

"왜요? 게스타도 같이 뛰어가면 되잖아요?"

시종장은 볼을 안쪽으로 빨아들이면서 붕어처럼 뻐끔거리다가 대답했다.

"……달리기를 못 하신답니다, 게스타 님은."

"아아……."

하긴. 걔는 맨날 도서관에서 책만 읽고 있지. 그게 한두 해가 아니라 어릴 때부터 내내 그랬으니, 충분히 체력이 안 좋을 만도 하다. 라틸은 고개를 끄덕여 수긍했다. 그래도 겉으로 보기에 허우대는 꽤 멀쩡했는데. 아니, 멀쩡한 정도가 아니었다. 게스타는 수줍음이 많긴 하지만, 외관만 보면 키도 크고 어깨도 넓은 데다 뼈대도 튼튼했다. 그러니 몸도 적당히 쓸 수 있으리라 여겼는데. 아니었나 보다. 그 넓은 어깨는 그냥 타고난 골격일 뿐인가.

시종장이 다시 물었다.

"어떻게 하시겠습니까, 폐하?"

"글쎄요. 사블레 후작이 보기엔 누가 한 짓 같습니까?"

"전 클라인 님이 의심스럽습니다."

"사심 빼고요."

라틸이 눈을 가늘게 뜨며 말하자, 시종장은 헛기침을 하고서 말을 바꾸었다.

"사심을 빼고 말씀드리자면 짐작 가는 바가 없습니다. 게스타 님이 순한 성품이긴 하시지만, 아직 이렇다 할 두각을 못 드러내는 편 아닙니까. 굳이 견제할 필요는 없지요."

"그런가요?"

"같은 맥락에서, 원한 문제로 보기도 애매하고요. 게스타 님은 원체 온화한 성품이시라 적을 만들지 않으니까요."

"그래요……."

라틸은 손에 깍지를 낀 채 곰곰이 생각하다 일어섰다.

"누가 한 짓이든 누군가는 했단 거지요. 일단 전체적으로 잔소리를 해줘야겠습니다."

라틸은 그 길로 곧장 하렘으로 간 다음, 그곳에서 일하는 궁인들과 후궁들, 후궁들이 데려온 고용인들을 모두 불러 모았다. 사람들은 황제가 갑자기 나타나 모두를 소집하자 두려워하며 모였다. 라틸은 수많은 궁인을 쭉 둘러보며 일부러 평소보다 차가운 목소리를 냈다.

"게스타가 하렘 내에서 다른 사람이 던진 돌에 맞았다."

"……."

"물론 다들 이미 아는 이야기겠지. 여기서 벌어진 일이니."

궁인들을 보며 기초를 깐 라틸은 이번에는 후궁들 쪽을 쳐다보며, 하나하나 눈을 맞추고 경고했다.

"다 같이 사이좋게 지내란 말은 안 한다. 어차피 안 될 거 아니까. 하지만 되도록 유혈 사태는 없었으면 하거든?"

그러다가 순서가, 시종장이 의심스럽다면서 사적인 감정을 담아 찍었던 클라인 황자 쪽에 갔을 때였다.

시종장에겐 사심을 담지 말라 했지만 그래도 원체 또라이다 보니 라틸은 '혹시?' 하는 마음이 들어서 클라인을 좀 더 유심히 보았다. 그러나 클라인 황자는 두려워하기는커녕 픽 웃더니, 어쩔 수 없다는 듯 품 안에서 손을 꺼내어 하트 모양을 만들었다. 자기가 찍혔단 생각은 1그램도 하지 않는 듯했다.

'아…… 진짜 저 또라이.'

라틸은 잠시 멍하니 그 하트 모양을 바라보다가 결국 픽 웃음을 터트리고 말았다.

"하여튼 결론은, 다음에 또 이런 일이 생겼는데 범인을 알 수 없을 경우, 단체로 기합을 하는 사태가 발생할 수도 있단 말이다. 알아들었나? 기합이라고 우습게 보지 마라. 하렘이 도넛 모양이지? 귀여운 모양이라 생각하지 마. 그 도넛 100바퀴를 돌고 나면 입에서 영혼이 빠져나갈 테니."

매섭게 경고하는 황제의 연설이 끝난 후. 타시르는 해산하자마자 혀를 찼다.

"여기가 용병단인지 기사단인지 모르겠군. 뜬금없이 단체 기합이라니."

귀족들에게 기사도란 의무이자 명예였다. 종종 명예를 건 결투가 벌어지기도 해서, 그들은 검술에 재능이 없다 하더라도 최소한의 검술 교육은 받았다. 하지만 타시르는 날 때부터 상인이었고 크면서도 상인이었고 현재도 상인이었기에, 그런 교육은 받은 적이 없었다. 그가 샌님처럼 지내서 약하단 뜻은 아니다. 다만, 단체 기합 같은 걸 받아본 적 없었을 뿐.

"폐하께서는 어린 시절부터 기사들을 따라다니셨다더니. 소문이 진짜였나 봅니다, 소단주님."

"그런가 보다."

타시르는 괜히 뒤를 돌아보며 중얼거렸다.

"성정이 저러신데, 부부 싸움 하면 검 뽑으시는 거 아닌가 몰라."

"어휴, 단주님도 참. 황제 폐하와 부부 싸움을 어떻게 합니까?"

"왜. 그래도 야금야금 다 하는 모양이던데. 역사에도 황제 부부 싸움 얘기 꽤 나오잖아."

"그렇죠. 근데 부부 싸움을 하려면 일단 부부가 되어야죠."

그리고 단주님은 아직 온전한 부부는 아니시지요. 뼈를 때리는 시종의 조언에, 타시르는 말없이 웃고서 걸어갔다.

"그건 알아봤느냐? 폐하의 첫사랑."

"그렇지 않아도 말씀드리려 했습니다만……."

"그렇지 않아도 말하려던 걸, 왜 내가 먼저 묻기 전까지 말하지 않았을까?"

"그게요. 좀 확실하게 해야 하는 점이 있어서요. 이게 확실한 정보는 아닌 데다 상대도 상대다 보니 좀."

타시르는 뒷짐을 지고서 천천히 걸어가다가, 시종의 묘한 뉘앙스에 힐긋 돌아보았다.

"무엇인데? 첫사랑이 뭐, 어디 다른 나라 왕이냐?"

"예. 그렇더라고요."

농담조로 한 말에 진지한 반응이 돌아오자, 타시르는 멈춰 서서 입을 벌렸다.

"진짜?"

"예. 왕이랍니다."

"왕이라면……."

타시르는 잠시 말을 멈추고서 머리를 굴리더니, 5초 만에 계산을 마치고서는 작게 탄식했다.

"카리센 황제겠군. 하이신스 황제. 맞지?"

"어찌 아셨습니까, 소단주님?"

더 극적인 효과를 위해서 일부러 황제가 아니라 '왕'이라 표현했던 시종은 눈이 휘둥그레졌다. 타시르는 별거 아니라는 듯이 설명했다.

"모인 후궁들 나이를 보아하니, 위로든 아래로든 나이 차이 많이 나는 남자는 취향이 아니시고. 모인 후궁들 얼굴을 보아하니 얼굴도 제법 보실 테고. 미혼 왕이라면 국혼을 추진할 텐데, 안 그러고 하렘을 만드신 걸 보니 상대는 지금 기혼이고. 때마침 하이신스 황제는 우리나라에 몇 년 유학도 와 있었고. 그러면 남는 게 누구겠어?"

줄줄 흘러나오는 대답에 부하는 혀를 내둘렀다.

"며칠 동안 조사한 제가 꼭 바보가 된 기분입니다."

"바보가 되긴. 네가 왕이란 걸 알아 왔으니 유추한 것뿐이지."

"그래도요."

"그래, 다른 건?"

"예?"

"하이신스 황제가 첫사랑이라면, 뭐 어떻게 연애했다든가 그런 게 있을 것 아니냐. 내가 알고 싶은 건 그거잖아."

"그러니까요. 그런 부분이 확실한 게 없어서 말씀을 못 드렸던 겁니다."

"하이신스 황제가 어떤 성품이었더라?"

타시르는 예전에 상단 일로 카리센에 갔을 때를 떠올렸다. 우선 잘생겼고. 목소리가 좋았다. 하지만 그 외에는 기억에 남는 게 없었다. 그도 그럴 게, 카리센의 황제와는 고작 몇 마디를 나누어본 게 다였다. 그 대화조차도 상대의 성격이 드러날 그런 대사가 아니다 보니, 당연히 기억할 만한 부분이 없었다.

"모난 성격은 아닌 것 같았는데."

"따라 하실 겁니까?"

"글쎄. 첫사랑이 현재 유부남이라면 사랑의 끝이 좋지 못했단 이야기잖아. 잘못 따라 했다가는 역효과가 날 것도 같고……."

타시르는 미간을 찡그리고서 자신의 까만 머리카락을 손가락 끝으로 쿡 쿡 찔렀다.

"게다가 황제의 성격은 파악하기 힘들지. 사적으로 접근하기 어려우니."

"예. 그래도 일단 조사할 수 있는 대로 조사해보도록 하였습니다. 상단주님께서도 소단주님께 필요한 게 있다면 최대한으로 도우라 하셨고요."

"그래."

잘하고 있다고 건성으로 칭찬하다가, 타시르는 인기척을 느끼고서는 고개를 옆으로 돌려 어딘가를 쳐다보았다. 이윽고 덤덤하던 입꼬리가 슬쩍 위로 올라갔다.

"아니면 내가 직접 알아봐도 좋고."

시종은 타시르가 쳐다보는 방향으로 덩달아 고개를 돌렸다가 흠칫했다. 건너편의 산책로를 통해 클라인 황자가 걸어가고 있었다.

카리센 황제의 동생이.

"지, 직접 물어보시려고요?"

설마 그건 아니지? 시종이 기겁해 물었지만, 그 짧은 사이 타시르는 이미 클라인 황자 근처까지 도달해 있었다.

클라인은 황제가 호통치는 와중에도 자신에게 눈짓을 보내던 걸 떠올리다 웃었다. 은근히 귀엽기는……. 손가락으로 마지못해 하트 모양을 만들어주자, 바로 웃음을 터트리던 모습이 사랑스러웠다. 내가 그렇게 좋은가? 클라인은 쑥스러운 기분에 괜히 발걸음을 빠르게 했다. 대놓고 하는 연애도 재미있겠지만, 은밀한 연애에는 또 그 나름의 맛이 있었다.

"거기."

상단의 후계자라는 놈이 다가온 건 한껏 기분이 몽실몽실 좋은 와중이었다.

"황자 전하."

클라인은 자기를 부르는 소리도 들었고 다가오는 놈도 보았지만, 대답 없이 그냥 걸어갔다. 그는 타시르를 라이벌도 못 될 놈이라 생각했으나, 그래도 후궁이었다. 황제를 뒤흔들 가능성이 있는 후궁. 그런 작자들과 말을 섞고 싶진 않았다. 하지만 타시르는 웃으면서 다가오더니, 나란히 속도를 맞춰 걸어가며 인사했다.

"이야. 한번도 제대로 대화를 나눈 적이 없었는데. 이렇게 기회가 오는군요."

넉살 좋은 목소리였으나 클라인은 딱 잘라 선을 그었다.

"우리가 대화할 일이 뭐가 있겠느냐."

"왜요. 앞으로 몇 년은 같이 있어야 할 텐데."

하지만 타시르는 이번에도 자연스레 웃으며 대응했고, 클라인의 시종은 속으로 좀 감탄했다. 지질맞은 클라인만 보다가 유들유들한 타시르를 보니 신기했다.

"왜 온 거지?"

그러나 감탄한 건 시종뿐으로, 클라인은 여전히 퉁명스러웠다.

"실은 예전에 제가 카리센에서 하이신스 폐하를 뵌 적이 있습니다."

"뭐 어쩌라고."

"이렇게 대화를 시작하자는 거지요."

저 시비를 저렇게 받아넘기다니……. 클라인의 시종은 이번에도 감탄했다. 자기도 모르게 박수까지 칠 뻔했다.

클라인은 미간을 찡그린 채 타시르를 쳐다보았다. 뜬금없이 다가와 옆에 달라붙은 이 상단 후계자는, 입가를 히죽 올린 채 무슨 말을 해도 기분 나빠하지 않았다. 그런 시늉을 하는 걸까, 아니면 정말로 기분 나쁘지 않은 걸까? 고고한 시선으로 쳐다보자, 타시르가 물었다.

"이젠 좀 더 사적인 대화를 해볼까요? 카리센의 황자 전하께선 어쩌다 여기에 후궁으로 오셨습니까?"

"불만이냐?"

"충분히 국서 자리를 차지하실 수 있는 분이 후궁으로 오셨으니까요."

"그건 그렇지."

"뭐 달리 이유라도 있습니까?"

"황제 폐하께선 황제가 되기 이전부터 날 짝사랑하셨거든."

"!"

"하지만 내가 쉬이 받아들이지 않자 이런 수까지 쓰신 거다."

"아……하. 진짜입니까?"

"넌 가짜였으면 싶겠지."

클라인은 거만하게 고개를 저었다. 타시르는 눈을 깜빡거리다가 힐긋 부하를 돌아보았다. 부하는 처음 듣는 이야기인 듯 황당해하는 얼굴로 고개를 기울이고 있었다.

"못 믿겠단 얼굴이구나."

"아니요. 그럴 리가 있겠습니까. 믿습니다."

타시르의 눈가가 가늘게 휘었다. 하지만 속내는 말과 전혀 달랐다. 타시르는 '클라인 황자는 자기 형과 라트라실 황제의 사이를 모르는구나' 이런 생각을 하는 중이었다. 그 표정을 본 클라인은 괜히 불쾌해져서 물었다.

"그런데 왜 그런 눈으로 날 쳐다보는 거지?"

"아. 죄송합니다. 전하를 보니 막…… 괜히 슬퍼지고 그러네요."

"넌 이유 없이 기분 나쁜 작자로군."

"하하. 그런 이야기를 자주 듣긴 합니다."

"이상한 놈."

"이렇게 만나게 된 것도 우연이고 인연인데. 형님 얘기 좀 더 해볼까요?"

이렇게 만난 게 우연이고 인연인데 왜 여기에 있지도 않은 형님 얘기를 하자는 거지? 클라인은 이상하게 여겨져 인상을 찌푸렸으나, 타시르는 자연스럽게 자기 의도까지 속였다.

"저희 상단이 외국과도 거래를 많이 합니다. 특히 카리센 쪽과는 최근에 공격적으로 거래를 트고 있거든요. 하이신스 폐하에 대해 알게 되면 아무래도 유용할 거라 생각하는데."

밑밥을 던진 타시르가 자연스럽게 물었다.

"하이신스 폐하께서는 어떤 성정이십니까?"

"욕심 많고. 원하는 것, 필요한 것 등 마음먹으면 무엇이든 놓치지 않으려 들지."

"아. 의외네요?"

"게다가 골초고."

"흐음."

타시르가 팔짱을 끼고서 고개를 끄덕이자, 클라인은 그의 어깨를 잡아 멈춰 세웠다. 타시르가 멈춰 서자 클라인은 차갑게 웃으면서 속삭였다.

"상인아. 네가 무슨 머리를 굴리고서 내 옆에서 이렇게 살살거리는진 모르겠지만. 네가 형님에게 도움이 되거나 형님 마음에 든다면, 형님은 네가 도망가도 알아서 쫓아오실 거다. 그러니 이것저것 계산할 필요 없어."

"클라인은? 아직도 편지가 안 왔느냐?"

하이신스 황제의 질문에 수석비서가 머쓱하게 웃었다. 한 통도 없어서.

하이신스는 한숨을 내쉬었다. 망할 동생 같으니라고……. 근위 기사단 부단장 악시안을 보내두긴 했지만, 카리센에서 타리움 제국까지 오는 데는 거의 보름 가까운 시간이 걸렸다. 쉬지 않고 이동한다 한들, 아직 도착하지 못했을 터. 이런저런 걸 알면서도 괜히 타리움에서의 소식이 궁금해지는 건, 그가 사랑했던, 사랑하는, 사랑받고 싶은 한 여자 때문일 것이다.

하이신스는 한숨을 내쉬고서 반짝거리는 샹들리에를 쳐다보았다. 눈을 깜빡거릴 때마다 눈부신 빛이 방향을 바꿨다. 그 사이로 몇 년 전의 라틸이 어른어른 떠올랐다. 둘이서 나란히 잔디밭에 드러누운 채 태양을 쳐다보던 게 떠올랐다. 누가 눈을 더 오래뜨고 있나 내기를 했던가. 그는 먼저 내기를 제안해놓고서는, 라틸이 태양을 쳐다보는 틈에 뺨에 입을 맞추었다. 벌칙으로 입술에 키스를 받았다. 입술에 닿던 말랑하면서도 따뜻한 감촉은 이리도 생생한데.

"……."

하이신스는 한숨을 내쉬었다. 그리움은 하루하루 쌓이고 쌓여서 그를 짓눌렀다. 감정의 무게는 너무나 무겁고 무거운데, 눈에 보이지 않으니 이만큼 힘들다고 다른 사람에게 보여줄 수도 없었다.

그때였다. 노크 소리가 들려왔다.

"들어와라."

집무실 안으로 들어온 이는 다른 비서였다. 다급한 얼굴을 하고서 들어온 비서는 하이신스에게 다가와 얇은 종이를 내밀었다.

"폐하. 전에 말씀하셨던 사안에 관한 조사 결과가 나왔습니다."

수석비서가 막 들어온 비서를 향해 눈을 부라렸다. '사안이 한두 개냐! 무슨 사안인지부터 말해야지!' 하는 표정이었으나, 신입 비서는 긴장해서 알아차리지 못했다.

하이신스는 말없이 종이 겉장을 들추어낸 후 안을 살폈다. 그 안에는 그가 3년 동안 라틸에게 보냈던 편지와 선물들이 모조리 사라진 안건을 조사한 결과가 들어 있었다. 보고서에 따르면 선물의 반절가량은 무사히 카리센에서 발송되었다. 하지만 반절가량은 카리센을 나가지도 못하고 탈취되었다.

― 편지와 선물을 탈취해 간 범인은 다가 공작으로 추정됩니다. 설령 탈취한 쪽이 아니더라도, 폐하의 물품이 탈취되었다는 걸 숨기라 지시한 이는 다가 공작이 분명합니다.

수사관은 선물을 잃어버렸던 관리들에게 이미 확인한 사실이라며, 그들의 명단까지 작성해두었다. 보고서에는, 그들이 다가 공작에게 협박과 뇌물을 받고 입을 다물었다고 쓰여 있었다.

"다가 공작……."

하이신스는 보고서를 읽은 후 서류를 콱 한 번에 구겼다.

다가 공작. 아이니 황후의 아버지인 그는, 하이신스가 황제 위에 오를 때부터 수시로 황제를 감시하려 들었다. 결혼 사절단을 외국에 보내기 전까지는 심지어 개인적인 편지 한 통 쓸 수 없을 지경이었다. 하이신스가 권력을 굳혀갈수록 점점 상황은 역전되어갔으나, 여전히 그는 거슬리는 점이 많았다.

하이신스는 이런 점 때문에라도 아이니를 부인으로, 황후로 인정할 수 없었다. 그녀가 적극적으로 아버지를 돕지 않았단 건 안다. 하지만 그녀는 이를 알면서도 말리지 않았고, 다가 공작이 이루어낸 혜택을 최대한으로 누렸다. 아니, 오히려 다가 공작이 하이신스의 일거수일투족을 조사해 알려주면, 그 정보를 읽고서 이용했다.

그러나 하이신스는 그녀에게는 배신감조차 느끼지 않았다. 어쩔 수 없었다. 처음부터 두 사람은 부부가 아니라 황관을 나누어 쓴 적이었고, 아이니는 그의 아내가 아니라 다가 공작의 자식일 뿐이었으니.

하이신스는 무거운 숨을 내쉬고서, 책상 안쪽에서 담배를 꺼내 불을 붙이고 입에 물었다. 눈을 감고서 연기를 뿜어내자, 분노는 더욱 까맣게 타들어갔으나 머리는 차갑게 식어갔다.

"어찌하시겠습니까, 폐하?"

"한 번에 터트린다. 이것도 모아두어라."

"예."

하이신스는 10억 바르트를 걸고 내기할 수도 있었다. 다가 공작은 아이니 황후가 후계자를 낳으면, 그를 암살하고도 남을 인물이라고. 아이니는 즐거워하면서 그의 시신에 대고 조롱하겠지. 자신의 연인을 죽인 대가를 드디어 치르게 했다며.

"일단…… 로어트."

"예, 폐하."

"편지지를 가져와라."

"예."

수석비서가 가져온 편지 위에, 하이신스는 라틸에게 전할 이야기를 빠르게 적었다. 어쨌든 반은 여기서 없어진 거지만, 반은 타리움에서 사라진 거였다. 라틸 역시도 이 사실을 알고 대비해야 했다. 라틸에게 전할 이야기를 빠르게 적은 하이신스는 그걸 봉투에 넣고 밀랍으로 잘 봉인한 후 다시 수석비서에게 내밀었다.

"서신청을 통해 보내지 말고, 믿을 만한 이가 직접 전달하게 하라. 전에 결혼 사절단을 보낼 때처럼, 다른 사절단으로 위장해서 가도 좋고."

"예, 폐하."

사건이 터진 날 저녁. 라틸은 생각할 것도 없이 게스타를 찾아갔다. 게스타를 위로해주기 위해서이기도 했지만, 돌을 던진 사람에게 보내는 일종의 경고이기도 했다. 누군가를 괴롭히면 오히려 괴롭힘 당한 사람을 더 챙길 거라는 경고.

"폐, 폐하?"

게스타는 라틸이 올 거란 이야기를 들었을 텐데도, 라틸이 찾아오자 허둥지둥 제정신을 차리지 못했다.

"괜찮아?"

라틸은 허둥거리는 게스타를 침대로 데려가 앉힌 다음, 그의 머리카락 사이를 확인하며 물었다. 얼추 여기쯤을 맞았겠지, 생각하고 한 행동이었다. 하지만 이마도 머리통도 깨끗했다.

'아. 안 맞았다고 했지.'

그 호위 겸 시종이 검으로 튕겨냈다고 했다. 뒤늦게 그 일을 기억해낸 라틸은 괜히 게스타의 머리카락을 만지작거리다가 손을 내렸다. 게스타는 라틸의 손끝이 닿자 정전기가 강하게 튀는 듯 움찔거렸다.

"괘, 괜찮습니다. 맞은 것도 아니고."

"호위가 실력이 꽤 좋은가 보던데."

"네. 제가 병약하다 보니, 아버님께서 신경을 많이 써 고른 친구입니다."

그렇구나, 대답하려다가 라틸은 문득 떠오른 생각에 눈을 깜빡거렸다.

'게스타가 병약했던가?'

얌전하고 온순한 건 알고 있었지만 병약한 줄은 몰랐다. 딱히 어디가 아프단 이야기는 들은 바 없는데. 아니, 게스타는 오히려 어깨도 넓고 키도 크고 혈색도 좋았다. 그런데 언제부터 병약해지기까지……? 하지만 허우대만 멀쩡할 뿐 속은 비실한 사람도 많은지라, 라틸은 그냥 그러려니 넘어갔다. 오빠인 레안 황자만 하더라도 딱 그 꼴이지 않았던가. 물론 레안은 운동신경이 빵점일 뿐 병치레가 잦은 건 아니지만…….

"게스타. 전에 내가 한 말, 기억해?"

"폐하께서 하신 말씀이라면…… 아."

"기억해?"

"예."

게스타가 얼굴이 빨개져서 손가락을 꼼지락거렸다.

"괴롭히는 사람이 있으면 이르라고……."

"유효하니까 꼭 명심해."

라틸은 게스타의 옆에 앉아 그의 꼬인 손가락을 푼 다음 눈을 맞췄다. 시선조차 맞추지 못하고 사정없이 움직이는 연한 갈색 눈동자가 귀여웠다.

"내가 널 지켜줄 테니까."

게스타는 입꼬리를 희미하게 올리고서 고개를 끄덕였고, 라틸은 팔을 뻗어 그의 머리를 끌어안았다. 덩치는 커다란데 막상 나가면 여기저기 맞고 다니는 울보 대형견을 키우는 느낌이었다. 그의 등을 토닥거린 후, 라틸은 몇 번이나 누가 괴롭히면 이르라 당부했고, 게스타는 그때마다 고개를 끄덕거렸다.

'후우. 진짜 여리네. 내가 더 신경 써줘야겠어.'

다음 날 아침, 라틸은 멍하니 일어나 눈을 비비적거렸다. 게스타는 아침잠이 많은 듯 거의 영혼이 빠져나간 수준으로 깊게 잠들어 있었다. 라틸은 그를 빤히 내려다보다가 말랑해 보이는 뺨을 쿡 찔렀다. 그는 입을 우물하고는 잠깐 미간을 찌푸렸으나 일어나진 않았다.

라틸은 속으로 웃었다. 라나문이나 클라인처럼 화려한 미남은 아니고, 칼라인이나 타시르처럼 인상 깊은 미남도 아니었지만 이렇게 보니 이목구비가 반듯하게 잘생긴 얼굴이었다. 라틸은 그의 머리카락을 쓸어주고서 침대에서 일어나 밖으로 나갔다. 라틸이 게스타의 배웅 없이 나오자 게스타의 시종은 황망한 표정으로 방과 라틸을 번갈아 보았다.

"곤히 자고 있으니 깨우지 말거라."

라틸은 게스타의 시종에게 당부한 후 자신의 방으로 돌아왔다.

그런데 방에 와보니 뜻밖의 손님이 있었다.

'클라인 황자?'

이전에도 한 번 왔던 손님이었다. 클라인 황자. 그가 또다시 이전의 그 의자를 복도에 놔둔 채 앉아 있었다. 클라인 황자의 시종은 익숙한 일인지 체념조로 커피까지 다시 채워주고 있었고.

라틸이 다가오자 클라인은 활짝 웃으며 일어나다가 2초 만에 불만스러운 표정을 지었다.

"왜 여기 있는 거냐? 네 방은 어쩌고?"

"폐하를 기다렸습니다. 통 오시질 않아서요."

라틸은 헛웃음을 터트렸다.

"넌 진짜 네 형을 안 닮았구나."

"감사합니다. 자주 듣는 소리입니다."

칭찬이 아닌데, 생각하면서도 라틸은 피식 웃고 말았다.

"여기에 얼마나 오래 있었지?"

"그리 오래 있진 않았습니다."

클라인 황자가 가볍게 대답하자, 라틸의 방문 앞에 서 있던 기사 한 명이 고개를 살짝 저었다. 오래 있었단 거다.

라틸은 잠시 클라인 황자의 깨끗한 은발을 바라보다가 충동적으로 제안했다.

"아침 식사나 함께하자."

라틸이 클라인을 데리고 식당으로 들어서자, 미리 대기하고 있던 담당 궁정인들이 놀라워하는 눈짓을 주고받았다. 그렇게 쫓아다니더니 결국 같이 왔구나, 하는 눈빛들이었다. 그들이 무어라 하든, 라틸은 태연하게 테이블 가장 상석에 앉았다. 미리 지시한 것도 아니건만, 궁정인들은 요령 있게 2인분의 식사를 가져왔다. 오늘 역시 샐러드와 구운 빵, 잼, 버터, 우유, 수프 등으로 된 간편한 식사였다. 한 번 와본 적이 있어서인지 클라인은 자연스레 라틸의 옆자리에 자리를 잡고 앉았다.

궁정인들이 음식을 내려놓고 물러간 후, 라틸은 포크를 쥐며 힐긋 클라인을 보았다. 대체 얼마나 자신에 방 앞에서 기다린 건가. 배가 많이 고팠던지 클라인은 바로 수프부터 마시고 있었다. 그래도 황자라고, 급히 먹는 것 같은데도 제법 모양새가 나왔다.

라틸도 식사를 시작하자, 잠시 식당 안에는 두 사람이 조용하게 식사하는 소리만이 났다. 식사하는 소리라고 해도, 둘 다 먹으며 거의 소리를 내지 않았기에 무척이나 조용했다.

라틸은 적당히 배를 채운 후에야 빵을 찢으며 클라인을 황자를 불렀다.

"클라인."

"예, 폐하."

"궁금한 게 있는데."

"물어보십시오."

"혹시 돌을 던진 게 누구인지, 짐작 가는 사람 없어?"

"남 일엔 관심이 없습니다."

라틸은 웃음을 터트렸다. 시종장의 말처럼 클라인이 범인일 것 같아서 한 질문은 아니었다. 그저 궁금해서 물어본 것이었을 뿐. 하지만 곧장 솔직한 대답, 그것도 무척이나 솔직한 대답이 나오자 저절로 웃게 되었다. 걱정이 된다거나, 모른다거나, 누구 같다거나 하는 것도 아니라 관심이 없다니.

'또라이긴 한데 재미는 있네.'

시종장은 사적인 감정을 가득 넣어서 클라인 황자를 범인으로 지목했으나, 라틸은 어쩐지 아닐 것 같았다. 그리 오래 안 사이는 아니지만…… 클라인 황자는 기분이 상해도 몰래 돌을 던질 것 같진 않았다. 앞에서 던지면 몰라도.

"범인이 이번엔 네게 던질지도 모르는데, 신경 쓰이지 않아?"

그의 대답이 재미있어서 놀리듯 묻자, 클라인 황자는 "네." 하고 즉답했다.

"전 그런 무말랭이 같은 체질이 아닙니다. 공격이 들어오면 스스로 방어할 수 있으니까요."

'무말랭이…….'

라틸은 예전에 그가 소리 없이 의자와 의자 사이를 이동했던 걸 떠올리며 고개를 끄덕거렸다. 확실히. 몸을 사용하는 게 남다른 듯했지.

"걱정해주셔서 감사합니다, 폐하."

'아니, 걱정한 건 아닌데.'

"그래."

라틸은 웃음을 참으며 다시 빵을 찢었다. 그런데 빵을 수프에 찍어 먹다 보니, 클라인 황자가 계속 이쪽을 쳐다보고 있었다. 식사를 다 하진 않은 것 같은데. 왜 저렇게 유심히 보지?

"왜 그러느냐?"

의아해서 묻자, 클라인 황자가 뜻밖의 질문을 던졌다.

"선황제 폐하의 무덤에 흑림 표시가 되어 있다 들었는데. 조사엔 진전이 있습니까?"

"아직 수사 중인데. 그건 왜 묻는 거지?"

클라인의 질문은 무척 이질적으로 여겨졌다. 아름답긴 하지만 클라인은 머리가 좋아 보이는 황자는 아니었다. 알아본 바로는 실제로도 공부를 못했다 하고. 그런 이가 온갖 사탕발림을 해야 할 타이밍에 저리 진지한 질문을 하다니……. 게다가 흑림은 비밀스러운 집단이라는데 그 이름에 대해서도 알고 있다니.

"아마 흑림이 범인은 아닐 겁니다."

심지어 대답까지도 진지했다.

"왜 그렇게 생각하지?"

라틸의 질문에 클라인은 콧잔등을 찡그렸다.

"예전에 형님, 그러니까 하이신스 폐하께서 흑림에 의뢰를 넣으려 한 적이 있었는데 거절당했으니까요."

'그래서 흑림에 대해 알았구나. 하지만 세상에.'

"하이신스가? 누굴 죽이려고 했는데?"

당연한 걸 왜 묻냐는 듯 클라인이 눈썹을 치켜뜨며 대답했다.

"헤움 황자요."

'아아. 그렇겠지. 반역을 일으킨 자니까.'

"왜 거절당한 건데?"

"황족들과는 어떤 식으로든 얽히고 싶지 않다더군요."

"와."

"방금 그 '와'는 무슨 뜻입니까?"

"아니. 의외로 제대로 대답하는구나 싶어서."

"……."

"아니, 황자 네가 멍청하단 의미가 아니라. 정말로 도움이 되었단 뜻이다."

라틸 역시 흑림이 선황제를 암살한 범인이라 하기에는 애매한 구석이 많다 여기던 참이었다. 흑림 표식과 정반대의 내용을 담은 편지라든가, 이미 몇 개월이 지난 후에야 남겨진 표식이라든가 하는 것들.

그런데 클라인 황자의 말까지 합쳐지니 반쯤 그 생각에 확신이 생겼다. 역시 흑림이란 놈들 짓은 아닌 거 같아. 하지만 범인은……

어째서 위험을 무릅쓰고 흑림에게 화살을 돌리려 한 걸까?

라틸이 클라인에게 도움을 받은 건 그가 준 정보뿐만이 아니었다. 의도한 건 아니겠으나 그는 라틸에게 새로운 수사 방식 역시 열어주었다.

"칼라인과 타시르를 불러와라."

후궁들이라고 해서 꼭 품에만 끼고 있을 필요는 없다는 것. 라나문이나 게스타 같은 귀족 영식들이야 온실 속 화초일 테니 이런 걸 잘 모르겠지만, 밖에서 온갖 경험을 쌓으며 성장한 용병왕이나 상단 후계자라면 흑림에 대해서도 달리 아는 바가 있을지도 몰랐다.

잠시 기다리자 칼라인과 타시르가 집무실 안으로 들어왔다. 집무실에 들어온 건 처음일 텐데, 칼라인은 들어오면서도 거침이 없었다. 반대로 타시르는 한 걸음 한 걸음을 걸으면서도 사방을 살피며 다가왔다.

'이런 데에서도 성격이 묻어나네.'

마침내 라틸의 책상 바로 앞까지 다가온 두 사람은 멈추어 서서 그녀를 바라보았다. 오면서 보인 행동은 달랐지만, 둘 다 여기로 불려온 이유를 짐작하지 못하는 눈치였다. 이런 일은 굳이 돌려 물을 것도 없었다. 라틸은 그들에게 바로 질문을 던졌다.

"혹시 흑림에 대해 아는 게 있는 사람?"

타시르는 눈썹을 치켜올렸다. 반대로 칼라인은 표정 변화 없이 라틸을 가만히 바라보기만 했다. 라틸은 두 남자의 반응을 살살이 훑으며 말했다.

"최근 벌어진 일에 대해서는 둘 다 들었으리라 생각하는데. 안 그런가?"

편지 내용에 대해 아는 건 극소수이지만, 무덤 낙서는 워낙 노골적이다 보니 이미 알 사람들은 다 알 터. 둘 역시도 순순히 인정했다.

"선황제 폐하의 무덤 건이라면, 예. 들었습니다."

"들었습니다."

"그 일 때문에. 너희는 한 명은 유명한 용병이고, 한 명은 상인이니까. 아무래도 그런 집단들하고도 좋든 나쁘든 얽혔을 것 같거든."

칼라인과 타시르가 서로를 힐긋 쳐다보았다. 라틸은 두 사람의 대답을 기다렸다. 먼저 말문을 연 건 칼라인 쪽이었다.

"흑림에서 암살 타깃이 된 사람이, 보호해달라며 절 고용한 적이 있습니다."

'역시. 얽힌 적이 있구나.'

"그러면 그자들을 직접 만나봤겠네?"

"예."

"어땠지?"

"……."

칼라인은 곧게 펴져 있던 미간을 살짝 찡그렸다.

'아. 혹시 의뢰 실패였나? 흑림에게 진 건가?'

너무 대놓고 물었나 싶어 라틸은 조심스럽게 칼라인의 눈치를 살폈다. 의외로 대답은 덤덤했다.

"반은 살렸지만 반은 살리지 못했습니다."

"의뢰를 반만 성공했단 거야?"

"네. 구체적인 의뢰 내용은 알려드리기 힘듭니다."

라틸은 어째서냐고 물어보려 했다. 그러나 옆에서 가만히 듣고 있던 타시르가 먼저 끼어들며 물었다.

"그런데 용케도 살아 있군, 자네?"

무슨 소리야? 라틸이 힐긋 쳐다보자, 타시르가 속삭이듯 말했다.

"흑림은 한 명이 당하면 100명이 몰려가서 복수하기로 유명한 놈들이라서요."

"진짜야?"

라틸은 눈을 커다랗게 뜨고 칼라인을 쳐다보았다. 그러나 칼라인은 대답 대신 미간을 찡그리고서 타시르를 힐긋 보았다.

"거짓말이야?"

라틸은 다시 물었다. 하지만 칼라인은 무언가 걸리는 게 있단 얼굴로 이번에도 대답하지 않았다. 목덜미를 노리며 다짜고짜 달려들던 그 늑대는 어디 가고, 입이 달라붙기라도 한 것처럼.

"진짜냐고 묻고 있는데. 칼라인, 황제가 안 보여?"

라틸은 가볍게 탁자를 퉁 내리치고서, 칼라인의 눈앞에 대고 손을 흔들었다. 이거 몇 개니? 그제야 칼라인은 라틸 쪽으로 고개를 돌렸으나, 여전히 굳은 표정이었다. 그런 심각한 표정으로 칼라인이 한 대답은 별거 없었다.

"모르겠습니다."

"아…… 모르는구나."

라틸은 고개를 끄덕거렸다. 이 대답 하려고 저렇게 뜸을 들였나? 하지만 곧 칼라인이 왜 타시르를 이상하단 눈으로 쳐다본 건지 알 수 있었다.

어라? 그러네. 흑림과 싸워본 칼라인도 모르는 걸, 타시르가 어떻게 아는 거지? 라틸은 휙 타시르를 쳐다보았다. 타시르는 여전히 싱글 생글 속을 알 수 없는 눈으로 중얼거리는 중이었다.

"진짜 대단하네. 정말 대단해. 그게 자네였어."

게다가 중간에 아주 꺼림칙한 말이 하나 끼어 있었다. '그게 자네였어'라니. 라틸은 떨떠름해서 타시르를 쳐다보다가 물었다.

"타시르. 넌 흑림에 대해서 아는 게 많은 모양인데. 뭐 접점이라도 있는 거야?"

"접점이라."

타시르는 그제야 칼라인에게서 시선을 떼고 라틸을 쳐다보았다. 눈이 마주치자, 시원스러운 눈매가 둥글게 휘어졌다. 처음 보았을 때 라틸을 경악하게 했던 그 마약 범죄자 같은 미소로, 타시르가 가볍게 대답했다.

"흑림은 제가 운영하는 서비스 업체입니다, 폐하."

찰나의 침묵 후. 라틸은 확 검을 빼 들어 타시르의 목 앞에 가져다 댔다. 타시르는 같이 검을 빼 드는 대신, 항복 표시로 두 손을 들어 올리며 빠르게 말했다.

"일단 들어보세요, 폐하."

"상인이라며. 언제부터 암살자들이 상인이 된 거지? 내가 너 얼굴 보고 딱 알았어. 너 마약상이지?"

"마약상이라니……."

타시르는 억울하단 듯 중얼거리고서 재빨리 대답했다.

"선황제 폐하께 허락받은 업체입니다."

"뭐?"

라틸은 미간을 찡그렸다. 검날이 더 목에 가까워졌으나, 타시르는 여전히 방어 자세를 취하지 않고 라틸을 까만 눈으로 응시하기만 했다.

"흑림은 선황제께도 그 전의 황제 폐하께도, 그리고 그 전, 거슬러 올라가자면 초대 황제 폐하께도 허락받은 업체입니다."

"그게 무슨 소리지?"

"절대 범인이 아니란 소리죠."

"들은 적 없는데."

"보통은 양위하거나 유언을 남기실 때, 흑림의 수장을 불러서 다음 보위에 오를 분과 만나게 해주시니까요. 극비 사안이기도 하고."

'극비'란 단어를 말하며 타시르가 힐긋 칼라인을 쳐다보았다. 칼라인은 여전히 알 수 없는 시선으로 타시르를 쳐다보고 있었다. 타시르는 슬그머니 손을 내리려다가 라틸이 검 끝을 꾸욱 목에 누르자, 얼른 손을 원위치시키며 빠르게 설명했다.

"나랏일을 하려면 필요하지 않습니까, 그런 거. 밑에서 위험한 일, 꼭 해야 하지만 합법적인 범위 내에서는 할 수 없는 일들이요."

"그런 게 뭔데?"

"나라에 해가 되는 범죄자인 게 확실한데 한발 앞서 증거를 없애버려서 재판에 가봤자 소용없을 경우라든가……."

"!"

"정확히 말하자면 흑림은 암살 집단이 아니라 그런 일을 하는 집단입니다."

"그런데 왜 암살 단체로 알려진 건데?"

"세간의 눈을 돌려야 하니까요."

"암살자 집단으로?"

"예. 그래서 일부러 암살을 했을 때만 표식을 남겨두어서, 역으로 사람들의 이목을 가린 거지요. 암살 외의 일은 우리가 한 게 아닌 것처럼 생각하도록."

"……."

얼추 말이 되긴 했지만, 바로 믿을 수는 없었다. 그 말을 확인해 줄 선황제가 무덤 안에 있지 않던가. 같은 생각을 한 건지, 타시르가 끙 소리를 내면서 말했다.

"역대 황제 폐하들의 인장을 찍은 서류를 보관하고 있으니 그걸 보여드리면 되겠습니까?"

황제의 인장은 절대로 위조할 수 없었다. 대신관이 신성력을 집어넣어 만들기 때문에, 확실하게 분간할 방법이 있기 때문이었다. 라틸은 천천히 검을 내렸으나 여전히 긴장을 늦추지 않았다.

"그런데 왜 대관식에 날 찾아오지 않고 이런 식으로 온 거지, 타시르?"

타시르는 눈동자를 데굴데굴 굴리다가, 라틸이 다시 검 손잡이를 잡자 천천히 입을 열었다.

"솔직히 대답하면 기분 나빠 하실 것 같지만……."

"말해."

"그래도 솔직히 말씀드리자면, 저희 측에서는 라트라실 폐하도 믿기 어려웠던 상황인지라."

라틸의 눈썹이 꿈틀했다.

"날 믿기 힘들다니?"

"선황제 폐하를 암살한 용의자 중 한 명이셨…… 이런. 때리는 건 안 됩니다."

라틸이 움칠하자 타시르가 얼른 몸을 뒤로 빼며 말했다. 라틸은 꽉 쥔 주먹을 풀었다.

"안 때려."

때리려고 주먹을 쥔 게 아니었다. 선황제의 무덤가에 놓여 있던 편지가 생각났기 때문에 한 행동이었다. 선황제를 죽인 게 라틸이라는 말. 한 사람이 그런 말을 하면 개소리이다. 하지만 전혀 다른 사람, 게다가 아버지의 비밀 집단에서도 자신을 용의자로 생각했다고 하니 미심쩍었다.

'누가 봐도 난 선황제의 죽음으로 손해를 본 쪽인데. 왜 저런 생각을 한 거지? 아니면 그 편지를 남긴 사람이 타시르일 가능성은 없나?'

"이유가 뭐지? 왜 날 용의자 중 하나라 생각했는데?"

라틸은 일단 편지 건에 관해서는 말하지 않고 물었다. 타시르는 대답 대신 슬쩍 칼라인을 쳐다보았다. 그가 있는 곳에서는 말하기 곤란하단 눈치였다.

"나가 있어라, 칼라인."

라틸은 타시르의 뒷말을 듣고 싶었기에 칼라인에게 명령을 내렸다. 그러나 칼라인은 나가는 대신 "위험합니다"라며 버티고 섰다.

"아직 아무것도 확인된 게 없지 않습니까, 주인. 저자가 말하는 '황제들의 음지 단체'라는 건 아직 주장일 뿐입니다."

타시르는 발끈하는 대신 히죽 찢어진 미소를 지으며 손가락으로 칼라인을 가리켰다.

"위험하기로 치자면, 폐하. 칼라인 쪽이 더 위험하지 않을까요?"

이건 또 무슨 소리야? 라틸이 눈썹을 치켜올리자, 타시르가 조롱조로 설명했다.

"흑사신단은 돈만 주면 무슨 일이든 해주기로 악명 높은 단체니까요. 안 그래, 용병왕? 너희는 한 명에 대한 암살 의뢰는 받지 않지만, 돈만 주면 어디든 가서 칼을 휘두르고 수십 수백 명을 베어내지. 어제의 의뢰인을 다음 날 죽이기도 하는 놈들이, 한 명에게만 충성을 다하는 우리를 두고 위험하다니……."

"……."

"똥 묻은 개가 이쁜 충견한테 헛소리를 짖네?"

칼라인이 대번에 허리춤으로 손을 내렸다. 하지만 반사적인 반응이었을 뿐. 집무실에 들어오기 전 이미 무기를 다 압수당했기 때문에 잡히는 건 없었다. 타시르는 이 와중에도 비실비실 웃었지만 라틸은 좀 걱정이 되었다. 타시르 저거, 하렘에 돌아가자마자 칼라인에게 맞아 죽는 건 아닌가 몰라…….

'어찌 되었건 둘 다 하는 일이 위험하단 거지.'

그래도 라틸이 손을 휘휘 젓자 두 사람 다 싸워대던 건 바로 멈추었다. 두 남자가 진정하자 라틸은 손가락으로 문을 가리켰다.

"일단 넌 나가 있어, 칼라인."

"주인!"

"나가 있어."

라틸이 재차 단호하게 지시하자, 칼라인은 입술을 꿈틀했지만 어쩔 수 없다는 듯 집무실 밖으로 성큼성큼 걸어갔다.

"서닛 경. 들어와."

라틸은 칼라인을 내보낸 대신 서닛이 들어오도록 한 다음, 집무실 문을 굳게 닫았다.

"이제 말해봐."

타시르는 서닛을 쳐다보며 물었다.

"저자는 있어도 됩니까?"

"어. 서닛은 내가 가장 믿을 수 있는 사람이니까."

"그러시다면야 뭐."

앞 이야기를 모르는 서닛은 어리둥절한 얼굴이었으나, 일단 라틸의 옆에 제대로 붙어 섰다. 타시르는 다시 설명을 시작했다.

"저희가 처음 폐하를 선제 폐하의 암살 배후로 의심했던 건, 그 전에 내려진 명령 때문이었습니다."

"명령? 무슨 명령?"

"선제 폐하께서는 암살당하시기 전, 저희에게…… 크흠. 죄송합니다, 폐하. 저희에게 당시 황태녀이셨던 폐하에 대한 조사를 지시하셨거든요."

뭐가 죄송한데? 어리둥절하게 듣다가 라틸은 머리를 주먹으로 꽝 맞은 충격에 멍해졌다. 뭐? 누가 누구를 조사해?

"아바마마가 나에 대한 조사를 지시하셨다고?"

너무 놀라서인가. 목소리가 저절로 떨렸다. 라틸은 초조하게 입술을 눌렀다.

"뭘 조사하라 하신 거지? 왜 조사하라 하신 건데?"

"조사 목적에 대해 알려주시진 않았습니다."

타시르는 라틸의 눈치를 살피고서 덧붙였다.

"어쩌면 간단한 이유였는지도 모릅니다. 황태녀이시니, 보위에 오르기 전 제대로 파악해두고 싶으셨던 걸지도 모르지요."

그저 파악해두고 싶어서 암살 비밀 단체에게 조사를 명령한다고?

"……"

"그런데 얼마 가지 않아 선제 폐하께서 암살당하셨습니다. 저희로서는 시기적으로 라트라실 폐하를 의심할 수밖에 없었습니다."

라틸은 아직도 머리가 멍했다. 도저히 그의 말을 받아들이기 힘들었다. 거짓말. 어쩌면 저자는 전부 다 거짓말을 하고 있는 게 아닐까? 그래, 흑림이 초대 황제 때부터 음지의 일을 맡아왔단 것도 거짓 아닐까?

'전에 우리나라는 비밀 정보 조직 같은 거 없나 생각해본 적이 있긴 한데……. 와. 미치겠네.'

라틸은 후, 한숨을 깊게 내쉬었다. 이 부분은 서류를 가져오라 지시하면 바로 확인할 수 있겠지. 게다가 앙제스 상단은 거미줄처럼 타리움 제국과 얽혀 있는 상단이었다. 그런 곳의 후계자가 상단을 말아먹을지도 모르는데 당장 들통날 거짓말을 하진 않을 터였고.

"그런데 왜 갑자기 나의 후궁으로 들어온 거지? 대관식 때야 뭐. 날 못 믿어서 넘어갔다고 쳐도. 다른 길로 와도 됐잖아."

"여러모로 조사한 결과 흑림에서는 폐하께서 선황제 암살의 배후가 절대 아니란 확신을 가졌습니다. 이후 자연스레 접근할 길을 찾다가…… 네. 이렇게 된 거지요."

하렘 얘기를 자신이 먼저 꺼낸 게 아니라면, 라틸은 아마 하렘 얘기를 꺼낸 사람이 타시르와 한패일 거라 의심했을 것이다. 하지만 대신들의 예상을 뒤엎고서 하렘을 도입한 건 라틸 자신이었다.

"이건 전부 앙제스 상단주가 지시한 거냐?"

"아, 그건 아닙니다. 아버님은 흑림에 관해 모르십니다."

"뭐?"

"흑림은 앙제스 상단 소속이 아니거든요. 저희 가문이 맡아온 집단인 건 맞지만, 제게 수장 자리를 물려준 분은 다른 친척입니다."

타시르는 라틸의 눈치를 살피다가 덧붙였다.

"역대 황제 폐하들의 명을 따르긴 하였지만, 그렇다고 해서 흑림이 완전히 황제 폐하의 소속은 아니었습니다. 정확히 표현하자면 긴밀한 협력관계에 가깝지요."

라틸은 무거운 머리를 손으로 짚고 눈을 감았다. '네가 아버지를 죽였다'는 편지를 받았을 때만큼 사안이 복잡했다. 하지만 그중 가장 복잡한 건 타시르가 흑림의 수장이란 게 아니었다. 아버지가 그들에게 자신을 조사하라 시켰다는 것. 이게 가장 이해하기 어려웠다.

그날 늦은 저녁. 라틸의 명에 따라, 타시르는 흑림의 충성 문서를 가져와 보여주었다. 라틸은 그곳에 찍힌 역대 황제들의 인장을 꼼꼼하게 확인했다.

"진짜네."

그럴 거라 예상은 했지만, 문서와 인장은 전부 진짜였다. 초대 황제의 것도 아버지의 것도. 문서를 살핀 라틸이 인정하자, 타시르는 자신만만해서 물었다.

"이제 제 말을 믿으시겠지요? 어쩌다 보니 오해를 받긴 했습니다만, 흑림은 절대로 선황제 폐하를 모욕한 일이나 암살한 일과는 절대로 관련이 없습니다. 애초에 그렇기에 제 정체를 스스로 밝힌 거고요."

하지만 라틸은 고개를 저었다.

"네 말이 진짜인 건 알겠어. 그렇다고 네 말을 다 믿는단 뜻은 아니야."

그런 말도 안 되는 논리가 어디 있냐는 듯 타시르가 미간을 살짝 찡그렸다. 라틸은 다 살핀 문서를 도로 타시르에게 내밀었다.

"아바마마께서 흑림의 존재를 허락하셨다고 해서, 흑림이 아바마마를 배신하지 않았다는 건 아니잖아."

안 그래? 라틸이 웃으면서 동의를 구하자, 타시르는 문서를 받아 들면서 눈을 가늘게 떴다. 안 그렇다고 생각하는 눈치였다.

"하오면 폐하께서는, 흑림이 선제 폐하를 암살했을 거라 계속 의심하십니까?"

"꼭 그런 것도 아니고."

"?"

"난 너희를 의심하는 게 아니라, 모든 사람을 다 의심하고 있거든. 전반적으로 전부 다."

"!"

"가장 아낀 자식인 데다 공식적 후계자였던 나까지 용의자에 올랐어. 그럼 나는 나보다 아버지 신뢰를 못 받는 모든 사람을 다 의심해야지. 안 그래?"

타시르의 표정이 기묘해졌다. 딱 잡아 표현하기 어려울 만큼 복잡한 감정이 가득해 보이는 얼굴이었다. 라틸은 그에게 정확히 누구누구를 가장 의심한단 말을 하는 대신, 서랍에서 편지 한 장을 꺼내어 내밀었다.

"이거. 확인해봐."

"무엇입니까?"

"확인해봐."

타시르는 조심스레 편지를 받아 들었다. 그의 눈동자가 빠르게 움직였고, 눈썹이 삐죽 올라갔다. 라틸이 타시르에게 건넨 건 아버지의 무덤가에서 발견한 편지였다. 라틸이 선황제를 죽인 거라 주장하는 편지.

"이건……?"

"이것도 네가 남겼어? 아니면 흑림에서 남겼어?"

"이 질문을 하시려 보여주신 겁니까?"

"나한테 그런 식으로 말을 한 게 그 편지를 쓴 사람이랑 너뿐이어서."

"흑림에서 남긴 편지는 아닙니다."

타시르는 미간을 찡그린 채 대답하고서 편지를 다시 라틸에게 돌려주었다. 라틸은 편지를 서랍 안에 집어넣으며 타시르를 기민하게 관찰했다. 그냥 둘러댄 말이 아닌지, 타시르 역시 그 편지 내용을 의외라 여기는 기색이었다.

"확실한 건, 누군가 저희 쪽에 그야말로 '모든 것'을 덮어씌우고 싶어 하는 모양입니다."

"모든 것?"

"선황제 폐하의 암살, 무덤 훼손, 게다가 범인으로 폐하를 지목하는 것까지 다요."

"누가 그랬는지 짐작은 안 가?"

"적이 많아서요."

타시르는 어깨를 으쓱했다.

"선제 폐하의 밀명 아래 행동한 게 많다 보니, 황실과 공통의 적도 많습니다."

"그래."

라틸은 한숨을 내쉬었다.

나라를 어떻게 부강하게 할지, 국민이 어떻게 더 질 좋은 삶을 누리게 할지 등등을 고민해도 모자랄 판인데. 즉위 후부터 내내 이런 일들에 휘말리니 머리가 아팠다.

그런데 관자놀이를 꾹꾹 누르며 생각에 잠겨 있자니, 타시르의 시선이 계속해서 와 닿았다. 라틸은 손을 내리고 고개를 들었다. 타시르가 입을 꾹 다문 채 조용히 라틸을 응시하고 있었다.

"왜? 할 말 있어?"

라틸은 그가 뭔가 떠오른 게 있나 싶어 물었다. 타시르는 대답 대신 라틸의 책상 앞까지 다가와서는, 책상 위에 팔을 괸 채 쪼그리고 앉았다. 부하가 하기엔 격의 없는 행동이었다. 갑자기 왜 이러나 싶어 라틸이 쳐다보자, 타시르는 조용히 항의했다.

"저를 너무 부하로만 보시는 거 아닙니까?"

"뭐?"

"시작이야 어쨌든 저도 폐하의 남자입니다."

"!"

"그런데 제가 흑림이란 걸 알려드렸을 때부터……."

가만히 응시해오는 타시르의 눈이 가늘어졌다.

"자꾸 저를 부하들 대하듯 하시네요."

"이 와중에 이래야겠어?"

"이 와중에 안 이러면, 정보만 빼가시고 정은 다른 놈들한테 보내실까 봐."

라틸이 황당해서 쳐다보자, 타시르는 돌연 눈꼬리를 휘어 웃고는 쪼그리고 있던 다리를 일으켰다.

"선대 폐하께야 어찌했든, 이번에는 흑림의 수장으로 계약을 한 게 아니라 폐하의 남자로 계약한 것이니까요."

라틸은 눈을 깜빡이다가 피식 웃으면서 등받이에 몸을 기댔다.

"그래서. 뭘 어떻게 해줬으면 좋겠는데? 네가 생각하는 '남자로 대해주는' 게 뭔데?"

허리를 숙인 타시르의 얼굴이 라틸의 코앞까지 다가왔다. 라틸은 그의 까만 눈동자를 쳐다보았다. 늘 약에 취한 눈이라 생각했는데. 아주 가까이에서 보니 꼭 그렇지도 않은 게, 안구에는 탁한 구석이 전혀 없었다.

"입맞춤? 쓰다듬? 원하신다면 그보다 더한 거?"

라틸은 한숨을 내쉬고서 타시르의 까만 머리카락에 손을 뻗어 벅벅 문질렀다. 거칠거칠한 머리카락이 손끝에 착착 달라붙었다.

"……애정이 안 들어가 있는데요. 제 머리가 수세미입니까."

"쓰다듬어달라며."

바람 빠지는 소리를 내며 웃은 타시르가 굽혔던 허리를 폈다.

이런저런 일들로 머리가 복잡해지자 쉽게 잠들 수가 없다. 라틸은 이불 안에서 뒤척이다가, 새벽에 홀로 침실을 빠져나와 정원을 산책했다. 뒤를 따르는 건 서넛뿐이었다. 라틸은 말없이 걸어가다가 힐긋 서넛을 쳐다보았다. 항상 그랬지만, 서넛은 입을 다문 채 라틸만을 뒤따르고 있었다. 그러다 눈이 마주치자 그제야 눈가에 미소를 띤 채 "왜 그렇게 봅니까?" 하고 물었다.

"방금 알아차린 건데. 서넛 경은 내가 말 걸기 전엔 웬만하면 먼저 말 안 겁니다?"

"항상 그런 건 아닙니다."

"그러니까. 항상 그런 건 아닌데 자주 그럽니다."

왜 그러지? 라틸이 고개를 갸웃하자, 서넛이 자연스럽게 뒤에서 라틸의 옆으로 자리를 옮기며 웃었다.

"항상 붙어 다니는데 수시로 말 걸면 귀찮으실까 봐."

"안 귀찮습니다."

"아직 수시로 말을 안 걸어봤으니까요. 제가 계속 말 걸면 귀찮아지실 겁니다."

"아닌데?"

"그럼 이제부턴 계속 말 걸어도 됩니까?"

"음…… 안 됩니다."

라틸이 갑자기 확 말을 바꾸며 짓궂게 웃자, 서넛은 너털웃음을 터트렸다.

"사람 심장 그렇게 들었다 놨다 하시는 건 치사합니다."

"서넛 경 심장이 이 정도에 들리긴 합니까?"

"모르시나 본데. 저 되게 가벼운 심장입니다."

라틸은 다시 낄낄 웃음을 터트렸다. 서넛과 시시껄렁한 농담을 주고받아서인가. 아까보다는 복잡한 기분이 많이 풀려 있었다. 라틸은 일부러 하얀 자갈을 뿌드득 뿌드득 소리가 나게 밟으며 물었다.

"그렇게 심장 가벼운 사람이 왜 아직 결혼 안 했습니까?"

"……."

그런데 이 질문을 하는 순간 갑자기 분위기가 무거워져버렸다. 라틸을 발장난을 치며 걷다 말고 돌아보았다. 서넛이 무거운 표정으로 억지 미소를 지은 채, 다시 뒤에서 느리게 따라오고 있었다.

'옆에 있더니. 왜 갑자기 또 뒤로 갔지?'

"서넛 경?"

내가 말실수를 한 건가? 의아해서 부르자, 서넛은 그제야 표정을 다시 바꾸고서 아무렇지 않게 대답했다.

"첫사랑이 아파서 그럽니다."

첫사랑? 라틸은 고개를 갸웃했다. 서넛에게 첫사랑이 있던가? 들어본 적이 없었다. 라틸이 기억하는 서넛은 언제나 아버지의 뒤를 따라다니는 이였다. 휴식 시간에는 레안과 있거나 라틸을 찾아왔다. 그런 서넛에게 첫사랑이라니…….

"첫사랑이 누굽니까?"

"그 사람. 벌써 결혼했습니다."

호기심에 질문을 던졌던 라틸은 서넛의 덤덤한 대답에 '아아' 소리를 내며 눈썹을 들어 올렸다. 결혼했구나.

상대가 미혼이든 기혼이든 상관없단 귀족도 많고, 상대가 기혼이라는 데 더욱 불이 붙어서 투지를 불태우는 귀족도 많았다. 하지만 라틸이 아는 서넛은 그런 타입은 아니었다. 라틸은 고개를 끄덕거렸다.

평소라면 그냥 농담조로 넘어갔을 텐데. 지금의 서넛은 무척 진지한 표정이었다. 좀 아파 보이기도 했다. 이럴 때 상대의 아픈 사랑을 농담거리로 취급하는 건 안 될 것 같았다.

"음. 더 좋은 사람이 나타나길 바랍니다."

라틸은 머뭇거리면서 진심으로 말했지만, 서넛은 이번에도 아프게 웃었다.

"없습니다, 그런 사람."

하루하루 시간이 지나갔지만, 조사는 지지부진한 채로 멈추었다. 라틸은 흑림에 대한 일, 선황제 무덤 훼손에 대한 일, 자신에게 남겨진 편지 등을 조사하면서 황제로서의 업무에 충실하느라 하렘을 찾지 못했다. 하도 피곤하다 보니 밤이 되면 침대에 쓰러져 바로 잠들기 일쑤였다. 이런 와중에 하렘까지 걸어가는 것도 일이었다.

하지만 마냥 바쁘기만 한 라틸과 달리, 궁정인들은 조금씩 다시 평화를 찾아갔고, 궁 안의 분위기도 진정되었다.

그렇게 고요하던 어느 날. 카리센에서 뜻밖의 손님이 도착했다.

"악시안?"

게다가 그자는 라틸에게 온 손님이 아니었다.

"예. 하이신스 황제의 근위기사단 부단장이라 합니다."

"근위기사단 부단장이 왜 하이신스 옆에 안 있고 여기에 왔는데요?"

"하이신스 황제께서 동생이 염려되신다며, 클라인 황자의 호위를 명령했다 합니다."

시종장의 설명에 라틸은 헛웃음을 지었다.

"그런 이유로 황제의 근위기사가 먼 타국까지 찾아왔다고요?"

카리센에서 온 황제의 근위기사는, 놀랍게도 황제의 심부름을 온 게 아니라 단순히 클라인 황자의 호위를 위해 왔다고 한다.

하지만 일반 근위기사도 아닌 근위기사단 부단장이었다. 그런 사람이 한 달 이내로 잠깐 다녀가는 것도 아니고, 몇 년, 혹은 평생 여기에 있어야 할지도 모르는 일에 직접 왔다고? 호위로? 말도 안 되는 일이었다.

라틸 역시 아버지가 살아 계실 적 아버지의 근위기사단장인 서넛을 데리고 카리센에 방문한 적이 있지만, 일시적인 방문이기에 가능한 일이었다. 아무리 라틸을 아끼는 부황이라도, 라틸이 그 길로 결혼을 하러 갔다면 절대로 서넛을 보내진 않았을 것이었다.

라틸은 혀를 차고서 물었다.

"그래서 그자는 지금 어디로 갔는데요?"

"바로 하렘 안으로 들어갔다고 합니다."

"⋯⋯."

"가보시겠습니까?"

시종장이 조심스럽게 물었다. 라틸은 입술을 꾹 다물고 등받이에 몸을 기대었다.

타시르가 흑림의 수장이라는 걸 알게 된 그 충격적인 날 이후. 라틸은 하렘의 그 누구를 따로 찾아가거나 부르지 않았다. 딱히 어떤 목적이 있어서라기보다는, 집권 초기이니만큼 이것저것 바빴기 때문이었다. 그러다가 카리센에서 근위기사단 부단장 악시안을 보냈단 말을 듣자, 예전에 하던 생각이 다시 떠올랐다.

"클라인 황자요."

"예, 폐하."

"진짜로 뭐 첩자질 같은 거 명령받고 온 거 아닐까요?"

시종장은 쉬이 대답하지 못했다. 클라인 황자를 싫어하는 그였지만, 한 사람을 첩자라고 몰아가는 건 단순히 호불호로 따질 일이 아니었다.

"아, 그렇게 진지하게 물어본 건 아닙니다."

라틸은 시종장이 심각한 얼굴로 고민에 잠기자 웃으면서 손을 저은 후, 천천히 일어났다.

"폐하? 어디에 가시렵니까?"

"새로운 손님이 왔다니까. 그 핑계로 한번 가서 분위기를 보는 것도 괜찮겠지 싶어서요."

그런데 하렘 안으로 들어갔을 때였다. 어딘가에서 분노에 가득 찬 고함이 들려왔다.

'무슨 소리지?'

라틸은 클라인의 방으로 가던 발걸음을 틀어, 소리가 나는 쪽으로 가보았다. 뜻밖에도 클라인이 거기에 있었다. 그 외 게스타와 그들의 시종들도 함께.

"황……."

시종장이 그들에게 라틸이 온 걸 알리려 입을 열었으나, 라틸은 손을 들어서 그를 막았다. 무슨 일인지 조용히 지켜보고 싶어서. 그러자 후궁들은 라틸이 온 줄도 모른 채 계속 싸워댔다.

"죄, 죄송합니다. 절대로 일부러 그런 게 아닌……."

"일부러 그런 게 아니면. 네가 마법사라도 돼? 왜 멀쩡한 물이 허공에서 쏟아지냐고."

"잠깐 헛손질을……."

"미친 새끼가 사람이 등신인 줄 아나? 변명을 해도 좀 성의 있게 하지그래?"

'아. 저렇게 된 건가.'

몸을 감춘 채 가만히 상황을 지켜보고 있자니 대충 상황을 알 것 같았다. 클라인은 아름다운 은발이 쫄딱 물에 젖어 있고, 그 앞에서 게스타는 벌벌 떨면서 변명 중. 아무래도 게스타가 뭘 어떻게 해서 클라인이 저 꼴이 된 모양인데, 클라인은 그게 실수가 아닌 고의라 여기는 모양이었다.

"말릴까요?"

서넛이 옆에서 조심스럽게 물었다.

그때. 라틸이 대답하기도 전에, 라틸의 기척을 눈치챈 건지 클라인이 휙 고개를 돌렸다. 덩달아 게스타도 라틸이 있는 방향을 쳐다보았다. 라틸을 발견한 게스타는 얼굴이 하얘져서 고개를 숙였다. 반대로 클라인 황자가 데려온 수행원은 염려되는 얼굴로 클라인부터 살폈다.

"무슨 일이냐."

더 숨어 있을 수 없게 된 라틸이 다가가자, 클라인은 손가락으로 자신의 머리카락을 가리켰다.

"폐하, 저 비루먹은 망아지 같은 놈이 제게 물을 끼얹었습니다!"

게스타는 얼른 두 손을 휘저었다.

"아닙니다. 그냥 제 시종과 대화를 나누면서 가고 있었는데 헛손질이……."

"아, 그러니까 어떻게 헛손질을 했기에 물이 내 머리 위까지 날아와서 튀냐고. 애초에 내 쪽을 향해서 물을 들이붓지 않는 이상 말이 안 되잖아? 네놈은 헛손질하면 손이 위로 치솟냐?"

"그냥 제스처를 좀 크게 하다가……."

"됐고, 네놈도 머리통 대라. 빨리."

클라인이 주먹을 위협적으로 쥐자, 게스타의 시종이 앞을 막아서며 눈을 매섭게 빛냈다. 그 모습에 이번에는 클라인 황자의 뒤에 서 있던 갈색 머리에 적색 눈을 한 날카로운 인상의 남자가 한 발 앞으로 나서며 게스타의 시종을 견제했다.

'아. 저자가 악시안인가 보다.'

게스타의 시종도 제법 기세가 좋았지만, 비교가 되지 않을 만큼 압도적인 기세를 가진 남자였다. 게다가 처음 보는 얼굴. 라틸은 저자가 하이신스가 보내온 카리센의 근위기사단 부단장 악시안이라는 걸 눈치챘다.

무력 싸움까지 날 것 같자, 시종장이 "무엄합니다!" 하고 소리를 우렁차게 질렀다.

"감히 폐하 앞에서 이게 무슨 짓들입니까!"

그제야 게스타의 시종과 악시안 모두 뒤로 물러나서, 라틸을 향해 무릎을 꿇었다. 라틸 역시도 악시안에게서 시선을 떼고서 게스타와 클라인을 쳐다보았다. 게스타는 눈가가 붉어진 채 울음을 참고 있었고, 클라인은 뚝뚝 물기에 젖은 머리카락 아래로 파란 눈을 매섭게 빛내고 있었다. 둘 다 표정도 분위기도 달랐지만, 두 눈동자는 제법 비슷하게 보였다.

라틸은 그들이 원하는 바를 짐작해냈다. 그들은 라틸이 누군가를 편들어 이 상황을 끝내주길 바라고 있었다.

'난감하네. 난 또 하필 이 타이밍에 여길 왔냐.'

하지만 일의 전후를 모르는데 당장 누군가를 편들어주기 애매했다. 물론, 차분하게 자리를 잡고서 수사관들을 불러다가 샅샅이 따진다면 거짓말을 하는 사람이 누구인가 알 수 있게 될 것이다. 그러나 그렇게까지 일을 키우고 싶진 않았다. 그렇다면 어쩔 수 없다. 누구의 편도 들어주지 않는 수밖에.

라틸은 먼저 게스타를 보았다. 게스타는 커다란 눈으로 라틸을 간절하게 바라보고 있었다. 그 눈을 보고 있자니 편을 안 들어주는 게 좀 미안해졌지만, 라틸은 시선을 외면하며 단호하게 말했다.

"실수든 고의든 물을 끼얹은 건 네 잘못이야, 게스타. 사과는 해야지."

쳐다보고 있지 않은데도 게스타의 표정이 짐작이 갔다. 충격받은 얼굴이겠지. 라틸은 속으로 일부러 그 시선을 외면한 채 이번엔 클라인을 향해 말했다.

"그리고 클라인. 사람이면 다 실수할 수 있는 일이잖아. 고의라고 확신할 수 있는 것도 아닌데, 일단은 사과받고 넘어가."

평소 이미지라는 게 있는 덕인가. 클라인 역시 라틸이 자신을 편들지 않은 게 분하단 표정이었지만, 말하는 게 어렵진 않았다.

라틸은 게스타에게 눈짓했다. 사과. 빨리.

결국 게스타는 우물거리면서 클라인에게 사과했다. 하지만 클라인의 표정은 영 좋아지지 않았다. 클라인은 라틸이 자신을 배신한 것처럼 쳐다보다가, 결국 입술을 꽉 깨물고서 확 돌아섰다.

"저, 저런……!"

그 태도를 본 시종장은 기가 막혀 말을 잇지 못했다. 그러나 라틸은 클라인이, 자신이 편들어주지 않은 데 의외로 큰 상처를 받았다는 걸 알아차렸다. 뒤늦게 미안한 마음이 들었다.

설령 게스타가 진짜 실수로 엎었다 한들, 클라인 본인이 실수라 받아들이지 않으면 고의나 실수나 기분 상한 정도는 똑같을 텐데. 너무 일방적으로 대인배적인 면모를 바란 걸까? 보다 못한 라틸은 클라인을 따로 불러 달래주려 했다. 어차피 클라인을 데리고 가서 악시안에 대해 떠볼 생각이기도 했으니까.

그런데 막 입을 열려 할 때였다.

"폐하! 폐하!"

경비병 세 명이 헐레벌떡 다급하게 뛰어왔다. 무슨 일인가 싶어 쳐다보자, 그중 가장 중앙에 선 사람이 숨을 가쁘게 몰아쉬며 보고했다.

"폐하, 암살자가, 선황제 폐하의 암살자가 체포되었습니다!"

모여 있던 사람들이 동시에 굳었다. 라틸 역시도 몹시 당황했다. 이전까지는 어떤 흔적도 보이지 않던 암살자가 뜬금없이 잡혔다니?

하지만 병사들이 거짓을 고하는 것 같진 않았다.

"가면서 듣지."

라틸은 획 그들을 지나쳐 급하게 하렘 정문으로 나가며 말했다. 어쨌든 게스타와 클라인 사이에서 싸움 조정을 하는 것보다는 더 중요한 일이었다. 남겨진 클라인이 할 말이 가득한 시선으로 라틸의 뒷모습을 쳐다보았지만, 이미 앞서가는 라틸은 그를 볼 수 없었다.

라틸이 멀어진 후.

"전하."

악시안이 조심스럽게 부르자, 클라인은 그제야 라틸의 뒷모습에서 시선을 뗐다.

"괜찮으십니까?"

"괜찮겠느냐?"

클라인은 짜증스럽게 되묻고는, 게스타 쪽을 매섭게 노려보았다. 게스타는 겁먹은 얼굴로 쭈뼛거리고 있었다. 클라인은 그를 노려보다가 몸을 돌려 자신의 방으로 돌아갔다. 방으로 돌아오자마자 클라인은 커다란 의자 위에 몸을 던지듯 앉았다. 씩씩 숨을 몰아쉬는 모습이 분에 가득 차 보였다. 클라인의 수행원은 얼른 마른 수건을 가져와 그의 젖은 얼굴이며 머리카락을 닦아주었다.

악시안은 한숨을 내쉬며 중얼거렸다.

"잘 지내고 있나 폐하께서 무척 염려하셨는데. 그리 잘 지내는 것 같진 않으십니다, 전하."

"방금 온 놈이 뭘 안다고."

"방금 온 놈 눈에 더 확실하게 보이는 것도 있는 법입니다."

"……."

"전하를 총애하신다면 전하를 편들어주셨겠지요."

뼈 있는 악시안의 말을 클라인은 냉담하게 부정했다.

"속으론 날 총애하고 계신다."

"?"

클라인은 수행원이 찔끔찔끔 물기를 닦는 게 마땅치 않은 듯, 수건을 빼앗듯 가져다가 머리카락을 북북 문질렀다.

"하지만……."

클라인은 한숨을 내쉬고서 수건을 떨어트렸다.

"그걸 잘 표현하지 않으셔."

"표현할 마음이 없는 건 아닐까요?"

"방금 온 놈이 뭘 안다고!"

"방금 온 놈 눈에……."

"아아, 됐다. 그만해."

클라인은 손을 휘휘 젓고서 의자에서 일어나 침대로 터덜터덜 걸어갔다. 기가 쭉 빠진 버릇없는 고양이의 모양새에, 악시안은 덩달아 마음이 불편해졌다.

그가 주군으로 모시는 이는 하이신스 황제였으나, 클라인 역시 옛날부터 보아온 황자였다. 자신감으로 가득 차서 세상 무서운 것

하나 없이 돌아다니던 황자가, 싸우고 나서 씩씩거리며 혼자 화를 삭이는 모습이 괜히 가엾게 여겨졌다.

"그래도 많이 의젓해지셨습니다. 옛날 같으면 주먹질부터 하셨을 텐데요. 하이신스 폐하께서 보셨더라면 자랑스러워하셨을 겁니다."

"설마. 개가 똥을 싸지."

개는 당연히 똥을 쌉니다만……. 수행원이 옆에서 작게 중얼거렸으나, 클라인도 악시안도 듣지 않았다. 클라인은 발을 까딱거리면서 멍하니 침대 기둥에 머리를 대고 있다가, 문득 생각났다는 듯 악시안 쪽으로 고개를 돌렸다.

"그보다 악시안. 넌 여기에 왜 온 거지?"

"말씀드렸지 않습니까."

"형님이 날 보호하라 했다고?"

"예."

"나보다 약한 녀석에게, 날 보호하라 시켰다고?"

"!"

당연스레 자신의 능력을 높이 사는 클라인의 말에 악시안은 자존심이 상해서 미간을 찌푸리긴 했으나 부정하진 않았다. 사실은 사실이니까.

클라인은 기둥에서 머리를 뗐다. 다리를 약간 벌리고 앉은 그는, 다리 위에 팔꿈치를 괴고 손을 깍지 낀 채 악시안을 빤히 쳐다보며 웃었다.

"솔직히 말해봐. 뭐 때문에 왔는데?"

"믿기지 않으시겠지만 호위입니다. 정말로."

클라인의 입꼬리가 비웃듯 올라갔다.

"감시는 아니고?"

"호위입니다."

아무리 캐물어도 악시안이 빙그레 웃으면서 같은 대답을 반복하자, 클라인은 혀를 차고서 손을 저었다.

"하긴, 무슨 명령을 받고 왔든 네가 입을 열겠냐. 난 형님이 아닌데."

"그렇죠."

"그럼 호위는 됐고. 온 김에 심부름이라 해라."

"심부름이라 하시면……?"

설마 물 떠 오란 심부름은 아닐 것이다. 악시안이 분위기를 타고 목소리를 낮추자, 클라인이 히죽 웃었다.

"너. 은신술에 뛰어나지?"

"?"

"나한테 물 부은 놈. 가서 똑같이 해주고 와. 들킬 필요는 없고."

"암살자는 지하 감옥에 있습니다."

"취조는?"

"아직 하지 않았습니다."

"어떻게 잡았지? 흔적이 전혀 발견되지 않았다며?"

"그게…….'

라틸은 질문을 퍼부으면서 지하 감옥으로 바쁘게 걸어가다가, 째깍째깍 들려오던 대답이 사라지자 잠시 멈추어 서서 옆을 쳐다보았다. 경비병이 난처한 표정으로 눈을 굴리고 있었다.

원칙대로 잡은 게 아니구나. 라틸은 눈을 가늘게 떴다.

"왜? 어떻게 잡았는데?"

"자백했습니다."

"자백?"

라틸은 황당해서 되물었다. 옆에서 듣고 있던 시종장까지도 눈이 휘둥그레졌다.

그럴 만도 했다. 황족 암살은 중죄 중 중죄로, 자칫하다가는 일가친척이 모조리 다 처형되거나 노예가 될지도 모를 범죄였다. 그중에서도 가장 무거운 죄라는 황제 암살이다. 그것도 폭군이 아니라, 사람들의 인망이 두텁던 황제 암살. 그런 황제를 죽였다고 자백을 한다? 미친 일이었다. 진짜 죽였다고 해도 아니라고 발뺌해야 할 사안인데, 자기가 황제를 죽였다고 자백하는 범인이라니. 어이가 없을 만했다.

"수상한데. 일단 가보지."

라틸이 돌로 만든 지하 감옥에 한 걸음 내디딜 때마다 발밑에서 구두 굽과 돌이 부딪치며 때아닌 맑은 소리를 만들어냈다. 음침한 감옥과는 전혀 어울리지 않는 소리였지만, 이 소리를 들은 죄수들은 일시에 조용해졌다.

"몇 층?"

"지하 2층입니다."

라틸은 황제를 암살했다고 자백한 자가 있는 곳으로 내려갔다. 범인은 2층 한가운데 있는 추궁장 의자에 묶여 있었다.

'저자가 아바마마를 죽인 자.'

먼발치에서 실루엣을 보았을 뿐인데도 화가 난다. 라틸은 표정을 굳히고 걸음을 아까보다 더 늦추어서 천천히 걸어갔다. 저자가 정말 아버지를 죽인 이라면…….

가까이 다가가자 범인의 얼굴을 또렷하게 볼 수 있었다. 자백을 해서인가. 다른 흉악범들과 달리 체포 과정에서 부상을 입진 않은 듯했다. 문초가 시작되지도 않아서 아직 몸이며 얼굴에도 상처가 없었다. 짜증나게도.

라틸은 범인의 바로 앞으로 다가가 섰다. 그러나 범인을 코앞에서 보자 짜증보다는 의아한 생각이 먼저 들었다. 범인은 공포에 질려 있었다. 어떤 멍청한 놈이기에 이런 자백을 하러 왔나 싶었는데. 이 범인은 황제 시해범에게 무슨 일이 벌어질지 이미 아는 듯 이 부딪치는 소리가 날 정도로 덜덜 떨어댔다.

"너냐. 네가 선제 폐하를 암살했다고 자백했느냐."

그래도 라틸이 최대한 무표정을 유지하고서 묻자, 범인은 그제야 시선을 올려 라틸을 쳐다보았다. 라틸은 또 이상하다 생각을 했다. 암살범의 얼굴이 정해져 있는 건 아니지만, 이 남자는 인상도 전혀 암살범 같지 않았다. 라틸과 시선이 마주치자, 남자는 좀 놀란 눈을 하다가 황급히 고개를 끄덕였다.

"네, 저, 접니다. 접니다. 제가 그랬습니다!"

라틸이 눈짓하자 교도병 한 명이 얼른 의자를 가져와 라틸의 뒤에 놓았다. 라틸은 의자에 앉으며 범인을 지그시 바라보았다. 진짜야? 물어보는 것처럼.

"저, 정말입니다. 제가 그랬습니다."

시선을 받은 범인은 자신 없는 목소리로 웅얼거리며 시선을 내리깔았다. 외관뿐만이 아니라 성격도 암살범 같진 않았다.

저렇게 자신 없는 성격으로 수많은 근위기사를 뚫고 들어와 황제를 시해했다? 칼을 잡으면 성격이 돌변하나?

라틸은 범인의 팔과 다리, 어깨 등을 살폈다. 근육이 잡혀 있긴 한데…… 역시 몸이 날랜 근육도 아니었다.

'점점 더 의심스럽네. 저거 혹시 암살자를 사칭하는 놈 아니야?'

라틸은 눈을 가늘게 떴다. 제정신으로 황제 시해범을 사칭하는 놈은 없겠지만, 세상엔 희한한 사람이 많은 법이니까. 세기의 연쇄 살인마를 자청해서 교수형을 받은 사람도 있지 않았던가.

'어쩌면 진범에게 협박을 받아서 대신 자백하는 걸지도.'

황제 시해범이 되면 자기 목숨은 물론 일가친척의 목숨이 날아가는데, 어떤 협박을 해야 황제 시해범이라고 자백할 수 있는지는 모르겠지만…….

라틸의 시선이 부담스러운지 범인이 시선을 떨구었다. 그래도 라틸은 놈을 뚫어져라 쳐다보며 물었다.

"어떤 식으로 했어?"

"예?"

범인이 다시 겁먹은 시선을 들어 올렸다. 라틸은 다시 물었다.

"어떤 식으로 내 아버지를 죽였어?"

그 덤덤한 목소리와 무표정에, 오히려 범인의 목덜미에 소름이 올라왔다. 라틸은 눈도 거의 깜빡이지 않은 채 범인을 쳐다보았다. 범인이 말하기를 주저하자, 옆에 있던 교도병이 범인의 머리채를 콱 움켜쥐고 들어 올렸다.

"윽, 다, 단도로."

"……."

"단도로 찔렀습니다."

그러나 라틸은 이번에도 다시 물었다.

"어디를?"

"심장을……."

"즉사?"

범인이 손가락까지 달달 떨면서 '네! 네!' 하고 허둥지둥 대답했다. 자기 아버지 죽은 얘길 저렇게 태연하게 하다니, 진짜 미쳤다고 생각하면서.

그러나 라틸은 지금 무뚝뚝한 표정 아래로 머리를 바쁘게 굴리고 있었다. 우선 암살 방법. 일반 국민들은 황제가 어떻게 암살당했는지 모른다. 발표하지 않았으니까. 그리고 어째서인진 모르겠으나, 국민들 대다수는 황제가 독살당했다고 생각했다. 하지만…… 황제는 실제로 단도에 찔려 죽었다. 조사 결과 암살범이 이용한 무기는 단도 하나였고, 그조차 심장에 단번에 꽂아놓고 나갔다. 그 외에는 어떤 상처의 흔적조차 없었다. 저자의 말처럼.

'일단 암살 방식을 알고 있는 걸 보니 완전히 관련이 없는 자는 아니겠고. 다른 질문을 더 해볼까?'

"어떤 식으로 황궁에 들어왔는데?"

"예?"

"침입자는 흔적을 아예 남기지 않고 들어왔다 나갔거든? 그래서 항상 궁금했어. 어떤 식으로 들어왔나."

"그게…… 그냥 담을 넘은 다음 사람들의 눈을 피해 이동했습니다."

"그게 가능할 정도로 강해?"

"예, 에?"

"말이 좋아 '눈을 피해 이동'이지, 이 궁전 안에 사람들 눈이 얼마나 많은지는 알아?"

"저, 정문 쪽에 배치된 경비대원 수가 52명이고…… 3교대로……."

'경비대원 수까지 아네?'

"침실 안에 잠입했을 때, 방 안에 몇 명이 있었지?"

"방 안에는 아무도 없었습니다. 저, 그리고……."

라틸의 눈치를 살핀 범인이 기어들어가는 목소리로 중얼거렸다.

"침실이 아니라 집무실……입니다."

'안 속네.'

라틸은 미간을 찡그렸다. 암살 방법, 교대 상황, 경비병 숫자를 아는 건 물론, 말에 함정을 설치했는데도 넘어가지 않는다. 아무것도 없이 자백하러 온 자는 분명 아니었다. 그러나 역시 이해할 수 없었다.

"왜 자백했지?"

"예?"

"황제 시해범이 어떻게 되는지 알아? 차라리 죽여달라 빌 만큼 고통스러운 벌을 받을 거야. 죽은 후에도 편안해질 수 없고, 네 가족은 심하면 처형, 가장 관대해봤자 노예가 되겠지."

"!"

"노예가 되어도 그냥 부잣집 도련님 아가씨들 시중드는 그런 노예는 아니라고 확실하게 말해줄 수 있어. 가족도 친척도 없다고? 숨겨봐도 조사하면 다 나와. 네가 모르는 친척까지 다 찾아줄 수도 있어. 설령 그쪽이 정말 일가친척 하나 없는 혈혈단신 고아라 해도, 친구나 애인은 있겠지."

범인의 낯빛이 창백해졌다. 라틸은 입꼬리를 비틀어 웃으면서 차갑게 알려주었다.

"법에 따르면, 황제 시해와 반역에만 연좌제가 적용되거든? 근데 궁금하지, 내가 왜 친구랑 애인 얘기까지 하는지?"

"!"

"연좌제 범위에 들어가진 않는데, 친구나 애인은 관련자로 처벌할 수 있거든."

범인은 얼굴이 피 한 방울 남지 않은 사람처럼 창백해졌다. 시선을 내리깔고 제대로 말조차 하지 못하는 그를 쳐다보며, 라틸은 다시 한번 물었다.

"그런데 이 모든 걸 감수하고, 그쪽은 왜 자백한 걸까. 난 이게 궁금하네?"

약 40분가량 직접 자백한 범인을 문초한 라틸은 지하 감옥 밖으로 나가며 지시했다.

"손을 느슨하게 묶은 다음, 스스로 감옥 문을 열고 탈출할 수 있게 유도해봐요."

뒤에서 따라가던 시종장과 서넛이 동시에 놀라 움찔했다.

"예?"

"풀어주신다고요? 범인을요?"

"네. 진범 아닌 것 같아서. 근데 저 정도로 줄줄줄 정황을 알 정도면, 진범하곤 아는 것 같아서."

그런데 지시를 내리면서 본궁 집무실로 돌아가고 있을 때였다. 급하게 뛰어온 비서가 헐떡거리며 뜻밖의 소식을 전했다.

"폐하. 클라인 님이, 클라인 님이 게스타 님의 시종을 폭행하고 있습니다."

"뭐?"

그제야 아까 암살범의 자백 소식을 듣기 전, 어떤 일이 있었는지 떠올랐다. 게스타와 클라인이 싸우고 있었다. 누구 편을 들고 싶지도 않아서, 대충 사건을 끝내라 지시하고서 급히 자리를 떴던 것 같은데…….

"그 물잔 때문에 그래?"

라틸이 황당해서 묻자 기사가 허둥지둥 고개를 저었다.

"아닙니다. 이번에는 게스타 님이 산책 도중에 어디선가 물벼락을 맞았습니다."

"!"

"그걸 본 게스타 님의 시종은 분명 클라인 님의 짓일 거라 항의
하러 갔고……."

라틸은 끙 소리를 내고서 하렘으로 달려갔다. 가만히 두기만 해
도 알아서 열심히 궁중 암투를 벌일 거란 생각은 했지만, 뭐 이렇
게 대놓고 주먹질들을…….

하렘 안으로 들어간 라틸은 클라인 황자의 방으로 찾아갔다. 찾
는 건 쉬웠다. 방문이 열려 있고 그 앞에 사람들이 걱정스레 모여
서 있었으니까. 이런 분위기인데도 모여든 사람들 중 후궁은 타시
르 뿐이었는데, 타시르는 이 싸움판이 흥미로운 듯 히죽히죽 웃으
며 안을 들여다보고 있었다.

'누가 부업이 암살자 아니랄까 봐 진짜. 넌 또 그걸 보고 좋아하
냐.'

"폐하를 뵙습니다."

"폐하께 인사 올립니다."

라틸이 나타나자 사람들이 얼른 두 갈래로 갈라졌다. 라틸은 두
개의 문을 지나 안으로 들어갔다.

'얼씨구?'

들어가자마자 펼쳐진 광경은 가관이었다. 라틸은 손으로 이마를
짚었다. 게스타의 시종으로 추정되는 이는 바닥에 엎어져 있고, 클
라인은 그 옆에서 강제로 시종의 입을 열어 물을 들이붓고 있었던
것이다.

"클라인."

라틸이 조용히 이름을 부르자, 클라인은 그제야 잔을 놓고 물러났다. 패기는 자기가 팬 것 같은데. 뭐가 그리 억울하다고, 얼굴이 분노로 완전히 벌게져 있었다. 그러다 라틸과 눈이 마주치자, 클라인이 항의했다.

"먼저 이자가 찾아와서 저한테 몹쓸 말을 했습니다!"

라틸은 얼굴이 호빵처럼 부은 게스타의 시종을 내려다보았다. 얼마나 조곤조곤 잘 밟아놨는지, 그사이에 사람이 아주 반죽이 되어 있었다. 저것도 능력이다 싶어 혀를 차고 있자니, 게스타가 달려와서 라틸의 앞에 무릎을 꿇었다.

"죄송합니다, 폐하."

라틸이 쳐다보자 게스타는 울먹거리면서 자신의 시종을 끌어안았다.

"트리가 화가 나서 클라인 전하께 감히 못 할 말을 했나 봅니다."

게스타가 자기 시종이 일방적으로 폭행을 당했는데도 클라인을 두둔하자, 그 착한 마음씨와 처연한 모습을 본 구경꾼들이 한탄 같은 감탄을 뱉었다. 클라인은 얼굴이 벌게져서 게스타를 노려보았다.

"어떻게 된 거야?"

기사에게 사정을 한 번 듣긴 했지만, 그래도 본인들을 통해 들어봐야 할 터. 라틸은 분위기에 휩쓸리는 대신 다시 물었다. 클라인은 주먹을 꽉 틀어쥐고서 이를 갈며 말했다.

"누가 2층에서 저자한테 물을 끼얹었었다는데, 트리인지 뭔지 하는 이 시종놈이 절 찾아와서 모욕적으로 따지고 들었습니다."

"뭐라 했는데?"

"저 같은 성질머리는 얼마 못 가 폐하께 버림받을 거라거나, 카리센 출신이라 난폭한 거다, 머리에 든 게 없다고 소문이 났다더니 딱 그대로다 등등 온갖 폭언을 퍼부었습니다."

게스타가 눈을 휘둥그렇게 뜨고 반박했다.

"우리 트리가 그럴 리가 없습니다, 폐하."

"아니, 너네 나무가 그랬다고 이, 망할 자식아!"

라틸은 손을 들어 휘휘 허공을 저었다. 시종이 퍼부은 폭언이 사실이라면, 클라인이 저렇게 화를 낼 만도 했다. 보통은 저렇게 직접 화를 토해내기보다는 권력으로 벌을 내리겠지만. 문제는 실제 저 말을 했다 한들 저 시종이 수긍할 리 없으니, 클라인의 말은 증명할 방도가 없단 것이었다. 게다가…….

"게스타. 네 시종은 왜 물을 끼얹은 게 클라인이라 한 거야?"

대답은 기진맥진해 있던 시종이 가까스로 몸을 일으켜 대신했다.

"한 시간도 지나기 전에 클라인 님께서 게스타 님이 실수로 물을 쏟은 일로 난리를 부리셨는데, 정황상 클라인 님뿐일 수밖에 없었습니다."

클라인은 바로 반박했다.

"전 계속 여기 있었습니다!"

하지만 시종은 악시안을 노려보며 덧붙였다.

"물을 끼얹은 거야 굳이 클라인 님이 직접 나서지 않아도 누구든 시킬 수 있는 거잖습니까."

라틸은 지끈거리는 관자놀이를 누르며 클라인에게 물었다.

"진짜야?"

"아닙니다!"

클라인은 단호하게 소리치더니, 잠시 주춤하다 털어놓았다.

"복수할 생각이긴 했지만, 아직 실행하기 전이었습니다."

"……그 짓을 할 마음이 있긴 있었어?"

"조금."

라틸이 입을 벌리고 쳐다보자 클라인은 미간을 찡그리며 툴툴 댔다.

"저 녀석이 분명 제 쪽을 향해 물을 뿌렸단 말입니다, 폐하."

라틸은 한숨을 내쉬었다. 후궁들 싸움은 적당히 자기들끼리 치고받게 두면 되겠지, 싶었는데. 의외로 그 사이에 있는 것만으로 도 골치가 아팠다. 너무 성격들이 개성적이라 그런가. 조용한 물밑 암투가 아니라, 아예 대놓고 주먹질 발길질을 해대니 이건 도대체 가…….

언제부터 주먹질이 암투였더라. 라틸은 이번에는 클라인과 게스타를 번갈아 보며 물었다.

"둘 다 주장하는 게 다른데, 내가 듣기엔 둘 다 그럴듯하거든? 둘 중에, 혹시 심증 말고 물증 가지고 행동한 사람은 없어?"

"……."

"……."

게스타와 클라인이 조용해졌다. 그 모습을 본 라틸은 다시 물었다.

"선택해. 둘 다 이대로 넘어간다. 혹은, 클라인은 게스타의 시종을 두드려 팬 일로, 게스타의 시종은 클라인을 모욕한 일로 둘 다 벌을 받는다."

"물을 뿌리고 간 건……!"

게스타의 시종은 몹시 억울하다는 듯 눈물까지 글썽이며 일어나려 했으나, 라틸의 뒤에 서 있던 서넛이 앞으로 빠르게 나오더니 검을 뽑아 그의 목에 겨누었으므로 도로 엎드려야 했다. 이를 본 게스타가 먼저 한숨을 내쉬며 순순히 대답했다.

"넘어가겠습니다, 폐하."

클라인은 입술을 악물었으나 역시 알겠다고 수긍했다.

"알았습니다."

하지만 둘 다 표정들이 좋지 않았다. 보나 마나 나중에 둘이서 꼬투리 잡아서 또 붙겠네. 라틸은 고개를 설레설레 젓고서 둘을 내버려두고 밖으로 나갔다. 같은 생각을 한 건가. 하렘 밖으로 걸어가고 있자니, 서넛이 걱정스레 물었다.

"저 둘. 앞으로도 계속 싸워댈 것 같은데. 괜찮겠습니까?"

"아 뭐. 괜찮습니다."

"걱정되신다면 기사 두 명을 각기 클라인 님과 게스타 님에게 붙여둘 수 있습니다. 폐하의 눈이 되어줄 겁니다."

"좋은 방법이긴 한데. 진짜 괜찮습니다."

서넛이 의아한 눈으로 라틸을 쳐다보았다. 왜 군이 평화로워질 방법을 놔두고 괜찮다 괜찮다고 말만 하나 의아한 눈이었다.

'머리 아프긴 하지만 평화로워질 필요는 없습니다.'

두 사람의 다툼은 길어봐야 며칠간 머리 아프게 할 문제이지만, 후궁들 사이에 질서가 잡히면 이젠 라틸이 귀족들에게 국서를 뽑으라 달달 볶일 차례 아닌가. 라틸은 속으로만 솔직하게 대답해주고서, 겉으로는 계속 찡그린 표정을 유지했다.

그러고서 곧장 본궁에 돌아온 라틸은, 암살범 건을 처리하느라 하렘에 따라가지 않고 남아서 그녀를 기다리던 시종장에게 물었다.

"사블레 후작. 자기가 황제 시해범이라 자백한 범인은요? 무사히 탈출했어요?"

"예. 완전히 엉터리는 아닌지 감옥에서 빠져나와 달아나고 있답니다."

"길을 터주자마자 도망친 걸 보니, 자살하고 싶어서 잡힌 건 아니란 거네요. 역시 진짜 자백은 아니네."

"아! 그래서 풀어주라 하신 겁니까?"

"그것도 있고. 다른 이유도 있고. 지금쯤 어느 위치에 있대요?"

"그리 속력이 빠르진 않은지, 아직 멀리 가진 못한 모양입니다."

"그래요. 적당히 잡을 듯 말 듯 따라가다가, 수도를 빠져나갈 때쯤에 다시 잡아 와요. 시간이 몇 시이든, 잡아서 감옥에 도로 넣고 나면 내게 말해줘요."

라틸이 지시를 내리고서 무거운 망토 자락을 한 손으로 끄르자, 시종장이 감탄하는 눈으로 라틸을 쳐다보며 칭찬했다.

"예전에 선황제 폐하께서 황제 폐하를 두고 늘 하신 말씀이 있는데. 정말인 모양입니다."

"아바마마께서요? 나를? 뭐라 하셨는데요?"

"황녀님은 원하는 걸 얻기 위해서는 수단과 방법을 가리지 않을 분이라고요."

"……칭찬인가?"

"흐뭇해하시며 한 말씀이시니 칭찬이지요."

그런데 왜 칭찬처럼 들리지 않을까. 라틸이 끙 소리를 내며 미간을 구기자, 옆에서 서넛이 작게 웃음을 터트렸다.

라틸은 문득 아주 좋은 향기를 느꼈다. 어떤 향수인지는 모르겠지만, 굉장히 좋은 향이었다. 부드러우면서도 달콤하고 달콤하면서도 야한 향. 라틸은 천천히 그 향을 들이마셨다.

'좋다. 향수 이름…… 궁금하네.'

언제든 맡고 싶은 향이다, 생각하고 있는데 누군가의 차가운 손이 귓가를 스쳐 지나갔다. 간지러우면서도 소름이 돋아서 라틸은 웃음을 터트리며 몸을 뒤척였다.

'어느 후궁이야?'

그러다가 라틸은 깨달았다. 오늘은 혼자 잠자리에 들었다. 자신의 침실에서. 절대로 이런 손짓을 할 이가 없었다.

"!"

판단을 내리자마자 라틸은 번쩍 눈을 뜨고 일어나 옆에 둔 칼을 뽑았다.

'없다?'

하지만 방 안에는 아무도 없었다. 라틸은 혹시나 해 창문을 쳐다보았다. 열려 있다. 그러나 창문을 열고 잔 건 라틸 자신이었다. 라틸은 창가로 다가가 아래를 내려다보았다. 아래는 까마득했다. 창문으로는 절대 드나들 수 없는 구조.

라틸은 손을 올려 귓가를 쓸었다.

'그럼 그건 뭐였지? 꿈인가?'

귓가를 스친 손길이 아직도 생생히 기억나는데. 그게 꿈이라고? 의아해하면서 다시 침대로 돌아왔지만, 여전히 기분이 이상했다. 결국 침대에서 다시 일어난 라틸은 이번에는 검을 든 채 천천히 문으로 다가가 열어보았다. 시녀들은 문밖에서 대기하고 있다가 깜짝 놀라 작게 비명을 질렀다.

"폐하, 괜찮으십니까?"

"폐하, 검이⋯⋯!"

"호위들을 부를까요?"

그중 시녀장이 가까이로 와 물었다.

"폐하, 찾으시는 게 있습니까?"

침실 밖을 빠르게 눈으로 살핀 라틸은 시녀와 호위들 외에는 아무도 없단 걸 확인하자 검 끝을 조금 아래로 내렸다.

"누가 들어오진 않았지?"

그래도 혹시나 싶어 묻자 시녀장이 어리둥절해서 대답했다.

"네? 예. 저희들뿐이었습니다."

"……그래."

라틸은 꺼림칙한 기분을 느끼며 돌아섰다. 그럼 정말로 꿈이었던 건가?

그때, 누군가 응접실 문을 두드렸다. 라틸이 열어주어도 좋단 신호를 보내자 시녀 한 명이 얼른 문을 열었다.

"폐하."

문을 두드린 이는 시종장이었다.

"암살자를 다시 체포해 감옥에 넣었답니다."

라틸은 힐긋 시계를 확인했다. 새벽 1시였다. 평소라면 취침하고 있을 시간. 하지만 이미 잠은 달아났다.

"옷을."

"예, 폐하."

라틸은 시녀에게 옷을 가져오라 지시한 후 시종장에게 말했다.

"지금 그쪽으로 가지요. 갑시다."

평소 업무복도 활동성을 중시했으나, 평소보다 더 가볍게 입은 라틸은 곧장 감옥으로 걸어갔다. 라틸이 지하 감옥으로 들어오자, 경비병 두 명이 양옆에서 길을 밝혔다. 곧 선황제의 시해범을 밝힐 수 있어서인가. 라틸은 그들이 이 상황을 걱정하면서도 즐거워하고 있다고 느꼈다.

그러나 막상 이 일을 지시한 라틸은 멍한 기분이었다. 누군가 혼란을 틈타 감옥에 다녀갔단 이야기를 들은 지 얼마나 됐다고.

"폐하? 귀가 아프십니까?"

"네?"

"계속 귀를 건드리셔서……."

"아아. 아닙니다."

라틸은 서넛의 질문을 받고서야, 자신이 잠결에 차가운 손이 건드린 부위를 계속 만지작거렸단 걸 깨달았다. 자꾸 뭐가 다른 데로 신경이 간다 싶었더니. 그 일을 무의식적으로 떠올린 모양이다.

'내가 가위에 눌렸던 건가?'

보통 사람이라면, 아니 아무리 훈련을 한 사람이라도 몇 초 안에 방을 빠져나갈 수는 없었다. 그러니 분명 아무도 없던 게 맞을 텐데…….

'혹시 모르니 다음부터는 창문을 닫고 자야겠다.'

그사이. 어느새 일행은 죄수를 가두어둔 지하 2층의 감옥에 도착했다. 범인은 어제의 그 장소에 어제와 같은 모습으로 잡혀 있었다. 라틸은 그를 내려다보았다. 잡혀 온 범인은 자신이 이토록 손쉽게 도로 잡혀 온 게 어리둥절한지 아직 얼떨떨한 얼굴이었다.

"잘 다녀왔어?"

라틸이 약간 허리를 숙이면서 눈을 맞추고 웃자, 범인은 그제야 표정이 일그러졌다.

"설마……."

"어. 일부러 풀어준 거야."

"!"

"바로 나가더라?"

전혀 짐작하지 못했던지 범인은 폐가 쥐어짜이다 풀어졌다 하는 듯한 괴상한 소리를 냈다. 여러모로 억울해 보였다. 참 웃기게도.

"그러게 왜 진범도 아니면서 나서고 그래."

라틸이 혀를 차면서 질책하자, 암살자는 아랫입술을 깨물었다.

"그쪽 진범 아닌 거 어차피 확신하고 있어. 이유 하나. '자백'을 했는데도 기회가 되자 도망쳤어. 이유 둘. 빠져나가는 실력이 엉망이야. 이유 셋. 그쪽 무술 실력, 황제 시해범치고는 형편없어. 기타 등등 성격적인 문제 요소는 짚지 않을게."

라틸이 줄줄 이유를 대자, 암살자는 거의 영혼이 반쯤 빠져나간 얼굴로 라틸을 올려다보았다. 라틸은 주머니에 손을 넣은 채 다가가 그를 내려다보며 제안했다.

"뭐 때문에 남의 범행을 대신 자백했어? 그것부터 말해봐."

"……."

"난 막 피 보고 그런 거 좋아하지 않아, 아저씨. 솔직하게 말해봐. 협박받아서 자백했어? 그런 거라면 내가 구해줄 수도 있어."

라틸이 틀라 황자를 처형시키기 전에 보여주었던 착한 미소를 띠고 묻자, 시종장과 서넛 기사단장이 괜히 시선을 피했다. 저 미소 다음 어떤 행동이 나타나는지 이미 본 적이 있기에. 하지만 이를 모르는 암살자는 입술을 부들부들 떨면서 라틸을 올려다보았다. 라틸은 최대한 자애로워 보이도록 표정을 꾸며냈다.

마침내 한참을 망설이던 암살자가 천천히 입을 열었다.

"틀라……."

그러나 말을 다 마치기도 전. 그가 고개를 뒤로 확 젖히더니, 입에서 엄청난 양의 피를 쏟아냈다. 보통은 각혈을 하면 피가 아래로 떨어지는데, 그가 쏟아내는 피는 분수처럼 위를 향해 솟구쳐 천장을 물들인 후에야 바닥으로 떨어졌다. 사방에서 놀란 비명이 터져 나왔다.

"폐하!"

서넛이 자신의 외투를 펼쳐 황급히 라틸을 덮었다. 피 분수는 길게 이어지지 않았다. 잠깐 기괴한 장면을 만들어낸 그는, 마치 자신의 온몸의 피를 다 소진해버린 것처럼 부들거리다가 마지막으로 거품 섞인 피를 입에 물며 몸을 경련했다.

라틸은 인상을 찡그린 채 범인 쪽으로 가까이 다가갔다. 기사들이 놀라서 막아서려 했으나, 라틸은 손을 저어 그들을 물리고서 범인을 바로 앞까지 다가갔다. 암살자의 눈이 완전히 뒤집혀 있었고, '그륵 그륵' 하는 소리가 목구멍에서부터 기괴하게 들려왔다.

"로드…… 로드…… 로드를 경배…….'

피거품을 물고서도 중얼거리던 가짜 암살자는 결국 생명이 다했는지 푹 고개를 거꾸러트렸다.

"저주, 저주입니다!"

기사 하나가 공포에 질려 외쳤다. 다른 기사들도 말은 안 하지만 상황은 비슷해 보였다. 몇몇은 소리를 내지 않고 빠르게 입술만 움직여 기도하고 있었다.

"신관을 불러와라. 혹시 모르니 다들 시체는 건드리지 말고."

라틸은 사망한 암살자를 내려다보다가 명령을 내렸다. 기사들이 흩어지자 서넛이 피로 축축해진 외투를 챙기며 물었다.

"혹시 모르니 일단 씻으셔야겠습니다, 폐하."

　라틸이 여기저기 피를 묻힌 채 나타나자 시녀들은 난리가 났다. 그래도 라틸은 그나마 나은 처지였다. 시종장이나 다른 기사들은 더욱 엉망이었으니까. 특히 겉옷을 아예 라틸에게 주었던 서넛은 보기 무서울 정도로 빨개져 있었다. 시녀들과 시종들이 굳은 얼굴로 자신을 살피자, 서넛은 머쓱하게 웃고서 라틸에게 작별 인사를 올렸다.

　"편하게 쉬십시오, 폐하. 전 이만 물러갑니다."

　"서넛 경. 잠시."

　그러나 라틸은 물러나려는 서넛을 붙잡았다.

　"예. 무슨 일이십니까"

　서넛이 의아해서 고개를 돌렸다. 라틸은 손가락으로 자신의 방을 가리켰다.

　"씻고 가라고요."

　"!"

　"그 꼴로 어디로 갑니까. 나가자마자 체포당합니다."

　라틸이 웃으면서 말하자, 서넛은 피로 색이 완전히 변해버린 자기 겉옷을 힐긋 보더니, 어쩔 수 없다는 듯 고개를 끄덕이고서 방 안으로 들어왔다.

　"폐하께서 먼저 씻으십시오."

　"난 별로 안 묻었습니다. 기분상 씻긴 해야겠지만. 먼저 씻어요."

　라틸이 손을 휘적휘적 저으며 욕실을 가리키자, 서넛은 이번에도 머뭇거렸다. 이래도 될지 모르겠단 듯. 그러나 서넛에게서 떨어진 피가 카펫에 떨어질 때마다 시녀들의 표정이 어두워졌으므로, 서넛은 더 미적거리지 못하고 재빨리 욕실 안으로 들어갔다.

그사이, 라틸은 안락의자에 앉은 채 범인이 죽기 전 남긴 말들을 되짚었다. 틀라…… 로드. 범인은 왜 죽은 틀라의 이름을 말한 걸까. 혹시 범인이 틀라인가? 그럴 확률은?

'설마.'

라틸은 틀라가 살아서 이런 저주를 퍼부었을 가능성을 생각해보다가 고개를 저었다. 말도 안 돼. 그는 목이 잘려 죽었다.

'아! 혹시 틀라의 지지자들이 선황제를 암살한 건가?'

일단 지금으로서는 이쪽 가능성이 가장 높긴 했다.

'그래. 어쩌면 이 자백극 자체가 틀라의 지지자들이 꾸민 건지도 몰라. 나를 황제로 인정할 수 없다면서.'

이쪽도 가능성은 컸다. 라틸은 얼굴이 차가워지는 감각에 이를 악물었다. 살아 있을 때도 죽었을 때도 참으로 짜증 나는 이복오빠였다.

그때, 욕실 문이 달칵 열리는 소리가 났다.

"다 씻었습니까?"

그럼 이제 나 씻으면 되나? 라틸은 별생각 없이 고개를 돌리다가, 화들짝 놀라 안락의자에서 일어났다. 서넛이 간신히 아래만 수건으로 감싼 채 머뭇거리며 서 있었다.

"왜 벗고 나옵니까!"

미쳤냐는 말이 생략된 라틸의 추궁에 서넛이 최대한 담담한 척 기어들어가는 목소리를 냈다.

"갈아입을 옷이 없습니다."

하지만 덤덤한 목소리와 달리 귀와 목덜미가 다 빨갰다.

"아."

라틸은 그제야 자신이 한 실수를 알아차렸다. 피에 젖어 있는 걸 급하게 안으로 들여보내느라, 갈아입을 옷을 넣어주지 않았단 걸.

라틸이 눈짓하자, 시선을 받은 시녀는 고개를 끄덕이고서 얼른 서넛에게로 다가갔다.

"벗은 옷을 제게 주세요."

시녀가 근처로 오자 서넛은 다시 욕실로 들어가더니 벗은 제복을 가지고 나왔다. 욕실 안에서 나름 빨래를 하긴 했는지, 제복은 물에 젖어 있었다.

"죄송합니다. 이 모양이라."

"괜찮습니다."

옷에 물든 피는 쉽게 빠지지 않기에 빨아도 제복은 여전히 핏자국이 가득했으나, 시녀는 서넛의 벗은 몸에 더 정신이 팔려서 피투성이 제복을 덥석 받아 들었다. 근위기사단장답게 서넛의 몸은 잘 다듬은 조각 같았다. 근육이 대칭적일 뿐만 아니라 군살이 하나도 없고, 심지어 얼굴은 더욱 잘났다. 시녀가 넋을 놓을 만도 했다.

시녀의 눈동자가 시선을 어디 둘지 몰라 정처 없이 벽과 천장,

엉뚱한 방향에 있는 가구 사이를 갈팡질팡 움직이는 걸 보며 라틸은 소리 없이 어깨를 떨었다. 얼굴이 빨개진 시녀가 옷을 잘 챙겨서 침실 밖으로 도망치듯 나가자, 라틸은 결국 내내 참았던 웃음을 터뜨렸다. 서닛은 얄밉다는 듯 라틸을 쳐다보았다.

"이 상황이 그렇게 웃기십니까?"

"미안합니다. 그런데 내 방에서 서닛 경이 그러고 서 있으니까. 상황이 좀 웃기네요."

"제가 벗은 게 웃기다는 분은 폐하가 처음입니다."

"이야. 벗은 몸 좀 여기저기 보여주고 다니셨나 봐?"

"……기사들끼리 있을 땐 같이 씻기도 하고, 훈련하다 상의도 탈의하고 하니까요."

서닛이 정색하고 변명하는 말에, 라틸은 히죽 웃으면서 농담했다.

"내 방까지 와서 벌거벗은 남자도 경이 처음입니다."

"!"

서닛은 한 손을 뒤로 하더니 어색하게 문고리를 붙잡았다. 욕실 안으로 들어가 숨어 있을지 밖으로 나와 있어야 할지 갈팡질팡하는 듯했다. 그걸 보는 라틸도 궁금해졌다. 나올까 들어갈까? 하지만 서닛은 그 애매한 상태에 멈춰 섰다. 더 들어가지도 더 나오지도 않은 채, 거기서 그는 기어들어가는 목소리만 냈다.

"옷 좀……."

"네?"

"옷 좀 가져다 달라고 해주십시오."

"어? 뭐라고요?"

"폐하. 아무 옷이나 좀 가져다 달라 명령해주십시오."

"어? 안 들리는데요?"

"……."

서넛이 퀭한 눈으로 쳐다보자, 라틸은 배를 잡고 웃어대다가 두 손을 휘저었다.

"미안. 미안합니다."

서넛에게는 주로 놀림을 받는 입장이라, 오래간만에 먼저 그를 놀려주고 나니 기분이 다 상쾌했다. 하지만 더 놀려댔다가는 서넛이 정말로 감정이 상할까 봐, 라틸은 입술을 깨물고서 탁자에 놓아둔 종을 흔들었다.

맑게 종소리가 나자 아까와 다른 시녀가 안으로 들어왔다. 서넛의 제복을 받아 들고 나간 시녀가 무슨 이야기를 해준 건지, 그녀는 들어올 때부터 얼굴이 벌게져서 아예 카펫만 쳐다보고 있었다.

"부르셨습니까, 폐하."

"서넛 경이 입을 만한 옷 좀 구해다 줘. 부끄러워서 못 나오겠다니까."

즐겁고 유쾌한 기분은 그리 오래가지 못했다. 다음 날, 불려온 신관이 시체를 확인하고서 어두운 얼굴로 한 말 때문이었다.

"저주에 걸린 시체가 맞습니다."

그녀의 확답에 근처에 서 있던 이들은 모두 충격을 받아 웅성거렸다.

"저주라니. 세상에."

"흑마법사들이 돌아온 건가?"

라틸 역시 눈을 가늘게 뜨고서 신경질적으로 검집을 쥐었다 펴길 반복했다.

저주는 금기시되어 있었다. 저주를 사용하는 흑마법사들은 500년 전 벌어졌던 전쟁 당시, 이단으로 분류되어 대부분 처형당했다. 살아남은 이들은 극소수였으며, '보통 사람들'에게 유용성과 공적이 인정된 이들뿐이었다. 심지어 그들조차도 지금은 명맥이 완전히 끊어져 있었다. 공식적으로는.

그런데 완전히 자취를 감춘 줄 알았던 저주가 이런 형태로 끔찍하게 다시 드러나다니. 상황이 더욱 복잡해지겠구나. 라틸은 속으로 혀를 차면서 신관에게 물었다.

"그럼 시체는 어떻게 처리해야 하는가? 따로 절차가 있나?"

신관은 손에 끼고 있던 장갑을 벗으며 대답했다.

"예. 저주에 걸린 시체는 태워 없애는 게 가장 효율적입니다."

"태우지 않으면 어떻게 되지?"

"사실 대부분의 경우는 그래도 상관없습니다. 하지만 아주 악독한 저주일 경우가 문제입니다. 시체가 부패하면서 땅이나 그 주변을 좋지 못한 기운으로 물들일 수 있거든요."

"그러면 어떻게 되는데?"

"사람들이 쇠약해지고 이름 모를 전염병이 돌기 시작하지요. 최악의 경우에는 죽은 이들이 깨어나기도 합니다. 좀비가 만들어지는 거지요."

좀비란 말에 다들 몸을 움칠했다. 몇 세대 전에는 인간 형태의 몬스터들이 숲에서 나오는 몬스터들만큼 흔했다고 한다. 하지만 현시대에는 뱀파이어니 좀비니, 식시귀 같은 것들은 역사책에서나 약간 언급될 뿐이었다. 그런데 이제 와서 좀비라고?

인간 형태 몬스터들을 흔히 볼 수 있던 시절에도 사람들은 좀비를 두려워했다. 그런 무시무시한 존재를 과연 현대 사람들이 제대로 막아낼 수 있을까?

생각보다 심각한 사태에 라틸은 미간을 찡그렸다. 같은 생각인지 시종장이 걱정스레 의견을 제시했다.

"폐하. 얼른 태우는 게 좋지 않을까요?"

그는 시체에서 갑자기 검은 물이라도 떨어질까 두려워 보였다. 그러나 라틸은 "그렇긴 한데……." 하고 말끝만 흐렸다. 바로 결단을 내리지 못하는 모습에 서넛이 조심스레 물었다.

"폐하. 달리 걱정하는 바가 있으십니까?"

"응. 진범은 아니지만, 이 사람, 진범과 연관은 있어 보여서요. 적어도 초상화라도 그려서 사람들의 제보를 받고 싶습니다."

라틸은 신관을 향해 다시 물었다.

"당장 안 태우더라도 그, 뭐라고 해야 하지? 그 좋지 못한 기운이란 거. 안 풍기게 할 수는 없는가?"

"죄송합니다, 폐하. 구마 신관들은 신전에서도 거의 사라진 추세여서, 이런 부분에 대해서는 아는 사람들이 적습니다."

이렇게 된 이상 어쩔 수 없었다. 권력을 동원해서 일을 빨리빨리 처리하는 수밖에. 라틸은 질문을 그만하고 시종장을 불렀다.

"사블레 후작, 초상화를 빠르고 정확하게 그릴 수 있는 사람들을 모두 모아주세요. 그리고 최대한 많은 얼음을 이쪽으로 가져와요. 시체가 부패하는 걸 막아야겠습니다."

"예, 폐하."

"그리고 암암리에 흑마법이나 저주를 사용한다고 이름난 이들을 잡아 와요. 혹시 모르니까 체포한단 건 알리지 말고."

"예."

지시를 끝낸 라틸은 잠시 시체를 착잡한 시선으로 보다가 몸을 돌려 감옥을 빠져나갔다. 어쨌든 라틸이 여기서 더 처리할 일은 없었다.

그때였다.

"저, 폐하."

뒤에서 따라오던 신관이 라틸을 조심스레 불렀다. 돌아보자 그녀는 계단을 빠르게 올라오더니 좀 더 라틸에게 가까이 다가와 물었다.

"힛라 노신관님께서 어쩌면 이 부분에 대해 아시는 게 있을지도 모릅니다. 그분께 여쭤보고 전해드릴까요?"

"그 신관님은 어디 있는가?"

"소스타 영지에 계십니다."

소스타 영지라면 수도에서 마차로 닷새가량 걸리는 거리였다. 라틸은 고개를 끄덕였다.

"그래주게."

그런데 신관이 떠나고 다시 걸어가던 중이었다. 이번에는 말없이 따라오던 시종장이 "폐하." 은근한 목소리를 꺼냈다. 지금 상황과는 어울리지 않은, 조금 쑥스러워하는 듯한 투였다. 라틸이 돌아보자 시종장이 어색하게 웃으며 보고했다.

"상황이 상황인지라 지금 말씀드리려니 좀 그렇지만, 실은 폐하께서 전에 명령하신 일에 대한 조사가 끝났습니다."

라틸은 고개를 기웃했다.

"내가 명령한 거요? 그게 뭡니까?"

시종장에게 명령한 건 한두 개가 아니기에 바로 짐작이 가지 않았다.

"칼라인 님의 과거를 조사해보라 하지 않으셨습니까."

시종장의 설명을 듣고서야 라틸은 "아아……." 하고 심드렁하게 고개를 끄덕였다.

"그랬죠. 어떻던가요?"

당시에는 그의 야하고 섹시한 면모가 많이 충격적이었는데. 시일이 지나서인지 아니면 충격적인 사건들이 계속 터져서인지, 이전만큼의 호기심은 가지 않는 상태였던 것이다. 하지만 시종장이 열심히 조사를 해 왔으니 듣긴 들어야 했다.

"요란하게 연애를 했단 소문은 없습니다."

"요란한 연애가 뭔데요?"

"그러니까, 연애사에 관련된 소문은 없었단 뜻입니다. 하지만 은밀하게 비밀 연애를 했을지도 모르니까요."

"아아. 이해했습니다."

"게다가 용병 활동으로 온갖 곳을 돌아다니다 보니, 허황된 소문이 너무 많아서 뭐가 진짜 소문이고 뭐가 가짜 소문인지 진위 여부를 가리기가 어려웠습니다."

라틸은 시종장의 이야기를 들으면서 생각했다. 그러면 그 남자는 도대체 어디서 그런 야하기 짝이 없는 행동을 배운 걸까?

'……타고났나?'

희한하게도 그 생각을 하자 다시 한번 칼라인이 조금 보고 싶어졌다. 때마침 눈치 좋은 시종장이 라틸에게 부채질을 한 번 해주었다.

"그리고 폐하. 하렘을 만들어 후궁들을 모아두시고서, 막상 너무 방치하시는 게 아닌가 싶습니다."

"그런가요?"

"예. 자주자주 가주셔야지요. 폐하께서 그들을 모아만 두시고 총애하지 않으시면, 귀족들은 다시 국서 이야기를 하며 폐하를 귀찮게 굴 겁니다."

"또 귀찮게 굴 겁니다! 분명해요!"

트리가 씩씩거리면서 주먹을 파르르 떨자 게스타는 어색하게 웃었다.

"이틀이나 지난 일이잖아. 너무 화내지 마."

"이틀밖에 안 지났는데 어떻게 화를 안 냅니까!"

"하지만……."

"분명 그놈입니다. 그놈 아니면 게스타 님에게 물을 끼얹을 사람이 누가 있겠습니까?"

"여기서 지내는 사람이 한둘이 아니잖아."

"그런데 그 한둘이 아닌 사람 중에 게스타 님과 싸운 사람은 그놈 하나뿐이라고요!"

"그래도……."

"뭐가 그래도입니까? 그 망아지 같은 황자 성격은 원래 지랄 맞기로 유명하다고요, 게스타 님!"

그러나 트리가 속이 터져라 외쳐대도 게스타는 여전히 머쓱하게 발만 꼼지락거렸다. 트리는 게스타의 머리를 빗겨주다 말고 빗으로 머리를 두들길 뻔했다. 저절로 '아이고 아이고' 소리가 나왔다.

그래도 어릴 땐 조금 영악하다 싶은 면도 있었는데. 도대체 그의 도련님은 뭘 잘못 먹었기에 날이 갈수록 사람이 물렁해지는 걸까. 이렇게 매가리 없이 굴 때마다 오히려 옆에서 지켜보는 그가 더 답답해 죽을 것 같았다.

집에서야 괜찮다. 집이니까. 다들 그를 사랑하고, 그를 지켜주려 하니까. 그러나 여기는 하렘이었고 사방이 적들 아닌가. 그런 곳이니 이젠 좀 정신을 빠릿빠릿하게 해서 남들보다, 아니, 남들만큼은 재빨리 머리를 굴려대야 하는데. 게스타는 이래도 헤 저래도 헤 웃기만 하니 속이 터질 것 같았다.

"사실 폐하도 너무하십니다. 우리 게스타 님 착해빠진 걸 다 아시면서, 거기서 중립을 딱 지키시다니요. 좀 섭섭합니다."

"……."

또 웃으면서 '아니야'라고 할 줄 알았던 게스타가 이번에는 시무룩하게 고개를 떨구었다. 그 꼴을 보자 마음이 약해져서, 트리는 잔소리를 멈추고 빗을 화장대 위에 내려놓은 후, 옆에 놓인 브로치를 여기저기 게스타에게 가져다 대보았다.

게스타는 이목구비가 단정한 미남이었으나 원체 타고난 분위기가 수수했다. 그런데 주위에는 화려한 미남들뿐이니, 최대한 전략적으로 꾸며서 이 편안한 분위기를 강점으로 삼는 수밖에 없었다. 그러나 이런 속마음도 모른 채 게스타는 이번에도 둔하게 물었다.

"브로치는 왜? 나 도서관 갈 건데."

"예. 압니다. 그러니 예쁘게 하고서 도서관에 가시라는 겁니다."

"어?"

"전에 거기서 폐하와 마주쳤잖아요. 혹시 압니까. 이번에도 좀 진득하게 있어보세요."

"그런데 도서관에 왜 굳이 브로치를……"

"게스타 님!"

트리가 갑갑해서 고함을 빽 지르자 게스타는 그제야 입을 다물었다. 트리는 간신히 도련님의 입을 닫고는 단단히 당부했다.

"오늘은 제가 다녀올 곳도 있어서 그러니, 혼자 돌아다니다 봉변당하지 말고 제가 다시 데리러 갈 때까지 쭉 도서관에 계세요."

"어디 가려고?"

"화장품 좀 사 오려고요."

"화장품?"

게스타가 당황해서 묻자, 트리는 "네." 하고 비장하게 대답했다.

"게스타 님은 분위기가 너무 수수하시니까, 이미지 메이킹을 잘 해야 해요."

"그렇지만 넌 화장하는 법도 모르잖아. 나도 모르는데."

"하다 보면 늘겠죠."

콧김까지 뿜으면서 트리가 나가자, 혼자 남겨진 게스타는 머쓱 해서 거울을 들여다보다가 한숨을 내쉬었다.

그때였다. 나갔던 트리가 다시 방 안으로 들어와 쾅 문을 급하게 닫았다.

"트리? 왜 그래?"

게스타가 놀라 다가가자, 트리는 울상을 지으며 말했다.

"밖에…… 밖에 폐하께서……!"

게스타는 표정이 환해졌다.

"나한테 오고 계셔?"

맞다고 대답하면 뒤에서 몽실한 꼬리가 튀어나와 고속으로 움직일 것 같은 표정이었다. 참으로 귀여운 표정이었으나…… 그 기대 어린 표정을 본 트리는 더욱 우울해졌다.

"아니요. 그 용병왕이란 작자한테 가셨습니다."

"또……?"

"네. 또요."

5
하
렘
의

남
자
들

칼라인을 보러 왔는데 라나문이 있다? 라틸은 칼라인의 방 안에 들어서자마자 뜻밖의 광경을 보고 당황했다. 라나문과 칼라인이 나란히 서 있다니.

퇴폐미가 강한 칼라인과 차갑고 고귀한 인상의 라나문. 이 둘이 나란히 서 있는 모습은 겉으로는 완벽하게 조화로웠지만, 배경이나 성격을 생각한다면 전혀 어울리지 않는 조합 아니던가.

이 둘도 싸우고 있던 건가? 라틸은 게스타와 클라인 사태를 떠올리고서 둘을 빠르게 훑었다. 다행히 그런 기색은 아니었다. 무엇보다 저 뒤쪽 테이블 위에 펼쳐진 체스판이 너무나 평화로웠다.

"주인?"

오히려 칼라인은 라틸이 떨떠름하게 서 있는 게 더 이상한지 덤덤히 묻기까지 했다.

"왜 그러십니까?"

"아니, 라나문이 여기 있을 줄은 몰라서. 둘이…… 체스 됐나 봐?"

라틸은 질문을 받자 얼결에 대답을 했다. 그러나 말을 하면서도 시선은 여전히 체스판에 머물렀고, 머릿속에서는 '쟤네 둘이 체스를 뒀다고?' 하는 커다란 목소리가 울려댔다. 칼라인과 체스도 어울리지 않는데, 상대방이 라나문이라니. 둘이서 체스라니.

"칼라인을 찾아오셨는데, 제가 있어서 방해되십니까?"

라나문이 차갑게 끼어든 후에야 라틸은 가까스로 제정신을 차렸다. 그리고 라나문의 목소리 느낌이 전에 만났을 때보다 더욱 차가워졌단 걸 알아차렸다.

'아. 그러고 보니 마지막으로 만났을 때 약간 분위기가 안 좋았지.'

라나문은 라틸과 잠자리를 가지지 않았는데도 선물을 받은 걸 자존심 상해 하는 눈치였다.

'그 일 때문인가?'

라틸은 괜히 라나문의 눈치를 살폈다. 후궁으로 들여놓고서 눈치를 보는 것도 우습긴 하지만, 그는 후궁이면서도 아트락시 공작의 장남이었다. 공신의 자제이니 신경이 쓰일 수밖에 없었다. 아니, 일단 저렇게 아름다운 얼굴을 하고서 수심 깊은 표정을 하고 있으면 자꾸 눈길이 가는 법이다.

그러나 라틸이 칼라인 쪽을 향해 서서 라나문을 힐긋거리자, 이번에는 칼라인이 인상을 살짝 구기며 물었다.

"주인. 무슨 일로 '저를' 찾아오신 겁니까?"

"어? 아아. 그래. 널 찾아왔지."

라틸은 그제야 다시 칼라인 쪽을 쳐다보다가, 그사이 칼라인도 이마를 찌푸리고 있는 걸 발견했다. 아니, 쟤는 또 왜 인상을 쓰고 있는 거야? 라틸은 속으로 외치면서도 태연하게 대답했다.

"오랜만에 어떻게 지내나 궁금해서……."

그러나 이번에도 라나문이 끼어들었다.

"제가 어떻게 지내는지는 궁금하지 않으셨나 봅니다."

그사이에 라나문의 목소리는 더 서늘해져 있었다.

"……그건 아니고."

라틸은 아버지가 최대한 후궁들을 한 번에 한 명씩만 만나려던 걸 떠올렸다. 당시 라틸은 아버지가 왜 그러는지 이해하지 못했다. 하지만 이제는 이유를 알 것 같았다. 방 안에 셋이 마주 보고 서 있으려니, 싸우는 게 아닌데도 분위기가 어색했다.

라나문과 칼라인이, 분명 아까 전까지는 사이 좋게 체스를 두고 있었을 라나문과 칼라인이 자기들끼리 묘한 눈짓을 주고받는 것조차도 어색했다.

"차례대로 돌아볼 생각이었지."

하지만 속마음을 드러내진 않고서, 라틸은 태연히 라나문에게 대답해주었다.

"순서대로 말이야."

라나문은 입술을 꾹 다문 채 눈을 내리깔며 중얼거렸다.

"그 첫 상대가 칼라인입니까."

차갑긴 하지만 또렷하게 서운해하는 기색이었다. 반대로 칼라인은 무표정하게 서 있지만, 입술 끝이 삐죽 올라가 있었다.

뭐야. 순서도 신경 써야 하는 거야? 라틸은 어색하게 둘을 번갈아 쳐다보다가 뒷걸음질 쳤다.

"폐하?"

"왜 그럽니까, 주인?"

"어…… 급히 처리해야 할 안건이 생각났다."

"예?"

"오셨는데 바로 가십니까, 주인?"

칼라인의 '주인' 발언에 라나문의 시선이 휙 옆으로 돌아갔다. 마치 '저건 뭐지?' 하는 눈초리였다. 칼라인은 그 시선을 받으면서도, 초록색 눈동자로 라틸을 지그시 바라보기만 했다. 라틸은 그대로 몇 번 더 뒷걸음질 치다가 얼른 그 방을 빠져나왔다. 그러고는 두 남자가 따라오지 못하도록 문부터 닫았다.

"폐하?"

라틸이 문고리를 꼭 붙잡고서 서 있자, 문 앞에서 지키고 있던 서넛이 의아한 듯 라틸을 불렀다.

"왜 그러십니까?"

"세 번."

"?"

"왜 그러냐는 말. 세 번인가 들은 것 같습니다."

"잘 이해가 안 갑니다."

"……별말은 아닙니다."

라틸은 기계적으로 웃고서 손가락으로 복도를 가리켰다.

"일단 돌아가죠."

서넛이 눈썹을 들어 올리고서 닫힌 문을 쳐다보았다.

"방금 왔는데. 벌써 갑니까?"

"네. 생각해보니 업무 도중에 온 거잖습…… 뭐야. 서넛 경은 왜 갑자기 그리 음흉하게 웃습니까?"

"안 웃었습니다."

"아닌데? 방금 웃었는데?"

"안 웃었습니다. 정말로."

하렘을 나온 라틸은 곧장 공개 집무실로 갔다. 바쁜 일이 생겼다고 칼라인에게 둘러댄 건 핑계였지만, 아예 거짓말도 아니긴 했다. 어차피 집무실 안에는 늘 해야 할 일들이 산더미였으니까. 라틸은 책상 앞에 앉자마자 시종장을 부른 다음, 아까 감옥에서 지시한 일이 어떻게 되어가고 있는지 물었다.

"초상화는 지금 그리는 중입니다. 흑마법사로 소문난 이들을 잡기 위해 수사관들이 출발했고, 그노시스 신관도 소스타 영지로 출발하였습니다."

"그래요."

라틸은 무겁게 한숨을 내쉬었다. 황제 시해범을 잡는 문제도 단순하지 않은데. 그 문제가 점점 이상한 방향으로 가지를 뻗어 나가고 있었다.

'흑마법사니 저주니 하는 것까지 얽혀 있을 줄은……'

그런데 한참 고민에 빠져 있을 때였다. 시종장이 할 말이 있는 듯 계속 머뭇거렸다.

"왜요?"

라틸이 쳐다보며 묻자 시종장이 조심스럽게 입을 열었다.

"저…… 그런데 폐하."

"말하세요, 사블레 후작."

"왜 벌써 오셨는지……?"

"네?"

"칼라인 님을 뵈러 가시지 않으셨습니까?"

"아. 그래서 다들."

라틸은 힐긋 시계를 쳐다보았다. 서넛도 비슷한 걸 묻더니. 확실히 너무 빨리 나오긴 했나 보다. 시간을 확인하자 시종장이 이런 질문을 한 이유를 알 것 같기도 했다. 하렘에 다녀왔는데 채 30분도 지나지 않은 것이다.

'하긴. 몇 마디 안 하고 바로 나왔으니까.'

하지만 시종장에게 '후궁 두 사람이 날 두고 이상한 기싸움을 벌이는 게 어색해서 나왔다'고 말하긴 쑥스러웠다. 라틸이 민망하게 웃고만 있자, 시종장이 걱정스레 물었다.

"폐하. 혹시…… 현재 후궁분들이 마음에 차지 않으십니까?"

"어휴, 그런 건 절대 아니에요."

"혹시 마음에 차지 않으신다면 세 명 정도 더 받으시는 게……."

갑자기 쾅 소리가 나는 바람에 시종장은 말을 멈추었다. 라틸도 놀라서 고개를 돌렸다.

"이런. 죄송합니다."

서넛이 떨어진 검집을 줍고 있었다.

"느슨하게 묶어둔 모양입니다."

검집이 왜 떨어지지? 라틸이 황당해하며 쳐다보자, 서넛은 웃으면서 대답하고는 라틸이 보는 앞에서 검집을 제대로 띠에 연결했다. 그러고는 시종장이 무어라 잔소리하기 전에 얼른 라틸에게 물었다.

"폐하. 가짜 범인이 틀라 황자를 언급하려던 것 같았는데, 이는 조사하지 않으십니까?"

저주란 말에서 오는 충격과 피 분수를 뿜던 범인의 모습이 너무 인상 깊었나 보다. 그 일들에 대한 뒤처리를 지시하느라 틀라 황자에 대해서는 잠시 잊고 있었다.

"아. 맞아."

라틸은 뒤늦게 그 일도 당장 처리해야 한단 걸 고개를 끄덕거렸다. 그러고 보니 그 '가짜 범인'은 죽기 전에 '틀라'란 이름을 말했지.

"그렇군요. 조사해봐서 나쁠 건 없겠지요."

서넛이 꺼낸 무거운 화제에, 옆에 있던 시종장도 새 후궁 이야기를 잊고 심각한 얼굴로 물었다.

"틀라 황자를 지지했던 사람이 진범일까요?"

서넛은 좀 더 다른 쪽으로 의견을 제시했다.

"단순히 폐하를 모욕하기 위해 그런 짓을 했을지도 모릅니다. 범위가 다른걸요."

라틸은 고개를 끄덕이고서 두 사람 모두의 말에 동의했다.

"틀라 황자를 지지했던 사람이 날 모욕하기 위해 일부러 가짜 황제 시해범을 만든 걸지도 모르고, 정말로 틀라 황자 쪽 지지자들이 아바마마를 시해한 데 관여했는지도 모르죠."

물론 어느 쪽이든 그냥 지나갈 수는 없겠지만.

"제가 이 일을 수사해보겠습니다."

잠시 라틸이 생각에 잠긴 사이, 서넛이 나섰다. 믿음직스러운 태도였다.

"아니요. 서넛 경이 나설 필요는 없습니다."

그러나 라틸은 대번에 거절했다.

"신중하게 조사해야 하니 제가 나서는 게 나을 거라 생각됩니다, 폐하."

서넛이 다시 한번 자진해서 조사하겠다 나섰으나, 라틸은 이번에도 반대했다.

"괜찮습니다."

서넛은 이미 맡은 일이 많았다. 근위기사단을 이끌어야 하고, 가문의 후계자로서도 여러 가지 할 일이 있을 텐데, 라틸에게 편지도둑에 대해 단독으로 수사하란 밀명까지 받았다. 이 와중에 황제의 최측근 호위 일까지 해야 했으니 몸이 세 개라도 부족할 터인데, 또다시 비밀스러운 임무를 맡긴다? 절대 안 될 일이었다.

"제가 하고 싶습니다. 이런 일일수록 기밀을 유지하는 게 중요하지 않습니까, 폐하."

"서넛 경은 지금도 너무 바쁩니다."

"괜찮습니다."

"안 괜찮아요. 전 솔직히, 지금도 서닛 경이 제대로 잘 수는 있나 모르겠습니다."

라틸이 딱 잘라 말하자 서닛이 주춤 뒤로 물러났다.

"서닛 경을 못 믿어서가 아니라, 서닛 경이 너무 많이 일하는 것 같아서 걱정되니까 하는 말입니다."

라틸은 다시 그에게 달래듯 말한 후 잠시 생각해보다가 말을 이었다.

"나는…… 타시르에게 이 일을 맡겨볼 생각입니다."

서닛과 시종장 모두 놀라서 라틸을 바라보았다. 특히 서닛은 말도 안 된단 표정이었다. 서닛은 라틸을 가만히 바라보다가 천천히 물었다.

"그자를 믿으십니까?"

라틸은 어깨를 으쓱했다.

'이제 그 답을 알게 되겠죠.'

라틸은 타시르를 방으로 데려오라 지시한 후, 시녀에게는 커피와 과자를 가져다 달라 부탁했다. 갑갑한 제복 재킷과 바지를 벗고 긴 블라우스 차림만으로 소파에 앉은 라틸은, 시녀가 가져다준 간식을 먹으며 타시르를 기다렸다. 그는 30분쯤 지났을 때 나타났다.

"폐하, 타시르 님께서 오셨습니다."

"들어오라 해."

라틸은 과자를 입에 문 채 뭉개진 발음으로 소리쳤다. 방 안으로 들어온 타시르는 긴 맨다리를 쭉 뻗은 채 소파에 앉은 라틸을 보자마자 이마를 짚었다.

"커피?"

"방으로 부르신 걸 보니 승은을 내려주실 생각은 아닌 듯하고. 인내심 시험인가요?"

라틸이 맞은편 소파를 가리키자, 타시르는 주춤거리면서 소파에 앉아 작게 한숨을 내쉬었다.

"고문입니까."

"뭐가."

"제가 셔츠 한 장만 입고 폐하 앞에 그런 자세로 앉아 있으면, 기분이 어떨 것 같습니까?"

"좋을 것 같아."

"……그렇군요."

미묘한 표정을 지은 타시르는 웃는 건지 우는 건지 알기 힘들었다. 라틸은 피식 웃고서, 그가 오기 전까지 보고 있던 서류를 내밀었다.

"자. 확인해봐."

타시르는 서류를 받아 훑었다.

"내용이 거의 비어 있는데요?"

"채워 와."

힐긋 타시르가 시선을 들어 라틸을 보았다.

"설마. '후궁 타시르'가 아니라 '흑림의 수장'으로 절 부르신 겁니까?"

"뭘 구분해? 둘 다 내 거잖아."

"!"

"황제 시해범이 자백했단 건 너도 알지?"

"예."

"죽었단 것도 들었어?"

"저는 들었지요."

"다른 후궁들은 모르고 있단 거네."

타시르가 희미하게 웃었다.

"그것까진 저도 모르겠습니다. 정보력 좋은 후궁이 몇 되는 것 같아서."

"그러면 황제 시해범이 죽기 전에 틀라 황자 이름을 말한 건 알아?"

여기까진 모르는지 타시르가 눈썹을 치켜올렸다.

"정말입니까?"

물론 연극을 하고 있을 가능성도 있었다. 그러나 라틸은 그가 이 정보를 모른단 걸 깊게 생각하는 대신 바로 지시했다.

"틀라 황자를 지지했던 자들이 선황제의 죽음으로 장난질을 친건지, 아니면 진짜로 그들이 선황제의 죽음과 관련이 있는지 알아봐."

라틸은 말을 마친 후 과자를 집어 먹으며 와삭와삭 씹었다. 당연히 타시르가 자신의 말을 따를 거라 생각하는 표정이었다. 그러나 타시르는 쉽게 대답하는 대신, 서류를 한 번 라틸을 한 번 번갈아 바라보았다. 무언가 곰곰이 생각하는 얼굴이었다.

하기 싫은가? 라틸은 과자 먹기를 멈추고 그를 쳐다보았다.

이윽고 타시르의 입가에 농염한 미소가 떠올랐다. 처음 그를 만났을 때, 라틸의 정체를 아는 듯 중얼거리며 지었던 미소였다. 서류를 가볍게 탁자 위에 도로 내려놓은 타시르는 나른하게 등을 소파에 기대었다.

"개를 길들이는 법을 아십니까?"

그러고는 뜬금없이 던진 질문에, 라틸은 "개?" 하고 되물었다. 갑자기 웬 개?

"가끔은 엄해야 하지만, 말을 잘 들으면 고깃덩어리를 보상으로 주어야 하지요. 칭찬과 함께."

"?"

"말을 잘 들으면, 제 입에 물려주실 보상은 무엇입니까?"

생각해보지 못한 제안에 라틸이 한쪽 눈썹을 치켜올렸다. 타시르는 허리를 숙이며 무릎에 팔을 괴더니, 눈웃음을 지으며 요구했다.

"일을 잘해오면 절 품어주십시오."

타시르는 천천히 길을 걸어가며 떠올렸다. 소파 위, 쭉 뻗은 라틸의 긴 다리와 단단한 종아리, 의외로 굳은살이 많던 발을. 허벅지를 덮은 하얀 블라우스를. 이로 과자를 깨물 때마다 입술 사이에서

나던 바삭거리는 소리를, 당연하다는 듯이 흑림의 수장도 후궁 타시르도 자신의 것이라 말하던 목소리를 떠올렸다.

그의 입꼬리가 슬며시 올라갔다. 천방지축 황녀에 대해서는 잘 알고 있었다. 영민한 황태녀에 대해서도 잘 알고 있었다. 적어도 객관적인 '정보'로는.

멀리 떨어져 있을 때에도 타시르는 먼발치에서만 스치듯 본 그 황녀에 대해 자신이 잘 알고 있다고 확신했다. 그러나 어느 때보다도 거리가 가까워진 지금. 그는 그녀에 대해 더 자세히 알고 싶어졌다. 수치상의 통계와 정보의 기록이 아니라, 진짜 그녀에 대해서.

그때였다. 멀지 않은 곳에서 나뭇잎이 바스락거리는 소리가 났다. 타시르는 걸음을 멈추고 소리가 난 쪽을 쳐다보았다. 골든레트리버를 닮은 순한 후궁 게스타가, 곰곰이 생각에 잠긴 얼굴로 나무 위를 쳐다보고 있었다.

'뭘 보고 있지?'

그 표정이 자못 진중해 보여서 덩달아 같은 방향을 쳐다보았지만, 나무 위에는 아무것도 없었다. 타시르는 다시 시선을 내리다가 잠시 놀랐다. 어느새 게스타가 그를 똑바로 보고 있었다.

'깜짝이야.'

눈이 마주치자 게스타가 산들바람처럼 웃어 보였다. 순하고 가볍고 따스한 봄 같은 웃음이었다.

타시르는 뒤늦게 게스타가 왜 나무를 쳐다보았는지 알 수 있었다. 그는 품 안에 날개가 부러진 듯한 작은 새를 조심스레 안고 있었다. 아무래도 저 나무에서 떨어진 새인 모양이다.

'새를 나무에 올려주려고 저러나?'

도와줄까, 말해볼 틈도 없이 게스타는 새를 안고서 어딘가로 가 버렸다. 바스락 나뭇잎을 밟는 소리가 빠르게 멀어졌다. 타시르는 그 모습을 바라보다 고개를 갸웃했다.

'정말로 착한 건가?'

사실 그는 물벼락 사건 때 본 게스타의 모습이 너무 작위적이라 생각하고 있었다. 그래서 이따금 의심했다. 저자, 착한 게 아니라 착한 척하는 거 아니야? 그런데 날개가 부러진 새를 혼자서 챙기는 모습을 보니, 그냥 보이는 그대로의 성격 같기도 했다. 하지만 아까 나무 위를 쳐다보던 표정은 또…….

'하긴. 어느 쪽이든 나와는 상관없지.'

잠시 고민해보던 타시르는, 곧 게스타가 실제로 착하든 착한 척을 하는 거든 그와는 관계가 없단 판단을 내리고서 다시 제 방으로 돌아갔다. 친하지도 않은 후궁 한 명에게 매달려 있기에는, 해야 할 일이 너무 많았다.

작은 영지의 귀족들조차도 작위를 잇게 된다면 친한 귀족이나 인근의 귀족들을 초대해 성대한 파티를 연다. 표면적으로는 축하 파티지만, 사람들을 불러다가 '이젠 내가 여기 주인이니 제대로 봐 둬라' 선언하는 거나 다름없는 파티였다. 작은 영주의 영지들이 하는 그런 축하 연회를, 하물며 황제나 왕이 생략할 수는 없었다.

"이제 슬슬 폐하께서도 즉위를 축하하는 연회를 열어야 합니다. 외국 귀빈들을 초대해서 폐하의 모습을 드러내셔야지요."

그렇기에 시종장이 파티 이야기를 꺼냈을 때, 라틸도 그러려니 받아들였다. 사실 즉위 당시의 혼란이나 이런저런 일 때문에 지금도 다른 황제들에 비해 늦게 연회 이야기가 나온 것이긴 했다. 라틸은 조세 문제를 점검하다 말고서 고개를 끄덕였다.

"하긴. 그럴 때가 되었지요."

시종장이 다시 조심스레 물었다.

"한데 폐하. 문제가 하나 있습니다."

"문제요? 예산 문제입니까?"

"아닙니다. 그…… 보통 이런 연회는 황후 폐하께서 맡아 하시지 않습니까."

"아."

"하지만 타리움 제국에는 아직 국서가 없으니까요. 누구에게 이 일을 맡기시겠습니까?"

"그야……."

내가 직접 하면 되죠, 말하려다가 라틸은 책상에 놓인 자신의 달력을 확인했다. 작은 글씨가 빈 공간이 거의 없을 만큼 빽빽하게 달력을 채우고 있었다.

'내가 하긴 힘드려나?'

즉위 초이기 때문에 업무량이 말도 못 하게 많긴 했다. 기껏 만든 하렘에조차 제대로 가지 못할 만큼. 그런 데다 부황의 암살 건, 틀라의 외세 건, 사라진 선물, 훼손된 무덤 등 여러 가지 정리되지 못한 사안들도 한가득이었다.

연회를 준비하는 건 세세하게 손이 많이 가는 데다 의외로 귀찮고 번거로운 일이었다. 게다가 그 결과물을 평가하는 건 수십 수백 명의 귀빈들. 조금의 실수도 보이지 않도록 처리해야 하는데, 달력을 보니 라틸이 도맡아 하기에는 힘들 것 같았다.

"음."

라틸은 미간을 찡그렸다.

"그러게요. 누구한테 맡기지?"

보통의 경우, 황후가 없다면 황제의 어머니나 형제자매들이 맡아줄 것이다. 그러나 라틸의 어머니는 선황제가 살아 있을 적에 이미 황궁을 떠나 신전으로 들어갔다. 이복남매나 자매가 몇 있긴 하였으나, 이런 부탁을 할 만큼 사이가 좋진 않았다. 게다가 그들은 라틸이 틀라를 처형시킨 일로 잔뜩 몸을 사리고 있었으니, 이런 큰일을 맡기려 들면 혹시 떠보는 건가 싶어 기겁하지 않을까? 그렇다고 전 황태자이자 대학자의 제자가 되어 떠난 오빠 레안을 불러 일을 시킬 수도 없었다.

'어쩐다.'

자연스럽게 다음 순서로 라틸이 떠올린 이들은 하렘의 후궁들이었다.

"후궁들…… 중 하나에게 맡기면 어떨까요?"

라틸이 제안하자 시종장이 웃음을 터트렸다,

"실은 폐하. 저도 그게 좋을 거라 생각하고 있었습니다."

"그러면 그렇게 하죠."

"예. 그러면 어느 분에게······?"

라틸은 눈썹을 치켜올렸다. 후궁 중 한 명에게 맡기기로 하자마자 바로 또 다른 난제가 나타나다니.

"음. 누가 좋을까요."

신분상으로는 높은 귀족 가문 출신인 라나문이나 게스타가 적합했다. 이 일을 맡은 사람이 총애를 받는다거나 신뢰를 받는단 오해를 사겠지만 이걸 감안하더라도. 그러나 이 둘은 사교계와는 거리가 먼 이들이었다. 하나는 제 잘난 맛에 취해 사교계에 관심이 없었고, 하나는 너무 낯을 가려서 사교계에 스며들지 못했다.

클라인 황자에게 시켜도 될 테지만, 그는 아직 외국 황자 이미지가 강해서 신하들이 그를 잘 따를지 염려되었다. 이건 그냥 연회가 아니라, 라틸이 황제로서 주최하는 첫 연회가 아니던가. 게다가 이 연회는 원래라면 황후가 주최해야 할 연회. 상징성이 큰 만큼, 연회의 주최자는 성과에 따라 대외적으로 이런저런 평가를 받을 것이다.

'그렇다고 귀족과 황자를 제쳐두고 용병왕이나 상인에게 바로 시키기도 그렇고······.'

라틸은 힐긋 서넛을 쳐다보았다.

'서넛 경 같은 성격의 후궁이 한 명 있었더라면 좋았을 텐데.'

차분하고 현명한, 신뢰가 가는 그런 사람.

'내가 너무 얼굴만 보고 후궁을 뽑은 건가.'

라틸은 뒤늦게 후회했다. 물론 정말로 얼굴만 본 건 아니었다. 외모 외에도, 정치적 배경이나 도움이 될 요소 등 두루두루 살피긴 살폈다. 하지만 생각해보니 안 본 게 딱 하나 있었다. 성격. 뒤늦게서야 라틸은 어이가 없어서 비실비실 웃었다.

"폐하."

그런 라틸에게 시종장이 다시 물었다.

"어느 후궁에게 맡기실 생각이십니까?"

"사블레 후작은 누가 가장 나을 것 같나요?"

"제 생각엔 라나문 님이 제일 적합하지 않으신가 여겨집니다."

'사블레 후작은 진짜로 라나문을 편애하네.'

"라나문이라……."

그러나 라틸이 썩 내키지 않는 얼굴이자 시종장이 물었다.

"따로 염두에 두신 분이 있으십니까?"

"그건 아닙니다. 하지만 시종장도 알다시피 라나문은 사교계와 거리가 멀잖아요. 손님으로도 가본 적이 드문 연회를 자기가 주관한다? 글쎄요. 가능할지."

결국 15분가량을 곰곰이 생각한 끝에 라틸은 결정을 내렸다.

"일단 본인들의 의사를 들어봐야겠습니다."

오후 시찰을 평소보다 한 시간 빨리 끝낸 라틸은 통보 없이 하렘으로 갔다. 이래저래 걸리는 요소가 있긴 하지만, 우선 신분이 가장 높은 클라인과 라나문을 불러 물어볼 생각이었다. 그런데 하렘 내부의 분위기가 심상치 않았다. 여러 무리의 하인들이 자기들끼리 모여 쑥덕거리고 있었다.

"오셨습니까, 폐하."

그들은 라틸이 나타나자 황급히 고개를 숙였으나, 흥분해서 붉어진 얼굴은 감추기 어려웠다. 이들 뿐만이 아니었다. 도넛 형태의 건물 전체에 묘한 긴장감과 기대감이 서려 있었다.

'무슨 일이지? 사블레 후작과 둘이서 나눈 연회 이야기가 퍼졌을 리도 없는데?'

무슨 일이기에 다들 이러나, 라틸은 궁금해하면서 복도를 계속 걸어갔다. 라나문과 클라인의 방은 가장 거리가 멀었기에, 라틸은 연회나 대규모 티파티 등에 사용되는 커다란 '축제의 방'으로 향했다. 일단 거기로 간 다음 두 사람을 부를 생각이었다. 그러나 라틸은 축제의 방 안에 들어가지도 못하고 멈춰 서야 했다. 방 근처에서 이미 싸움이 벌어져 있던 것이다.

'또 클라인인가.'

소리가 나는 쪽으로 가본 라틸은 '또' 싸움의 한복판에 있는 클라인을 발견하고서 혀를 찼다. 먼발치에서 이미 목소리를 듣고 예상하긴 했지만. 그곳에서는 클라인이 화려한 극락조처럼 차려입은 채 여러 사람을 요란스럽게 닦달하는 중이었다.

'아무리 봐도 하이신스가 날 엿 먹이려고 보낸 사람 같단 말이지.'

아니라면 이렇게 자주 싸워댈 리가 있을까? 의외인 건, 그 싸우는 무리 속에 이번에는 라나문까지 있단 점이었다. 비록 사람들과 말을 섞지 않고 홀로 고고하게 서 있긴 했지만, 지금 싸움과 완전히 관련이 없진 않은 눈치였다.

라틸은 혀를 차고서 시종에게 눈짓했다.

"황제 폐하께서 오십니다!"

라틸의 신호를 받은 시종이 큰 소리로 알리자, 한창 언성을 높여 대던 사람들은 동시에 소리를 빼앗긴 것처럼 조용해졌다. 좋지 못한 장면을 보인 탓에 궁정인들의 표정이 한결 어두워졌다.

라틸은 그들 가까이로 다가가며 물었다.

"또 무슨 일들이지? 왜 또 싸우고 있는 거냐."

라틸의 '또'라는 말에 클라인이 억울하다는 듯 인상을 구겼다. 하지만 클라인이 게스타와 싸운 게 고작 3일 전이었다. '또 싸운 건 아니다'고 반박하기에는 분명 찔리는 부분이 있었다. 라틸은 클라인과 라나문을 번갈아 쳐다보았다.

"대답해봐, 클라인. 라나문."

클라인의 수행원은 하렘에 들어올 때, 특별히 시종장에게 클라인과 라나문의 방을 멀찍이 떨어트려달라 부탁했다. 두 사람의 사이가 몹시 나쁘다는 게 그 이유였다. 그런데 사이 나쁜 두 사람이 한곳에 있다면, 역시 이 두 사람이 싸운 걸까?

라나문은 라틸의 시선이 자기에게 닿자 무심한 표정으로 말문을 열었다.

"클라인 황자의 부적이 없어졌다고 합니다."

언성을 높여 싸우던 클라인과 달리 라나문은 이 와중에도 목소리에 흔들림이 없었다.

"부적?"

라틸은 이번에는 클라인을 보았다.

"무슨 부적 말이냐?"

클라인은 최대한 신경질을 누르고서 대답했다.

"카리센에서 챙겨 온 부적입니다. 대신관님께서 직접 써주신 부적이지요."

신전에서는 부적이나 성수 등을 팔아 수입을 짭짤하게 얻는데, 고위 신관이 쓴 부적일수록 더욱 가격이 비쌌다. 그런데 평범한 고위 신관이 아니라 대신관이 쓴 부적이라니. 돈을 싸 들고 가도 사기 어려울 정도로 귀한 부적임이 틀림없었다.

라틸은 고개를 끄덕였다. 그런 부적을 잃어버렸다면 화가 날 수밖에 없지. 일부러 잃어버린 척하는 것도 아닐 거다. 아무리 클라인 황자가 제멋대로여도 그런 귀하고 신성한 물건을 가지고서 장난질을 치진 않았을 테니. 판단을 마친 라틸은 걱정스럽게 물었다.

"이런. 어디서 없어졌는데?"

"방에 두었는데 사라졌습니다."

"네가 나간 사이에?"

"예."

라틸은 경비병을 불만스레 쳐다보았다.

"도대체 치안 유지를 어떻게 하고 있는 거냐. 뭘 얼마나 엉망으로 하기에 내 후궁이 하나는 물벼락에 돌멩이를 맞고 다니고, 다른 하나는 귀중품이 사라져? 경비를 서긴 서는 거냐?"

경비병은 몸을 움츠렸다.

"죄송합니다, 폐하."

'책임은 나중에 묻자.'

더 잔소리할 말이 남았으나, 라틸은 우선 이 일부터 해결하기 위해 클라인에게 물었다.

"그래, 클라인. 누가 가져갔는지는 짐작이 가?"

클라인은 힐긋 라나문을 보았다. 라틸은 눈썹을 치켜올렸다. 왜여기서 라나문을 보지? 설마…… 클라인은 라나문이 가져간 거라의심하는 건가?

라틸은 놀라 라나문을 쳐다보았다. 그러나 아니었다. 클라인의시선을 받자 의외로 라나문이 순순히 입을 먼저 열었는데, 그는 용의자가 아니라 목격자였다.

"부적을 훔쳐 간 건지 다른 볼일 때문에 다녀간 건지는 모르겠지만, 다른 후궁이 클라인 황자의 방에서 몰래 나오는 건 제가 보았습니다."

'그래서 라나문이 여기에 휩쓸려 있었구나!'

라나문은 클라인과 뚝 떨어진 방에서 지내는데, 어떻게 클라인방을 뒤진 도둑을 목격한 걸까. 사실 이 점도 의아했지만, 라틸은우선 범인에 대해 물었다.

"그게 누군데?"

"누구긴 누구겠습니까? 분명 게스타 그 무말랭이일 겁니다."

클라인이 이를 갈자, 라틸은 그에게 '조용히' 하라는 신호를 보내고서 라나문에게 대답해보라 눈짓했다. 라나문은 잠시 생각해보다 입을 열었다.

"칼라인입니다."

라틸의 눈이 커다래졌다.

"칼라인? 정말?"

라나문이 서넛이라 말했더라도 이렇게 놀랍진 않았을 거다. 하지만 칼라인이라니. 어째서인진 모르겠으나 충격이었다. 몇 번 본 적도 없는 사람이지만, 칼라인은 용병왕이면서도 어쩐지 속세를 한 겹 초월한 느낌이 강했던 것이다.

"범인인지 아닌지는 모릅니다. 그저 나오는 걸 보았을 뿐입니다."

라틸이 너무 놀라워하자 라나문이 차가운 목소리로 덧붙였다.

"……."

라틸은 미간을 찌푸리고 있다가 시종에게 지시했다.

"칼라인을 불러와."

라틸은 근처에 있는 방 안으로 들어가 아무 의자를 끌어다 앉았다. 클라인은 어쩐지 감동을 받은 표정으로 라틸의 곁에서 웬일로 조용히 있었다. 라틸이 클라인을 위해 부적을 찾아주려고 하자 기쁜 모양이었다. 반면 라나문은 심드렁한 얼굴로 연신 회중시계를 꺼내어 시간을 확인했다. 마치 '이런 쓸데없는 데 왜 내가 끼어 있어야 하지?' 생각하는 것처럼.

얼마나 그렇게 기다렸을까. 마침내 칼라인이 나타났다. 오는 길에 대충 설명을 들었을 텐데, 열린 문 사이로 들어오는 칼라인은 평소와 다를 바 없는 표정이었다. 라틸은 칼라인이 곁으로 오자마자 그에게 인사를 받을 사이도 없이 물었다.

"칼라인. 혹시 클라인의 방에서 부적을 훔쳤어?"

라틸이 기분 나쁠지도 모를 질문을 던졌을 때도 칼라인은 덤덤하게 대답했다.

"상황은 들었습니다. 하지만 저는 그자의 방에 간 적이 없습니다."

그의 목소리에는 가시가 없었으나 라나문을 자극하기에 충분했다. 라나문은 회중시계를 보다가 뚜껑을 덮었다. 그 찰칵 소리는 날카로운 가위로 인내심을 싹둑 자르는 소리와 비슷했다. 은색 시계가 보이지 않게 되자, 라나문은 입꼬리를 한쪽만 올리며 칼라인에게 물었다.

"그 말은 내가 폐하께 거짓을 고했단 건가."

얼음이 뚝뚝 떨어질 만큼 차가운 목소리였으나, 칼라인은 이번에도 무뚝뚝하게 대답했다.

"그렇게 보이는군."

"난 내가 본 대로 말씀드렸을 뿐인데."

"눈이 달렸으면 보는 건 제대로 해야지, 라나문."

이게 얼마 전에 함께 체스를 두던 남자들이 할 말인가. 라틸은 제대로 추궁하기도 전에 라나문과 칼라인이 날카롭게 신경전을 벌이자 괜히 구경꾼 마음가짐이 되어 눈을 깜빡였다. 게다가 하필 말을 주고받는 저 두 남자가, 둘 다 거짓말을 할 것 같은 사람들이 아닌지라 더욱 당황스러웠다. 이 와중에 클라인은 "내 부적. 내 부적." 하고 옆에서 식식거렸다.

"잠시만."

라틸은 손을 내밀어 라나문과 칼라인을 말렸다. 둘이 말다툼을 멈추자 라틸은 차례로 물었다.

"라나문. 칼라인을 본 거 확실해? 칼라인. 안 들어간 거 확실하고?"

"예, 폐하."

"전 부적 같은 건 질색입니다, 주인."

옆에서 어깨를 들썩이던 클라인이 비명을 질렀다.

"그럼 내 부적은 어디로 갔단 거야!"

"황자님, 진정하세요. 진정하세요."

클라인의 옆에선 시종이 얼른 손부채질을 하며 그를 달랬다. 사방이 소란스럽자 라틸은 머리가 지끈거려서 눈을 감고 관자놀이를 눌렀다.

"둘 다 증거는 있느냐? 라나문?"

"……없습니다."

"칼라인. 너는?"

"없습니다."

라틸은 마지막으로 클라인에게도 물었다.

"클라인. 진짜 잃어버린 건 맞아? 방에 떨어트렸다거나 한 건 아니지?"

"아닙니다!"

클라인이 억울해서 외치자 옆에 있던 악시안도 흥분한 황자를 대신해 침착하게 설명했다.

"저와 바닐도 반나절 동안 같이 방 안을 다 뒤졌지만 분명 없었습니다."

라틸은 한숨을 내쉬고 결국 이 구역 경비단장을 불러 지시했다.

"단장. 하렘 내 모든 방 안을 다 뒤져서 클라인이 잃어버린 부적을 찾아내라."

"예. 저…… 후궁님들 방은……"

"내 지시라 말하고 양해를 구해라."

"예, 폐하."

경비단장이 나가자 라틸은 클라인을 보며 물었다.

"이러면 좀 만족스러우냐?"

클라인은 여전히 인상을 쓰고 있었으나 잠시 생각하더니 곧 표정을 풀고서 고개를 끄덕였다. 그러고는 주저하다가 라틸의 손을 슬그머니 잡더니 뿌듯하게 웃었다.

얘 좀 보게? 라틸이 자신의 손을 덮은 커다란 손을 내려다보자, 클라인은 더욱 손에 힘을 주어 꼭 잡더니 기쁜 얼굴로 속삭였다.

"폐하께서 절 편들어주시다니 너무 좋습니다."

'편을 든 건 아니지만……'

차마 귀한 물건을 잃어버리고 울상인 클라인에게 그 말은 할 수 없어서, 라틸은 고개를 끄덕이면서 따라 웃었다.

"그래. 네가 좋다면 됐다."

클라인은 거기서 그치지 않고 라틸의 어깨에 머리를 슬그머니 기댔다. 그 자연스러운 스킨십에 클라인의 시종이 감탄하며 손으로 자기 입가를 가렸다. 반대로 라나문과 칼라인은 표정이 점차 어두워졌다.

클라인이 라틸에게 딱 달라붙어서 사라지자, 방 안에는 라나문과 그의 수행원, 칼라인 이렇게 셋만 남게 되었다. 소란이 가시자 잠시 정적이 흘렀다. 칼라인은 그 상태로 벽을 쳐다보고 있다가 마침내 라나문에게 인사를 하고서 먼저 등을 돌렸다.

"잠시."

그러나 내내 아무 말도 하지 않던 라나문은, 칼라인이 나가려고 하자 그제야 붙잡았다. 칼라인이 등을 보인 채 힐긋 고개만 돌리자, 라나문은 그 뒤로 다가가 물었다.

"왜 거짓말을 한 거지? 난 분명 네가 그자의 방에서 나오는 걸 봤는데."

그 광경을 같이 본 라나문의 유형제 카르둔도 열심히 고개를 끄덕였다. 칼라인이 갑자기 발뺌을 해버리는 바람에 황제 앞에서 라나문이 거짓말쟁이가 되어버리지 않았던가. 그 결과물은 사이 나쁜 외국인 황자가 쏙 채갔고. 아주 화가 났다. 칼라인은 대답 대신 다시 가던 걸음을 마저 걸어갔다.

"대답해."

그러나 라나문이 쫓아가 그의 팔을 붙잡자, 칼라인은 순식간에 휙 돌아서더니 라나문의 턱을 움켜잡았다.

"!"

눈 깜짝할 사이 벌어진 일에 카르둔은 놀라서 칼라인의 팔을 붙잡았다.

"놓으세요!"

그러나 칼라인은 손쉽게 카르둔을 툭 쳐서 떨구어내고는 라나문의 얼굴을 이리저리 강제로 돌리기 시작했다.

"으."

카르둔은 엉덩방아를 찧고서 신음을 흘리다가, 칼라인이 라나문의 얼굴을 오른쪽 왼쪽 살살이 살피는 걸 보자 소름이 돋아 벌떡 일어났다. 어째서인지 모르겠으나 그가 라나문을 죽일지도 모르겠단 생각이 들어서. 그러나 칼라인은 라나문을 죽이지 않았다. 대신 그대로 툭 놓아주고는 낮은 목소리로 충고했다.

"밤놀이 상대는 꽃단장하고 웃고만 있으면 되지. 눈도 입도 가려라. 네게 필요한 게 아니니."

아니, 이건 충고가 아니었다. 그 모욕적인 말에 가만히 있어도 차가운 라나문의 얼굴이 평소보다 훨씬 서늘해졌다.

"권력이 우선인지 힘이 우선인지 겨뤄보고 싶은 모양이군."

이어서 나온 말은 적어도 이 나라에 사는 사람이라면 모두 두려워할 만한 은근한 협박이 내포되어 있었다. 그러나 칼라인은 눈 하나 깜짝하지 않았다.

"함부로 설쳐대면 고운 껍데기만 남겨두고 이성을 아예 없애버리는 수가 있다. 인형처럼.”

게다가 돌아온 건 더욱 소름 돋는 협박이어서, 카르둔은 등골이 쭈뼛해져서 칼라인을 쳐다보았다.

악명이 자자한 용병왕이 저런 식으로 말하자 정말로 무서웠다. 하지만 가장 무서운 건 말에 담긴 내용이 아니라, 칼라인의 눈이었다. ‘눈 하나 깜짝하지 않는다’는 말을 사용할 때 보통은 실제 눈꺼풀을 움직이지 않는단 뜻으로 쓰진 않을 것이다. 그러나 칼라인은 정말로 눈을 한 번도 깜빡거리지 않았다. 창백한 얼굴로 그러고 있으니 그 모습은 진짜 시체처럼 보여서, 그러고 보니 카르둔은 오히려 이 와중에도 평소의 차가운 표정을 유지한 채 칼라인과 마주 보는 자기 유형제가 더 신기해졌다.

“명심해라, 라나문. 난 후궁들을 순순히 살려두는 것만으로도 이미 최대한의 인내심을 발휘하고 있다는 걸.”

라나문의 멱살을 잡고서 귓가에 속삭인 칼라인은 그의 목덜미에 차가운 숨결을 내뱉더니, 한 번 깊게 숨을 들이마쉬고서 순식간에 방을 빠져나갔다. 둘만 남게 되자 카르둔은 다리에 힘이 풀려서 다시 털썩 주저앉았다.

“흑사신단 용병왕이 괜히 붙은 이름이 아니네요. 소름 돋는 놈이잖아요.”

“일어나. 바닥에서 뭐 하는 거야?”

“다리에 힘이 안 들어갑니다, 도련님.”

라나문이 혀를 차자 카르둔은 괜히 억울해졌다.

“도련님은 안 무서우세요?”

"무서운 건 모르겠고. 수상하긴 하군."

"안 무섭다고요?"

"평범한 용병왕 같지 않아."

"근데 안 무섭다고요?"

카르둔이 울먹였으나, 라나문은 팔짱을 끼고 심각하게 고민하다 지시했다.

"카르둔. 아버지에게 저자에 대해 조사해보라 청해라. 저자. 뭔가…… 느낌이 이상해."

그 시각. 라틸은 자신의 집무실로 돌아가 시종에게 타시르와 게스타를 불러오라 지시했다. 골치 아프니 이번 사건에 연루된 클라인과 라나문, 칼라인을 아예 빼버리고, 그냥 나머지 둘에게 연회를 맡겨볼 생각이었다.

"라나문 님은 그냥 목격자일 뿐인데요, 폐하."

시종장은 여전히 라나문에게 이 일을 맡기고 싶은 듯했으나, 라틸은 그래도 마음을 바꾸지 않았다.

"그런 식으로 따지면 클라인도 억울하죠. 자기 물건이 없어졌잖아요. 범인이 아니라면 칼라인도 억울할 거고."

"폐하께서는 칼라인 님이 클라인 님의 부적을 훔치지 않았다고 생각하십니까?"

"훔칠 이유가 없잖아요."

라틸이 서넛을 돌아보며 "안 그럽니까?" 하고 묻자, 서넛은 바닥을 내려다본 채 홀로 무언가를 생각하다가 바로 고개를 끄덕였다.

"제 생각은 폐하와 같습니다. 늘 그렇듯이."

그 사이. 타시르와 게스타가 도착했다. 무슨 일인지 모르고 불려온 건 똑같으나, 타시르는 이 와중에도 자신만만하게 웃고 있었고 게스타는 기죽어 몸을 움츠리고 있었다. 두 사람이 나란히 라틸의 책상 앞에 서자, 라틸은 미리 준비해두었던 서류를 그들에게 하나씩 내밀었다.

"타시르, 게스타. 좀 늦긴 했지만 내 즉위를 축하하는 연회를 열까 하는데. 너희 두 사람이 함께 연회를 준비해봐라."

타시르는 서류를 슬그머니 가져가다가, 게스타는 서류를 가져가지도 못하고 두 손을 모으고 끙끙거리다가, 뜬금없는 명령에 놀라서 라틸을 보았다. 게스타는 얼어붙어서 손을 저었다.

"제, 제가 어떻게 그런 걸……."

"비서를 붙여줄 거야. 실무는 그쪽이 알아서 해줄 거고, 절차에 관해서도 알려줄 테니, 아주 어렵진 않을 거다. 안심해."

타시르는 자신감 없는 얼굴은 아니었으나, 역시 라틸의 제안이 의외라 여기는 표정이었다.

"타시르는 화려한 생활에 익숙하고, 게스타 너는 귀족들에게 익숙하지. 두 사람이 손을 잡으면 좋은 결과물을 낼 수 있을 거라 기대할게."

라틸은 굳이 '라나문과 클라인이 이상한 사건에 연루되어서 너희에게 이 일을 맡길게' 같은 설명을 하지 않고 두 사람을 신뢰하는 척 웃었다. 게스타는 얼굴이 벌게져서 서류를 꼭 끌어안았다.

"네."

타시르도 자신만만하게 웃으며 한쪽 무릎을 굽혔다.

"모두가 보고 놀랄 수 있도록 준비하겠습니다."

두 사람이 나가자 시종장이 걱정스럽게 물었다.

"괜찮을까요?"

시종장은 여전히 라나문이 이 일을 맡지 않은 게 불만스러워 보였다.

"괜찮겠죠."

라틸은 태연히 대답하고서 빈 컵을 대기 중인 하인에게 건넸다.

"다섯 명 중에선 그래도 타시르랑 게스타가 그나마 뭐야. 그, 뭐라 해야 하지? 남들이랑 충돌이 적잖아요?"

"이봐, 순둥이 도련님. 폐하 말씀 기억 안 나? 화려하게 하라셨잖아."

"그런 말씀은 하신 적이 없는데요……."

"화려한 생활에 익숙하다면서 날 불렀어. 그 말은 화려하게 하란 뜻이지."

"아직 선제 폐하의 암살범을 잡지 못했잖아요. 이럴 땐 차라리 좀 수수하게 하는 게 낫다고 생각해요……. 너무 요란하게 연회를 꾸몄다가 또 암살범이 올지도 모르고……."

그러나 라틸의 기대와 다르게, 타시르와 게스타는 의논을 시작하자마자 의견이 엇갈렸다. 타시르는 라틸이 '최대한 화려한' 연회를 원한다 생각했으나, 게스타는 오히려 검소하게 하는 게 낫다고 주장하면서였다.

처음에는, 타시르는 자신이 몇 마디 말을 하면 게스타가 뜻을 꺾을 거라 여겼다. 그러나 게스타가 자신 없는 목소리로 웅얼거리면서도 절대로 단 하나의 의견도 굽히지 않자, 결국 점점 목소리가 높아지기 시작했다.

"이봐, 순둥이 도련님. 도련님은 귀족이지만 사람들과 어울리지 못하잖아."

"!"

"하지만 난 여러 나라 연회에 초대받으며 돌아다녔지. 그러니 내 의견이 맞지 않을까?"

결국 타시르는 게스타가 사교계에서 겉도는 점을 지적하면서 그의 의견이 엉터리라고 주장했다. 좀 미안하긴 하지만, 아무리 생각해도 게스타의 의견을 받아들일 수 없으니 솔직하게 표현한 것이었다.

게스타는 타시르의 말에 입가를 손으로 가리더니 고개를 떨구었다. 그걸 본 타시르가 '너무 심하게 말했나?' 생각하는 순간, 들릴 듯 말 듯 픽 바람 빠지는 소리가 났다. 잘못 들은 건지 아닌지 구분이 가지 않을 정도로 작은 소리였다. 그러나 타시르는 그 소리를 분명 들었다 확신하고서 인상을 구겼다. 혹시 저 도련님, 지금 고개 숙이고 날 비웃은 건가? 그 생각을 하자마자, 게스타가 여전히 입을 손으로 가린 채 눈만 들며 중얼거렸다.

"타시르 님은 태양을 너무 오래 바라봤더니, 자기도 하늘에 살고 있다 생각하나 봐요."

"!"

아무리 귀족들의 파티에 참석해 그들과 어울린다 한들, 타시르는 그래도 귀족이 아니란 말을 빙 둘러 표현한 것이었다. 아니, 이 정도로 노골적이면 빙 둘러 표현했다 하기도 민망한 수준이었다. 타시르는 잠시 게스타를 뚫어져라 쳐다보았다. 하지만 화를 내는 대신, 그는 한쪽 입꼬리를 올리고 히죽 웃으며 턱을 괴었다.

"우리 순둥이 도련님, 성격 좀 있는 분이라 생각은 했는데. 그걸 나한테 드러낼 줄은 몰랐네."

"……."

"그런데 귀여워. 드러낸 이가 아주 하찮고 잔잔해서 사랑스럽네."

"!"

말을 마친 타시르는 손을 뻗더니 돌연 게스타의 뺨을 톡 두드렸다. 그 순간, 게스타는 눈 깜짝할 사이 타시르의 손목을 콱 낚아채어 탁자에 쿵 소리가 나게 꽂았다.

"무슨 짓이지?"

이어서 나온 목소리는 조금도 유약하지 않았다. 라틸이 몇 번이나 신기하게 여겼던 팔의 근육 역시 제대로 힘과 속도를 냈다.

"사람 없는 거 보고 성격 드러내길래. 나도 해도 되는 줄 알고."

그러나 타시르는 여전히 실실 웃기만 할 뿐 조금도 상대를 위협적으로 여기지 않는 듯했다. 원래도 좋지 않던 분위기는 더욱 날카로워졌다. 누구라도 지금 이 방에 들어온다면, 두 사람을 번갈아 보고서 다시 방문을 닫고 나갈 정도로. 그러나 더 화를 내는 대신, 게스타는 눈을 가늘게 뜨고서 잠시 생각하는 듯하더니 순순히 타시르의 손목을 놓아주었다.

"후. 아파라."

타시르는 과장되게 아픈 시늉을 하면서 게스타가 놓은 자신의 손목을 바라보았다. 참을 만한 고통이긴 했으나 꾀병은 아니었다. 그새 손목에 퍼렇게 멍이 들어 있었다. 그걸 본 게스타는 다시 온순한 미소를 짓더니, 손으로 입가를 가리고 소심한 목소리로 물었다.

"그래요, 타시르 님. 이번 연회를 얼마만큼 화려하게 하고 싶으시다고요?"

"아니, 아직도 의논만 하고 있다고요?"

이틀 뒤. 국무회의를 끝낸 라틸은 시종장에게 게스타와 타시르가 연회 준비를 어느 정도 했는지 질문했다가 깜짝 놀랐다. 아직 진행된 게 하나도 없단 대답 때문에.

"식사할 때랑 잘 때 외엔 계속 둘이 만난다면서요?"

"예……."

"라우라는? 라우라는 뭐 하고?"

라우라는 라틸이 게스타와 타시르의 연회 준비를 돕도록 붙여준 비서였다. 둘 다 준비 과정에 대해 잘 모를 테니 도우라고 붙여준 건데. 이틀이 되도록 아무것도 진행된 게 없다니…….

"첫날엔 자유롭게 의견을 나누라고 자리를 비켜드렸답니다."

시종장은 한숨을 내쉬었다.

"하지만 아무리 기다려도 의견을 못 맞추기에, 그다음 날부턴 직접 두 분이 토론하시는 데 들어가 있었대요."

"그런데? 왜 결과물이 없습니까?"

시종장은 또 한숨을 내쉬었다.

"두 분 다 고집이 장난이 아니라, 자기 의견을 절대로 안 굽히신다는군요."

라틸은 기가 막혀서 혀를 찼다. 사실 두 사람을 붙이긴 했지만, 라틸은 아마 일방적으로 게스타가 타시르 뜻을 따를 거라 생각했다. 라틸이 사실상 게스타에게 기대한 건 사람들이 '황자와 공신의 아들이 있는데, 군이 평민 출신 상인에게 연회 준비를 맡겼다'고 수군거리는 걸 막는 방패 역할이었다. 그런데 게스타가 고집을 안 꺾어서 일의 진행이 안 된다니.

"게스타가 의외로 고집이 세나 보네요."

"두 분 다 세신 거지요."

"아, 그렇긴 한데. 타시르 쪽은 뭐 처음부터 이미지가……."

누가 봐도 고집이 세 보여서. 그쪽은 누가 자기 말을 안 들으면

협박을 해서라도 의견을 관철시킬 인상이라 애초에 의견 조율이
되리란 기대도 하지 않았다.

　결국 라틸이 약간이라도 연회 준비가 되고 있단 보고를 받은 건
그로부터도 3일이 더 지나서였다.

　"잘됐네."

　라틸은 비서가 정리해 올린 보고서를 한 번 힐긋 보고서 고개를
끄덕였다.

　"머리 잘 썼네."

　라틸은 몰랐다. 이 두 마디 칭찬을 위해 타시르와 게스타가 얼마
나 많은 말다툼을 했는지.

　"도련님. 도련님이 비협조적으로 나오는 건 상관없어. 하지만 이
건 명심해. 결과물이 좋든 나쁘든, 우린 한배를 타고 있단 걸. 엉터
리로 연회를 준비했다간 나나 도련님이나 완전히 폐하한테 찍혀버
릴걸."

　나중에는 정말로 안 되겠다 싶어서 타시르가 관자놀이를 누르면
서 게스타를 달래야 할 정도였다.

　"반씩 물러나자."

　내내 의견을 굽히지 않던 게스타는 타시르가 먼저 뒤로 물러날
태세를 취하자 그제야 자신도 뒤로 반보 물러났다.

　"그러지요. 하지만 손을 잡는 건 이번이 처음이자 마지막이 될

거란 걸 명심해야 할 겁니다."

"도련님 진짜 재수 없구나?"

"타시르 님. 주관적이고 사적인 감정을 제외하고 봐도 당신 의견
은 엉터리입니다."

어쨌든 이런 말다툼의 결과. 연회는 타시르가 주장하는 화려함과
게스타가 주장하는 검소함 사이에서 준비하기로 결정되었다. 비서
는 처음 두 후궁이 완전히 상반되는 두 분위기를 섞을 거란 이야기
에는 좀 뜨악했지만, 화려한 장식을 하되 색을 검은색으로 통일해
수수해 보이는 효과를 주잔 결과물을 보고서는 고개를 끄덕였다.

그렇게 비서의 보고서가 차츰 차츰 형태를 갖추어갈 즈음. 소스
타 영지에서 힛라 노신관이 찾아왔다.

"이 늙은이를 찾으신단 이야기를 듣고 왔습니다, 폐하."

자기가 황제를 시해했다면서 자백한 범인에게 저주가 걸려 있었
단 걸 알게 된 후. 이 사실을 확인해준 신관은, 힛라 노신관이라면
이런 분야에 대해 잘 알 거라 말하고서 그를 데리러 떠났다. 그러
나 궁전 알현실로 라틸을 찾아온 이는 노신관 뿐으로, 노신관을 소
개해준 신관은 보이지 않았다.

"그노시스 신관은?"

"자매님께서는 제게 이 일을 전하신 후, 소스타 영지에 남아 제
가 하던 일을 맡아 돌보고 있습니다."

"설명은 들었는가?"

"예. 들었습니다."

라틸은 고개를 끄덕이고서 노신관을 개인 집무실로 데리고 들어갔다. 개인 집무실은 공개 집무실과 달리 아무리 급한 일이 있더라도 함부로 비서나 시종이 안으로 들어올 수 없는 공간이었다. 흑마법사나 저주에 대한 이야기는 아는 사람이 적기에 라틸은 일부러 그를 이 안으로 부른 것이다.

"이미 들었겠지만, 선제 폐하를 시해했다 자백한 놈이 나타났었네. 하지만 그자가 입을 열려고 하자마자 괴상한 일이 벌어졌어."

라틸은 서넛에게, 노신관에게 의자를 가져다주라 지시한 후 자신은 책상에 걸터앉았다.

"저주에 걸린 범인은 죽어가면서 이상한 말을 했지. 로드를 경배하라던가, 그런 말이었어."

노신관은 서넛이 가져다준 동그랗고 푹신한 의자 위에 어색하게 앉았다.

"신관. 그대가 대답해야 할 건 두 가지다."

"수십 가지라도 아는 대로 대답하겠습니다, 폐하."

"아니, 두 개면 돼. 우선 질문 하나. 로드를 경배하란 게 무슨 뜻이지?"

"……다른 질문은 무엇인지요?"

"저주에 걸린 시체 때문에 좀비가 생길 수도 있다면서? 또 그런 게 나타나면 처리할 방법은 뭔가? 그노시스 신관은 구마에 관한 정보가 거의 다 사라져서 자기는 모른대."

수십 가지라도 대답하겠다던 노신관은, 그러나 라틸이 질문을 던지자 쉽사리 입을 열지 못했다. 라틸은 턱을 괴고서 눈살을 찌푸렸다.

"수십 가지 질문하라는 게, 혹시 개중 하나는 답을 알 거란 뜻이었나?"

"아닙니다."

"그럼 뭐든 아는 대로 대답해보게. 그쪽이 횡설수설해도 내가 알아서 들을 테니."

라틸의 말은 맺고 끊는 게 확실해서 어떻게 들으면 단호하고 차갑지만, 달리 생각하면 헷갈리는 점이 없어서 좋았다. 황제가 말을 애매하게 돌려서 해대면 신하들은 오히려 그 말을 분석하고 해석하느라 힘들 뿐이니까. 힛라 노신관은 사람들이 새 황제에 대해 이러쿵저러쿵 떠들던 소문을 떠올리며 입을 열었다.

"500년 전 흑마법사들이 몰살된 이야기는……."

"안다."

"그러면 1,000년 전에도 흑마법사들이 몰살된 적이 있단 건 아시는지요?"

라틸은 심드렁하게 노신관의 수염을 쳐다보다가 눈썹을 치켜 떴다.

"몰살을 두 번이나 당했다고? 그게 몰살이야? 확실한가?"

"흑마법사들에 대한 이야기는 '옛날옛날'이란 설명 아래에 전설처럼 전해져서, 보통 사람들은 이 이야기가 500년 전 사건이라 생각하지요. 하지만 그 '옛날옛날'은 1,000년 전의 일입니다."

"확실한가?"

"예. 기록 자체는 몇 개 되지 않으나, 그 기록 대부분이 멀리 떨어진 나라들에서 발견된 것입니다. 한두 국가의 일이 아니었단 거지요."

"……."

"1,500년 전의 기록이 있더라면 더 정확하겠지만…… 어쩌면 500년 주기로 흑마법사들의 부흥기가 오는지도 모릅니다."

"신관. 나는 어느 주기로 그들이 부활하는지 따위가 궁금한 게 아니야."

라틸은 무릎을 꼬고서 눈살을 찌푸렸다.

"그것들을 처리할 방법이 필요한 거지."

"과거의 기록을 알 수 있다면 그 방법을 알 수 있습니다."

"그 기록은?"

"그 기록이 실전되어서……."

노신관이 백발이 성성한 노인이 아니었더라면 라틸은 분명 "장난해?" 하고 차갑게 물었을 것이다. 그러나 노신관은 라틸이 만나 본 그 어떤 사람보다도 나이가 많아서 함부로 말하기 쉽지 않았다.

라틸은 성질을 누르기 위해 자신의 눈가를 엄지로 눌렀다. 빙빙 돌려서 말했지만, 어쨌든 노신관도 구마 방법에 대해 아는 게 없다는 뜻 아닌가. 첫 번째 질문 역시 아예 대답도 안 하는 걸 보니 답을 모르는 듯하고. 결국 라틸은 한숨을 내쉬고 책상에서 일어섰다.

"모른다면 되었다. 먼 길을 오게 해서 미안하군. 좀 쉬다 가시오."

"기록은 실전되었으나, 구마를 할 수 있는 분은 압니다."

그러나 노신관이 덧붙인 말이 라틸을 붙잡았다. 라틸은 문으로 걸어가다가 그 자리에서 천천히 돌아섰다.

"그게 누구지?"

"대신관님입니다."

"대신관? 그자가 구마 방법을 안다고?"

"정확히는, 대신관님의 존재 자체가 어둠 속에 있는 자들과 상극인 거지요."

"잘됐군."

라틸은 방긋 웃고서 노신관에게로 다가갔다.

"그러면 대신관을 찾아오면 되겠네."

사실은 노신관에 이어 대신관까지 찾을 생각에 한숨이 나왔지만, 그래도 아예 답을 모르는 것보단 찾을 사람이라도 있는 게 낫지 않은가. 그러나 노신관이 이어서 한 말은 라틸을 대번에 실망시켰다.

"대신관님이 누구인지 어디에 있는지는 신관들도 모릅니다. 그분은 정체를 감추고 지내시니까요."

라틸은 인상을 구겼다.

"그럼 소용이 없지 않은가."

그런데 왜 말을 한 거야?

"다행히 저는 대신관님과 연이 닿아서 위치를 알고 있지만요."

"잘됐군. 위치를 알려주게."

"하지만 다른 사람이 찾아가면 절대로 만나지 않으려 하실 겁니다."

라틸은 문득 노신관이 자기를 가지고 노는 건가, 이런 생각이 들어서 눈썹을 치켜세웠다. 말을 왜 자꾸 저렇게 휙휙 바꾸는 거지? 그냥 한번에 다 해주면 안 되는 건가?

그 흉흉한 기세를 본 노신관은 몹시 죄송하단 투로 부탁했다.

"제게 서신을 써주십시오. 대신관님께 폐하의 말씀을 직접 전하겠습니다."

그날 밤.

라틸은 침대에 누워 몸을 뒤척이다가, 새벽 1시, 결국 이불 밖으로 도로 빠져나왔다. 여러가지 복잡한 일이 마구 겹치다 보니 혼란스러웠다. 이런 감정을 정리하려면 혼자 있는 게 나을 것 같아서 침대에 누웠는데, 막상 눕고 보니 오히려 시름은 더욱 깊어졌다. 그렇다면 차라리 잡념을 없애줄 수 있는 사람과 함께하는 게 나을 것 같았다.

'클라인에게 가야겠다. 그 녀석이랑 말을 하다 보면 머리가 싹 비워지니까.'

"폐하? 산책 나가십니까?"

"하렘에. 클라인에게 가자."

라틸은 놀라서 다가온 호위에게 덤덤히 말하고서 풀벌레 소리만 들려오는 밤의 복도를 걸어갔다.

"폐, 폐하!"

오겠다는 말 없이 새벽에 갑자기 방문해서인가. 클라인은 얼굴에 미용 팩을 올리고서 편안하게 누워 있다가 깜짝 놀라 펄쩍 뛰었다.

"그건 뭐야. 진흙이야?"

라틸이 클라인의 얼굴에 묻은 녹색 미용 팩을 보며 놀리자, 클라인은 당황해서 쩔쩔매다가 황급히 욕실로 뛰어갔다.

"폐하, 세수만 빨리 하고 올 테니 계속 거기 계셔야 합니다! 잠시만요!"

클라인은 욕실에 들어가서도 문 너머로 쩌렁쩌렁 외쳤다.

"알겠다."

라틸은 자기도 모르게 웃으면서 대답하다가 두 가지 상반된 기분을 느꼈다. 하나는 '역시 클라인에게 오길 잘했다'는 감정. 다른 하나는 '클라인이 첩자일 가능성이 풀린 건 아니야. 방심하지 마'라는 생각이었다. 라틸은 눈두덩이를 누르면서 아까까지 클라인이 기대어 있던 침대 베개에 기대 누웠다.

'멍청해 보이지만 하이신스의 형제다. 저런 모습조차 연극일지도 몰라.'

그러면서도 클라인이 세수를 하고 나타났을 때 얼마나 쑥스러워할지, 그걸 감추려고 또 무슨 헛소리를 할지 그 생각을 하자 저절로 웃음이 나왔다. 그러다가 라틸은 클라인의 베개 옆에서 눈매가 부리부리하고 날카로운 곰인형을 발견하고 손을 뻗었다.

'뭐야, 이 기분 나쁘게 생긴 인형은?'

손바닥보다 좀 더 작은, 그리 크지는 않은 인형이었다. 하지만 그 조그만 게 목걸이까지 하고 있었다. 희한해서 한 손으로 인형을 들어 올리자, 라틸은 인형이 한 게 목걸이가 아니라 명찰이라는 걸 알아차렸다. 명찰이 등 쪽에 있도록 뒤로 돌려서 안 보이게 가려둔 것이다.

'이름까지 달아놨어?'

황당해하면서 인형을 뒤집어보니, 작은 유리 위에 섬세한 금색 글씨로 '폐하2'라고 쓰여 있어서 라틸은 웃음을 터트렸다.

'엉뚱하기는.'

그때.

"폐하. 잠시 들어가도 괜찮겠습니까?"

문 너머에서 서넛이 조용한 목소리로 라틸을 불렀다. 웬만한 일로는 서넛이 지금 부를 일은 없기에 라틸은 바로 허락했다.

"들어와."

그러자 조용히 문이 열리더니, 서넛이 발소리를 거의 내지 않고 다가와 목소리를 최대한 낮추어 알렸다.

"심각한 사안이 있습니다. 급히 가셔야 할 것 같습니다."

서넛은 웬만한 일로는 절대로 심각하단 말을 하지 않는다. 그가 저렇게 말한다면, 정말로 당장 들어야 할 일이 틀림없었다.

"알았다."

라틸은 고개를 끄덕이고서 얼른 일어났다.

"가자."

라틸이 밖으로 나가자, 클라인의 수행원이 불안해하는 얼굴로 서 있는 게 보였다. 기사단장이 갑자기 안으로 들어가자 무슨 일인가 싶어 초조한 듯했다. 그러다 아예 황제가 같이 밖으로 나오자, 수행원은 놀라서 라틸을 붙잡았다.

"폐하, 지금 가시면…….."

그러나 기사단장의 얼음 같은 시선에 수행원은 뒷말을 다 잇지도 못했다.

"클라인 좀 잘 위로해주어라."

"예?"

"나는 바쁜 일이 있어 급히 가야 해. 클라인은 지금 욕실에 있으니, 나오면 네가 대신 달래다오."

"하지만……."

제가 무슨 수로 달래란 건지. 게다가 이곳에 온 후로 내내 폐하만 기다린 분인데, 이렇게 훌쩍 가버리시면……. 수행원은 라틸을 간절히 바라보았으나, 황제는 기사단장을 데리고 횅하니 가버렸다.

수행원과 악시안은 서로 시선을 마주하다가 얼른 방 안으로 들어가보았다. 아직 클라인은 나오지 않은 상태였다. 수행원은 클라인에게 황제가 갔으니 그만 나오라 해야 할지, 아니면 기다렸다가 말해야 할지조차 감이 잡히지 않아 초조하게 다리를 떨었다.

잠시 뒤. 문이 느리게 열리더니 클라인이 욕실에서 모습을 드러냈다. 가만히 있어도 잘난 모습이 막 세수까지 한 탓인가, 머리카락에 물기가 촉촉하게 달라붙어서 평소보다 더욱 아름다웠다. 게다가 안에서 향수를 뿌린 건지 몸에서 은은하고 달콤한 과일 향이 풍겨왔다. 황자가 목욕 가운까지 느슨하게 입고서 나오자, 수행원은 눈물이 날 뻔했다.

"뭐야? 너희가 왜 여기 있어?"

아직까지 사태를 모르는 클라인은 영문을 모른 채 수행원과 악시안을 번갈아 보았다.

"폐하는?"

시선이 라틸이 기다리고 있던 침대로 향했다. 그러나 침대 위에는 아무도 없었다. 그녀가 앉아 있던 자리에 '폐하2'라는 명찰을 단 곰돌이 인형만 댕그라니 놓여 있을 뿐.

클라인은 사색이 되어서 물었다.

"이거 보고 화나서 가셨어? 그런 거야?"

"아닙니다, 전하. 폐하께서는 급한 일이 있으셔서 돌아가셨습니다."

"급한 일이라니?"

클라인은 황망한 얼굴로 물었다.

"이 밤중에 날 두고 가버리실 만큼 급한 일이 뭔데?"

"모르겠습니다. 하지만 기사단장이 직접 폐하를 모시러 온 걸 보니, 정말, 아주, 아주 많이 긴급한 일로 보였습니다."

사실 그 정도는 아닌 것 같았지만 수행원은 일부러 좀 과장해서 말했다. 이렇게 말해야 클라인이 덜 상처받을 것 같아서.

"……."

그러나 이미 클라인은 충분히 상처받은 듯 눈동자가 흔들렸다.

클라인의 머릿속엔 '아주 많이 급한 일'보다 라틸의 뒤를 늘 졸졸 따라다니는 그 기사단장의 반듯하고 잘난 얼굴만 떠올랐다. 클라인은 주먹을 꽉 쥔 채 빈 침대를 쳐다보다가, 목욕 가운을 벗어 바닥에 패대기치고는 욕실 안으로 들어가버렸다.

"전하!"

"목욕할 거다. 들어오지 마."

"목욕은 아까 하셨…… 예."

욕실에 들어간 클라인은 문을 단단히 닫고서 문에 기대어 쪼그리고 앉아 무릎에 얼굴을 파묻었다. 눈가가 뜨끈하고 심장이 덜 반죽된 밀가루 반죽처럼 퍽퍽했다.

클라인이 자신을 얼마나 기다렸는지, 그리고 지금 얼마나 실망하고 있는지 모르는 라틸은 빠른 걸음으로 하렘의 도넛형 건물을 빠져나가면서 서넛에게 물었다.

"무슨 급한 일입니까?"

"힛라 노신관이 살해당했다 합니다."

"!"

보통 급한 일이 아닐 거라 짐작은 했지만, 서넛이 전한 건 예상 외로 더욱 좋지 않은 이야기였다. 라틸은 우뚝 멈추어 서서 확 서넛 쪽으로 돌아섰다.

"누가 살해당해?"

"……힛라 노신관이 살해당했습니다."

힛라 노신관이 라틸의 부름을 받고 궁전에 온 건 오늘 낮이었다. 오늘 낮. 그런데 지금 살해당했다고? 아직 수도에서 멀리 떠나지도 않았을 텐데? 아니, 어쩌면 아직 수도 안에 있을 수도 있는데?

"어디서요? 누구한테? 범인은?"

서넛은 손으로 길을 가리켰다.

"가면서 말씀드리겠습니다."

장소가 장소이니 만큼 이런 이야기를 하기엔 좋지 않았다. 라틸은 고개를 끄덕이고서 걸어갔다.

"신관은 수도를 빠져나가 마차로 15분쯤 이동한 뒤 살해당했습니다."

"흑마법사가 죽인 겁니까?"

"시체에는 그런 흔적은 없었습니다. 마부와 수행원이 모두 죽어서 범인이 누군지는 오리무중입니다. 그리고……."

"또 뭡니까."

"폐하께서 대신관에게 전하라 건네신 편지가 사라졌답니다."

집무실로 돌아가는 긴 회랑에서 라틸은 다시 한번 우뚝 멈추어 섰다.

"노신관이 대신관에게 전하기로 한 그 편지?"

"예."

라틸은 집무실에 들어가자마자 거칠게 의자를 빼서 앉고는, 시종장을 불러오라 지시했다. 그러고는 시종장이 불려올 때까지 혼자 생각에 잠겨 말을 한마디도 하지 않았다. 시종장이 오고서도 거의 30분가량이 지나서야 라틸은 천천히 입술을 뗐다.

"일단 이건 확실하네요. 범인은, 내가 대신관을 불러오길 원하지 않는단 거."

시종장은 라틸이 상념에서 깨어나길 기다리다가 얼른 물었다.

"흑마법사들이 선제 폐하 시해범과 관련이 있을까요?"

라틸은 고개를 저었다.

"그렇다고 보긴 어렵습니다. 그들이 황제 시해범이라면 그냥 가만히 있으면 되잖아요. 그러면 묻혀 갈 수 있는데, 굳이 제게 존재를 드러낼 필요가 있을까요?"

드러내도 그냥 드러내는 게 아니라, 무덤을 훼손한다거나 '너 때문에 황제가 죽었다'는 편지를 적는다거나, 가짜 범인을 보낸다거나 하나같이 기가 막힌 일들뿐이었다. 사방이 적인 그들이 굳이 그런 행동을 할 이유가 있을까?

"그럼 폐하를 시해한 범인들과는 관련이 없겠군요?"

"그것도 확신할 수는 없습니다. 자기들 악행을 소문내면서 즐거워하는 미친놈들도 있으니까요. 뭐, 몰살당했던 집단이니 '우리가 돌아왔다!' 이런 신호를 보내려는 걸 수도 있고…….."

여러 가지 방향을 동시에 생각하다 보니 오히려 답이 나오지 않았다.

'시해범이 따로 있고, 흑마법사들과 손을 잡은 건? 아니, 틀라 이름을 꺼냈지. 혹시 틀라가 흑마법사들과 손을 잡았나? 틀라가 부황을 살해한 게 나라고 오해해서 복수를…… 아니, 틀라는 죽었어.'

게다가 사이가 나쁘긴 해도 틀라 역시 알았을 것이다. 라틸은 아버지가 오래 살아 있고 황태녀로 오래 머물수록 유리한 입장이었던 걸. 사이가 나쁘긴 하지만, 라틸은 틀라가 그것조차 모를 정도로 멍청하단 생각은 하지 않았다.

'그러면 대체 누구지?'

시종장과 서넛이 옆에서 여러 가지 의견을 같이 냈으나 이렇다 싶은 게 없었다. 범인을 찾아내라 명령은 했으나, 라틸은 본능적으로 예감했다. 범인을 잡을 수 없으리란 것을. 굳이 수도 밖으로 나오기를 기다렸다가 인적 드문 곳에서 살해한 것만 보아도 상대의 준비가 철저하단 걸 알 수 있었다.

"일단."

한참 생각하던 라틸이 다시 입을 열자, 시종장과 서넛이 조사 방향을 두고 의견을 나누던 걸 멈추고 라틸을 쳐다보았다.

"대신관은 불러야 할 것 같습니다. 적들은 그걸 막으려고 힛라 노신관을 죽인 거니까. 막으려던 걸 해야죠."

"옳은 말씀입니다."

시종장은 라틸의 말에 동의하면서도 걱정스럽게 물었다.

"하지만 노신관이, 대신관 위치는 아무도 모른다고……."

"우리는 모르죠."

"?"

"하지만 대신관 본인은 알겠지."

"설마…… 폐하?"

"라트라실 황제가 대신관을 초청한다고, 대놓고 아예 공표를 해 버리세요."

서넛이 놀라서 물었다.

"그러면 노신관을 살해한 범인이 폐하를 노리지 않을까요?"

라틸은 코웃음을 치면서 의자 등받이에 몸을 기댔다.

"내가 쓴 편지를 훔쳐 갔잖아요. 내가 대신관 찾는 건 이미 범인도 알 건데요 뭐."

다음 날. 라틸의 명령에 따라 온 나라에 대신관을 찾는 공문이 붙었다. 사람들이 동요할 걸 우려해서 흑마법사나 저주, 암살 이야기는 쓰지 않았으나, 라틸은 대신관 정도 되는 이라면 힛라 노신관이 살해당했단 건 이미 알리라 생각했다. 정체를 철저하게 숨기는 사람이 자기 정체를 아는 몇 안 되는 사람을 아예 방치하고 있을 리가 없으니까. 그렇기에 라틸은, 대신관이 몸을 사리느라 자신의 부름에 응하지 않으리란 가능성도 내내 염두에 두었다.

"흑마법사라 소문난 사람들은? 잡아 왔나?"

"아직 찾지 못했습니다."

그렇게 대신관을 기다리고 난데없는 흑마법사 건을 고민하느라, 라틸은 며칠 전 자신이 클라인의 방에 갔다가 말없이 돌아와버린 일에 대해서는 완전히 잊어버렸다. 그러나 클라인은 여전히 그날 일에 시달리고 있었다.

타리움 제국에 온 후, 클라인은 불쾌한 일들을 연달아 겪었다. 라나문이라는 재수 없는 놈은 클라인에게 기분 나쁜 소리를 해댔고, 게스타란 무말랭이한테는 물벼락을 맞았고, 그 무말랭이의 시종은 자기 주인이 물 쏟은 일에는 눈 하나 깜빡하지 않으면서 자기 주인이 물벼락을 맞자마자 눈이 뒤집어지더니 다짜고짜 찾아와 폭언을 퍼부었다. 돈 주고도 못 산다는 소중한 부적은 사라져버렸고, 이 일 때문에 즉위 축하 연회를 준비하는 일을 무말랭이와 눈 퀭한 놈한테 뺏기고 말았다. 그런데 며칠 전에는 황제가 그를 찾아와놓고서는 잠시 욕실에 들어간 틈에 말도 없이 가버렸다.

또.

또.

또.

카리센에서도 말없이 모국에 돌아가놓고서는, 이번에도 말없이 자기 방에 돌아가버린 것이다. 클라인은 누구나 인정할 정도로 성격이 좋지 않았다. 그래도 남의 나라에 후궁으로 왔다고 나름대로 꾹꾹 성격을 누르고 다듬고 있었는데. 이렇게 불쾌한 일들이 축적되자 클라인의 인내심은 한없이 가늘어져서, 누구든 건드리기만 하면 툭 끊어지기 직전으로 변했다.

'제발 아무도 우리 황자님을 안 건드려야 할 텐데…….'

이를 아는 클라인의 시종은 절벽에 줄 하나를 매어놓고 걷는 것처럼 살벌한 하루하루를 보냈다. 그러나 어느 날. 결국 누군가 그

줄을 흔들고 말았다.

날씨가 덥고 햇빛은 화창한 날씨였다. 클라인이 혼자 방 안에서 먹구름을 드리우고 있자, 수행원과 악시안은 그의 기분을 풀어주기 위해 황자를 억지로 밖으로 데리고 나왔다.

"정원이라도 좀 거니시지요."

"황자님, 이 안에 틀어박혀 있어봤자 아무 도움도 되지 않습니다. 안에 있으면 폐하의 눈에도 보이지 않아요."

그런데 가까스로 황자를 데리고 나와 도넛 모양 건물을 따라 천천히 산책하는데, 저편에서 게스타가 자기 시종을 데리고 걸어오는 게 아닌가. 원수는 외나무다리에서 마주친다더니, 클라인과 게스타 역시 딱 길 하나에서 마주치고 말았다.

입궁한 이래 내내 사이가 나빴던지라, 클라인과 게스타는 물론 두 사람의 시종들까지도 다들 표정이 굳어서 서로를 쳐다보았다.

"비켜."

다행히 이번에는 클라인이 게스타와 싸울 여력도 없어서 시름시름 말하고 손을 저었다.

"꺼져."

물론 평소보다 힘이 빠져 있을 뿐 여전히 말은 거칠었다. 그러나 게스타는 비키지도 꺼지지도 않았다.

"폐하께서 클라인 님을 찾아갔다가, 5분도 있지 않고 나오셨단 이야기를 들었어요……. 클라인 님, 안색이 나쁜데. 혹시 그 일 때문이실까요……?"

그러기는커녕 게스타가 기어들어가는 목소리로 아픈 상처를 헤

집자, 클라인의 이마에 파랗게 힘줄이 올라왔다.

"뭐야?"

"저…… 하지만 클라인 님은 아주 잘생기셨으니 곧 폐하께서 찾아주실 거예요. 너무 실망하지 마세요."

이어서 게스타는 위로하듯 말하고서 얼른 옆으로 비켜섰다. 그 목소리는 조곤조곤한 데다 상냥했으나, 클라인에겐 칠판을 긁는 소리만큼 끔찍하게 들렸다. 클라인의 머릿속에 위태롭게 걸려 있던 밧줄은 이미 뚝 끊어진 후였다.

"이 새끼가 사람을 놀리나!"

타시르에게 흑마법사에 관련된 일을 물어보려 하렘에 찾아온 라틸은 기가 막힌 꼴을 보고서 짧게 헛웃음을 터트렸다.

"저 사고뭉치 진짜…… 망아지야?"

클라인이 게스타의 머리카락을 쥐어뜯고 있고, 게스타는 머리카락이 뽑히다 못해 목이 뽑히기 직전이었던 것이다. 게스타의 시종 겸 호위 트리는 비명을 지르면서 클라인을 떨어트리려 했으나, 클라인의 호위인 악시안에게 가로막혀서 게스타의 옷자락조차 건드리지 못하고 있었다.

"황자님, 안 돼요, 황자님, 안 보이는 데서 때리세요!"

클라인의 호위는 자기 주인을 말린다고 말리는데 이런 소리나 할 뿐 별 도움이 되지 않았다.

"클라인!"

라틸이 차갑게 언성을 높이자 그제야 다섯 사람은 서로를 놓고서 황급히 떨어졌다.

온갖 일이 겹치면서 머리가 아프기는 라틸 역시 마찬가지였다. 그런데 클라인, 재수 없는 전 남자친구의 동생인 클라인이 와서 내내 소란을 부려대자 라틸은 무척이나 화가 났다. 클라인처럼 분노를 대놓고 토해내진 않았으나, 눈빛이 평소보다 가라앉았다.

"게스타 시종. 네 주인을 데려가라."

그래도 게스타 앞에서 클라인에게 모욕을 줄 수는 없었던지라, 라틸이 우선 게스타와 그의 시종에게 명령했다. 황제가 명령하자마자 트리는 얼른 게스타를 부축해서 다른 곳으로 이동했다. 그들이 보이지 않게 되자, 라틸은 차가운 목소리로 클라인에게 물었다.

"넌 자제심이라는 게 없는 거냐? 사람들이 다 볼 수 있는 데서 대체 뭐 하는 거야. 왜 다른 사람 머리를 쥐어뜯어?"

"하지만 그 구렁이 같은 게 절 놀렸습니다!"

"그럼 너도 같이 놀려! 주먹을 놀리지 말고 입을 놀리라고!"

"저는……!"

"그게 안 된다면 돌아가. 난 후궁을 들인 거지 망둥이를 들인 게 아냐. 너 같은 망둥이는 필요 없다. 당장 짐 싸서 너네 나라로 돌아가."

"!"

"황자님…… 진짜로 짐 싸십니까?"

클라인이 거대한 가방을 가져다 두고 거기에 옷가지를 마구잡이로 욱여넣자, 시종인 바닐은 허공에 손을 어색하게 휘저으면서 끙끙거렸다.

"폐하께서 진짜 가라고 그런 말을 하신 것 같진 않던데요."

클라인은 가방을 내려놓고서 목에 핏대가 선 채 외쳤다.

"가라잖아!"

"그게…… 물론 가라고는 했지만……"

"짐 싸서 돌아가라잖아!"

"그게…… 물론 그렇게 말씀은 하셨지만……"

"가라니 갈 거다. 쉽게 이별을 입에 담는 사람은 나도 싫다."

값비싼 옷들이 가방 안에서 엉망으로 구겨지자 시종은 저절로 에구에구 소리가 나왔다. 그는 초조하게 발을 구르다가 옆에 선 악시안에게 얼른 눈짓했다. 그쪽도 가만히 있지만 말고 뭐 좀 어떻게든 말려보라고.

"황자님."

그 매서운 시선에, 악시악은 결국 앞으로 나서며 클라인을 말렸다.

"폐하께서 홧김에 하신 말일 겁니다."

"당연히 그렇겠지!"

"!"

"그렇더라도 갈 거다. 내가 가면 폐하께서도 말을 함부로 한 걸 후회하겠지. 사과하는 사절단을 다섯 명 보내기 전엔 돌아오지 않을 거다!"

"돌아올 생각이 있긴 하시군요."

"시끄럽다!"

클라인이 폐하2 인형까지 챙기자 바닐은 악시안의 등을 조급하게 마구 두드렸다. 더 말려봐, 빨리, 빨리. 악시안은 이번에도 어쩔 수 없이 나섰다.

"황자님."

원래는 '진정하시지요'라고 말하려 했다. 그러나 악시안은 클라인이 쉽게 진정할 것 같지 않자, 결국 미움 사는 걸 감수하고 강력한 수를 두었다.

"이대로 돌아가면 하이신스 폐하께서 난처해지실 겁니다."

그 말을 듣자 예상대로 클라인이 우뚝 행동을 멈추더니 휙 고개를 돌렸다. 눈에서 부리부리하고 매서운 기미가 화살처럼 쏘아졌다. 악시안은 클라인의 가방 속에서 폐하2 인형을 꺼내며 최대한 덤덤하게 설명했다.

"황자님은 단순한 후궁이 아닙니다. 황자님이 여기에 온 건, 두 나라의 수교를 위해서 아닙니까."

"아니."

"……하이신스 폐하께선 그래서 보내셨을 겁니다. 그런데 황자님이 이렇게 가버리시면, 카리센의 입장이 난처해집니다."

클라인은 공부를 못했으나 멍청하진 않았기에 충분히 악시안의 말을 알아들었다. 바쁘게 움직이던 클라인이 손을 멈추고 쳐다보자, 악시안은 망설이다가 폐하2 인형을 클라인의 품에 안겨주었다.

"같은 이치로, 라트라실 폐하께서도 황자님을 이렇게 간단히 쫓아낼 수는 없습니다."

"그럼…….."

"일단 기다려보시지요."

라틸은 화를 다스리기 위해 잠시 정원을 서너 바퀴 돈 후에야 원래 목적한 타시르의 방으로 걸어갔다. 서넛은 그 뒤를 따라가다가 라틸의 표정이 풀릴 때쯤 물었다.

"폐하. 클라인 황자에게 그렇게 말씀하셔도 괜찮으시겠습니까?"

조심스러운 목소리였으나, 질문 내용과 달리 그리 걱정스러워하는 눈치는 아니었다. 라틸은 단호하게 대답했다.

"한번쯤 따끔하게 말해두는 게 낫습니다. 그 황자가 누굴 때리는 걸 본 게, 내 눈에만 두 번이었습니다. 안 보이는 데선 얼마나 때려대겠습니까?"

"의외로 두 번 때렸는데 두 번 다 들킨 걸지도 모릅니다."

"그게 말이 됩니까?"

라틸이 되묻자 서넛은 생각해보다가 웃었다.

"가능성이 낮긴 하겠습니다."

대화를 나누는 사이 라틸은 타시르의 방 앞에 도착했다. 별다른

언질 없이 낮에 찾아와서인지 타시르의 방 앞에는 아무도 나와 있
지 않았다.

"폐하!"

타시르가 데려온 부하는 부르는 소리에 복도로 나왔다가 라틸을
보고는 너무 놀라서 제자리에서 뜀박질까지 할 정도였다.

"타시르는?"

"안에 계십니다. 소단주님!"

부하가 안을 향해 황급히 외치자, 얼마 지나지 않아 타시르가
"왜?"하고 물어보면서 문 밖으로 얼굴만 들이밀었다. 부하가 눈짓
으로 라틸을 가리키자 타시르는 잠깐 놀란 표정을 하더니 눈매가
가늘게 휘어졌다.

"이 시간에 폐하를 뵈니 기쁘군요."

타시르의 방에 온 건 이번이 처음이었다. 라틸은 아무 생각 없
이 방 안으로 들어섰다가, 뜻밖의 풍경에 놀라 신기하게 둘러보았
다. 타시르의 방 안은 하렘 후궁의 방이 아니라 학자의 방처럼 보
였던 것이다. 그것도 그냥 학자가 아니라, 책과 공부에 미친 학자
의 방처럼.

"이게 다 뭐야?"

라틸이 책꽂이를 틈도 주지 않고 빽빽하게 채운 책들을 보며 묻
자, 타시르는 찻잔을 들고 다가오다 대답했다.

"상단 일에 관련된 책입니다. 계속 상단 후계자로 있을 수 있을
진 모르겠지만, 새로운 정보는 계속 확인해야 하니까요."

이 방은 라틸이 타시르를 직접 만나보고서 '마약상 같은데?'라
고 생각하기 전, 편견 속에서 상상해본 지적인 타시르에게 어울릴
법한 방이었다. 라틸은 그 생각을 하자 괜히 우스워져서 히죽히죽
웃다가, 지금 이럴 때가 아니란 걸 깨닫고서 얼른 중앙에 있는 의
자에 앉았다.

"전에 내가 알아보라던 건? 알아봤어?"

"연회 이야기는 아니실 테고. 틀라 황자에 대한 건입니까?"

"어."

"지금으로서는 아직 틀라 황자와 선제 폐하 사이에 이렇다 할
연결 고리가 나오지 않았습니다."

타시르가 안타깝단 목소리로 덧붙였다.

"얼른 해결하고 약조대로 품어달라 청하고 싶은데. 아직 좀 멀었
군요."

그가 자기 옷 쇄골 부위를 두 손가락으로 조금 들어 올리더니 과
장되게 팔랑거리는 바람에 라틸은 웃을 뻔했다. 하지만 아까 클라
인과 싸운 일이 라틸의 미소를 막았다. 게다가 지금은 후궁과 노닥
거리는 것보다 더 중요한 일로 온 게 아니던가.

"타시르. 넌 흑림으로 활동했으니 온갖 것을 많이 보았겠지."

"수없이 보았지요."

"혹시 흑마법사라거나, 그런 쪽 일에 대해선 몰라?"

"제가 아는 것들은 폐하께서도 이미 아는 내용일 겁니다. 흑마

법사니 어쩌니 하는 이들이 사라진 지 이미 500년이 되었지 않습니까."

'역시 다 이렇겠지.'

그런데 라틸이 몇 가지 질문을 더 던지고서 나중에 또 오겠다면서 자리에서 일어섰을 때였다. 타시르가 전혀 예상하지 못한 소리를 꺼냈다.

"폐하께서 밤에 클라인 님을 찾아가셨다가 5분 만에 나가신 일로, 클라인 님이 많이 놀림거리가 되셨습니다."

라틸이 '네가 그 얘기를 왜 해?'란 눈으로 보자 타시르는 어깨를 으쓱했다.

"폐하께서 클라인 님에게 꺼지라 한 이야기가 벌써 여기까지 들어와서요."

"벌써 들어온 거야, 벌써 알아낸 거야?"

"이번엔 전자입니다."

"……."

"그날 밤, 클라인 님이 밤새도록 정원에서 우셨습니다. 그 탓에 폐하께서 클라인 님을 버리고 간 일을 모두가 알게 되었죠."

"!"

"클라인 님이 게스타 님을 때린 건 잘못된 행동이지만, 최근에 부적 사건도 그렇고, 여러 가지 일이 겹쳐져서 제정신이 아니었을 겁니다, 폐하."

라틸은 흥미로운 눈으로 타시르를 바라보았다. 이런 얘길 게스타가 하면 그러려니 할 텐데, 타시르가 하자 재미있었다. 별로 남을 두둔해줄 사람같이 안 보이는데.

"황자님도 이번 일로 많이 반성했을 테니, 부디 한번만 용서해주시지요."

라틸이 떠나자마자 타시르의 부하인 히얼란은 자기 머리를 쥐어뜯으면서 몸을 비틀었다.

"소단주님, 미쳤습니까? 지금 후궁들 중에 폐하와 합방하지 못한 사람은 딱 둘이라고요! 그중 하나가 소단주님이고요! 누가 누굴 돕는 겁니까?"

"뭐 어때. 사실을 알려준 것뿐인데."

"용서해달라고 대신 청했잖아요!"

히얼란은 미친 멧돼지처럼 방 안을 이리저리 돌진하더니 털썩 주저앉아 '아이고 아이고' 하며 카페트를 두드렸다.

"뻔뻔함은 어디에 파시고 왜 갑자기 순한 후궁이 되신 거냐고요! 소단주님은 그 꼬집어주고 싶은 뻔뻔함이 매력이란 말입니다! 소단주님 매력은 그거밖에 없어요! 그 얼굴론 순하게 굴어봐야 '이 새끼, 무슨 계략이지?' 이런 생각밖에 안 든다고요!"

"……."

타시르가 빤히 쳐다보자 히얼란은 아차 싶은지 얼른 말을 바꾸었다.

"너무 잘생기셔서요. 너무 잘생겨서 그렇게 보인다고요."

타시르는 기도 차지 않는단 듯 혀를 차고서 안락의자로 걸어가 털썩 앉았다.

"머리를 써라, 머리를."

"네, 머리는 제가 쓸 테니 소단주님은 제발 몸을 쓰세요! 옷 좀 벗고 다니세요! 폐하께 그 멋진 몸을 보여주시라고요! 제가 소단주님 옷을 다 찢어둘 겁니다! 폐하 앞에서 자연스럽게 홀러덩 벗겨지게요!"

또 이성이 반쯤 나간 듯한 부하를 쳐다보며 타시르는 혀를 찼다. 저놈은 일은 빠릿빠릿 잘하는데, 마음대로 안 풀리면 저렇게 바로 고장 나버린단 말이야.

"히얼란. 내가 황자를 도운 이유는 두 가지나 돼. 정신 차리고 그만 진정해."

"그게 뭡니까? 그렇게 잘생긴 연적을 도와야 할 이유가 어떻게 두 가지나 되는데요?"

"말했잖아. 난 클라인 황자와 가까워져서 하이신스 황제 성격에 대해 알아낼 거라고."

"아……! 그랬었죠."

"그러니 오늘부터 네가 해야 할 일은 뭘까?"

"하렘 안 사람들한테 하소연을 해야죠. 우리 소단주님은 클라인 황자님과 친하지도 않은데, 왜 기껏 찾아온 폐하께 클라인 황자님을 용서해주란 얘기나 하시는지 모르겠다고."

"좋아. 이제 제정신이 돌아왔구나."

"그럼 두 번째 이유는 뭡니까?"

"내가 말했지? 게스타가 겉보기엔 순한데, 사실은 계획적인 사람이라고."

"예."

"그런 구렁이 같은 성격은 먹잇감을 늘 물색하면서 다녀. 자기가 원하는 대로 이미지를 메이킹하려면 돋보이게 할 상대가 필요하거든."

"그렇죠……."

"클라인 황자가 없어지면, 아마 다음으로는 자기 본성을 알게 된 날 노릴 거다."

"!"

"그러니 내가 황자를 지켜줘야지."

타시르의 설명이 끝나자 히얼란은 완전히 제정신을 차리고서 엄지를 치켜세웠다.

"대단합니다, 소단주님! 과연 비상하세요! 소단주님이 착해졌을까 봐 염려한 제가 바보였네요!"

"그럼. 알았으면 그 뭐야, 그거나 해봐."

"차를 가져올까요? 커피? 과자? 케이크? 머리가 잘 돌아가려면 역시 당이 필요하죠?"

"폐하 앞에서 자연스럽게 훌렁 옷 벗겨지게 할 수 있다면서. 그거 해보라고."

"!"

업무 때문에 집무실로 돌아왔지만, 라틸은 내내 타시르가 한 말을 떠올렸다. 사실 라틸은 자신이 클라인을 두고 와버린 일을 잊고 있었다. 그런데 타시르가 그 점을 지적하고 클라인이 밤새 울었다고 하자, 새삼 그때 일이 미안해졌다. 척 보기에도 자존심 강한 성격인데 정원에서 대놓고 울 정도면 얼마나 충격을 받은 걸까. 결국 라틸은 고민 끝에 비서에게 지시했다.

"온실에서 개망초로 꽃다발을 만들어 와라. 포장을 화사하게 하고, 리본도 좀 예쁘고 반짝반짝하게 달고 해서."

그리고 그날 저녁. 라틸은 커다란 꽃다발을 안고서 클라인을 찾아갔다.

'응?'

그런데 클라인의 방문 앞에 도착해서 보니, 그의 시종이 나와 있지 않았다. 다른 후궁들은 시종을 앞에 보내두거나 자기가 직접 나와서 기다리고 있었는데.

"내가 온단 이야기를 제대로 전한 게 맞느냐?"

라틸이 자신이 심부름을 시켰던 시종에게 묻자, 시종이 황급히 머리를 조아렸다.

"밤 9시쯤 폐하께서 찾아오실 거라고 확실히 알렸습니다."

"그런데 왜 애가 안 보여?"

"그게……."

시종이 그 이유를 알 리가 없었다. 시종이 입을 뻐끔거리면서 말을 제대로 하지 못하자, 서넛과 교대해 오늘 밤 라틸의 곁을 지키게 된 근위기사가 조심스럽게 말했다.

"피곤해서 잠드신 게 아닐까요?"

"시종이랑 같이?"

라틸은 고개를 기웃하면서 자신이 들고 온 하얀 꽃다발을 내려다보았다.

그 시각. 클라인은 문에 귀를 대고 달팽이처럼 달라붙어 있었다. 잠들긴커녕 두 눈은 또랑또랑했고, 귀 역시 문 밖에서 들려오는 대화를 단 하나도 놓치지 않고 듣고 있었다. 클라인은 라틸의 목소리를 들으면서 흐뭇하게 웃었다.

"웬만하면 그냥 열어주시지……."

바닐은 그 행동이 참 무의미하게 여겨져서 초조하게 중얼거렸으나, 클라인은 들은 척도 하지 않았다.

"황자님, 그러다 폐하가 그냥 가시면 어쩌려고요……."

"설마. 노크라도 하시겠지."

"……."

"피곤한가 보다, 그냥 가자, 이러고 가실 수도 있어요."

그래도 클라인은 꿋꿋하게 문에 귀만 대고서 라틸이 노크하길 기다렸다. 그러면 칼같이 침대로 달려가서 잠든 척 눈 감고 있을 생각이었다. 이렇게 자신을 애태웠으니, 그 역시 라틸에게 자신이

다루기 쉬운 남자가 아니란 걸 보여주어야 했다. 잠든 자신은 그림처럼 아름다우니 황제는 아마 초조해져서 막말을 퍼부은 걸 후회하겠지. 클라인은 흐뭇하게 웃었다.

그러나 그 순간. 클라인의 귀로 예상하지 못한 목소리가 들려왔다.

"폐하, 급히 보고해야 할 중요한 정보가 들어왔습니다."

"서넛 경? 무슨 일입니까?"

"여기서 말씀드리긴 곤란한 일입니다."

클라인은 도끼눈을 떴다. 서넛? 전에도 저놈이 황제를 찾아와 급한 일이 생겼다면서 방에서 데려가지 않았나? 그놈이 또 왔다고?

'저 자식이?'

클라인은 결국 참지 못하고 문을 쾅 열었다.

"폐하!"

"폐하, 급히 보고해야 할 중요한 정보가 들어왔습니다."

오늘은 당직이 아닐 텐데, 뜬금없이 서넛이 급히 달려오자, 라틸은 꽃향기를 맡다 말고서 꽃다발을 내렸다.

"서넛 경? 무슨 일입니까?"

그러나 서넛은 고개를 저으며 목소리를 낮추었다.

"여기서 말씀드리긴 곤란한 일입니다."

또 무슨 일이야? 연달아 터진 사건들 때문일까. 라틸은 무슨 일인지 듣기도 전에 괜히 심장이 두근거리고 초조해졌다. 어쨌든 급한 일이니 가긴 가야 했다. 게다가 클라인도 이미 잠든 것 같고……라고 생각한 그 순간.

"폐하!"

'쾅' 문이 열리더니 클라인이 억울해 죽겠단 얼굴로 나왔다.

"클라인?"

사연 많은 표정을 하고 있는지라 라틸이 놀라서 부르자, 클라인은 라틸을 자기 품에 안고서 항의했다.

"또 절 버리고 가실 겁니까? 가지 마세요!"

"클라인? 너 안 자고 있었어?"

이 자식, 그런데도 문을 안 열고 있었다고? 라틸이 한 소리를 하려 했으나, 클라인은 라틸을 단단한 팔로 끌어안은 채 놓으려 들지 않았다.

"왜 항상 절 버리고 가는 겁니까? 이번엔 가지 마세요. 절대로 안 놓아줄 겁니다. 갈 거면 절 업고 가십시오."

클라인의 품에서는 시원한 향이 났다. 무슨 향수를 뿌린 건진 모르겠지만, 맑은 향이었다. 라틸은 클라인에게 한 소리를 하려다가, 그가 귀까지 빨개진 걸 보고는 입을 다물었다. 가지 말라고 붙잡고 있긴 한데, 자기도 이 상황이 몹시 부끄러운 게 틀림없었다. 그러면서도 이렇게 늘어지는 걸 보니 역시 전에 5분 만에 가버린 데 많이 놀랐던 거겠지. 결국 라틸은 화를 내거나 호통을 치는 대신 클라인의 등을 두드리면서 달랬다.

"급한 일이니 가보긴 해야 돼."

"폐하!"

"대신 이번에는 갔다가 바로 올게. 30분, 아니, 한 시간 안에 올게. 기다리거라."

클라인은 그리 탐탁지 않은 표정이었으나 결국 순순히 손을 떨구었다. 몸을 꽉 감싸던 커다란 팔이 물러나자 라틸은 아주 조금 아쉬운 마음이 들었다.

"무슨 일이야?"

라틸이 하렘을 빠져나가며 묻자 서넛이 낮은 목소리로 대답했다.

"신전에서 서신이 왔습니다. 대신관이 보내라 한 서신이라 합니다."

"연락이 닿은 겁니까?"

"그런 모양입니다."

라틸은 걸음을 빠르게 했다. 집무실 안에 들어가자 시종장이 책상 옆에 서 있는 게 보였다. 라틸이 다가가자 시종장이 편지를 집어 라틸에게 두 손으로 내밀었다.

힛라 신관님의 일도, 폐하께서 저를 부르시는 일도 들었습니다. 정확한 사정은 모르지만, 사람의 생명이 오간 만큼 보통 일은 아니라 여겨집니다…….

라틸은 편지를 빠르게 읽고서 책상 위에 종이를 내려놓았다. 좀 구구절절하게 풀어 썼는데, 대충 요약하자면 이거였다.

"연회 때 찾아오겠답니다."

라틸의 말에 서닛이 놀란 표정으로 되물었다.

"공식 방문을 하는 겁니까?"

"아니. 비공식적으로. 정체를 드러내기 싫답니다."

"?"

"연회에 참석하되, 내 곁이 안전하단 확신이 들 때에만 모습을 드러내겠답니다."

서닛은 잠시 멍하게 책상 위 편지를 바라보다가 중얼거렸다.

"의외로 겁이 많은 자 같습니다."

"뭐, 대신관이 싸움을 잘하는 사람은 아니니까요."

"그래도 너무 예상외입니다."

"연회 경비 숫자를 배로 늘려야겠습니다. 사각지대가 없도록. 경비할 수 없는 구역은 아예 막아놓고."

몇 가지 지시를 더 내린 라틸은 시계를 힐긋 확인했다. 어느새 30분이 지났다. 클라인과 약속이 있단 걸 떠올린 라틸은 더 할 일이 없는 듯하자 돌아서서 집무실 밖으로 나갔다.

서닛은 라틸이 휑하니 나가버리자 잠시 그 자리에 우두커니 서서 멀어지는 뒷모습을 가만히 바라보았다. 시종장은 뒷정리를 하다가 근위기사단장이 하염없이 아무도 없는 복도만 보고 서 있자 미간을 찡그렸다.

모든 사람이 동시에 아파하고 동시에 즐거워하지 않는 법이다.

클라인의 방으로 간 라틸은 그의 시종 바닐이 문을 열어주자 이번에는 바로 안으로 들어갔다. 하지만 여전히 클라인은 보이지 않았는데, 대신 침대에 휘장이 쳐져서 안쪽이 가려져 있었다. 그 너머로 사람의 실루엣이 보이긴 했다.

'저걸 걷으란 건가?'

명찰 단 인형도 그렇고, 의외로 섬세한 걸 좋아하는구나. 라틸은 속으로 웃으면서 다가가 휘장을 슬쩍 들춰보았다. 혹시 옷이라도 벗고 있는 건 아닌가 생각했으나 그건 아니었다.

클라인은 평소와 달리 옷을 단추 하나하나 꼼꼼히 여며 입은 채 가만히 침대에 앉아 있었다. 그러다가 라틸이 휘장 안으로 들어오자 입을 조금 벌렸는데…… 혀 위에 새파란 색의 보석이 얹혀 있었다. 깨끗한 붉은 혀와 파란 보석은 색상이 아찔하게 대비되어 보기 좋았으나, 라틸은 그가 왜 굳이 이 와중에 보석을 입에 물고 있는지 이해가 가지 않았다.

"그거?"

그래서 왜 보석을 입에 물고 있냐고 직접 물으려는데, 클라인이 보석을 입안에 넣더니 와그작와그작 씹어 삼키는 게 아닌가. 보석이 아니라, 보석 모양 사탕인 모양이었다.

"사탕? 무슨 맛 사탕인데 혼자 자랑하면서 먹느냐?"

그래서 라틸이 질문을 바꾸자, 클라인은 손을 뻗어 라틸을 자기 무릎 위에 앉히며 대답했다.

"바다 맛이 납니다."

"그게 무슨 맛인데?"

짠맛? 소금 맛? 시원한 맛? 통 짐작이 가지 않아 라틸이 다시 묻자, 코앞에 적당히 촉촉하고 붉은 기가 도는 말랑해 보이는 입술이 다가왔다.

"확인해보시겠습니까?"

라틸은 그 입술을 빤히 바라보다가 웃으면서 그의 이마에 자신의 이마를 붙였다.

"그러지."

휴식을 취할 겸 내내 책상에 앉아 있느라 굳은 몸도 풀 겸 간만에 라틸은 서넛과 대련을 했다. 라틸은 거의 한 시간 가까이 쉬지 않고 검을 휘둘렀으나, 목검이 부러지자 더 움직이던 걸 멈추고 벤치로 걸어가며 물었다.

"서넛 경은 바다 가본 적 있습니까?"

서넛은 자신의 검을 부하에게 맡기고 라틸을 따라가며 대답했다.

"있습니다."

라틸이 벤치에 앉자 다른 호위가 얼른 손수건을 내밀었다. 라틸은 손수건으로 목덜미를 닦으면서 웃었다.

"난 가본 적 없습니다. 사실 별로 궁금하지도 않았고요."

"……언젠가 저와 함께 가보시겠습니까."

"그것도 괜찮겠네요. 궁금해졌거든요. 진짜인가 가짜인가."

이해할 수 없는 말에 서넛은 의아해했지만, 라틸은 더 설명하는 대신 시종이 건넨 물을 받아 마셨다. 그러다가 문득 눈살을 찌푸리며 중얼거렸다.

"하이신스랑 클라인은 대체 어떻게 자란 건지 짐작이 안 갑니다. 형제인데 어떻게 닮은 구석이 하나도 없을까?"

서넛은 라틸의 입에서 나온 두 남자의 이름에 표정이 어두워졌다. 이를 감추기 위해 서넛은 자신도 수건으로 괜히 얼굴 옆을 닦으며 대답했다.

"틀라 황자님과 폐하도 안 닮으셨습니다. ……두 분은 이복형제라 그렇다지만, 사실 레안 황자님과 폐하도 안 닮으셨지요."

라틸은 히죽 웃으며 수긍했다.

"오빠보다 내가 낫지 않습니까?"

그러나 서넛이 바로 대답하지 않자, 라틸은 미간을 찡그리고서 허리를 세웠다.

"대답하는 시간이 너무 깁니다?"

서넛은 수건을 무릎에 내려놓고서 장난스럽게 웃었다.

"우정과 충심 사이에서 갈등하는 중이었습니다."

"와."

라틸은 충격받은 척 괜히 입을 크게 벌렸다.

"그게 갈등까지 할 일입니까?"

"폐하는 둘 중 어느 쪽이 우선인지 확실한가 봅니다?"

"난 선택할 일이 없잖습니까. 난 충심을 받는 쪽이니까."

"그렇군요."

서넛이 말이 된다면서 납득해 고개를 주억거리자, 라틸은 그의 옆구리를 쿡 찔렀다.

"서넛 경. 아직도 대답 안 했습니다. 나야 오빠야?"

"……."

"어어? 진짜 대답 안 하네?"

"망설이는 시간이 길수록 절 오래 보고 계시니 좋습니다."

"다른 데 보면 대답할 겁니까?"

"그건 아닙니다."

서넛이 정말로 대답을 하지 않자 라틸은 괜히 기분이 상해서 눈살을 찡그렸다.

"서넛 경. 그러다 오빠가 나랑 자기 둘 중 하나 선택하라 하면 진짜 갈등하겠습니다?"

그제야 서넛은 시리게 웃으며 대답했다.

"전 늘 폐하의 편입니다."

그의 손가락이 라틸이 부러뜨린 목검 조각의 날카로운 끝을 위태로울 정도로 깊숙하게 눌렀다.

"처음부터 전 그러기 위해 태어났습니다."

"……그렇게까지 오버는 안 해도 됩니다."

라틸이 치를 떨며 손을 휘젓자 서넛의 눈이 장난스럽게 휘었다.

"이런 대답을 원하신 거 아닙니까?"

라틸이 웃으면서 서넛과 장난치는 그 모습을 먼발치에서 바라보

는 시선들이 있었다. 타시르와 게스타였다. 연회 관련해 마지막 보고서를 작성한 후 하렘으로 돌아가다가 황제가 연무장에 있단 소리를 듣고 그쪽에 가보던 중 이 광경을 보게 된 것이다.

"이야, 우리 순진한 도련님 표정 무섭네."

타시르가 말없이 연무장을 내려다보는 게스타를 놀렸으나, 게스타는 눈 하나 깜짝하지 않고 쑥스러운 듯 대답했다.

"연모하는 여자가 다른 남자와 사이좋은 모습을 보며 표정 좋을 남자는 없습니다."

쑥스러운 척하긴 하는데, 타시르 앞에서는 굳이 열렬하게 연기할 마음은 안 드는지, 목소리는 차가웠다. 타시르의 시종 겸 상단의 부하가 곁에 있었지만, 어차피 타시르에게 자기 얘길 들었을 거라 생각하는지 그쪽도 전혀 신경 쓰지 않는 태도였다.

"난 안 그런데."

타시르가 웃으면서 대답하자 게스타는 부끄러워하던 표정을 싹 지우고서 중얼거렸다.

"그러면 그쪽은 폐하를 연모하지 않는 거겠지."

그러고는 더 말을 섞기도 싫다는 듯 휑하니 다른 곳으로 가버렸다. 게스타가 저 멀리서 기다리고 있는 자신의 호위와 만나 먼저 하렘으로 돌아가자, 입을 벌리고 지켜보던 히얼란이 혀를 찼다.

"소단주님 말씀처럼 참. 이미지 메이킹을 잘하는 도련님이네요."

하지만 곧 히얼란은 고개를 설레설레 저으면서 히죽 웃었다.

"하지만 저분이 뭘 모르시네요. 도련님은 화나면 오히려 더 웃는데요. 아, 물론 도련님이 폐하를 연모하지 않는 건 사실이지만요."

타시르는 그렇지 그렇지 고개를 끄덕거리고 있다가 황당해서 물었다.

"내 마음을 왜 네가 확신하고 그래?"

그러나 히얼란은 당연하다는 듯이 되물었다.

"도련님은 자기 자신 외엔 아무도 좋아하지 않으시잖아요?"

이런저런 우여곡절이 많았으나, 마침내 무사히 연회 준비가 끝나고 초대를 받은 외국 귀빈들이 모여들었다. 라틸은 높은 창문에서 수많은 나라의 문양을 새긴 마차가 궁전 정문으로 들어오는 모습을 내려다보며 차를 마셨다.

'저 나라들 중 틀라와 손을 잡았던 나라가 있다……. 어느 나라일까.'

그뿐만이 아니었다. 틀라처럼 거래를 한 건 아니지만, 라틸 역시 '유약한 황제' 시늉을 해서 인근 나라들의 지지를 끌어냈다. 그 나라들과 아직 충돌을 한 건 아니지만, 라틸이 그들이 기대한 '유약한 황제'가 아니란 걸 알게 될 때 어떤 식으로 관계가 변할지도 신경 써야 했다. 게다가…….

'대신관. 저 중에 대신관이 끼어 있다.'

차를 한 번에 다 털어 넣은 라틸은 빈 접시를 옆에 선 하인에게 건네고서 돌아서며 서넛에게 지시했다.

"대신관이 내게 안심하고 접근하도록 안전에 만반을 기해야 합니다. 오늘은 절대로, 절대로 그 어떤 사고도 터져선 안 됩니다. 그대만 믿는다, 서넛 경."

"대신관이 올 수도 있지만, 대신관으로 위장한 다른 누군가 올 수도 있습니다."

"알아."

라틸이 힛라 노신관에게 편지를 전달한 걸 아는 이는 극소수인데, 신관은 죽고 편지는 사라졌다. 물론 '신관을 죽이고 보니 편지가 있더라'는 상황이었을 수도 있지만, 아예 처음부터 편지에 대한 걸 알고서 죽였을 가능성도 있었다. 게다가 이미 무덤 훼손 사건 때 라틸은 주범 혹은 공범이 내부에 있을 가능성을 떠올렸다. 그렇기에 당연히 서넛이 걱정하는 부분에 대해서도 미리 계산을 한 상태였다.

"확인할 방법이 있다."

"방법? 무엇입니까?"

서넛의 질문에 라틸은 웃으면서 어깨만 두드리고 지나갔다.

"비밀입니다. 혼자만 알고 있을 거라."

"!"

저녁이 되자 마침내 연회가 시작되고, 라틸은 수많은 이들로부터 축하 인사와 선물을 받았다. 개중에는 라틸이 하렘을 만들었단 이야기를 듣고 무슨 상상을 한 건지 아름다운 남자를 선물하는 이

도 의외로 제법 있었다.

서넛은 처음엔 라틸과 함께 미소를 짓고 있었으나, '선물'이라면서 보내진 남자의 숫자가 30명을 넘어가자 점차 표정이 싸늘하게 굳어갔다. 하지만 서넛의 표정은 그나마 나았다. 라틸과 가장 가깝게 앉은 라나문은 눈짓만으로 사람을 얼려버릴 기세인지라, 몇몇 외국인들은 자기들끼리 라나문을 가리키며 소곤거릴 지경이었다.

"저 사람은 폐하께 보내진 남자들을 모조리 죽여버릴 것 같습니다."

"저 질투에 찬 눈을 보세요. 무섭군요."

그 소리를 들은 타시르는 입술을 꽉 깨물고서 라나문을 놀리지 않기 위해 자기 입을 틀어막았다.

그렇게 몇몇 이들에게 큰 분노를 안겨준 '선물 증정' 시간이 끝난 뒤. 마침내 음악이 연주되고 춤을 출 수 있게 되자 라틸은 본격적으로 대신관을 찾기 위해 얼른 일어섰다.

"폐하."

그런 라틸에게, 시종장이 얼른 다가가 작은 목소리로 알려주었다.

"후궁님들 중에 첫 춤 상대를 고르셔야지요."

첫 춤은 항상 오빠랑 쳤었는데. 라틸은 시종장의 갑작스러운 제

안에, 나란히 서서 자신을 바라보고 있는 후궁들을 차례로 보았다. 라나문은 이미 눈에서 이글이글 열기가 나오고, 타시르는 자신을 골라도 그만 고르지 않아도 그만이란 얼굴로 웃고 있었다.

'타시르 탈락.'

클라인은 두 손을 꼭 모은 자세였고, 게스타는 안 고르면 울 것 같은 모습이다. 칼라인은…….

'칼라인도 탈락.'

무표정한 칼라인까지 후보에서 제외하니, 간절히 바라보는 남자가 셋 남는다. 하지만 세 남자 사이에서도 고민은 길지 않았다.

"라나문."

어쨌든 아트락시 가문은 라틸이 황위 다툼에서 승리하는 데 큰 도움을 준 가문이다. 하렘을 만들면서 한차례 웃음거리가 된 아트락시 공작을, 이런 데서까지 민망하게 만들 수는 없었다.

"폐하."

당연히 자신이 불릴 줄 알았다는 듯이 라나문이 다가와 라틸이 내민 손을 잡자, 아트락시 공작은 이를 지켜보며 흐뭇하게 옆 사람에게 자랑했다.

"내 아들이지만 참 잘났어. 군계일학이로군. 폐하께서 푹 빠질 수밖에 없지. 그렇지 않나?"

옆에 있던 사람이 게스타의 아버지인 로르드 재상이었기에 그 자랑은 효과가 없었지만.

"푹 빠진 사람은 폐하가 아니라 자네 아들인 것 같은데? 눈 좀 똑바로 뜨고 보게."

"눈을 똑바로 뜨니 내 옆에서 분노에 타들어가는 자네가 보이는 구만."

"아트락시!"

"장관이로다……."

"아트락시이!"

로르드 재상이 분노에 차 씩씩거리는 사이. 라틸은 사람들 사이에서 라나문과 손을 잡고 가볍게 춤을 췄다. 어릴 때부터 무술을 익혀온 데다 원래 몸 쓰는 데는 천부적이라, 라틸은 춤 역시도 가뿐하고 수월하게 추는 편이었다. 그 덕분에 라틸이 라나문의 손을 잡고 한 바퀴를 빙그르르 가볍게 돌자, 사람들은 참으로 아름다운 한 쌍의 연인이 춤까지 새처럼 춘다면서 감탄했다.

하지만 라틸은 찬사 속에서 라나문을 춤 상대로 고른 걸 후회했다.

'라나문 이 자식. 춤을 왜 이렇게 못 춰?'

라나문이 춤을 너무 못 춰서.

라틸의 풍성한 치마와 라나문의 수려한 얼굴 덕에 사람들은 라나문도 라틸만큼 춤을 잘 춘다는 착시 효과라도 받은 듯 다들 탄성만 뱉어대는데. 춤 상대인 라틸은 그럴 수 없었다. 파트너의 엉성한 춤 실력 때문에, 아까부터 연달아 밟힌 발이 얼마나 욱신거리는지 몰랐다.

'분명 멍이 들 거야.'

"오늘 네가 짐의 마음에 제대로 발자국을 남기는구나, 라나문."

결국 참다못한 라틸이 억지로 미소를 지으며 면박하자, 라나문은 모른 척 차갑게 대꾸했다.

"아무리 많은 발자국을 남긴다 한들, 폐하께서 제 마음에 남긴 숫자보단 적을 겁니다."

"난 네 발을 밟은 적이 없다."

"폐하의 무관심이 제 마음을 짓밟습니다. 매일매일. 매 시각."

"!"

"오늘은 오시나, 내일은 오시나, 지금은 누구와 계시나, 저는 하루 종일 폐하만 기다립니다. 그 마음이 어떤지 폐하는 모르시지 않습니까. 그러니 춤을 추는 3분 만이라도 제가 밟게 해주십시오."

라나문의 목소리는 냉랭하고 서늘했으나 질투하는 것처럼 들렸다. 라틸은 라나문의 품 안에서 빙그르르 돌다 말고서 우뚝 멈춰서서 그와 눈을 맞추었다. 사람들은 음악은 계속되는데 황제가 춤을 멈추고 후궁을 빤히 보고만 있자, 덩달아 춤추던 걸 멈추고서 두 사람을 힐긋거렸다.

라틸은 라나문이 시선을 피하지 않고 자신을 똑바로 내려다보자, 씩 웃으면서 물었다.

"날 기다렸느냐?"

"예. 항상 기다리고 있습니다."

돌아온 건 빠르지도 느리지도 않은, 하지만 별 감정이 없게 들리는 대답. 라틸은 그 목소리가 재미있어서 활짝 웃었다. 그 미소를 본 라나문이 손을 움찔하자, 그 감각이 라틸에게도 그대로 전해졌다.

"뭐가 그리 재밌으신 겁니까."

"네가 기다리는 게 나일지 황제일지 생각해보아서."

"!"

"어느 쪽이지?"

뒤꿈치를 든 라틸이 라나문의 귀에 대고 그에게만 들리도록 묻자, 사정을 모르는 아트락시 공작이 뿌듯해하면서 사람들을 향해 건배하는 시늉을 해 보였다.

그의 눈에는 아들과 황제가 목소리를 낮춰 싸우는 모습이, 춤을 추다 말고 둘이서 속닥속닥 사랑 가득한 말을 주고받는 것처럼만 보였다. 사람들 역시도 보는 눈이 비슷한지라, 박수를 치면서 아트락시 공작을 향해 열심히 아부하는 발언을 날려댔다.

"라나문 님이 곧 국서 자리에 오르시겠군요."

"하긴. 출신으로 보나 외모로 보나……."

"폐하께서 라나문 님에게 완전히 푹 빠져 계신 모양입니다."

"누구라도 사랑할 수밖에 없지요, 라나문 님은…… 저도 포함해서요."

"자작? 방금 뭐라고?"

"앗!"

아버지가 뭘 하고 있는지 모르는 라나문만이, 조금의 표정 변화도 없이 차갑게 대답했다.

"황제입니다."

라틸은 잠깐 놀랐으나, 곧 눈이 휘어지도록 웃으면서 라나문의 어깨를 두드렸다.

"잘 대답했다."

"!"

"난 사랑을 속삭이는 입보다 욕망에 충실한 입을 더 믿거든. 네 입은 신뢰할 수 있겠구나."

춤을 마친 라틸은, 자신의 남자란 이유로 다른 영애나 부인들과 는 춤을 출 수 없는 후궁들에게 한 가지 지시를 내렸다. 돌아가면 서 최소 한 번씩은 후궁들끼리 춤을 출 것. 후궁들이 하렘 안에서 자기들끼리 주야장천 싸워대니, 이참에 손잡고 춤이나 추면서 친 해져 보라는 라틸의 배려였다. 대외적으로는.

당연히 이건 핑계고, 사실은 계속 머리 아프게 만든 데 대한 복수 였다. 그리고 그 복수는 안타깝게도, 라틸이 '가장 속을 썩이지 않 는다'고 평가를 내린 타시르에게 가장 효율적으로 먹히고 말았다.

"타시르. 손을 내봐라."

타시르가 가장 무서워하는 칼라인이, 라틸의 명령을 듣자 옆에 있던 그에게 대번에 손을 내민 탓이었다.

"뽑, 뽑아서 달란 건 아니지?"

"순순히 주면 뽑히진 않겠지."

타시르가 칼라인에게 잡혀가는 건지 끌려가는 건지 애매한 모습 으로 댄스홀에 나가자, 선택권이 사라진 게스타와 클라인은 속으 로 욕을 뱉으며 서로를 쳐다보았다.

"내 발을 밟는 순간 난 네 발목을 걷어찰 테니 그런 줄 알아라,

무말랭이."

그리고 라틸은 그런 후궁들을 바라보면서 흐뭇하게 고개를 끄덕이다가, 자신을 힐긋대는 꺼림칙한 시선을 감지하고 인상을 굳혔다.

'아까부터 뭐지?'

위치가 위치인지라, 사실 라틸이 어디에서 무얼 하든 시선은 늘 따라붙었다. 그나마 후궁들과 제각각 떨어져 있으면 시선이 분산되지만, 아까처럼 누구 하나와 붙어 있으면 따라오는 시선은 평소보다 배가 되었다. 하지만 이런 것들을 고려하더라도, 유독 집요하게 달라붙는 시선이 하나 느껴졌다.

"자몽을 가져와라."

라틸은 과일 접시를 들고서, 윤이 나게 닦아둔 덕에 거울만큼 사물을 잘 반사시키는 커다란 기둥 부근으로 걸어갔다. 그리고 일부러 그곳에서 과일을 느리게 먹다가, 시선이 느껴지자마자 바로 기둥을 통해 자신을 쳐다보는 이를 확인했다. 그러자 반대쪽 계단 층계참에서 이쪽을 보고 있는 사람이 눈에 들어왔다.

'왜 저렇게 보는 거지?'

심지어 그 사람은 라틸이 자연스럽게 몸을 돌리자 바로 자리를 비켜서 다른 곳으로 가버렸다.

'혹시?'

대신관은 손님들 틈에서 라틸을 지켜보다가, 안전하단 확신이 들면 접근하겠다고 했다. 어쩌면 그자가 대신관일지도 몰랐다.

"가져가라."

라틸은 그 생각을 하자마자, 지나가는 하인에게 접시를 건네고서 얼른 그자가 사라진 곳을 향해 걸어갔다.

'그새 어디로 간 거지? 안 보여.'

인적 드문 곳을 인기척을 죽이고서 은밀하게 걸어가고 있을 때였다. 어딘가에서 이상한 목소리가 들려왔다.

젠장. 대신관이 분명 여기 어딘가로 갈 거라 했는데?

'대신관?'

라틸은 우뚝 멈춰 서서 기둥 뒤에 몸을 감췄다. 방금 누가 대신관을 입에 담은 건가?

아직 붙잡지 못했나?

라틸은 눈을 가늘게 떴다. 대신관을 입에 담으면서 투덜거린 자의 목소리에는 불만이 가득했다. 누가 저렇게 부주의하게 '대신관 대신관' 하며 입에 담는진 모르겠으나, 대신관에게 그리 호의를 가진 사람은 아닌 것 같았다.

'아니, 그보다 대신관이 여기에 왔다는 걸 어떻게 아는 거지? 그 사실을 아는 건 정말로 몇 안 되는데?'

일단 라틸은 부주의하게 투덜대는 목소리 쪽으로 가보았다. 그곳에는 염소수염을 만지작거리고 있는 타리움의 귀족이 있었다.

"폐하?"

이름은 기억나지 않지만, 분명 타리움의 귀족. 그자는 라틸을 보자 놀랐는지 황급히 인사를 올렸다.

"이런 곳에서 폐하를 뵙다니. 영광입니다."

하지만 거의 동시에 다른 목소리가 하나 더 들려왔다.

왜 황제가 여기에 온 거지?

라틸은 인상을 구겼다. 목소리를 낸 건 분명 이 귀족. 그런데 어떻게 두 가지 목소리를 거의 동시에 낸 거지? 게다가 자신을 앞에 두고서 '황제'라니. 모든 귀족들이 자신을 좋아하진 않겠지만, 그래도 앞에서는 말과 행동을 조심하기 마련인데.

아까 대놓고 '대신관 대신관' 거리던 것부터 황제를 앞에 두고 '황제 황제' 칭하는 것까지. 참으로 부주의한 인간이 아닌가.

왜 황제가 아무 말도 않고 날 쳐다보지? 혹시…… 이상한 걸 눈치챘나? ……아니야. 그럴 리가 없다. 괜찮아. 난 아무것도 하지 않았어. 아직은.

그러나 귀족에게서 들려오는 목소리는 어딘가 이상했다. 귀족은 마치 라틸이 자신의 목소리를 듣지 못하는 것처럼 중얼거리고 있었다.

그냥 바람을 쐬러 나왔다고 하자. 그런 사람이 하나둘도 아니고.

그러다가 귀족이 슬며시 고개를 들더니, 순종적으로 웃으면서 "바람이 좋지요. 바람을 쐬려고 나가는 길이었습니다"라고 말하는 순간.

라틸은 더욱 깜짝 놀랐다.

'뭐야. 저 사람? 자기 생각을 나한테 보낸 거야? 아니면 내가 저 사람 생각을 읽은 거야?'

처음 있는 일이라 몹시 당혹스러웠다.

"폐하……?"

하지만 라틸은 상대가 두려운 눈으로 자신을 쳐다보자, 혼란스러운 와중에도 얼른 다정해 보이는 미소를 띠고서 손을 저었다.

"아니다. 마저 바람 쐬러 가거라. 짐은 여기서 만나기로 한 후궁이 있어서."

"그럼……."

그러나 귀족이 물러나자 라틸의 표정은 바로 싹 굳었다.

'내가 방금 저자의 속마음을 들은 건가? 정말로?'

조상 중에 이런 능력을 가진 조상이 있었단 말은 들었지만, 그냥 허구의 이야기인 줄 알았는데. 게다가 라틸은 마법사도 아니었다. 그런데 갑자기 남의 속마음이 들리다니…….

'아니, 속마음이 아닌지도 모른다.'

어쨌든 지금은 이게 중요한 게 아니었다. 저자의 속마음 속에 대신관에 대한 좋지 못한 이야기가 나왔다는 게 중요하지.

'저자. 분명 대신관을 붙잡니 어쩌니 했어. 대신관이 누구인지 아는 건가? 대신관이 위험에 처한 건가?'

고민한 끝에 라틸은 우선 자신이 '들은' 게 진실이라 믿고서, 인기척을 더욱 죽이고서 아까의 그 귀족을 거리를 두고 쫓아갔다. 그 귀족은 처음에는 몇 번이나 뒤를 돌아보았지만, 라틸이 완벽하게 기척을 감추고 쫓자 나중에는 안심했는지 뒤를 힐긋거리는 걸 멈추고 최대한 속도를 빠르게 해서 어딘가로 달려갔다.

얼마나 그렇게 이동했을까. 후원 베란다 쪽으로 간 귀족이 난간을 붙잡고 허리를 깊숙이 숙여 어디를 유심히 보더니, 다시 돌아서서 근처의 계단을 내려가기 시작했다. 그자가 내려가 보이지 않게 되자마자 라틸은 아까 그 귀족이 내려다보던 난간으로 걸어갔다.

'뭘 본 거지?'

허리를 숙인 라틸은 주위를 두리번거렸다.

'저기?'

마침내 한 곳이 눈에 들어왔다. 높은 관목으로 둘러싸여 조명이 흐릿한 곳에, 화려한 로브를 뒤집어쓴 사람을 중심에 두고 몇몇이 그를 공격하려 하고 있었다. 불빛이 거의 없는 곳이지만 라틸은 밤눈이 밝은 편이라 그 모습들이 똑똑히 보였다.

'저기다.'

게다가 빼곡하게 경비병들을 배치했는데도 이런 일이 발생한 이유도 알 수 있었다. 습격자 중 한 명의 복장이 경비병의 복장이었던 것이다.

'역시 내부에 문제가 있었어.'

라틸은 치렁한 치마 반쪽을 빠르게 찢어낸 뒤, 난간을 밟고 단번에 그쪽으로 뛰어 내려갔다.

"!"

습격자 중 한 명의 등을 밟고 착지하자, 로브를 쓴 사람과 습격자들이 모두 당황해서 라틸을 돌아보았다. 습격자들은 바로 검을 빼 들었으나, 라틸은 그보다 한 발 앞서 가장 앞에 선 습격자의 목을 단도 뒷부분으로 빠르게 내려쳐 기절시켰다.

"윽!"

습격자들은 난데없는 황제의 등장에 당황한 듯 서로 눈빛을 주고받았다. 도망쳐야 할지 황제라도 공격해야 할지 갈피가 잡히지 않는 듯. 이에 관련된 명령은 없던 게 분명했다.

그 혼란스러운 시선들을 보며 라틸은 친절하게 설명해주었다.

"너희는 선택권이 없으니 고민 안 해도 된다. 고민은 내가 해야지."

라틸의 눈매가 가느다랗게 휘어졌다.

"죽일까, 잡을까."

2권에서 계속

하렘의 남자들 1

초판 1쇄 인쇄 2021년 2월 3일
초판 1쇄 발행 2021년 2월 15일

지은이 알파타르트
펴낸이 김문식 최민석
기획편집 이수민 박예나 김소정
　　　　　윤예솔 박연희
디자인 배현정
마케팅 임승규
제작 제이오

펴낸곳 (주)해피북스투유
출판등록 2016년 12월 12일 제2016-000343호
주소 서울시 성북구 종암로 63, 4층 402호(종암동)
전화 02)336-1203
팩스 02)336-1209

ISBN 979-11-6479-258-0 (04810)
　　　　979-11-6479-257-3 (세트)